ハヤカワ・ミステリ

CHRISTIAN MOERK

狼の王子

DARLING JIM

クリスチャン・モルク
堀川志野舞訳

TOKYO HAYAKAWA BOOKS

A HAYAKAWA
POCKET MYSTERY BOOK

DARLING JIM
by
CHRISTIAN MOERK

Translated by
SHINOBU HORIKAWA
First published by
POLITIKENS FORLAG, DENMARK
First published 2013 in Japan by
HAYAKAWA PUBLISHING, INC.
This book is published in Japan by
arrangement with
NORDIN AGENCY, SWEDEN
through THE ENGLISH AGENCY (JAPAN) LTD.

装幀／水戸部 功

イーファへ、あなたがどこにいようとも

クロムウェルの時代、アイルランドでは狼が甚大な被害をもたらしており、その頭数は増え続けていると言われたため、特別な処置によって駆除された……狼が絶滅した時期を特定することはもはやできない。

――ブリタニカ百科事典　一九一一年版

目次

狼の王子

主要登場人物

フィオナ・ウォルシュ……小学校教師
ロイシン（ロージー）・ウォルシュ……フィオナの妹
イーファ・ウォルシュ……タクシー運転手。ロイシンの双子の妹
モイラ……………………フィオナたちの叔母
ジム・クイック…………流れ者の語り部《シャナヒー》
トモ……………………ジムのアシスタント
ブロナー・ダルトリー……女性警察官。フィオナたちの幼なじみ
エヴィー…………………ロイシンのガールフレンド
メアリー・キャサリン・クレミン……小学六年生の女の子。フィオナの教え子
ローラ・クリミンス………キャッスルタウンベアのＢ＆Ｂのオーナー
ゲートキーパー…………ロイシンが無線通信で知り合った謎の男

＊

デズモンド………………郵便配達員
ナイル……………………郵便局員。イラストレーター志望
ライチョードハリー………ナイルの上司

＊

ユアン……………………狼になった王子
ネッド……………………ユアンの双子の弟
アシュリン………………王女

前奏曲《プレリュード》

デズモンドが目にしたもの

1

ダブリンのすぐ北に位置する町、
マラハイド。そう遠くない昔。

家が新しい入居者のために消毒され、遺体が埋葬されたあとも、人々はいつまでもそこに近寄ろうとはしなかった。「呪われてる」と近所の者はひそひそと噂して、意味ありげにうなずいてみせた。子どもたちは「恐怖の幽霊屋敷だ！」と叫んだが、勇気をふりしぼって前庭に一、二歩足を踏み入れるのがせいぜいで、すぐに怖気づいた。

第一発見者となった郵便配達員のデズモンドがその家の中で目にしたのは、それほどまでに異様な光景だったのだ。

デズモンドはいささか詮索好きではあったが、みんなに好かれていた。習慣に捕われるタイプでもあり、手入れが必要な芝生やペンキの剝げ落ちはじめた旗ざおがあれば、必ず気がついた。細部まで見ていながらそれが何を意味するのか理解しなかったことへの罪悪感とあいまって、社交的だったはずのこれらの性質のために、彼は正気を失うことになった。

生きることに喜びを感じられた最後の日、配達先でふるまわれるコーヒーの味にうるさいこの男は、のぞき魔と呼ばれない程度にのんびりと、マラハイドの駅から通りをくだった静かな界隈にその日の郵便物を届けていた。酒場の立ちならぶニューストリートと似非《えせ》バイエルン風の不格好なコンクリートのマリーナが出会うところを出発点とし、左に折れてビセッツストランドに向かって歩きつづけた。いつものように知り合いの誰かが淹れたてのコーヒーを用意して待ってはいないかと窓の中を覗き込み、その期待は裏切られなかった。最初のブロックの端に到達するまでに、デズモンドはコーヒーを二杯飲んだ。ほとんどの住人は、気にかけてもらいたいという彼の孤独な望みを受け入れるようになっていた。たまたま〝通りかかって〟朝のコーヒーを一杯ご馳走してもらうことで、わずかとはいえ誰かの人生の一部になれた気になるというのは、理解できなくもなかった。「コーヒー豆のいい香りがするね」それがデズモンドの決まり文句だった。いやがられるほど長居することは決してなかった。そして目が合うと満面の笑みを輝かせ——おかげで誰もがこの一風変わった小男に屈服してしまうのだ。

死体を発見するまで、デズモンドは誰から見ても無害な男だった。

勤務時間外の過ごし方もたかが知れたもので、〈ギブニーズ〉におとなしく腰を据えて、男どもがよそ見をしている隙にその妻たちをちらちらと盗み見たり、競馬の障害レースがテレビで放送されるたびに——つまりしょっちゅうということだが——隣の私設馬券売り場に乏しい給料をつぎ込むといった具合だった。十八年以上にわたって、黒い郵便鞄をさげて古びた海辺の町のひび割れた舗道をえっちらおっちら行き来し、近くの海のせいでペンキが剥げ落ちた灰白色の家々を眺め、単調な毎日に心地良さを見いだしていた。電車でほんの三十分の都会に出ていくのは、驚きや浮き世の楽しみを求める者のすることで、デズモンドはそんなものを追い求めようとはさらさら思わなかった。それに、昼食までに少なくとも四杯のうまいコーヒーを飲ませてもらえるよう練りに練った配達ルートを台無しにするつもりもなかった。

デズモンドが通りすぎるときには、その鼻歌がキッチンのなかにいる人々の耳に届いた。歌とも呼べない代物だった。めちゃくちゃな音程だったが、リズムに合わせて頭を上下させるのを見ていると、歌の才能は問題ではないという気にさせられた。ふつう十二歳以下の子どもしか感じられない幸せを、彼は感じていた。

のちに人々は、あの鼻歌を警告と受けとめるべきだったのだろうかと議論することになった。

デズモンドに対する町の人々の寛容な態度が永遠に変わってしまったのは、彼らの記憶によると、四月二十五日か二十六日の午前十時を過ぎた頃のことだった。太陽は顔をだしていなかった。神はストランド通り一番地から目をそむけ、衆目を集めるべきではない迫り来る事態を覆い隠すため、どんより流れる灰色の雲を海から運んできて垂れ込めさせた。結果的には、それは予言的な色となった。そうしてデズモンド・キーンは〈ハワーズ・コーナー〉の二階にいる老ディングル夫人に何も知らずお気楽に手を振り、ヘアサロンの開店準備をしている親切なモリアーティ夫人に向かって帽子をちょっと傾けて挨拶し、いつもの配達ルートの終点に向かって進み続けた。

ビセッツストランドにある老女のくすんだ黄褐色の家に郵便物を配達すると、道を引き返してオールドストリートとガスヤードレーンの角に位置する一番地にその日もたどり着いたが、そこでまたしても躊躇した。配達鞄の中身はほとんど空になり、この家に住むヘガティ夫人宛の地元スーパーマーケットからのダイレクトメール二通を配達すれば終わりだった。その後の日々、デズモンドはその家に対する印象から、何かがおかしいとどれだけ前に気づくべきだったのか記憶をたどろうとして、熱に浮かされた頭で悶々と思い悩むことになった。正面の壁は褪せたクリーム色、戸口の上にはスイス風の格子細工がある、いたってありふれた家に見えた。けれど最初の最初から、その家の住人について何かを警告する囁きがもう少しで聞こえそうだったのに、デズモンドは礼儀正しくも耳をそばだてようとはしなかったのだ。

一年間ぽつぽつとではあるが継続して郵便物を届けたあとでようやく、デズモンドに〝モイラ〟と呼ぶのを許したヘガティ夫人は、この町に三年近く前に越してきた。どこからかは詳しく話そうとしなかったが、ウェストコークのはずれの小さな町から来たのだと人々は噂していた。四十五歳のモイラはいまでも目鼻立ちの整った美人で、年の割に若々しく見えるくっきりした顔の骨格に恵まれていた。デズモンドの下手な冗談が珍しくうけたときに見せる笑顔は美しかった。しかし、相手が過剰に好意を示そうとすると、敵意を剝きだしにするという無慈悲なところもあった。近所の人間がお茶に招けば、まずは丁寧に断られた。そして誰かがご丁寧にもケーキなど持っていこうものなら、モイラは手つかずのまま玄関ポーチに置きっぱなしにして、しまいにはそれは野良猫の餌になった。

好奇心旺盛な大勢の近所の人々のなかで、デズモンドだけがモイラからコーヒーに誘われて家に招き入れられたのは、彼の純粋さゆえか、人々の隠された一面を頑なに見ようとしない性質のためだったのかもしれない。ところが今年に入って一月のあるときからぱたっと、デズモンドが呼び鈴を鳴らしても彼女は出てこなくなった。その後、通りで偶然出くわすたびにまた距離を縮めようとしたけれど、すげなくはねつけられた。その頃には家から出るのも稀になっていたモイラは、いつもの古い厚地のコートに身を包み、ミイラのごとく頭にスカーフを巻いて、ひと言も発さずに足を引きずってデズモンドの脇を通りすぎるだけだった。二度と彼を家に招き入れようとはしなかった。デズモンドもみんなも、彼女の身に何か不幸が降りかかったものと決め込んで、詮索はせず、本人が明らかに望んでいるとおりそっとしておいた。

それでもだ。

こうしてカラフルなダイレクトメールを手にモイラ

の家の玄関先に立ちながら、デズモンドはここ数週間この家の前を通るたびに覚えていたあの感じのせいでためらっていた。近頃、家の中から音が聞こえてきていたけれど、たぶんテレビかラジオの音だろうと思っていた。それは哀れなすすり泣きのようにも、若者の悲鳴のようにさえ聞こえた。あるときは叩きつけるようなひどく大きな音がして、二階のカーテンが一瞬さっと開いたかと思うと、またすぐ閉じられるということもあった。しかしデズモンドは好奇心をそそられているだけで、事実を突き止めたいわけでもなければ勇気もなかったため、自分自身と同類の孤独な人間による奇妙なふるまいとして片付けていた。

郵便受けに近づくにつれて、デズモンドの手の産毛が逆立ち、金色の森のように見えた。何かのにおいがする気がした。腐ったシチューみたいなにおい。どこから漂ってきているのかはわからなかった。近くの浜辺で腐りかけている海藻のにおいかもしれない。あるいはどこかの家の電源が落ちた冷蔵庫から漂ってきているのか。けれど、そうではないことがデズモンドにはわかっていた。

ついにデズモンドは正体不明の嫌な予感を無視してかがみ込み、郵便の差し込み口を押しあけた。〈テスコ〉のダイレクトメールを突っ込もうとしたとき、床の上に未開封の郵便物が山積みになっているのに気づいた。

そしてデズモンドは動きを止めた。

家の奥のほう、居間があるはずの場所の近くに、人間の手らしきものが見えた。

その手は青黒く、手術用手袋みたいに膨れあがり、隣の部屋のどこかから突きだされていた。手につながる腕もまたソーセージのごとくパンパンに膨れていて、水で満たされているかのようだった。その横には腕時計が落ちていた。手首が膨れあがったせいで、バンドがちぎれたのだ。デズモンドが首を伸ばすと、モイラの死体がさらに少しだけ見えた。よそゆきの服が黒いしみだらけになっていた。そんな状態にも関わらず、モイラはほほえんでいた。デズモンドには誓ってそう言えた。靴の上に吐きそうになるのをかろうじてこらえ、走って警官《ガーディ》に知らせにいった。

後にも先にもこれ一度きりになるが、デズモンドは郵便物を配達し終えることができなかった。

街から来た警官は錠をこじあけたあと脇に寄り、フェニックスパーク（ダブリンにある公園でアイルランド警察本部や大統領公邸などがある）の警察《ガーダ》本部からやって来た宇宙飛行士さながらの恰好をした鑑識班に場所をあけた。ふたりがそっと中に入り、警察犬班があとに続いた。犬たちはこびりついた血に誘われて鼻を鳴らしてうなり、訓練士が押さえておかなければならなかった。全身をすっぽり包む白い防護服姿の宇宙飛行士のひとりが、モイラの死体の横にひざまずいて頭蓋骨を調べた。片目のすぐ上にいくつかくぼんでいる箇所があり、鈍器でくり返し殴られたものの即死するほど強い打撃ではなかったようだ。のちの検視によって、死因は急性硬膜下血腫と特定された。言い換えれば、モイラ・ヘガティは殴られたあとに発作を起こし、数分後には死亡したということだ。短く見積もっても死後三日は経っていた。ある警視は初めは強盗殺人の線でにらんでいた。しかし真相が明らかになると、同じ警視が「あんなくそアマ、いくら殴られても当然の報いだ」と小声で呟いているのが聞かれた。警官たちに言わせれば、モイラの死はまだ序の口だったのだ。

まるでふたり以上の人間が相手をねじふせようとして家の一階をころげまわったかのように、壁の大部分に傷が残っていた。靴墨と茶色い革の擦れた跡が床板を汚していて、聖地の描かれた絵画は斜めに傾いていた。格闘の爪痕は一階のどの部屋にも同じように残されており、おかげで新人警官たちは落ち着きをなくしていた。地元警官のひとりがシンクの下の棚をあけ、大量の殺鼠剤を発見した。別のひとりがモイラの首に鉄製の輪っかが溶接されてはめられているのを見つけた。そのネックレスにはさらに小さな輪がつけられていて、十本以上の異なる鍵が通してあった。どれひとつ取りはずすことはできなかったはずだ。「シャワーを浴びるとき、ジャラジャラうるさかっただろうな」また別の警官がみんなの感じている不安を追い払おうとして軽口を叩いたが、無駄な試みだった。ボルトカッターで取りはずすと、それらの鍵は家の中の——部屋の外側につけられた——すべての錠に合うことがわかった。鍵はそれで全部だった。そしてほぼすべての扉に鍵が取りつけられていた。

法医学分析によると、モイラは二階で負傷し、必死にソファまで行き着こうとして、ほんの数インチ手前で力尽きたということだった。二階から続く細い血の跡がその道筋を示していた。

この仮説を確かめるべく二階にあがると、警官たちは笑っていられなくなった。マラハイドの警官がふたりがかりでドアを押しあけた。扉に肩を押し込んだとき、警官のひとりは相棒が不安そうな顔をしているのに気づいた。モイラの死体のそばにいたときよりも強烈なにおいがその部屋の中から漂ってきたのだ。ふたりはためらわず武装警官をひとり伴って入り、デズモンドが目にしていながら完全に見逃していたことを明らかにした。

その娘はドアにもたれて身を丸めて横たわり、祈りを捧げているかのように錆びたシャベルを両手で握りしめていた。

「マジかよ!」いちばん若い警官が叫び、ドアの柱で体を支えた。階下では犬たちが吠え、床板に爪をカチャカチャいわせて歩き回っていた。

娘の赤毛は汗と汚れでほとんど黒くなっていた。ほっそりした優美な指には爪が二枚しか残っておらず、元は黄色いサマードレスだったはずの薄い布越しにあばら骨が浮きあがっていた。哀れな娘が苦しみながら死を迎えたのは間違いなかったが、ナイフによる腹部の刺し傷と内臓疾患のどちらが致命傷になったかについては、すぐには判断がつかなかった。しかしシャベルには娘の指紋がついていたし、その先端の形はモイラの額の傷痕と合致した。娘はモイラを階段の途中まで追いかけたが、なんらかの理由によって追跡をやめたのだろうと推察された。椅子の後ろからモイラの指紋がついたナイフが発見され、彼女が若い娘を少なくとも十九回は刺したことがわかった。

「気の毒に、この娘はみるみる失血したはずだ」ベテラン刑事が鼻をかみながら言った。

鑑識班はすぐさま犯行の状況を再現した。二階で命がけの格闘がくり広げられ、モイラは衰弱した娘の奇襲攻撃を退けようとして、最終的にはやりおおせた。だが、娘はあっさり降伏したわけではなかった。遅まきながら鑑識班は、モイラの鍵がすべての錠に合うだけではなく、この家のどの部屋も内側には鍵穴がないことに気がついた。ベッドの下から生のジャガイモとカビの生えたパンが出てきて、与えられるわずかな食料を娘が取っておかざるを得なかったことに疑いの余地はなかった。娘は最低でも三カ月はこの家で暮らしていたはずだと断定された。錠のはずされた鉄の手枷と足枷がベッドの柵に残され、どちらもずいぶん使い込まれた様子だった。私設監獄の看守がさげていたいちばん小さな鍵が、手枷と足枷の錠にぴたりとはまった。哀れな娘の皮膚に枷の金属が食い込んだところは炎症を起こしていた。折り曲げられた二本のヘアピンが床に落ちていて、娘の血が茶色くこびりついており、その手製の鍵を使って枷をはずしたらしかった。

娘は囚われの身だったのだ。それも長いあいだ。他に行き着く結論はなかった。

そして看守は――デズモンドにコーヒーをふるまっ

ていた親切な女性は、手遅れになるまでその正体を見破られずにいた。

「思ってもみませんでした」どこか西のほうからやって来て家に閉じこもりがちだったモイラが、近所の人々の鼻先で人を監禁していたという胸糞悪い事実を突きつけられ、警官たちの背後にかまえられたカメラのライトにまばたきしながら、社会福祉課の担当者は息を切らして言った。「ただちに詳しい調査を進めます」しかし、見物人たちの怒りに満ちた視線を避けながら、彼が玄関先の階段を降りて家を出ていくのを見て、そんなのはごまかしだと誰もが思っていた。通りの端にひっそりと暮らしていた女性は紛れもない怪物だった。そして誰もが無関心でそのことに気づかずにいたのだ。とりわけ行政当局は。

宇宙飛行士、駆けつけた巡査、そして犬たちが皆それぞれやるべき仕事をして謎を解き明かしていくあいだずっと、デズモンドは誰よりも事実を痛感していた。


一台目の救急車がかわいそうな娘の死体を運び去ろうとやって来たときから、彼は通りの真向かいに立ち、柵をつかんで体を支えながら一番地のチョコレート色の玄関扉を見つめていた。夕闇が訪れたときにも、まだその場を動いていなかった。いつもの朗らかな笑みに代わって、悲しげな弱々しい笑みを浮かべて。そしてデズモンドの面倒なふるまいを許容してきたのと同じ人々が、救急車に運び込まれる暴力を受けた娘の死体をひと目見ようとしている若禿げ気味のこの男に対して、いまや少しずつ不信の目を向けはじめていた。デズモンドにキッチンを盗み見られていたことが、すっかり違った不安な意味を持つようになった。それに、罪を着せるのに都合の良いただひとりの人物に皆の罪悪感をまとめて押しつけてしまえば、心がすうっと晴れた。

「変質者だわ！」ある母親は口紅がはげかけた唇でそんな言葉を吐いた。「むかつくろくでなしね」と別の母親がつけ加えた。ふたりとも数日前には笑顔でデズモンドにコーヒーをご馳走していた。

けれど、彼の不作法な視線が時機をわきまえない好奇心あるいは性的興奮の表れだと受け取られていたとすれば、それは間違いだった。もしもデズモンドの心の中を覗くことができたなら、そこにあるのは真っ黒くこびりついて離れない自責の念と羞恥のみだと気づいただろう。いまではあの大きな音の正体が彼にはわかっていた。二階から聞こえてきていた叫び声は、もしかしたら――いや、間違いなく――殺害されるほんの数日前に娘が助けを求めていた悲鳴だったのだ。デズモンドが遠慮がちに会釈しても、近所の女性たちは彼と目を合わせようとはせずに、一番地の玄関扉をじっと見つめたままだった。じゅうぶんに長く見つめていれば、自分たちがより良い隣人になれるとでもいうかのように。

夜のとばりがおりた。宇宙飛行士たちはようやくテントをたたみ、成果を運びだして本部に持ち帰った。野次馬の群れがすこしはまばらになった頃、デズモンドは家の中から悲鳴ともわめき声ともつかない声が響いてくるのを耳にした。誰かが何かに驚いたらしいが、嬉しい驚きではないはずだ。ほどなく、娘の死体を発見したのと同じ若い警官が玄関に出てきたが、既に青白くなっていた顔は不自然に引きつっていた。何を見たにしろ、それは人間の醜さに対する彼の我慢の限度を超えていたということだ。

「巡査部長」若い警官は喉をごくりと鳴らして言った。「見落としていたことがありました」

娘の死体が発見された二階の部屋で、犬の一頭が本棚の前に差しかかったとき、その場を離れようとせず、絨毯に足を踏んばって鳴きだしたのだ。さっきのように吠えるのではなく、そのあたりに感じ取った何かを嘆いて悲しんでいた。

警官がついに本棚を動かし、その後ろに隠されていた扉を開くと、ふたり目の娘が発見された。

「ひとり目よりも若そうだな」その週のあとになって、検視官は三人の女性全員の検視解剖を正式に済ませると、面白くもなんともなさそうに慣れた手つきでゴム手袋をパチンとはずして言った。

最後のひとりは、本来は外壁の一部だった身長にも満たない狭い空間に押し込められていた。出入り口はドールハウスにならちょうど良さそうな小さな扉のみで、じめじめした空間のかたすみにある細いエアダクトはひとり目の娘の部屋から通じていた。身元を確認できるものが何もなかったが、二十代前半だろうとみなされた。清潔できちんと梳かしてあった頃には美しかったはずのしなやかな黒髪の持ち主だった。肌は不衛生とタンパク質不足のせいで炎症を起こしてはいたが、打撲による外傷はなかった。ひとり目の娘とは違って、この娘の死因は毒が徐々に体内に蓄積されたことと栄養失調による重度の臓器不全だった。腕はひどく痩せ細り、筋肉が弛緩しきっていた。発見されたとき、彼女は汚れたブランケットに包まれてぐったりした犬のように横たわっていた。ひとり目の娘と同じく、日常的に手足を拘束されていた痕があった。捜査官のひとりが、彼女の足首から血を流させていた足枷をそっとはずしてやった。腑に落ちないのは、なぜ両手のひらにインクのしみがついているのかということだ。インク漏れのするボールペンがやがて発見されたが、紙は見つからなかった。この暗い独房の中で誰かに宛ててメッセージを書いていたのだとしたら、それをどこへやったのだろう?

警官たちが家じゅうのありとあらゆる家財道具のリストを作成しているうちに数日が過ぎた。

と、モイラ・ヘガティのたくさんの鍵のひとつが鏡台の引き出しについたある錠をはずしたとき、さらに恐ろしい展開が待っていた。マラハイド一の噂好きさえもが、法の犬が発見した計画的なあまりのむごさを前にしばらく沈黙した。

引き出しからはまず二枚の運転免許証が見つかった。一枚は二十四歳、コーク州キャッスルタウンベア出身、赤毛で健康的なフィオナ・ウォルシュ――二階で発見されたひとり目の娘に間違いない――のものだとわかった。もう一枚は二十二歳のロイシン・ウォルシュのもので、写真の中の黒髪と青白い肌の女性の面影は、姉と並んで金属の遺体安置台に横たわっている骸骨のような姿の中にはほとんど見いだせなかった。ふたりがいつどのようにしてモイラ・ヘガティの家にやって来たのかは不明だったが、その週の新聞が飛ぶように売れたのには他に理由があった。そう、《イブニング・ヘラルド》や《アイリッシュ・デイリー・スター》に衝撃的な第一報が与えたのを遥かに上回る長い黄金期をもたらしたのは、既に多くの人々が予想していた事実だった。

フィオナとロイシンは悲惨な死を遂げた姉妹というだけではなかった。

モイラは――姉妹を監禁し、殺害した女は――ふたりの叔母だったのだ。

ある記事には〈囚われの姉妹、叔母に殺害される〉という見出しが躍り、別の記事では〈美女たちと野獣〉と書き立てられた。陳腐な表現ではあったものの、書かれていることは正しかった。姉妹は短く見積もっても七週間以上にわたって、おそらく水や食事に混入された抗凝血性殺鼠剤のクマテトラリルを少量ずつ定期的に摂取してきたことがわかった。「単純に言えば、ふたりの娘の内臓はじわじわと蝕まれてゆき、どんな切り傷も治らなくなったということだ。妹のほうは内出血により死亡した。ふたりとも夜はベッドに鎖で繋がれていたらしい。彼女たちの叔母は入念に計画を練っていたようだ」と検視官は話した。新聞各紙はデズモンドの隣人や元友人たちが言うように、悪魔のような犯行だと報道し、それも確かに真実だった。

　しかし、こんな事態を招いた理由については、鏡台の引き出しからも手がかりは得られなかった。

　押収品のリストの中には、黒い土の塊を入れて封をしたいくつかのビニール袋があった。さらに詳しい分析によって、袋の中からはボタンひとつとダマスク織りのナプキン一枚、しわくちゃになったマールボロ・ライト一箱、そして使用済みの12番散弾薬莢も見つかった。一見なんの関係もなさそうに思われたこれらの品々だったが、同じペーハー値の土が付着しているという共通点があった。文房具も発見され、封筒と高級な便箋がちょうど一枚ずつ使われていた。が、なんの目的に使われたのかは鑑識でも不明だった。もしかしたらロイシンが使ったのかもしれないが、だとすればいったいなんのために使ったのかという疑問が生じた。

　数日が過ぎると、近所の人々は落ち着かなくなり、警官の権威にもさほど魅力を感じなくなった。子どもたちは警察の張った青と白の立ち入り禁止テープを順番にくぐり、家の中から記念品を奪い取ってきたけれど、家の扉が閉ざされて静寂に包まれ、正式に亡霊たちの住み処になると、二度とそんな真似はしなくなった。ある少年は、四〇ワット電球が内側から光輪を照らすプラスチック製のイエス像を取ってきた。別の少年は、なんとか角まで逃げたところで警官に捕まり、エイモン・デ・ヴァレラ首相《ティーショク》の金縁の肖像写真を取り返された。かつて大いに尊敬を集めたアイルランド首相の浮かない顔は、マントルピースの上にその肖像写真を掲げていた死んだ女性に文句を言いたそうに見えた。

　手がかりはすぐに出尽くして、警察は捜査を終えようとしていた。

　すると、家が自ら新たな秘密を差しだしてきた。

　裏口のドアのそばに、それまで見過ごされていた痕があった。誰かが外に出ようとして扉を蝶番から引き剝がそうとしたらしい。死んだ三人の女性のいずれとも一致しない指紋がドアノブから検出されたが、家の中には彼女たち以外の指紋は他に残されていなかった。しかし地下室に三つ目の汚れたベッドが発見され、下水管のパイプから身元不明の同じ指紋がさらに検出された。誰だかわからないがその人物は、簡易な道具を用いてパイプを切断し、少なくとも片方の手首に手枷をつけたままこの家から脱出したようだ。

苦痛を味わっていたのはふたりの娘だけではなかった。つい最近まで、他にも誰か一緒にいたのだ。その人物は生きてどこかに存在している。そしてまだ発見されていない。

最後の床板が剝がされ、キッチンのスプーンがひとつ残らずリストに記されても、新しい手がかりは何も出てこないまま、ついにストランド通り一番地の家は空っぽになり、板を張られ、市によって売りに出された。家にいた正体不明の第四の人物のことは引っかかっていたものの、確たる証拠もなければこの殺戮について納得のいく説明ができる親族もおらず、数ヵ月が過ぎると警察は事件に静かに幕を下ろした。やがてマスコミさえもが新たな殺人事件に興味を移した。

とはいえ、町の酒場ではいまでもこの事件が取り沙汰されていた。

「モイラは気がふれていた」というのが有力な説のひとつだった。「モイラは姪たちに恨みを抱いていたんだよ。彼女たちの美しさを妬んで殺したんだ」姪たちが金目当てに叔母を強請り殺害を企てていたところへ反撃を受けたという説もあったが、家のどこにも現金はなかった。「無駄死にだね」と隣人たちは言い合い、真実がどうであれ、それは正しかった。「謎の客はモイラの恋人で、その男が女たちを皆殺しにして、とっ捕まる前に逃げだしたのさ」というのがとりわけ奇想天外な考えだった。しかしどの説もその場限りに終わった。

「ここで起きたことは、どこかよそで始まっていたんだ」ある晩〈ギブニーズ〉でハーフパイントのスタウトを飲み、へべれけになった人々のくだらない噂話にさんざん耳を傾けたあとで、常連客のひとりがついに大胆な意見を述べた。「この手の殺しは歳月を経て積もり積もった憎しみが爆発して引き起こされるもんだからな」

もしもモール通りを下ったところにいる警官たちがタイミングよく彼の話を聞くことができて、朝食のロールパンから手を離していたら、ことによると事件の謎を解明していたかもしれない。それでも彼らにはこの事件の真実を半分も理解できなかっただろうが。モイラの家の中にいた女たちが墓場まで持ち去りかけていた物語は、確かによそで始まったことだった。ウェストコークの小さな町で、彼女たちは皆憎しみよりも遥かに強く燃えあがりやすい感情に突き動かされていた。

モイラとふたりの姪を聖アンデレ教会の裏にある狭い墓地のひっそりとした一画に追いやることになったもの、それは愛だった。

溶鉱炉よりも熱く燃えあがる愛。


翌週、社会福祉局が費用を負担した慎ましやかな寂しい葬儀が執り行われたが、ウォルシュ姉妹と人殺しの叔母の冥福を祈りに来る親族も友人もひとりとしていなかった。フィオナとロイシンはモイラから数フィート離れた場所に埋葬された。「あの恐ろしい女が手を伸ばして哀れな娘たちに触れるなんて絶対に許せない」と葬儀屋が言い張ったからだ。ふたりの若い娘たちを嘲笑うかのように、神様は骸炭色の空のケープをひっくり返し、煙雨の隙間から明るい日射しを輝かせた。空にありふれた虹がかかるのを見て、その美しさにただひとりの参列者は大声で泣きわめき、ふたつ向こうの墓で執り行われている別の葬儀の参列者たちを煩わせた。

デズモンドは一カ月で十歳も老けたように見えた。ウォルシュ姉妹と叔母が死体運搬車で運びだされた日から、彼は人前に姿を見せていなかった。凍えるような小さなアパートに戻って最初にしたのは、制服を脱いで燃やしてしまうことだった。数日が数週間になり、古いステレオからドアの下まで金色の真珠のように漏れてくるいつものジェリー・ロール・モートンの美しいジャズの調べも聴こえなくなった。近所の人々は静かなすすり泣きを耳にしたように思った。子どもたちはおかしな男をひと目見ようと窓ガラスに鼻先を押しつけ、青白い顔の上のぼさぼさの髪をちらりと目にした者もいた。「変人め!」子どもたちは囁き合い、玄関に石を投げつけると、笑いながら走って家に帰った。当然親たちは知っていたのに、ささやかな悪魔払いの儀式に見て見ぬふりをした。自分たち以外の誰かが事件の責めを負ってくれるに越したことはなかったのだ。おまけに、悪魔払いには効果があったようだった。やがて何も知らない感じの良いポーランド人の一家が一番地に引っ越してくると、その家はまた同じ街区にある他の家とどこも違わなく見えるようになった。

デズモンドはフェリーのカフェテリアで働くウェイターのように肘と膝がすり減っててかてかした黒いスーツを着ていた。ドネリー神父が必要な祈りを捧げると、デズモンドは身を震わせた。「あなたは女の中で祝福されたかたです」という一節に差しかかったときには、両手で口を覆わずにはいられなかった。教会の丘の下では煤色の屋根が雨に磨かれていた。墓穴が埋められ、墓石が立てられたあとも、デズモンドはしばらくのあいだじっと立ち尽くしていた。土砂降りになってからもまだ立ち尽くしていた。

アパートメントに戻りはじめ、通りで子どもたちの一団に向かって会釈したのを最後に、デズモンドは人前から姿を消した。

　ナイルという名のもうひとりの郵便配達員――この哀れな男もまた好奇心のおかげで平凡な日常から引きずりだされ、短いこれまでの人生で最大の冒険へと真っ逆さまに放り込まれることになる――がいなければ、話はすべてそこで終わっていたかもしれない。

　しかしウォルシュ姉妹の秘密が解き明かされるのはこれからだった。

　その夜、墓地のそばを通りかかった者なら誰でも、国が費用を支払った安っぽい棺から娘たちの亡霊が立ちあがり、郵便局の窓口のそばを漂ってガラスをコッコッ叩くところがやすやすと想像できたかもしれない。というのも、ふたりの娘にはそこにやり残したことがあったのだから。

　気の毒なデズモンドは自分で思っているよりも真実の近くにいたのだ。

　そしてフィオナもロイシンも、死してなお真実を埋もれさせようとはしなかった。

間奏曲《インタールード》

配達不能郵便

2

郵便物仕分け室にいたナイルは、窓の外の薄気味悪いかすかな物音など少しも耳にしなかった。それは彼がみんなみたいに幽霊話を楽しめるタチじゃないからではなく、夜更けのごく小さな物音に慣れていたためでもない。

そうではなく、またもや狼が完全な失敗作に成り果てたためだった。狼の琥珀色の目に色を塗るのを諦める前から、失敗作だと自分でもわかっていた。

「あーあ、くそっ」と呟いて、その夜描いた五枚目の絵を眺めた。どうしてこうなってしまうのだろう？

美術学校に通っていた頃は、ネコ科の動物の絵はかなり上手だった。あのヴァシルチコフ教授までもがそう認めてくれていた。ヒョウやピューマは生き生きとした姿で軽やかにページを跳ね回り、コミック好きの少年ならわくわくせずにはいられない立体感をもって平面の世界から飛びだしてきた。しかしイヌ科の動物はそうはいかなかった。頭を完成させ、たくましい後ろ脚へと進み、銀色の毛皮を描き加え、死をもたらす獣の純然たる脅威を写し取るつもりで描いた。ところが尾を描く頃にはなぜだかきまって、食べすぎの犬か関節炎の狐みたいになっていた。

諦めずに頑張って続けていれば、いつの日か憧れのコミック作家の優秀な仕上げ担当アーティストになれるかもしれない。例えば神と崇めるアメコミ作家のトッド・セイルズとか。ナイルは子どもの頃、一九八〇年代に発表された独創的なSFシリーズ作『スペース・コロニーズ』を愛読していた。重武装した銀河の賞金稼ぎスタッシュ・ブラウンと喋る猿のピクルスが主人公で、恒星系アルファ・ケンタウリ以西を股にかけて数々の凶悪な変異体異星人《ミュータント・エイリアン》と戦う作品だ。しかし、いったい何を寝ぼけたことを言っているのだろう？　現実的に考えれば、自分にできるのはせいぜいミスター・セイルズの靴を磨くことぐらいだ。あるいは新進天才クリエイター、ジェフ・アレクサンダーの靴を。ジェフは開拓時代のアメリカ西部を舞台にしたアドベンチャー四部作『シックス・ガンズ・トゥ・ユマ』をペン入れから彩色まで自ら仕上げて〈ダークワールド・コミックス〉から刊行したばかりで、「おれかおまえ、この町に放浪者はひとりでじゅうぶんだ」という古典的なガンマンのファンタジーでアイルランド全土と世界じゅうの少年たちの目をくらませた。

　しかし、危険さを微塵も感じさせないお粗末な狼をもう一度見やると、きっとどちらの作家にも門前払いを食らうはずだと悟った。ナイルは中世風のファンタジーコミックの表紙を描き上げようとしていた。仕事終わりから徹夜で城を描きつづけ、崩れた城壁と塔、青々と苔を生やした木の切り株、現実には存在したこともないアイルランドのどこか遠くにある失われた世界をうろつき回るあらゆる種類の生き物を描いた。奥のほうの左側、おどろおどろしい絞首台の真上にいるオオガラスの出来栄えは上々だった。獲物を待ちかまえる口は赤く、いまにも舞い降りて、首吊り縄からぶらさがったままの死刑囚の肉片をついばもうとしているように見えた。表紙のずっと奥に見える、分厚い手袋に鷹を繋ぎ止めて狩りから戻ってきた騎士たちの姿は堂々たるものだ。森の開拓地で身をすくめている美しい乙女さえもある程度は成功していた。黒髪が白い顔を半ば覆い隠しており、木の枝が作りだす闇に紛れて身を守ろうと森の奥へ奥へと逃げている。

　知っての通り、その先からすべてが台無しになっていた。

ナイルは狼が乙女の行く手にぬっと現れ、頭を低くして目を燃やし、襲いかかろうと身構えているところを描くつもりだった。そうして作品全体を際立たせ、ハナタレ小僧たちを広大な冒険世界へと導くのだ。最低でも一部十ユーロを支払わせ、飢えた獣が無防備な若い娘を餌食にしようとする世界へ。それがどうだ、この乙女が先に進みたければ、ハンドバッグから取りだしたスニッカーズのチョコバーを太った犬に食べさせるだけですむだろう。なんとも情けない話だ。

ナイルは紙をくしゃくしゃに丸め、前の四枚を捨てた場所——切手が貼っていなかったり、宛先が間違っていたりした配達不能郵便を仕分け係がいっしょくたに放り込む大きな金属製のかご——に放り投げた。差出人が未払いの送料を支払うか、投函した郵便物を引き取りに来るかしなければ、毎週かごの中身はゴミとして処分された。

くしゃくしゃに丸められた狼はおとなしく言うことをきかなかった。紙のボールはいくつかの封筒をかすめると、白いなだれを引き起こしながら落ちていき、分厚い包みにぶつかった。包みは他の郵便物からはずれて何インチか動き、ガン！　と大きな音を立てて鉄のバーにぶつかると、そこにはまった。包みの中身がなんであれ、それはおばあちゃんに贈る手袋ではなく、角がかたくてある程度重みのある物なのは間違いなかった。

その夜初めてナイルは自分への哀れみを忘れ、音に頭をふり向けた。

かつてどんなものにもわくわくし、いまも青臭さの残るナイルの内なる目には、今夜は配達不能郵便のかごが乙女の城の前に立つぼんやり明かりのともった監視塔として映った。そのかごは、ナイルの上役が最近ボイラーと二台の壊れた切手自販機のあいだに押し込んだ、木製の使い古したデスクから三フィート足らずのところにある。ミスター・ライチョードハリーは、いかめしい顔つきで傷だらけのデスクを指させば、煙草の焦げ跡とコーヒーのしみもすっかり見えなくなるとでも思っているようだった。

ナイルはためらい、そして立ちあがった。美術学校を静かな苦悶のうちに中退して、家賃を払うためしぶしぶ下級郵便局員の喪服のような制服を身に着けてからの二年間。毎週木曜日に掛け金をあけて金属のかごによじのぼり、満ち足りることのない紙の胃の腑を空にするのにはうんざりしていた。しかし今夜はどこかが違っていた。厄介な冬のすきま風が咳き込み、紙を床にまき散らした。こんなときスタッシュ・ブラウンなら、光線散弾銃《レーザーショットガン》の撃鉄を起こして、かごの中からエイリアンの害虫が飛びだしてくるのに備えるだろうな、とナイルは思った。そしてピクルスは歯を剝いて、いかにも殺人猿らしくキーキー声をあげるのだろう。

ナイルは配達不能郵便のかごに近づいていき、掛け金をはずすと中に入った。

かごの底まで紙でできたそりをすべり降りたのは、しみのある焦げ茶色の分厚い封筒だった。それを取りあげると、また他の郵便物の山に戻そうとして、ふとナイルは封筒をひっくり返し、差出人の住所と氏名に目をやった。急いで書き殴ったようだ。文字が曲がってにじんでいたけれど、こう書かれているのは読み取れた――

ストランド通り一番地、マラハイド

フィオナ・ウォルシュより

これは妹のロイシンを守ろうとしたのも虚しく息絶えることになった、殺された女の子の名前？　まさか。タチの悪いいたずらに決まってる。一瞬ナイルは息もできなくなった。これからどう行動したものか、さっぱり頭が回らなかった。悪ふざけとみなして、ほうっておく？　恐ろしい意味をくみ取って、恐怖に凍りつく？　自分が知らず知らずのうちにその分厚い封筒をぎゅっと抱きしめているのに気づくと、ナイルは三つめの選択肢を選んだ。前のふたつの選択肢よりも、分別ある思考を狂わせる選択肢を。結論に飛びつかないふりをしていたが、おかげで封筒の中にどんな物が忍ばされているのか、内心では余計に気がかりになっていた。無残な表紙絵の森のように思われはじめたかごから急いで出ると、デスクに向かった。

そうだよ、さっさと封筒をあけるんだ。そうするのが当然じゃないか。けれど古びたデスクランプ（国際郵便の箱のそばにあるミスター・ライチョードハリーの秘密の蓄えから最近ナイルが〝解放した〟物だ）の明かりを受けて、封筒からさらに多くのことを読み取ると、ナイルの指はぴたりと動きを止めた。封筒に切手は貼られておらず、そのために配達不能郵便のかごに直行することになったのだ。封筒にはこんな宛先が書かれているだけだった――

マラハイド、タウンヤードレーン
郵便局
誰でも構わない

ナイルは再び封筒をひっくり返すと、熟練のダイヤモンド研磨工のように目を凝らした。その茶封筒には投函前に第二のメッセージがさらに慌てて書き加えられていたのが、いまではくっきり見えた。雨に濡れたあとではあったけれど、文字はちゃんと読み取れた。それは祈りであり、死を迎えようとしている者から見知らぬ誰かへの最後の願いだった。そこには曲がった乱雑な文字でこう書かれていた――

わたしたちはもうこの世を去っています。ただわたしたちを忘れないために、この物語を読んでください。

そのメッセージに、ナイルは両手がかすかに震えるのを止めようにも止められなかった。もちろん新聞は読んでいたし、親切な女性を装った人でなしを相手にフィオナが戦ったという、いまでは〝二階での格闘〟と呼ばれている出来事についても知っていた。その彼女が書いた呪文に逆らえるはずがない。ナイルが封筒の折り返し片を開きはじめ、中に何やら黒い物の影が見えたところで、大きな声と練兵場にでも立っているかのように踵を打ち鳴らす音が背後から聞こえてきた。

「クリアリーくん、これはいったいどういうつもりなのか、申し訳ないが説明してもらえんかね」

ふり向くと、上級郵便局員であるミスター・ライチョードハリーの威圧的な姿があった。黒い制服の上着のボタンを喉仏まですべてきっちり留めてあり、本人は密かに将校になりたいと願っているようだが、仕事熱心な駐車係にしか見えない。背の高い苦行者のようなライチョードハリーは狭い部屋をつかつかと横切ってきて、爪が綺麗に切り揃えられた指でまだ何枚か紙がまき散らされたままの床を指さした。この男は軍隊を率いているかのようにふるまっていた。実際には部下はふたりだけ、おまけにミセス・コーディは病欠だというのに。

「はっきり言わせてもらうが、きみの勤務態度が心配でならんのだよ。とにかく、こんな遅くにここで何をしているんだ?」

「絵を描いているだけです」

「またかね?」

「すみません」

いまではライチョードハリーはすぐそばに来ていて、ナイルには彼が高祖父から受け継いだというベルトのバックルが見えた。ミスター・ライチョードハリーの高祖父は、十九世紀半ばの第二次アフガン戦争中に堂々と敵の司令官と戦い、〝アユーブ・ハーンの砲火を浴びた〃そうだ。ひょろ長いこの上役は、財布から一枚の日焼けした写真を取りだして職場で見せて回ったことがあった。写真の中では、ストライプのターバンを巻いて洒落にならない槍を持ち、その姿に撮影者をただただ震えあがらせているライチョードハリーにそっくりな男が立派な馬にまたがっていた。「高祖父はベンガル槍騎兵隊第二十三連隊の将校だったんだよ」前に彼はまったく興味のなさそうなミセス・コーディにそう説明していた。バックルには「不名誉より死を」とかそんなことを表す複雑な紋章が刻まれていて、ミスター・ライチョードハリーはいつもそれをぴかぴかに磨きあげていた。

　しかしいま、このベンガル槍騎兵隊の末裔は、死よりも職場の規律のことで頭がいっぱいだった。悲惨なデスクに目をやると、終業後はぐずぐずせずにさっさと帰るということが到底望めないこの青年に机を与えたのをいまでは後悔しているみたいだった。ライチョードハリーは掛け金のはずされた配達不能郵便のかごに視線を落とし、やっぱり祖先の武器を持ってくれば良かったと思っているような顔をした。

「いったい何を……」ライチョードハリーはかごに近づくと、そっと蓋を閉めた。それからふり返ってアユーブ・ハーンの銃砲なみに致命的な恐ろしい目つきでナイルをギロリとにらんだ。「さあ、もう帰りたまえ。明日の朝一番に会いにきなさい。きみの勤務態度については……いくつかじっくり話し合わねばならんことがあるようだ」

「わかりました」ナイルは返事をすると、ジェフ・アレクサンダーの最新作『無縁墓地《ブートヒル》へ続く道』のバックナンバーで隠してフィオナ・ウォルシュの分厚い封筒を鞄の中にすべり込ませた。コミックの表紙では三人の裸同然の女ガンマンが読者に銃を向けていて、現状だとその銃口は怒りを募らせているライチョードハリーに突きつけられていた。

「ほら、もう行くんだ」将校かと錯覚を起こさせる男は、カンダハルにほど近い血塗られた戦場で頭の鈍い英国軍の新兵に命じるみたいに、そう言った。ライチョードハリーは靴修理店（郵便局は卑しくもその後ろに挟まれている）の先までずっとナイルを送っていき、玄関から押しだすと、内側から鍵をかけた。「舐められたもんだ」とかなんとか呟くのが聞こえ、革靴の踵の音はこの世でいちばんちっぽけな郵便局の奥へと消えていった。

外に出ると、ナイルは煙草に火を点けて、鍵師の持ち場に降ろされたシャッターの隙間から郵便局を覗き込み、ボスがまた配達不能郵便のかごに入っているのを見た。若造が神聖な職場を汚す真似をしていないか確かめておこうというかのようだ。ナイルは深々と煙を吸い込むと、自分が何を持っているかを思いだした。中央交差点にある明かりに照らされたニュースエージェントの窓の前まで歩いていき、鞄の中から封筒を取りだして開いた。

中には黒い本が入っていた。まるでこの近くにある墓地の墓石のようだ。

表紙はきめの粗い綿地でできていて、触るとざらざらした。下半分に深い溝が走っており、盾として使われたのかと思うほどだ。ナイルは本を持ちあげて光に照らした。いや、違う、それよりは安全に保管しておくためにどこかに突っ込んであったようだ。ラジエーターの後ろにでも押し込んであったために、黒い繊維が焦げたのかもしれない。フィオナがどうにかして叔母から本を隠そうとした様子が目に浮かんだ。でも、本の中身はなんだろう？　忌まわしい物語？　秘密の記録？　ひょっとして、宝の地図とか？

「何を考えてるんだか、バカだな」ナイルは妙な期待を捨てるよう自分に言いきかせた。「『スペース・コロニーズ』の世界じゃあるまいし」

最初のページをめくろうとしたとき、店の中から誰かに見られているのに気づいた。

「そこのあんた、どうかしたのか?」頬を熟れたスモモ色に染めた白いエプロン姿の太ったレジ係が尋ねた。その口調になぜかナイルはとっさに本を隠してしまった。

「いや、別に何も」

「そうか、ならいいんだ」男はそう言い、テレビで放送されているラグビーの試合を目で追いながら、遠目から見ても特大サイズとわかるティーケーキをひと口かじった。

ナイルは会釈をして、自転車をとめたところまで歩いていくと、また鍵をかけ忘れていたにも関わらず、自転車はたばこ屋の横でじっと辛抱強く待っていた。鞄を斜めがけにして、枯れ葉のように塗装が剝げてきている鉄のフレームをひょろ長い脚でまたいだ。ペダルを漕いでダブリンロードを進んでいると、専門家の手がかけられた可愛らしく立ちならぶ店の上空を横切って、そのすぐ先の町に向かって着陸態勢で滑空していくジェット機の衝突防止灯のかすかな白い光が見えた。もうじき深夜〇時になる。

家までの長い道のりを自転車で走るあいだ、ナイルは横をスーッと追い越していくもどかしそうな霊魂も、自分たちの存在を忘れさせようとはしないふたりの娘の怒りに満ちたかすかな囁きさえも、これっぽっちも感じなかった。

けれど、もしも偶然フィオナ・ウォルシュの黒い本を手に入れたのが他ならぬスタッシュ・ブラウンだったとしたら、最大級のレーザー銃を携帯して決してハンドルから目を離さなかっただろう。いらだちを抱えたふたりの亡霊がナイルと顔を突き合わせる形でクロムスチールのハンドルに後ろ向きに座り、さっさと本を開いて読み始めてくれないかと焦れていたのだから。

バリムンにある狭いワンルームのアパートメントに帰り着いたときには、オスカーは何もかも貪り尽くしていた。

ナイルがへんぴなド田舎から出てきたとき、住民はみんなこの町を〝ザ・ムン〟としか呼ばなかった。疲弊しきったベトナム戦争の退役軍人たちが〝ザ・ナム〟という呼び方をするのとちょっと似ているように思えた。社会振興をめざして建てられたコンクリートのビル群が、かえってバリムンという地域をかつての麗しき東ドイツの都市部のゲットーそのものに変えてしまっていることに、ナイルはすぐに気がついた。

七つの棟——共和国の独立をめざして英国軍を相手に少数のアイルランド義勇軍が戦った、一九一六年のイースター蜂起の殉教者（共和国樹立宣言に署名し、銃殺刑に処せられたパトリック・ピアース、ジョセフ・プランケットら七名）にちなんでそれぞれ名付けられた——は数十年にわたってスターリン風に北ダブリンの荒廃を招いてきた。この地域に住む市民の誇りを回復させようと地元の取り組みがついに進行しはじめ、めざわりな建物を次々に取り壊していったが、プランケット・タワーと呼ばれるナイルの住む黒いレゴピースのような棟だけは、いまでも毎晩大きな口をあけて彼の帰りを待っていた。バリムンではどんなときも明るい雰囲気はあっけなくかき消されてしまう。公園や何かをつくって風通しを良くしようという新規の計画を前にしてさえも。取り繕ったところで無駄さ、とナイルは思った。ここはカプチーノ・ランドなんかじゃないし、そうなることは永遠にないだろう。研いで尖らせたコインや宝くじのはずれ券をポケットに入れた廃馬買い入れ業者《ナッカー》や、タラ（ダブリンの南に位置し、あまり治安が良くないとされる地区）にいまでもいるような本物のゲットーのよろず屋の暮らす場所だ。彼らや周りの皆にとって、これらの場所はいつまでたっても依然として労働者階級の地域《ナッカーラグァ》であり、タラフォルニアであり、再生計画なんてくそくらえだった。

けれどオスカーにしてみれば、食べ物がじゅうぶんに与えられている限り、そんなことはどうでもいいらしい。ドアが開く音を聞くと、この茶トラ猫は興味なさそうにまばたきをして椅子に飛び乗り、堂々たる暴れっぷりをナイルにはっきり見せつけた。嚙みちぎられた電話コード、中身の飛びだしたマーズバーが二本。キッチンから運ばれて、オスカーがいちばん穏やかな様子をしているときに夢見ているのであろうネズミのミイラみたいにばらばらにまき散らされたティーバッグが少なくとも十包。

「そうかい、この茶トラめ、ぼくも愛してるよ」ナイルはそう言って、片付けに取りかかった。が、すぐに作業机に腰を落ち着けた。オスカーはインクのにおいとペンに塗装されたラッカーのにおいが大嫌いで、机には決して近づこうとはしない。ゴロゴロと喉を鳴らすと、常に煤汚れた十二階の窓からさえもまだ見えない、セメントの海の向こうに待つ夜明けの光へと頭を向けた。

ナイルは鞄から黒い本を取りだして、いちばん明るい電気スタンドの下に置いた。同じ場所を何度もボールペンでなぞってフェルト地にF・Wというイニシャルが刻んであるのがいまでは見えた。フィオナ・ウォルシュ？　だったらこれは本物かもしれない。だけど決めつけるのはまだ早い。ナイルはオスカーが先を続けろと合図してくれるのを待ってみたが、糖分をたっぷりとって満腹になった猫は、この生き物に特有の由緒正しい無情さを持って彼に一瞥をくれただけだった。その目はまるで「そいつを読んであんたが死のうと生きようと、オレさまがひもじい思いをして眠ることにはならないさ。だから読めよ、マヌケ野郎、どうぞご勝手に」と言っているようだ。

警察に通報するべきだろうか？　ナイルはしばし逡巡し、本を持ちあげた。これは証拠物件かもしれない。重要な証拠品で、殺人事件を解決する手がかりになるかも。耳が熱くなり、頭の中で「ナイル・クリアリーは町の英雄だ!」という記事の見出しが躍っていた。受話器に手がかかった。が、その手はひとりでに動いているかのようにそっと受話器から離れ、ごわごわした黒いキャンバス地の表紙に戻った。

とうとう最初のページをめくると、警察のことは頭から消え去った。

けれど、そのとき彼はまだ知らなかった。自分の人生が——あるいは、同じことをくり返すばかりのこれまでの暮らしが——もう元には戻らないことを。

ページを次々に埋めている、ぎっちり詰めて書き殴られた文字の初めのいくつかに目を通すと、鼓動が速まった。半透明の薄紙には乾いた血や涙の跡が残っていた。それとも、涙ではなく汗だろうか? 封筒の文字と見比べてみると、筆跡は一致した。文字が不揃いでだんだん下がっていくところも、母音のカーブがきついところもそっくりだ。急いで書いた字だ。お茶やポテトチップスのボウルをかたわらに、のんびりくつろいで書いたものじゃない。ナイルは紙のあちこちに爪を食い込ませ、切羽詰まった半月形の汚れた押印を残した。

そのとき、朝日のおぼろな筋という形をとって夜明けが訪れ、地平線の灰色の雲をすべて背負って持ちあげようとしたが、あっという間に押さえ込まれてしまった。まるでコンクリートに触れたことで弱って消えてしまったかのように。小さなアパートメントに暗夜のごとき濃密な闇が降りた。ナイルはありったけの電灯を点けると、暖房がまた故障していたため、ダウンジャケットの前をかき合わせて寒さをしのいだ。そしてフィオナ・ウォルシュの物語の出だしを指でたどり、読み始めた。ナイルは既に彼女の手中に囚われ、最後のページにたどり着くまで動かないだろうとわかっていた。

ページのいちばん最初に、フィオナはこう書いていた——

見知らぬ良き友へ。お願いです、わたしの話を聞いてください。いま、わたしはここにいて、先は長くありません。あなたにわたしの物語とこの先のすべてを託します。わたしたちはもうすぐ死ぬのだから。ジムという名の男を、その本性を知らぬまま愛してしまったがために、わたしたちはこの家で息絶えることになるでしょう。何が起きたか話すので、よく聞いてください。

第一部

フィオナの日記

3

やっと階下のあの人は静かになった。

愛しい叔母の荒れ狂ったわめき声を、少なくとも一時間は耳にしていなかった。つまりしばらくは書くのに没頭していられるということ。だからまた叔母が二階にあがってきて、ドアをバンバン叩きながら人殺しと責めはじめる前に、自己紹介をしておいたほうが良さそうだ。

わたしはフィオナ、フィオナ・ノラ・アン・ウォルシュ、このぞっとする家の中で三カ月近く過ごしている。わたしは汚れている。猿の尻みたいに臭い。身に着けているものは、かつてはタイシルクと呼べる服だった。故郷の人たちはわたしを綺麗だと言ってくれたけど、そう言われるのはきまって妹たちが先で、そちらは本心からの言葉だった。ねえ、やましさなんて感じないで。あなたがこの日記を見つけたのなら、もうわたしを救うことはできないんだから。でも、たとえそうだとしても、せめてわたしのことを忘れないで。わたしがどんな人間だったか、どうしてここに来ることになったのか、忘れないと約束してほしい。すべての真実の物語を誰にも知ってもらえないままゴム製の死体袋に入れられて運びだされるなんて、想像するのも耐えられないから。

ただ、出だしでつまずかないために、はっきりさせておきたいことがあるの――わたしに同情なんかしないで。こんな状況でも、自分の面倒は自分で見られるから。一カ月前、夜に部屋を点検される前に、わたしは叔母が南京錠をかけ忘れていた引き出しの中から何本かのヘアピンとドライバーを見つけて、マットレスの内側に隠した。ここ数日の夜、わたしはロイシンの様子を確かめたあと、窓のそばのレンガ壁の粗い縁を使ってドライバーを研いでいる。既に悪魔のような叔母を三人でも刺し貫けるほど鋭く尖っている。しかもわたしがドライバーを突き立てる叔母はひとりしかいない。けれど耳を澄まし、待たなければならない。そのときが来たら、チャンスは一度きりのはずだから。ときどき階下の叔母の部屋から擦れるような音が聞こえてくることがある。何かを引きずっているみたいな音。きっとわたしの頭蓋骨を叩き潰すため、何か重い物を見つけたのだろう。ツルハシかもしれないし、シャベルかもしれない。でも、そもそも叔母にそれを持ちあげることができるのだろうか？　とてもそうは思えない。二日ほど前、二階のこの部屋の窓から最後に姿を見たとき、叔母はかわいそうなロイシンと同じぐらい痩せ細っていた。

わたしはいまでは昼夜をおかずめまいを覚えている。それはジャガイモとパンを食べているせいだけじゃない。内臓をぐっと横に押しやられているみたいに、内側からぶくぶくと沸きあがってくるような感覚だ。あるいは内臓が干涸らびて、空っぽの大きな穴しか残っていないような。ちゃんと説明できるか自信はないけど、わたしの体に何が起きているのであろうと、叔母の企みのせいなのは間違いない。ずっと血尿が出ている。それはロイシンもだ。夜になると、わたしのロージーは納屋の家畜みたいに哀れな泣き声をあげて母さんを呼ぶ。

地下室からはしばらくなんの物音も聞こえてきていない。どこから聞こえたとしてもおかしくない、カチャカチャいう音が一度したきりだ。残念ながら、もう残っているのは二階のわたしたちふたりだけらしい。わたしたちを助けてくれそうな人間を生きて外に出さないためだけに、あのくそアマなら庭のホースで階下を水浸しにしかねない。でも、それなら音が聞こえるはずだ。近所の人たちにも。どうやらモイラ叔母さんの体力も衰弱してきているようだ。どちらが生き残るかは、いまや信仰ではなく意志の問題になっている。我慢比べだ。わたしはあの淫売よりもたくさんのハーフマラソンを走ってきた。モイラ叔母さんがプラスチックのキリストを拝んでも、わたしには叔母への憎悪と妹のロージーへの愛情がある。それは卑劣なあの女が身勝手な思いを込めた百のロザリオよりも強いはず、でしょう?

救いは常にそのにおいを嗅ぎ取れるほどすぐ近くにある。けれど決して訪れはしない。

最近、家のすぐ外の歩道で立ち止まってわたしのいる二階の部屋の窓を見あげている人たちを何人か目にしていた。その中には、引きつった笑みを浮かべている小柄でおかしなあの郵便配達員も含まれている。彼はいつも何かを決断しかねているように見える。顔にいつでも笑みを貼りつけていて、モイラ叔母さんに家へ招き入れられなくなってからもそれは変わらない。

彼は知っているのだ。

わたしにはわかっている。彼は知っているのに、はっきり認めたくないだけなのだと。だけど、すべてが始まる前なら、わたし自身どれだけのことを信じる気になっただろう? ひとつの殺人が、監禁と自らの家族を殺す覚悟に繋がるなんて? おそらく信じようとはしなかったはずだ。だからきっとあの郵便局員も考えないようにしているのだろう。人は目が伝えてくることを決して信じないものだ。本能で感じることを信じて、自身の経験に照らし合わせる。だから連続殺人犯の隣の家に何年も住んでいたおばあさんたちはマスコミのインタビューに対し、彼は「まともなすばらしい子」だったと決まって話すのだ。邪悪なるものの存在を認めたがらず、〝魂の根底においては〟善人であることを求めて。わたしとロージーは、もう騙されない。井戸の中に黒いタールが貯まっていれば、タールを汲みあげたところで、その底にみずみずしい花々が見つかるはずはない。

　二週間前、モイラ叔母さんがどうやら玄関のそばに立ち、あの郵便配達員がやって来るのを待ちかまえて聞き耳を立てているらしいとわかったとき、わたしは彼が玄関前の階段をのぼりはじめるとカーテンをさっと引いて手をふった。郵便配達員は目をぱちくりして、一瞬立ち止まった。わたしはカーテン越しにその姿を見つめながら、彼が回れ右をして通りを駆けていき、警察に通報してくれるよう祈っていた。けれど彼は自分の目しか信じなかった。その目が見たのはわたしではなく、風のしわざでひらりとはためいたレースのカーテンだけだった。郵便物は配達《デリバー》されたけれど、わたしたちは救《デリバー》いだされなかった。つい最近やって来たとき、彼は郵便受けに急いで向かいながら、わたしの部屋の窓を見ないようにしているみたいだった。良心の呵責と折り合いをつけて生きていきたいのだ。それが彼にとってフェアなやり方なのだろう。我が身かわいさに見て見ぬふりをするしかないということだ。

　そんなわけで、わたしたちが助かるかどうかは、わたしにかかっている。わたしと、この監獄で研いだドライバーという手製の武器に。そのときが来るまでに、もっとマシな武器が手に入れられない限りは。叔母の脳を打ち砕ける武器が見つからない限りは。

　ちょっと待って。

　あなたも息をひそめていて。物音ひとつ立てちゃだめ。

　叔母さんの動く音が階下から聞こえるから。引き出しをかき回していて、金属と金属がぶつかり合う音がする。たぶん、ハサミだ。あるいは、ナイフか。ねえ、聞こえる？　ドラゴンが歯をきしらせているような、カタカタいう音が。いまは午前二時半、叔母がこんな時間まで起きているなんておかしい。どこか変だ。いつもなら、悲鳴やわめき声が聞こえはじめるのは、名ばかりの朝食を与えられたあとなのに。

ほら――また静かになった。でも叔母は何かの準備をしている。わたしにはちゃんとわかっている。ことによると今夜か明日にはとどめを刺すつもりなのかもしれない。だからあなたと共有できる時間がどれだけ残されているのかわからない。先月、叔母の聖書の下にあったこのノートをこっそり拝借したとき、あと三週間は持ちこたえられるかもしれないと思っていた。正直言って、いまではあと三日間持ちこたえられるかも怪しいものだ。

だけどこれだけは約束する――手が動かせなくなるまでは、書き続けることを。叔母が止めようというなら、わたしの手からこのペンをもぎ取り、ドライバーの攻撃をよけてみればいい。じゃあ、良かったらメモを取って。すべてを起きたとおりに話したいと思ってはいるけど、話があちこち飛んでしまうかもしれないから。わたしたちふたりが顔を合わせることは決してないけれど、あなたに信じてもらえるということが、わたしにとっては大切なの。ほんの少しだけ辛抱してね。ちゃんと全部話すつもりだから。

いますぐ知ってもらいたいことがある。わたしたちが罪のない子羊だと勘違いさせないために。罪がないのは最初の嘘をついていない子どもだけだから。

ひとつのことに関して、モイラ叔母さんは正しい。わたしたちが人殺しだということは、この忌々しい紙に文字を綴る手が震えているのと同じぐらい確かな事実だ。人殺しは罪だし、あの世で罪を償うのが待ち遠しいなんて少しも思ってないけれど、決して後悔はしていない。罪のない人間もいれば、生かしておけない人間もいるように、良い死と悪い死がある。言っておくと、その点でわたしたちには選択肢があった。捕まったときに、いかにして神や運命が〝この手に強いた〟かという話をでっちあげるのは、臆病者や腰抜けのすることだ。わたしたちは鋼の決意を持って殺しにのぞみ、あとには血に染まった手を草でぬぐった。眠れない夜はひと晩たりともなかった。ごめんなさい、また先走ってしまったみたい。このまま読み続けてくれれば、ついこのあいだまで最大の関心事はかつての暮らしを思いだすことだったという人間の中に、どうすればこんな矛盾が存在しうるのかわかってもらえるかもしれない。わたしはジムが現れる前の暮らしを思いだそうとしていた。

こうして自己紹介も済んだことだから、他のことについても認めておかないとフェアじゃないでしょうね。自分たちに人殺しのレッテルを貼るよりもつらいことについても――

悪いのはわたし。責任はすべてわたしにある。

そもそもわたしがセクシーなオートバイにまたがったハンサムな若い男に気づかなければ、わたしたちはいまもウェストコークにあるわが家のベッドで心地よい眠りについていただろう。けれど、ひとたび目と目が合ってあの黒い水たまりの中に引き込まれてしまうと、その感覚が忘れられなくなってしまった。本でしか読んだことのないような感覚だった。アヘンにはそういう魔力があると言われているけれど、こっちはもっと強力だった。彼に見つめられると、恐ろしくなるのと同時に安心できた。いまでもまともに説明できないぐらいだから、彼がどれほどの力を持っていたか、きっとわかってもらえると思う。

ジムという男は、破滅、憤激、誘惑をひとつにまとめた言葉が存在しない限り、まだ名前も与えられていない自然界の力だったのだ。そして彼は確かにわたしを誘惑した――わたしたちみんなを誘惑した。

すべては燃料パイプの故障から始まった。なぜわたしは自転車でそのまま通りすぎなかったのだろう？それはあなたが判断してほしい。椅子を前に引いて、答えを出すのを手伝ってちょうだい。誓って言うけれど、わたしにはまだすべてを理解できてはいないから。

　あれはたった三年前、故郷のキャッスルタウンベアでのこと。確か五月のある日だった。雲がすべて押し流された空の下、一九五〇年式のヴィンセントコメットという夢のマシンの故障を調べるために身をかがめて悪態をついている男の姿にわたしは目を留めた。気づかれはしないだろうと思いながら、自転車の速度をゆるめた。けれど彼はふり向いて、狭い通りで正面からわたしと顔を合わせた。

　そしてひと目見ただけで、あの人は金庫を破るようにわたしの心をこじあけて、その中身を一切合切盗んでしまった。

　わたしが耳にした彼の第一声は、「その程度の車で満足してるのか?」だった。

　もちろん、わたしに言ったのではなく、広場のそばの狭い目抜き通りを轟音を立てて疾走し、もう少しで彼を轢き殺しそうになったヨット並みにばかでかい黄色のBMWのマヌケな運転手に向けた言葉だ。宝石で飾り立てたガールフレンドを連れて、ナンバープレートによると右側通行の国から来たらしい観光客のその男は、車を停めて窓から顔をだした。顎にはそこらの肉屋にもひけを取らないほどたっぷりと肉がついている。膨れあがったその腕の筋肉を前にして、理性ある人間なら尻込みしていたかもしれない。戦艦ビスマルクをも沈没させそうなダイバーズウォッチが太陽の光を反射してきらめいていた。

「このゲス野郎《ディン・フィーットトーヴァ》、なんだって?」

　オンボロの革ジャンを着たライダーが顔をあげると、弱い日射しがその目の虹彩を捕らえた。ふたつの目に恐れはなかった。最高にいかした男だった。彼は返事をする前に、自転車にまたがったまま前のめりになって事の成り行きを見守っているわたしに向かってゆっくりうなずいてみせた。今日になっても、自分があの目の中に何を見たのかわからない。ただの攻撃性だったのかもしれない。くたばれという気持ちに過ぎなかったかもしれないけれど、そこに秘められていそうな他の何かに、ドライバーはすぐには気づかず、ドアをあけて道路に半歩踏みだした。

「おれの質問が聞こえなかったのか?」

「ちょっとカッレ、もう車に戻ってよ。ねえ!」助手席のブロンド女が左に身を寄せて、がっしりした男のスエードのシャツをつかんだ。しかし男は止まらず両足を地面におろすと、道路を歩きだそうとした。

若い男の目に浮かんでいるものに気づくまでは。

「あんたの頭に血がのぼっちまう前に、ひとつ秘密を打ち明けてもいいかな?」男はスウェーデン人のドライバーに尋ねた。

ライダーは両手を脇に垂らしたまま笑顔でスウェーデン男のほうへとまっすぐ歩いていき、魅力的な唇を相手の肉厚な耳に寄せた。彼がすばらしいお尻の持ち主であるばかりか、タイトな黒いジーンズとTシャツの下に隠れているのは筋肉だけではないということにわたしは気づいた。世界中の時間をすべて手中に収めているかのように悠々として、彼は身をかがめて何やら囁いた。ドライバーはいまにもわめきだしそうな様子で、両手でこぶしを握っている。若いライダーのキアヌ・リーヴスみたいなくしゃくしゃの黒髪をつかんで引っこ抜こうとしてもおかしくはなかった。しばしのあいだ、この偉ぶったろくでなしは本気でそうしようかと思っているように見えた。蔑むような笑みがゆっくりと広がっていった。

が、それからドライバーはだらりと顎をゆるめ、シャベルが似合いそうな大きくて無骨な手からも力が抜けた。

ハンサムな男が何を呟いているのか聞き取ることはできなかったけれど、通りの反対側に立っているわたしには、激高した声には聞こえなかった。わかったなと念を押すように、片手を差しだしてふざけた調子で相手の耳たぶを引っぱったりもしていた。それからふり返ってわたしにほほえみかけると、消防車みたいに真っ赤なバイクのほうへ戻っていった。ドライバーはぽかんとあいた口の中にしばらく風を通しながら、いま耳にしたことの意味を嚙みしめつつ、呆然とその場に立ち尽くすばかりだった。どんな内容であれ、身動きできなくなるほどショックを受けたらしく、ガールフレンドにシャツの裾を強く引っぱられてようやく我に返った。最後の授業のチャイムが鳴ったあとのわたしの生徒たちよりもすばやい動きで運転席に戻ると、エンジンを思い切り吹かし、アスファルトに二本の太いタイヤの滑り跡を残した。教会の階段の前を通りすぎてあっという間に走り去り、それを最後にこの町で彼らの姿を見かけることはなかった。

ええ、言いたいことはわかってる。

さっさとまた自転車にまたがって道を急ぎ、他人のことに干渉するなって言いたいんでしょう？　もちろんわたしだってそれも考えた。でも、何があのドライバーの怒りを瞬時に消し去ってしまったのか気になって、もうちょっとだけ様子を見ようと思うものじゃない？　あなただってきっとそうしたはず。だからわたしは不動産事務所の窓に自転車を立てかけると、勇気を奮い起こしてライダーに話しかけようと近づいていった。彼は泥跳ねを浴びたマシンの横にまたひざまずいていた。そのバイクには外傷を負った患者よりも多くのプラスチックの管とゆるんだワイヤーがつながっていた。彼が子守歌を口ずさんでいるのが聴こえた気がした。汚れたバイクに向かって土産物屋の横でこのまま眠れと歌っているかのようだった。

この足が気づくよりも早く、彼はわたしが通りを渡って歩きだしていることに気づいていた。間違いない——彼が別のボルトを締める前に一瞬手を止めた様子から、そのことがわかった。

「調子どう《ハゥャ》？」彼はふり向きもせずに尋ねた。ちょっとダブリン、わずかにコーク、そしてこのあたり以外のどこかの訛りがかなり混じっていた。猫みたいになめらかな声。

「まあまあね」ぼんやり突っ立っているだけの自分がバカみたいだと思いながら答えた。わたしは規定の丈のスカートに地味な靴といういかにも教師らしい服装をしていた。男の人に話しかけるときの服装としては、セクシーさのかけらもない。自分の運のなさを呪った。

そのとき彼はふり返ってわたしを見た。

足の下の地面が揺れたとか、そんなたわごとはとても言えない。けれど聖書の山にかけて誓って言えるのは、彼を見ていると、人生のごく初期にしか持ち得ず、その後は二度と抱けないような希望で満たされたということ。その瞬間にわたしの中で醸造されていた思いがどんなものであれ、他の何よりも大切に思えた。だってこのとき彼はわたしに色目をつかったわけでもなく、ウインクしたわけでもなく、ほほえんだわけでもなかったのだ。ただわたしの目の中を覗き込み、網膜に脳に内臓、それに残りのすべてを見通して、内部の至るところを秘密の懐中電灯で照らしだし、見たものに明らかに満足した様子で外へと這い戻ってきた。たとえるとすれば、自分が恐れていない大きな獣に捕らえられている感覚といったところ——その獣は他の誰をも傷つけるかもしれないけれど、わたしだけは傷つけない。

彼はあの観光客の耳と流行りの感じに髭を剃り残した頬を撫でてはいたけど、そういう仕草をさせたのは親愛の情ではなく、約束だった。「おれの言葉は聞かなくていい、ただその体から醜い頭をもぎ取って通りに蹴り落としてやるつもりだってことだけは心に留めておくんだな」とでもいうような約束。わたしはそれが復活祭と同じぐらい確かなことだとわかっていながら、それでも彼の元から立ち去ろうとはしなかった。

何がわたしをとどまらせたのだろう？　単なる好奇心や、人通りのない路地で手短に済ませるセックスへの安っぽい夢想ではなかった。

言うなれば、わたしは彼の声にダイヤルを合わせはじめていたのだ。いいラジオ局に周波数を合わせられるのを待っている、孤独なダイヤルみたいに。わたしはデュバリーの安いエナメル革のパンプスを履いて立ち、彼の周波数に合わせられるがままになっていた。

「名前は？」彼は知りたがった。

「売り物じゃないわ」

彼はまた別のボルトを締めると、シャツの下のほうで燃料パイプを拭いた。おかげでこれまでフライドポテトにもスタウトにもあまり縁がなかったらしいお腹が丸見えになった。あとになって、彼がわざとそうしたことを知った。「なのに、おれがあのスウェーデンのミートボール野郎に何を言ってこのアイルランドに小さな土地を買おうなんてことを忘れさせ、一九八三年度ミス・脱色クイーンを連れて夕日に向かって走る気にさせたのか知りたいって言うんだな？」

わたしはいくぶん口調を強めた。確かにこっちの考えが完全にお見通しだとはいえ、この男はあまりに自分に自信がありすぎる。「かもしれないし、この辺の人間じゃない誰かさんが珍しいおもちゃをいじるところを見たいだけかも。ところで、それってどういうバイクなの？」

彼はスパナを置き、「くそ、こいつは厄介なことになりそうだ」とでも言いたげに首を横にかしげてみせた。「ただの世界一美しいバイクだ。嘘じゃない」彼は大きな燃料タンクの脇に施された金箔《ゴールドリーフ》のレタリングを撫でながら言った。

タトゥー風の旗が丹念に装飾され、そこに白抜きの〝ヴィンセント〟の文字が配置されている。このときになって、彼はついにほほえんだ。当然その歯は完璧で、教会の中でしか耳にしたことのないうやうやしさを持って話した。

「おれのヴィニーは生粋のレーシングマシンだよ。この国に、いや世界中に残っている最後の一台かもしれない。ユニコーン並みに稀少だ。一九五〇年式ヴィンセントコメット、九九八cc、アルビオン製のギアに湿式多板クラッチ」彼はわたしの困惑した顔を見ると、つけ加えた。「つまりこいつはとんでもなく速くて、簡単には満足しない女で、故障してばかりだってことさ。それでもおれはこいつを愛してる。乗ってみたいか？」

「自分のことしか頭にないみたいね」

「感じ良くしようとしてるだけだ」

乗ってみたいかともう一度聞いてほしかったけれど、そのときわたしは腕時計に目をやった。もう九時近くなっていて、通りをまっすぐ行った先では二十三人の十一歳児たちが席につきはじめ、ナイル川デルタとアブシンベル神殿の建築様式についての胸躍る授業を待っている。彼はわたしが時計を見たのに気づき、ちょっと悲しそうな顔をした。と、あっと思う間もなく彼はわたしの手を取って握っていた。紳士がするように、そっと。撫でさするような真似はしなかった。

それから彼はこう言った。「おれはジムだ」

「でしょうね」わたしは手を引っ込めると、また道路を渡って戻りかけ、立ち止まった。わたしが立ち止まることも彼は見通していた。ふり返ると、笑っていたから。風が吹き、引きしまった体に羽織った上着が革製の帆みたいにはためいていた。「いいわ。降参する。あのスウェーデン人になんて言ったの？　その洒落た車を朝食代わりに口に突っ込んでやるとでも？」

本気で警戒する気持ちが初めて沸き起こったのはそのときだったけど、わたしはその感覚を無視した。その頃にはもうまともな判断ができなくなっていて、彼に秘密を教えてもらいたくてうずうずしていた。

ジムは首をふってエンジンをかけた。バイクは夜明けのタグボートの船団よりも大きなうなりをあげた。必然的にわたしはジムに近づくことになり、彼はまた笑みを浮かべると、エンジンを思い切り吹かした。そのときのことを思いだすと、いまでも恐怖よりも欲望で満たされる。彼はこっちに頭を突きだして、声が聞こえるようもっと近くに来いとあいているほうの手で差し招いた。わたしの髪が風になびいて彼の髪と絡み合う距離で、ようやく言葉を聞き取ることができた。

「物語を聞かせてやっただけだよ」

「じゃあ、かなり怖い話だったのね」もっと詳しく知りたくて、そう言ってみた。ヴィンセントは九九八ccの声の限りに叫び、いまやわたしの頰はジムの頰の横にあった。彼はモーターオイルと険しい道のりを何日も走ってきたにおいがした。わたしは一瞬、目を閉じていたのかもしれない。

「いや。あの男の頭の中にもともとあった考えに沿う物語というだけだ」意味がわからない。そのあと彼はわたしの頰を優しく叩き、バイクのキックスタンドを蹴りあげて、例のごとくまた小さくうなずいてみせた。そしてスロットルをひねる手に力を込めると、左方向に曲がってアイリーズの町に向かう丘をのぼっていった。丘の途中では登校中のわたしのクラスの生徒たちが立ち止まり、走り去るバイクをぽかんと口をあけて見送っていた。わたしはエンジン音が聞こえなくなるまで通りに立ち尽くしていて、別の高級車に轢かれそうになった。道路の端に寄って自転車の横に立ち、教会の鐘が九時を打つのを聞いた。授業に遅刻するだろうけど、それを言うなら少なくとも十人の生徒たちも同じだ。他人の頭の中にどんなものが眠っているか知っているゴージャスなくそったれを乗せた赤いヴィンセントなんて、わたしの育ったこの町では滅多に見られるものではなかったから。

　わたしは必死にペダルを漕いで学校へと丘をあがりながら、あのスウェーデン人の目に浮かんだものを思エンジン音に耳を傾けているほどに。

「先生、まだあたしの質問に答えてもらってません」メアリー・キャサリン・クレミンが言い、それは当を得た発言だった。わたしは彼女の話していることを少しも聞いていなかった。

遠慮がちな笑い声のさざなみが耳に届き、ハッと現実に引き戻された。アイロンをかけてぱりっと糊付けした制服を着て、引き出しの中のHBの鉛筆はすべて凶器みたいに尖らせてある、教師に取り入るのがうまい生徒が目の前に立っていた。彼女は手につかんだチョークを強く握りしめることで授業をスピードアップできるとでも思っているかのようだった。メアリー・キャサリンは王家の谷に関する宿題のレポートを発表している最中で、いいところに差しかかる前にわたしの気がそれてしまったことに腹を立てていた。

「ああ、ごめんなさいね、メアリー・キャサリン。質問はなんだったかしら?」

いだそうとしていた。

耳にしたことにただ脅えていただけじゃない。

あの男は生命の危険を感じていた。

その日の午前中、わたしは大ピラミッドに関するふたつの退屈な授業をし、それらをつくらせた身勝手な人物について話して、クフ王の綴りを黒板に書いてみせ、いかにも新任の教師らしく思われないよう精一杯努めた。ただしこの六年生のクラスではうまくはいかなかったけれど。忌々しいゲームボーイをしまうようクラーク・ライアダンを三度注意するあいだも、ジムはあの喧嘩っ早いドライバーの左耳にどんな言葉を囁いて、あんなに唖然とさせたのだろうかと考えずにはいられなかった。

でも正直言って、わたしは何よりもジムその人のことを考えていた。教室内の騒音をシャットアウトして、ヴィンセントコメットが発しているかもしれない遠い未来の取調官は腕組みしてため息をついた。靴紐をあまりにきつく締めているので、よく息ができるものだと感心してしまう。「スフィンクスの鼻がなくなったのは、フランス兵の一団がよじのぼってぶった切ったからだってデイヴィッドが言うんですけど、そんなの嘘だってあたしは言ってるんです。そうでしょう?」

「違うって、ぼくはフランス軍が鼻めがけて大砲を発射したって言ったんだ」デイヴィッドはがっしりした少年で、耳ざわりな声と決して消えない口臭の持ち主だ。

「黙りなさいよ、このブサイク」メアリー・キャサリンは髪のバレッタを留め直しながらなじった。

「だったら黙らせてみろよ」

「ほら、静かになさい」メアリー・キャサリンに席に戻るよう促すと、彼女はしぶしぶ言われたとおりにした。デイヴィッドは外の木になっているリンゴをひとつ彼女に投げつけてやりたそうな顔をしていたけれど、わたしにもその気持ちはわかった。「本当のところ、誰にもわからないのよ」ここは外交的手腕をふるうことにして言った。「多くの歴史学者は十四世紀に地元の人間に破壊されたと信じているから、ナポレオン軍のしわざではないかもしれないわね。だけどはっきりした結論は出ていない」

このソロモン風の判決にはメアリー・キャサリンもデイヴィッドも心を動かされず、どちらも頑として譲らなかった。「でも先生」おちびの〝ミス・もっとたくさん宿題だしてください〟はかん高い声で言いはじめた。「あたし調べたんですよ、そしたら絶対にフランス軍のしわざじゃないって書いてあったんです。やったのは負け犬の——」

「いいや、フランス軍のしわざだね。砲弾で吹っ飛ばしたんだ」デイヴィッドは叫び、机の上をゴツンと叩いた。「ドカーン! 鼻はなくなった」

教室のあちらとこちらで激しい口論が勃発した。どちらの側もそうではないふりをしていたが、わたしには鎮めることができないまま長いことくすぶり続けるこのクラスの勢力争い――ミス・完璧vsミスター・知ったかぶり――だった。ほどなく侮辱的な言葉に続いて教科書が宙を飛び交いはじめ、わたしがいくら声を張りあげたところで、この小さな獣たちをかえって煽るばかりのようだった。腕時計に目をやると、終業のベルが鳴るのはまだまだ先だった。

そのとき、鈍いうなりが聞こえてきた。

それは騒音をくぐり抜けてわたしの耳に忍び込み、どこか遠くから次第に大きく響いてきた。金切り声はやみ、生徒たちもその音に耳を傾けていた。わたしにはなんの音かすぐにわかった。毎日一度は故障して専門家の手入れを必要とする、古いオートバイのエンジンがあげるプスプスという湿ったうなりだった。窓の外を覗いてみたけれど、生け垣のそばの教職員用駐車場にわたしのオンボロ自転車とその隣にさらにぼろっちいフォード・フィエスタが駐めてあるのが見えただけだった。道路は見えなかったけど、赤いバイクが飛ぶように通り過ぎるところがひと目でも見えないものかと首を伸ばした。

やがて音は小さくなっていき、屋根を叩く雨音に紛れて消えてしまった。

ふたつに折り畳んでバックパックにしまえそうなほど体重の軽いリアムという名の少年が、笑みを浮かべていた。これは滅多にないことだ。リアムはしょっちゅう入り江に突き落とされてばかりで、灰色の制服が乾いたときには茶色のまだらになっているような子だったから。教室で発言することはほとんどなく、珍しく発言したときはいつも、あとでどんないやがらせを受けるだろうかとデイヴィッドたちの様子をうかがっていた。ところが今日は何かが起きていた。リアムは灯台みたいに輝いていた。

「先生も見たんだね」彼は口をあけ、目をきらきらさせながら尋ねた。「あのバイク。見たんでしょ?」

返事を期待する生徒たちの顔がこっちに向けられ、何人かは今朝あの深紅のロックンロールマシンが町を疾走するのを見ていて、どこから来たのだろうかと考えたのだとわかった。見ていないと答えようかとも思った。リアムに得がたい勝利を与えるつもりがなかったからではなく、余計な物は抜きの純粋なセックスのにおいをさせたジムと名乗る男との短い出会いによって、どれほど自分が心を動かされているか、返事の口調でばれてしまうのではないかと不安だったのだ。もう一度あの音を聞き取ろうとしたけれど、聞こえるのは普通の人々が運転する配達車やバスが発するいつもどおりの往来の音だけだった。

とうとうわたしはリアムを見てうなずいた。

「ええ」スフィンクスのほほえみと同じく感情を表さないよう努めた声で、わたしは答えた。「ええ、見たわ」

いつものようにフィンバーは、ほとんど押し黙ったままお茶を飲むことでわたしを懲らしめた。

わたしは彼を愛してる、それは本当だ。必ず食事中も見張れる場所に駐車している、ピカピカに磨きあげられたメルセデスベンツS500Lのためじゃない。それにこの古き良きキャッスルタウンベア一のそそられる男だからでもなく、自分の夢がなんなのか教えてもらわなければ気づかない人たちに〝本物のアイルランドの夢の家〟を売り込んで年に百万ユーロ以上稼いでいるからでもない。

そうじゃなくて、当時わたしが一年以上フィンバーとつき合っていたのは、彼がいつでも話を聞いてくれたからだ。それだけの単純なことだった。その頃にはもう、相手がただわたしと寝たいだけで興味を持っているふりをしているのか、それとも本当に話を聞きたがっているのか、両者の違いはわかった。フィンバーはわたしの言うことを気にかけてくれて、細かなニュアンスや矛盾を決して見逃さなかった。とはいえ、彼が何ひとつとして見過ごさないので、なんだか嘘発見器とつき合っているような気分になることもときどきあった。フィンバーはうんうんとうなずき、整った眉を寄せ、青い目を細くして、わたしがその日の出来事を話し終えるまで待っていてくれたものだった。

彼にとって愛とはそういうものだったのだろう——出ていって遊んでも大丈夫なときが来るまで、自分を抑えてじっと待つことが。わたしは幸せだった。あるいは、不幸せではなかった。あの頃は、どちらでもほとんど同じことだった。知りたいなら言っておくけど、わたしたちのセックスライフは初めの二カ月間はかなり激しく情熱的なものだった。フィンバーはあの大きなナチスの鋼を打ち込んで期待に応えようと、わたしを壁に押しつけて抱えあげることも多かった。けれど、わたしが妹たちと夕食をとる前に毎日の儀式としてふたりで座ってお茶を飲むようになった頃には、そんな風に一戦を交えることは滅多になくなっていた。

フィンバーはあまりにも熱心に耳を傾けたため、わたしが言っていないことまで聞こえるようになったに違いなかった。

空は眠りにつく準備を始めて、カフェの外に立つIRAの古いモニュメントをサーモンピンクに染めていた。通りには石造りのケルト十字架の影が伸び、フィンバーの顔半分を覆っていた。何か嬉しくないことを言おうとしている。わたしにはわかっていた。目を細くすぼめて、彼が本当はふたりの人物だというふりをしてみた——ひとりはわたしの恋人で、もうひとりはわたしのあやまちを指摘するために存在する人物。その日の夕方、どちらの人物がより多くを占めていたかについては、ご想像にお任せする。フィンバーはロレックスの留め金を付けたりはずしたりをくり返していて、わたしはその腕から時計を引きちぎって港に投げ捨て、言いたいことを吐けと言ってやりたかった。

「今朝、きみがあの……流れ者とキスしてるのを見たんだ」フィンバーはわたしを見ずに、ようやく言った。

「なにバカなことを言ってるのよ」

彼は面白くもなさそうにほほえんだ。大まじめに言っているのだ。最初のうちは、そのことが信じられなかった。「きみはまずぼくの窓に自転車を立てかけた」彼はまた腕時計の留め金をはずしながら話を続けた。「ぼくの仕事場の窓に。それから通りを渡って、身をかがめ、あいつにキスをした。あの革ジャンの男に。見たんだ」釈明を待っているのではなかった。フィンバーはそういう人なのだ。いつだってうまい言い訳よりも自分の目と耳を信じていた。

わたしは鞄の中を引っ掻き回してロイシンの煙草を探したけれど、一本も見つからなかった。十字架の落とす影は動いていて、いまや夕日に照らされているのはフィンバーの左目だけになっていた。単眼の巨人《サイクロプス》とは恐れ入ったわ、と思った。わたしの彼氏は大昔の神話の人物であり、ひどく鬱陶しい存在なのは言うまでもない――彼はわたしが自分でも感じ始めていることを指摘しているのだから。

「あの人はわたしに話を――」

そこで口をつぐんだ。ジムはいったい何を話したというのだろう？　聞いたのは既に知っていることばかりだった。わたしはどうしてそんなことになったのかもわからないうちに、彼に引き寄せられていた。

「きみになんの話をしたって？」フィンバーが見ていないうちに、エルメネジルド・ゼニアのパールブルーのネクタイが喉の渇いたウナギみたいに紅茶の中に浸かっていた。

わたしは嘘をつくことにした。卑劣な真似をするつもりではなく、ただ他に納得のいく説明がひとつも見つからなかったから。あなたにもわかってもらえるといいんだけど。だって正直なところ、どうやって耳元で物語を囁くだけでむかつくボディビルダータイプの相手にテントをたたんで逃げださせたか訊いていたなんて、あなただったらそんな話を信じる？　やっぱりそうでしょう。

「あの人、一文無しですっかり途方に暮れていて、お金を欲しがっていたの」わたしは話した。「エンジンの音がうるさかったから、身をかがめないと声が聞こえなかった。ねえ、煙草を一本もらえない？」

「だめだ。禁煙してるだろ」自分の耳か第六感か、どれを信じていいかわからないときにそうするように、フィンバーはわたしの顔をまじまじと眺めていた。そして心を決めかねていた。

「ちょっとフィンバー、いらいらさせないで、煙草を吸わせてよ。わたしは訊かれたから答えただけ」

「じゃあ、きみはあいつになんて言ったんだ？」

わたしは彼のマールボロをひったくり、止める間も与えず一本抜き取った。まずは煙草に火を点けて、風のない空に煙を吐きだしてから返事をした。「わたしはあの人に、その小さな赤いマシンで遊ぶならよそに行ってって言ったのよ。これでわかった？」

「本当なのか？」

「いい加減、信じてくれない？　最後にトナカイがストライキしたときにサンタクロースが乗り回したオンボロの赤いバイクを譲り受けたダブリンのホームレスなんかと、わたしがキスしたがると思う？　どうかしちゃったんじゃないの？」また深々と煙を吸い込むと、フィンバーをちらりと見やり、自分の演技がどの程度成功しているか確かめた。わたしは誠実な彼女を演じつつも、内心では彼が嫉妬するのも当然だとわかっていた。こうなったのは、靴に入った石みたいにジムに心をつつかれているのを感じていたせい。フィンバーに疑いの眼でねめつけられているときでさえも、あの一九五〇年式のヴィンセントはどこへ行ったのだろうかと考えていた。

「そうか、ならよかった」フィンバーはそう言って、上着に手を伸ばした。この話はこれで終わりのようだった。彼は笑顔さえ見せて、車のキーをつかんだ。わたしを信じてくれたのだ。少しのあいだ、自分の話をわたし自身までもが信じていたけれど、席を立ち彼のあとについてドアを出ていきながら、知りもしない男のために嘘をついていることに腹が立ってきた。もちろん、すべてが終わる前に、わたしはもっとひどいことをするのだけど。その話はまたあとで。

「じゃあ、また明日ってことでいい?」狭い通りに出ると、太った海カモメがゆっくりと停泊位置に入ろうとしている大漁のトロール船めがけて急降下爆撃を試みる音を聞きながら、わたしは確認した。

「車で送らなくていいのか?」素敵なスーツを着た嘘発見器が尋ねた。

「モイラ叔母さんにいくつか買っていかなきゃいけない物があるから」嘘をつかずに話ができるだけでも嬉しかった。「叔母さんが料理をつくってるのよ。自分で何か買っていって、被害を最小限にしなきゃ生き延びられない。賞味期限が切れる前に買った食べ物とかね」

「神よ、とこしえの苦しみのもとにあるこの女性を救いたまえ」フィンバーは十字を切り、心からの笑顔をわたしに向けた。

「罰当たりな人ね」わたしは彼におやすみのキスをした。「明日はディナーよね?」

「ヘルズエンジェルズだかなんだかを連れてこないで、きみひとりで来てくれるなら」

「ちょっとフィンバー・クリストファー・ミニヘイン、そんなことばかり言ってると、ひとりぼっちで過ごすことになるわよ」そう言いながら、張りつめた空気がほどけたおかげで、声を立てて笑った。フィンバーはまたわたしを信じてくれた。もしもあの日、わたしの嘘がばれていたらどうなっていたのだろう。そんなことをよく考えた。ひょっとすると、わたしはいまもぴんぴんしていて、心地よい暖かなその家であなたの後ろに立ち、誰か他の哀れな女の日記を読むところを肩ごしに覗き込んでいたかもしれない。だけど現実にはわたしとあなたはこういう状況に置かれている。それでやっていくしかない。

銀色の車に戻っていくフィンバーを見つめながら、彼に本当のことを話したいと思った。いまだ腑に落ちない話をどうしても聞かせてもらいたくて、あの朝ひとりでに足が通りを渡るのを見ていたとき、実際にはどんなにくらくらしていたかを。ぶっきらぼうな魅力と秘められた暴力の気配に惹きつけられたのと同じぐらい、ジムを本気で恐れていたことを。けれどわたしは何もしなかった。何よりも、誰かに話せば自分がバカみたいに思えるんじゃないかと不安だった。

新鮮な野菜を買おうと〈スーパーバリュー〉に立ち寄ったとき、ショーウインドウに映る自分の姿がちらりと目に入った。

見つめ返してくる女の目は、もはや別人のものだった。

その目は彼女が決して誰にも語ろうとはしないものをたたえていた。

スーパーを出て買い物袋を自転車のかごに入れたとき、日の光は爪先でまだぶらさがっていた。海の向こうには、一日じゅうだらだら食べ続けて満腹になった紺青色のクジラみたいなベア島が見える。人口八百人あまりのこの町は六月には千人以上の観光客で膨れあがるはずで、そんな夏へと春は移ろいつつあった。客をふたりしか見たことがない新しいグルメ・レストランの前を通り過ぎ、受け持ちの生徒たちがサッカーをしているあいだを縫って走り、丘の頂上近くで自転車を停めた。

こっち方面に来るつもりはなかったのに、昔の家を見るたびいつもどんな気分になったか忘れかけていたのだ。はっきり言って、自分がクジラの糞以下になったように感じられた。

けれど、それは過去の栄光のままそこにあった。父さんのニュースエージェントだった建物には、幽霊なんかお構いなしに、酒屋が押し込まれていた。そこはわたしたち姉妹が比較的快適に育った、地味な灰色の小石埋込み仕上げの二階建てだった。父さんは朝早くから起きて、新聞紙を束ねた赤いナイロン紐を切った――わたしたち姉妹はみんなそれを手伝うのが大好きだった。しばらくのあいだ、父さんの店はこの町の中心となっていた。宝くじを買いに来る人、酔っぱらい、金のありあまった遊び人の有閑族《ユーロトラッシュ》、あらゆる客が来ていた。父さんはほとんど休まず働き、自分の意見は言わない人だった。母さんはわたしたちに世界について教えてくれた。南北に水色の一本線が走った古代エジプトの地図を買ってくれた。わたしはその横に自分で神殿の絵を描き、ベッドの上の壁に貼っていた。いくら見ようとしてもアメンホテップやラムセスの夢を見ることは一度もなかったけれど、それは当時のわたしにはこの王たちの名前を綴ることができなかったせいかもしれない。

ある晩、父さんは一階のプロパンガスボンベの安全確認を忘れてしまった。ガス栓の閉め忘れという単純なミスをひとつしただけなのに、とわたしはいつも思っていた。

わたしと妹たちは二階で眠っていた。両親は階下で明日に備えて店を片付けていた。わたしたちが近所の人々に無事助けだされ、すべてが終わったあと、警察と消防隊はおそらく冷蔵庫の後ろから発生した――たまたまそこはプロパンボンベが設置されている場所だった――電気火災だろうと話した。なんだったにしろ、それはものすごい爆発で、一階の窓という窓を吹き飛ばして室内を焦がし、無事に残ったのはアイスクリーム用の冷凍庫だけだった。わたしは十三歳で両親の遺体の残骸を埋葬し、丘の上のモイラ叔母さんの家に引っ越した。特に不自由はしなかったと思う。いつしかそこで生活するのが当たり前のことになり、やがてわたしたち姉妹は大人になってひとり暮らしを始めた。

いまでも誰かの家に行くとき、ここを通るのはなるべく避けたかった。二階にあるわたしの昔の部屋は、酒瓶の空ケース用の倉庫になっているのが、塩のこびりついた窓を通して見えた。通りからだとあのエジプトの地図がいまでもあそこに貼られているのかはわからなかった。きっともう、ないだろう。建物の正面のレンガ壁には、いまだ炎のたどった道跡が黒いしみになって残っていた。あれ以来アイスクリームは食べていない。喉につかえてしまうのだ。

後ろをふり向き、いやというほどニシンを積んだ堂々たるトロール船が入ってくるのを長いこと見つめ、趣ある古風な広場をちらりと見おろして、その光景のすべてにうんざりした。

申し訳ないけど、わたしは観光ガイドに書かれているような郷愁をさほど感じていなかった。いまでもそれは変わらない。アイリッシュ・スプリング（アメリカ製のデオドラントソープ）のテレビコマーシャルみたいに、馬に乗った赤毛のアイルランド娘が身をかがめて、ツイードの帽子とベストという恰好のいかついジョージ・クルーニー似の男からボディソープの濡れた細長いボトルを受け取り、そのバックではしまいには誰かを絞め殺したくなってくるバカみたいな音楽を見えないオーケストラが演奏しているというような、ナンセンスな郷愁は。だけどそんな幻想のおかげで、フィンバーは地元の人間なら誰も絶対に買わない海辺の家や土地をいまでも売っていられるのかもしれない。買い手はポルトガルやオランダからやって来て、静かで退屈な町をちょっぴり騒がしく豊かで退屈な町に変えていた。確かにわたしは赤毛かもしれないけど、そういうロマンチックなイメージを教師の初任給で実現するのは無理がある。

わたしはこの町を出たくてたまらなかった。心に思い描くだけじゃなく、この目でピラミッドを見るために。ところが姉というものは、出ていくことはできない——自らの立場を守り、家族みんなの尻ぬぐいをするものなのだ。

姉妹といえば、わたしはモイラ叔母さんの家での夕食のため、妹のロイシンを迎えにタロンロードへと自転車を走らせているところだった。叔母の家で待ち合わせてもよかったのだろうが、当時ロージーはいくら頑張ってもパンティを脱いだ彼女を拝めることは絶対にない最低な男たちと最も暗い片隅に座り、急ピッチでグラスの入れ替わるスタウトとの親密な関係を続けていた。わたしは妹のアパートまで最後の数フィートを漕ぎながら、確実に訪れる疲労に脚がぱんぱんになるのを感じていた。


アパートに入ると、ラクダが一頭ベッドの下にもぐり込んでそこで死んだようなにおいがした。つまりロージーは家にいるということだ。ぐちゃぐちゃの羽布団の下で黒髪が動き、ざらついたうめき声がした。夜の七時半になって今日初めてのお目覚めということらしい。

「煙草ちょうだい」ロイシンはもごもご呟き、わたしはフィンバーから余分にくすねてあったマールボロをほうった。妹の黒いゴス服の山をかきわけると、コーヒーメーカーを発掘した。そのとき、ロイシンの何よりも大切な宝物であり世界一の親友が、ゆうべから起きたままでちゃんとベッドに入れてもらえずにいたことに気づいた。

喋り声は続いていた。天上の聖人たちが地上のお気に入りの罪人たちを比較していて、その声を聞かれていてもちっとも構わないというように。

真新しいアイコムＩＣ—９１０Ｈ短波帯無線機が、

アイロン台の横の散らかった机の上で緑色の光を放っていた。黒い箱型の最高級品。音が出しっぱなしで、混雑した極超短波《UHF》バンドの空き周波数を争う低い雑音がしていた。それがわたしにはいつも月ロケットを扱ったテレビ番組の音声みたいに聞こえた。「そっちの声はちゃんと聞こえているよ、ヒューストン」と宇宙のどこかでブリキ缶の中にいる人が言うのを聞いて、スポーツ刈りにヘッドホンをした男たちがにっこりほほえむというあれだ。けれどロージーにとってそれは、バター付きトーストの上の天国だった。わたしがそっと近づいて無線機のスイッチを切ると、緑色の光はうす暗くなった。

　ロイシンが一生会うこともない遠い人々の声に取りつかれている話をして、あなたを退屈させることもできるけど、妹もわたしもそれぞれのやり方で遠く離れた土地を夢見ているのだと言えばじゅうぶんだろう。ただし、わたしは地図や写真を飾っておけば満足だったのに対し、妹は繋がりを持ちたがった。両親はロイシンが七歳のときに初めてのトランジスタラジオをプレゼントした。あの子はしょっちゅうラジオを聴いていて、一年とたたずにプラスチックのカバーが溶けてはずれてしまったほどだ。ほどなくロイシンはふたつの物にお金を遣うようになった——パンクなアライグマのように見せてくれるマスカラと、アマチュア無線機だ。ロイシンは電子メールを毛嫌いし「横着して口をきこうとしないお子ちゃまのための遊び道具」と呼んでいて、その点についてはわたしとしても異論はない。そして妹は誰よりも素敵な声をしていた。

　この怪物はロイシンの崇拝者のひとりから贈られた物だった。冗談じゃなく、真面目に。妹を慕っている男は大勢いた。男たちは夏の樹液に群がる虫みたいにロイシンに引き寄せられた。それはあの子が男たちを正真正銘のクソみたいに扱っていたことだけが理由ではなかった。男に捨てられたくないと思っていたら滅多にできることじゃないにしても。そうじゃなくて、彼らはロイシンが男とは寝たことがないという噂に引き寄せられていて、しかもその噂はまったくの事実だった。べろんべろんに酔っぱらっているときでさえ男たちをみんな飲み負かすことができるというのも、神秘的な魅力のひとつに加えられていた。おまけにロイシンは華やかな美人だった。わたしは妹の足を蹴った。

　またうめき声がした。「痛っ！　ああ先生、もっといじめて、ご主人さま」

「起きなさい。わたしひとりで茹で肉とくそまずいポテトを食べるなんて、寝ぼけたことは考えないでよね」

　のろのろと二本の脚が振りだされ、ロージーはゆっくり起きあがった。妹はメイクアップアーティストの集団に襲われた磁器の日本人形みたいだった。まぶたはピンクで腫れぼったく、マスカラの粉が落ちてファンデーションに混じり、頬に点々と酔っぱらいの花が咲いていた。唇の端を持ちあげて、相手の笑みに対しては一瞥さえくれなかったとしても、この町からスキバリーン（アイルランド南部、ウェストコークの観光地）までの子どもも大人も老人も、男たちの誰もが友だちに話し聞かせたくなる罪作りな笑顔を浮かべた。ロイシンに自覚はなくても、それは帝国を滅亡させかねないほほえみだった。

　目下のところ、ロイシンは失業手当を受けながら、毎晩のように〈マクソリーズ・バー〉でビールを奢るろくでなしたちを涼しい顔で飲み負かし、店の最後の客になることで満足していた。妹は家族の中でずば抜けて頭が良く、前年にユ《U》ニバーシティ・カ《C》レッジ・コ《C》ークに進学し、活発な社交生活に支障をきたすこともなく物理学の優秀学位に手の届くところまで着実に来ていた。

　しかしそれも、ある晴れた日に熱統計物理学講座の教員助手がロイシンを女子トイレで捕まえ、粗末なペニスをくわえさせようとしたときまでだった。大の男が三人がかりでようやくロージーを教員助手から引き離した。妹は女子トイレのモップだけであっという間に教員助手の鎖骨と眼窩の周りの骨を折り、片方の睾丸を潰していた。大学側はロイシンを放校処分にしたくはなかったのだけど、妹を犯そうとしたみじめでちっぽけな男をクビにもしなかったため、あの子はお世話になりました、さようならと告げて、故郷に向かうバスに乗り、電波の上の目に見えない相手の声を聞く日々に戻った。そしてもう半年以上もそんな状態が続いていた。

「あたしの朝ご飯、忘れたの？」ちっちゃなトラ柄のパンティを穿いた妹が尋ねた。わたしはとっ散らかった窓台でこしらえたばかりの、ハチミツをつけたトーストを二枚ほうり、ロージーがまだ少女らしさの残る姿でベッドのへりから脚をぶらぶらさせながら貪り食べる様子を見ていた。妹がやっとのことで腰をあげ、棚を引っ掻き回して黒くない清潔な服を探しているあいだ、わたしはあの魅力的なライダーのことを一切考えないようにしていた。ううん、少しは考えてしまったかもしれないけれど。ようやくロージーは世界一タイトなジーンズに体を押し込み、先の尖った赤いハイヒールと白いエナメル革のロングコートで仕上げをした。悪魔のように黒いアイライナーのおかげで、ドラキュラのお気に入りの親戚みたいに見えた。わたしが忘れようとしても忘れられずにいる相手のことを考えているうちに、妹はせっかちにドアを引きあけていた。

「ちょっと！　何をぼんやり考えてるのよ――火星人のこととか？」ロージーはまた例のキラースマイルをこっちに向けて、港湾労働者がかぎざおを摑むのと同じ要領で新しい煙草を一本口に突っ込んだ。

「まさか」とわたしは答え、それが偽りのない言葉であってほしいと思った。


謎の死について書かれたその小さな記事を、わたしはもう少しで見落とすところだった。

すぐにも家を出ようとしていたのに、ロージーは長らく自転車に乗っていなかったため、タイヤがぺちゃんこになっていた。だからロージーがマッドルーム（汚れた靴や上着を脱ぐスペースのこと）で空気入れを探すあいだ、わたしは妹が床じゅうにまき散らしたオーバーコートを前に、どうすればこんなに散らかせるのか理解しようとしていた。ヒョウ柄のフェイクファーコートやペンキじみのついた黒い革ジャンをフックにかけ直すと、それらの服の下から四日分の新聞が現れた。別に驚きはしない。わたしがフィンバーのクライアントのひとりを通じて《サザンスター》紙の無料購読を取りつけてあげたことを、妹は頑なに感謝しようとはしなかった。ロージーは日々の暮らしの中で起きていることよりも、実体のない声との関わりを優先していた。

「いい加減、短波なんかのこと以外を考えてみる気にはならないの？」最新号をめくりながら問いかけた。

「他のみんなが暮らす物理的現実世界に仲間入りする気にはならない？」わたしが腹を立てていたのは妹の抗議に対してではなく、このままでは優秀な脳みそが遠からずデジタルのどろどろの塊になって溶けてしまうに違いないと確信していたからだ。小さな天才は返事をせず、自転車を外に引きずっていくと、ペダルを漕いで走り去った。いかにもやりそうなことだ。わたしは新聞紙をたたみ、マッドルームに放り込んで鍵をかけようとした。

記事を目にしたのは、そのときだった。

せいぜい百ワードかそれ以下の記事で、これまでにもしょっちゅう読んできた痛ましい事件と似たような内容のものだった。毎年夏にやって来る観光客が増えれば、幹線道路の死亡事故も増える。単純な話だ。けれどわたしが注意を引かれていたのは、その記事にどこか気になるところがあったからだ——どこか引っかかる。それがなんなのか気づくまで、記事を二度くり返して読んだ。記事には隠されていることがあり、言及されていないことがあり、それらが紙面に書かれていることよりも声高に語りかけてきた。

　地元女性、遺体で発見
　ディアドレ・フーリハン記者

　五月十九日、バントリー――昨日、ドリモリーグのジュリー・アン・ホランド（三十四歳）がベッドで死亡しているのを隣人が発見した。警察の話によれば、死亡してから「かなりの日数」が経過しているとのこと。ミセス・ホランドは未亡人で、先週土曜日の夜にクロナキルティ近辺で開かれた物語と歌とダンスの集い《ケイリー》を最後に姿が見えなくなっていた。侵入者は目撃されておらず、争った形跡もない。土曜の夜にミセス・ホランドが誰であれ一緒にいる相手を見かけていた者があれば、〇二六―二〇五九〇に電話してマクルーム警察署本部のデイヴィッド・キャラハン巡査部長に連絡を。隣人が生前最後に姿を見かけたとき、家の近くにオートバイが一台駐められているのを目撃している。
　ミセス・ホランドの遺された六歳の息子ダニエルは、問題の夜は祖母のもとに預けられていた。

「ねえ、行くの行かないの？」天才のお姫様はわたしにいらだちを募らせ、通りの途中で止まって待っていた。わたしは新聞をたたんで鞄に入れると、ドアに鍵をかけた。妹と並んで自転車を走らせ、うわの空でいることをチクチク責められるのを聞き流しながら、ミセス・ホランドはどうやって死んだのだろうかと考えていた。寝ているあいだに息を引き取ったのではない。じゃなければ、ああいう記事の書き方はしないはずだ。

〝誰であれ一緒にいる相手〟というのは穏やかな表現とはとても言えない。警察が紛れもなく殺人だとにらんでいるのでなければ、なんのために読者からの通報を求めるというのだろう？　それにオートバイの件があった。そのバイクが何色でもおかしくない。だけど心の中にはリンゴ飴みたいに赤いバイクしか見えなかった。ぞくっと身震いし、妹の冗談に笑うふりをしながらカーブを曲がると、モイラ叔母さんのピンク色の朝食付きの宿《B&B》が見えてきた。

　前にも言ったとおり、平和なエメラルドの島の青々した牧草地でレプラコーンや妖精たちと踊る幸せな乙女といった月並みな描写は、でたらめもいいとこだ。

　あの夏は、スウェーデン人のスピード狂なんかよりも恐ろしいものが、生け垣を忍び歩いていたのだから。

　われらが救世主は金曜のディナーのために身ぎれいにしていた。

後光の射した彼の顔はずいぶん長いこと見ていなかった。ところが、わたしとロージーが入り江に面した道に建つモイラ叔母さんの二階建ての玄関を抜けると、彼は洗剤に浸けられて愛情を込めて乾かされたばかりだというみたいに、すっかりピカピカになって戻ってきていた。最後に彼の無事な姿を見たのは、両親がわたしたちのそばにいてくれた最後の夜だった。お客のひとりが冗談のつもりでくれたもので、父さんと母さんはそれを壁に飾っていた。青と黄色のプラスチックでできていて、両手を広げたポーズを取っている。髭はかつては茶色に塗られていたのが剝げ落ちてしまい、その力と栄光の内にあるものが透けていて、この場合は四〇ワットの電球が入っているのが見えた。あの火災のあった夜、プラスチックのイエスは通りに吹き飛ばされ、モイラ叔母さんが瓦礫の山の中から彼を救いだした。叔母はイエスの埃を払い、それは「神様のお恵み」だとわたしたち姉妹に話した。そしてベッドのそばの箱にイエス像をしまい、時々取りだしてはただひとりの姉を偲んでいた。町に残っていた熱狂的な信者さえもがその頃には信仰の舞台を降りて叔母にその場を譲り渡した。

ロイシンとわたしはざっと家を見回し、無言で目くばせを交わした。このところ叔母さんの状態はますますひどくなっていた。あの色男、懐かしのエイモン・デ・ヴァレラの鮮やかなモノクロの肖像写真がコート掛けのそばに飾られていた。どういうわけか、おばあちゃんやおばちゃんたちはみんな彼が大好きだった。叔母がビル・クリントンを選んでいたっておかしくはなかった――少なくともクリントンは楽しみ方を知っている。デ・ヴァレラの顔にロザリオがネックレスみたいにかかっていた。きっと彼も気に入っただろう。

「モイラ叔母さん、調子どう?」ロージーは尋ね、ほんの三日前の深夜にわたしが病院に運び込み、胃洗浄をしなければならなかった娘とはまるで別人みたいに、うやうやしくほほえんでみせた。

「あなたたち、遅かったじゃない」叔母はそう言いながらも笑顔でコートを受け取った。なんだか知らないけど紛れもなく火を通しすぎたもののにおいが家中に充満していた。わたしたち姉妹が育った家は、叔母が自己を省みなくなり狂気に屈しつつあることの徴候を示し始めていた。わたしたちが幼い頃に貼られた壁紙は壁の下のほうまで垂れ下がり、まるで家がいくらか体重を落とそうとしているようだ。キッチンの暖炉は椅子でふさいであった。叔母は最近、失火を恐れるようになっていた。「あなたたちの母親と同じように、わたしもきっと炎に包まれるんだわ」わたしたちが最後にここに来たとき、叔母はそう言っていて、わたしはそれに対して何も言わず急いで家に帰った。叔母はこれまではB&Bの宿泊客をきちんともてなしていたけれど、いまでは会計のときと付近の地図を渡すとき以外は、自分から話しかけることもほとんどなくなっていた。そんなわけで、この頃は宿泊客が減っているのも無理もない話だった。

だけど、断じて悪いのは叔母じゃない。悪いのはハロルドだった。

裏切りの形はさまざまだが、女盛りが残りいくらかになった四十二歳の女性を餌食にするのは残酷そのものだ。ときどき、二階の廊下の片隅で、ハロルドが使っていた安いブルートのアフターシェイブローションのにおいがいまだにすることがある。ハロルドが去ってまだ半年と経たなかったけれど、叔母は急速に衰えていた。いまでは一日おきにしか洗濯をせず、沈黙を続ける電話のそばで決して鳴ることのないベルが鳴るのをいまも待っていた。誰にもばれていないと思いながらマーズバーを食べ続けているせいで、かつては年配の男性さえ強く抱きしめたらぽきっとふたつに折れてしまうのではないかと心配するほど細かったウエストラインに肉がついてきていた。

三年足らず前にはモイラ叔母さんは、冷たい美人の図書館司書を盗み見るのと同じ感じであらゆる年代の男性が夢想し、同年代の女性が妬む、威厳ある女性だった。ハロルドは、レンセリアーとかいうところ——確かニューヨークの北のほうだったと思う——から来た観光客で、五号室の宿泊客だった。宿泊料を前払いして、釣りをする予定だと話していた。広い額、アメリカの馬みたいに大きな歯、どこにいてもわかる騒々しい笑い声、だけどほどなくみんなは彼のことをヤンキーにしてはそう悪くないと思うようになった。ハロルドに一度ウインクされたことがあるけれど、いやらしい感じではなかった。どちらかといえば、自分がイケてないことはわかってるけど気にしていない兄貴みたいな感じだった。わたしは彼が好きだった。彼が部屋に入って来ただけで、その場にいる犬までもが元気になった。

ハロルドが出発する日のことだった。わたしと妹たちが学校から帰ってくると、彼の荷物は一階にあるのに本人の姿はどこにもなかった。ロージーが忍び足で階段をあがり、塗り直されたばかりの五号室のドアに既に鋭くなっていた耳をつけると、くすくす笑いでは済まないものが聞こえてきた。ロージーは駆けおりてくると、ハロルドはこのまま残ることになるかもしれないと話した。彼がわたしを選ばなかったことに対し、嫉妬に胸がチクッと痛んだのをいまでも覚えている。

モイラ叔母さんは驚くほど綺麗になった。ハロルドがそばにいることで、長らく失われていた目の奥の光は、日射しを浴びてきらめく波よりも明るく輝きだした。人前でもしょっちゅう激しいキスをして、誰に見られようとお構いなしだった。そして妙な考えが叔母の肩の上を這いのぼって耳元で囁きかけるようなとき、ハロルドはいつでも叔母を説得して正気に引き戻してくれた。ふたりでソファに座っているとき、叔母は彼の胸に頭を預けていた。幼い頃から背負わされてきた責任をハロルドが引き継いでくれて、わたしはすっかり気持ちが楽になっていた。彼はとうとう「一生離れたくない女性を見つけた」とわたしに話した。だからわたしたちはふたりきりにさせてあげようと思って、この家にあまり顔をださなくなった。

言われなくても、わかってる。男のそんな台詞を聞いたら、掩護に走るって言うんでしょう。わたしもそうするべきだった。

オランダ娘がきっかり五秒で彼にこの約束を破らせたのだから。

その日、モイラ叔母さんはハロルドにディナーを作って驚かせたくて、市場から早く帰ってきた。買い物袋をおろす間もなく、五号室からのうめき声を耳にした。ドアをあけると、カーチェという名のバックパッカーの小娘にハロルドが乗っかっていた。叔母は彼のために綺麗でいたくて新しく買った花柄のワンピース姿で、声はださずに口を動かしながら、その場に呆然と立ち尽くしていた。片手に買い物袋を握ったまま、現場を押さえられてもハロルドにはやめるつもりがないことに気づいた。見つかったことのショックよりも、カーチェのテクニックとブロンズ色の引き締まった肌のほうが、いくぶん勝っているようだった。

「ちょっとハロルド、あんたのメイドにドアを閉めるよう言ってくれない？」あのニンフはそう頼みさえして、叔母をほとんど見もしないで、腕を回して彼の痩せた尻をつかみ、毛を剃り落とした股に引き寄せた。ハロルドはようやく戸口をふり返り、「この若い女を見てくれよ。男だったら仕方がないだろ？」とでも言いたげな様子で黙って叔母を見た。そのときになってようやく叔母は一歩さがると、ドアを閉めた。そして階下に降りると泣いたけれど、そのあまりにも控え目な泣き声は聖人の耳にしか届かなかった。

夕暮れ前にハロルドはカーチェと出ていった。叔母が一日じゅう寝室に閉じこもり、拳で自分の頭を殴っているあいだに、パスポートとレジの中の現金とトラベラーズチェックをありったけ奪って。メモ一枚さえ残さなかった。

最も暗い瞬間に迷いを覚ましてくれる相手がいなくなったいま、割れた壺から飛びだしてきた飢えた蛇みたいに、常軌を逸した考えがモイラ叔母さんの中に再び芽生えていた。今度ばかりはわたしたちも不安になってきていた。プラスチックのイエスはその一例で、叔母は他の考えにも取りつかれていた。ロージーとわたしは廊下を抜けてダイニングルームに向かいながら、風景画がすべて外されているのに気づいた。風光明媚な湖水も、あたりを鹿に囲まれた崩れそうな城もない。代わりに叔母は白い石膏でできた聖人たちの像を買い、物言わぬ警備員のように数フィートおきに並べていた。神の軍団がいつ攻めてきてもおかしくなさそうに見えた。叔母の暮らしには新たな脆さが生じてきているとわたしは気づいたけれど、何も言わなかった。わたしが防げなければ、叔母はじきにまた別の〝発作〟を起こすだろうとわかっていた。ただしロージーはなんの役にも立たなかった。

「修道女が早めのクリスマスセールを開いたの？」わたしが頭の中でこそ考えていたものの口にはださなかったことを、ロイシンは無邪気でありながら喧嘩をふっかけたがっている口調で尋ねた。

「さあさあ、座って食事にしましょう」モイラ叔母さんは挑発に乗ろうとはせずにそう言って、わたしたちが幼かった頃に見せてくれていたのと似た笑みを浮かべた。幼い頃の記憶の中では、ダマスク織りのナプキンと綺麗なグラスにはばまれて座ると互いの顔が見えなくなった、ぴかぴかに磨かれたマホガニーのテーブルの置かれた部屋に、叔母はわたしたちを招き入れた。いまではそのテーブルは欠けていて、見たところもはや輝きを取り戻すことはなさそうなグラスに、フィンバーの不動産会社のロゴ入りの青い紙ナプキンがたたんで突っ込んであった。すり切れたリネンのテーブルクロスの上ににおいの発生源である淡いグレーの肉の塊が置かれ、強い日射しのもとに打ち上げられたアザラシよろしく息を切らして喘いでいた。目に入る野菜はどれもテーブルに着いたときには死亡していた。ジャガイモは例のごとく火を通しすぎてすっかりどろどろになっていて、これまた例のごとく、叔母さんはわたしが持ってきた新鮮な野菜を受け取ると、うわの空で片付けた。いまではわたしたち姉妹が揃って訪ねる唯一の機会になっていたから、金曜のディナーはいつも叔母さんの独擅場だった。

テーブルにつくと、ロージーが運命かわたしにさらなる試練を与えようとするのに備えて、わたしは妹から目を離さずにいた。サンタの侵入を防ぐ気の早い対策みたいにふたつ目の暖炉の前に置かれたソファに気づいて、ロージーは黒いメイクにいたずらっぽい笑みを浮かべかけた。わたしの目つきを見ると、妹はゴス頭の中で準備していたこざかしいコメントを飲み込んだ。

ひとつあいている席があった。イーファは遅刻だ。今夜も。

いままでイーファを紹介しなかったのは、あの子がわたしたちの誰より強かったから。ロイシンとこの双子の妹は、どこをとってもそっくりだったけど、たとえすっ裸でいたって、ふたりを取り違えることはなかった。ロージーが大量のアイライナーを必要とする計算された攻撃性を発揮しているのに対し、イーファにはどこかおとぎ話的な純粋さがあった。前にアイリッシュ・スプリングのCMがどんなものか話したでしょう？　あの感じに、ひとひねり加わっている。イーファの人生のサントラは、アイルランド系人の吹く女々しいイリアンパイプス（バグパイプの一種であるアイルランドの民族楽器）ではなく、ステージ上で自らに火をつけるドイツ人が演奏する大音量のデスメタルだった。大きな花柄の布を選んで自分で服を縫い、バックベルトの靴から裸足までなんにでも合わせて着た。まあ、裸足で済ませられるかぎりはほとんど裸足で過ごしていたけれど。「きっと明日はもっといい日になるわ」というような母さんの明るい気質を受け継いでいて、それはロージーの色っぽい不機嫌な態度が指よりも鼻にリングをたくさんはめている男たちを引き寄せるのと同じぐらい確かに男たちを刺激した。そこで肝心なのは、悪魔の子ロージーは決して異性の肉体の謎を探求しなかったのに対し、双子の妹のほうは、言ってみればその分野においてバスの後部座席には座らなかったということだ。

わたしたちが大人になり（ロージーのためにあえてその言葉を使おう）、火災の保険金が姉妹それぞれに支払われると、イーファは横向きの数字の8みたいな例のヘッドライトのついたグリーンのメルセデスの中古車を買い、個人タクシーを始めた。おかげでヒッピーのような服装もそうそうできなくなったけど、本人は気にしていなかった。未婚の女がひとりで車を走らせるのは危険すぎると人に言われるたびに、イーファはにっこり笑ってシートの下の敷物をめくってみせた。そこには父さんの古いショットガンが隠してあり、銃身と銃床を切り詰めてさえあった。不格好な姿で、灰色の金属が炎によって明るい色合いの銅色になっていた。「わたしのタクシーでおかしな真似でもしようもんなら、相手がこの銃をどう思うか確かめてみなきゃね」なんとはなしに大きな笑みを浮かべながら、イーファは答えた。

その前の年にフィンバーはイーファのために、アイリーズの近くにあり、道路脇で羊が草を食み雨上がりにはアヤメが世界を黄色に変えるのを眺めるより他はない、町はずれもいいところの草原のど真ん中に立ついまにも崩れそうな石造りのコテージの契約をとりつけてあげた。屋根は雨漏りしたけれど、妹はその家をいたく気に入っていた。ときどき、前もって知らせずに訪ねていくと、ショートパンツにウェリントンブーツを履いたイーファが、木の枝や鳥の声を聞いているみたいに木々のあいだに立ち、雄大な自然の中にすっかり溶け込んでいるのを目にしたものだ。それがあまりにも自然に見えて、たいていの場合、わたしはしばらく妹をそのままそっとしておいた。穏やかだった。わたしには決して味わえない感覚だった。

「農場主のおケツでも食べられるぐらい、もうお腹ペコペコ！」

ふり返ると、イーファがどたどたとダイニングに入ってきて、腰をおろす前にテーブルに何かのケーキを乱暴に置いた。それからモイラ叔母さんのもとに近づいていくと、まだ失恋の悲しみに暮れていることを一瞬忘れさせてしまうほどの荒々しさで両頬にキスをした。そのあとテーブルにつくと、わたしとロージーにウインクしてみせた。イーファが部屋にいると、叔母に据え付けられた被害者意識はフルスピードをだせなくなるのが常だった。グリーンの水玉模様のワンピースは、ドアの上のネオンに照らされた聖母マリア像よりもまぶしかった。

「イーファ、お祈りをお願いできる？」と叔母さんに頼まれると、素直な妹は頭を垂れた。

「主よ」イーファは聖母像に目をやりながら、もう何年も前から自動再生されるようになっている祈りの言葉を始めた。「あなたの慈しみによって与えられたものをいただきます。この食事とここにいるわたしたちを祝福してください」わたしがすばやく蹴りつけたので、ロージーはお祈りが終わる前に真っ黒なマニキュアをした指を組み、許容範囲の敬意ある姿勢を取った。

「アーメン」と叔母さんが締めくくり、タンパク質の抜け落ちた悲惨な残骸を取り分けはじめた。

「いつからマリア様はラスベガスの電飾をつけてるの？」わたしが止める間もなく、ロージーが尋ねた。

モイラ叔母さんは傷ついた顔をして、もっとパンを取ってくるわとかなんとか呟くと、キッチンに入っていった。

「余計なことを！」わたしは怒りを込めて囁いた。

「夜のお嬢さん、聞いてるの？　叔母さんをそっとしといてあげなさいよ！」ロージーが白いファンデーションの下で頬を少し赤くして肩をすくめたとき、叔母さんが二日以上前のかび臭いパンを入れたバスケットを手に戻ってきた。

イーファは満足しているとでもいうように口をもぐもぐさせて、モイラ叔母さんにすごく美味しいとさえ伝えた。叔母さんは姪に近づくと、数センチしかないブロンドの髪が貧血気味の少年兵みたいに見せている、剃ったばかりのイーファの頭に感謝を込めてキスをした。

「遅れちゃってごめん」イーファはロージーの膝をつねり、自分の皿に屍肉のおかわりを積みあげながら言った。「ついさっき、むかつくオートバイに突っ込まれそうになったもんだから。クソみたいによけなきゃいけなかったよ」

「言葉に気をつけて」そう言いながらも、叔母さんはほほえみを浮かべたままだった。イーファが断トツでお気に入りなのだ。

「ああ、ごめん、ごめん」

「オートバイがどうしたって?」わたしはできる限り何気なさを装って尋ねた。けれど、ロイシンが首をかしげてこっちをじっと見つめているのを視界の隅に捉えた。

「まるで髪に火でもついてるみたいに、すごい勢いで聖フィニアン墓地の先から飛びだしてきたんだよ」イーファはもぐもぐやって、ピンク色のコンバットブーツを床の上で動かした。「それに、ハンサムな男だった」

バイクの色は聞くまでもなかった。

「どっち方面に向かってそうだった?」わたしは尋ねた。

「方角からすると、隣町のパブじゃないかな。なんで?」

「そろそろ自分をマーロン・ブランドだと思い込んでるベルギーの銀行家たちが来る季節かなと思って」毎年、なめし革みたいな顔をして若い妻を連れた老人たちがそこらじゅうにわらわらして、大金を落としていくばかりか、しばしば脚まで失っていた。警察はいつもその後始末にてんてこ舞いだった。わたしが興味を募らせている理由として、それならロージーでさえも信じるだろうと思った。

「まだ早すぎるでしょ」ロージーはほとんど白くなった悲しいブロッコリーの茎を噛みながら、ぶっきらぼうに言った。「それは七月」

「違うって、クソじじいなんかじゃなかったよ」イーファは獲物を狙うように目を光らせた。別のある日のこと、この妹は引退したサッカー選手をシャノン空港に送り届けることになっていた。けれど彼は空港までたどり着けなかった。代わりにイーファのコテージでその夜を過ごし、わたしの知る限りいまも妹にロッカールームで見せる魅力をたっぷりふりまいていた。

「せいぜい三十歳ってとこ」

「男は大勢いるのに、タクシーは一台だけってわけね」ロージーがため息をついた。

「うるさいなあ」イーファの無邪気な態度に小さいひびが入った。

「デザートにしましょうか？」モイラ叔母さんが尋ねた。


モイラ叔母さんがわたしたちに来週も訪ねてくることを誓わせて、名残惜しそうに帰してくれたときには、十時近くなっていた。空は夏がすぐそこまで迫っていることを約束していて、入り江の先ではほとんど緑色に近く見えた。船が停泊し、帆が巻きあげられていた。


その瞬間、ほんのちょっぴりだけ、わたしは故郷の町に恋をしそうになったのを覚えている。やがてその感覚は消えてしまった。

「一杯飲みに行く？」ロイシンが訊いた。「男たちをいたぶることを考えるには、まだだいぶ早いし」

「賛成」イーファが言い、網で蝶を追いかけている小さな人たちを上からペイントしたカモフラージュジャケットを脱いだ。入り江から温かい風が吹きつけていた。「清く正しいこの婦人会の高齢者メンバーのご意見は？」

「あんたらを次の火曜まで酔い潰してやろうかねえ」わたしはニヤリとして言った。ああ、大好きな妹たち。やれやれ、なんて手がかかるのかしら。

双子は共謀者みたいに顔を見合わせると、同時に尋ねた。「じゃあ、オハンロンとマクソリー、どっちの店で飲み負かされたい？」

「マクソリーの店で」わたしはヘルズエンジェルズの

立派な一員みたいに自転車のハンドルを握って答えた。

「あたしの排気管を吸わせてやるよ」

金曜の夜といえば、息をするにもひと苦労だということだ。

カウンターのそばにはセーターとブーツ姿の漁師たちが立ち、名前も知らない甘ったるいカクテルのために高い金をしぶしぶ払っていた。揃えたようなアルミフレームのサングラスをかけたスペイン人の若者ふたりがバックパックを盗まれたとわめき、落ち着いてカウンターの後ろを見なさいよとウェイトレスのクレアがなだめた。クレアがそこにしまっておいてやったのだ。この店は〝本格的なアイリッシュバー〟としてわたしのお財布にはいつもちょっと厳しかったけれど、町のど真ん中にあって最高のビールを飲ませてくれた。キャッスルタウンベアの過去の栄光を示すセピア調の新聞記事がニコチンの染みついた壁を飾っている。黒い防水布のポンチョを着た酒類密輸入者や、フェルト帽をかぶって英軍から奪ったライフルを高く掲げているIRA義勇兵の写真と一緒に、わたしの生徒たちがその年のボートレースで溺れなかったことに対し町長から表彰を受けているもっと最近の写真もあった。いつもラグビーを映している特大のテレビ画面と並んで、木製のハープのレプリカが壁にかけられていた。

妹たちは店内をずんずん進み、気おされたノルウェー人の男たちにまんまとテーブルの端を譲り空けさせ、この店で唯一の人目につかない奥まった席に陣取った。わたしが人ごみをかきわけてスタウトのグラス三つをバランスを取りながら運んでいると、見覚えのあるような顔が目に入った。が、また見えなくなった。どこで見たのか思いだそうとしたとき、席からロージーが火災警報みたいにわめいた。

「おばあちゃーん、早く赤ちゃんにお薬を!」ロージーは叫んだ。「お願い、今世紀中にマーフィーズ

（アイリッシュスタウトの銘柄）を飲ませてあげなきゃ！」

「そうよ、かわいそうでしょ」イーファが応じて前かがみになり、広くあいた胸元を覗き込もうとしているノルウェー人たちを喜ばせた。

わたしは笑ってテーブルにグラスを置いた。ロージーはわたしがまだひと口も飲まないうちに自分の分を飲み干した。腰をおろしたとき、ただの思い過ごしではなく確かに聞き覚えのある声を耳にした。その声はどこからともなく、そして至るところから聞こえてきて、不機嫌な酔っぱらい、楽しそうな観光客、愛の虚しさを歌った曲を流しているｉＰｏｄによるジュークボックスをあっという間に静まり返らせた。声の出どころを突き止めると、見知った相手がそこにいた。

ジムはギネスビールをゆっくり味わうみたいに、既に聴衆を飲み込んでいた。

「このすばらしい店にお集まりの勇敢な紳士、心優しい淑女、ご来賓の皆様」店の奥にあるトイレの近くで、高い椅子に座ったハンサムな男は言った。同じ革ジャンを着て、髪を後ろに撫でつけ、その朝からわたしの頭を離れなかった顔を見せていた。「おれの名前はジム・クイック、もっとひどい名前で呼ばれたこともいい名前で呼ばれたこともあるが。今宵は物語を語り継ぐ伝統の語り部《シャナヒー》として、愛と危険と悲しみの物語を伝えにきた」

町で最後に見た語り部は六十過ぎの太った年寄りで、衣装として古びたきたない髭をつけていた。聴衆は酔っぱらいがふたりだけだった。今回はまだマシだ。

もう酒の回っている客の中から歓声があがった。

「聞かせてもらおう、坊や！」作業服を着たままのトロール船の船長が声を張りあげた。「イエーイ！」イギリス人の若い女が叫び、Ｔシャツを途中までまくりあげると、さっきの船長よりも大きな反響があった。

わたしはどうしていたかって？　ぽかんとジムに見とれていただけ。どうしようもなかった。

「おれたちシャナヒーは古くからの語り部集団だが、いま残っているのはほんのひと握り。だから見知らぬ人たちの厚意によって存続している」ジムが話を続け、あの琥珀色の目を男にも女にも一様に向けると、いやそうににらみ返す者はひとりもいなかった。彼は声を荒らげることなく、みんなに耳を傾けさせた。「これは長い物語で、今夜聞かせられるのは最初の章だけだ。その先は他の町で話を続けることになっている。だけど、もし話が終わったときに面白かったと思ったら、あそこにいる男にぜひチップを渡してほしい」ジムがカウンターの先を指さすと、そこには絞首刑執行人のような顔をしたアジア系の男が立っていて、カウボーイジャケットの立てた襟でわずかに顔を隠しながら、ソーダ水をちびちび飲んでいた。

「どうかした?」わたしのゆるんだ顔を見て、イーファが尋ねた。

「姉さんなら大丈夫」とロイシンが答え、やけに姉妹らしいわけ知り顔でわたしの手をぽんぽんと叩いた。「きっと、ここに来た目的のものを手に入れただけなのよ」

わたしはジムに夢中で、手を伸ばしてロイシンをぶつどころではなかった。ジムに夢中なのはわたしだけではなかった。熱血新米警官のブロナーも頬を赤く染めていた。警察の真新しい制服を着た彼女を見るたびに、これが「黙りなさいよ、ブロナー、あんたの言うことはでたらめばっかり」と言い表す言葉も知らなかった頃から一緒に遊んでいた相手だなんて信じられなかった。運動場でもいつもわたしたちを取り締まろうとしていたのだから、通りの先の警察署に彼女の席があるからといって、驚くようなことではないはずだった。注目を浴びるのを楽しんでいるジムから目を離さず、ブロナーは爪を嚙んでいた。おちびのメアリー・キャサリン・クレミンの体重二百ポンドの母親は、溶けるチーズをのせたフライドポテトを食べるのもやめて、ひと筋のスポットライトに照らされた男を見つめていた。唯一聞こえているのは、ドアのそばにある水槽のブーンという低い音だけだった。

わたしにあとどれだけ時間が残されていようと、あの夜ジムが語りはじめる前に訪れた静けさは、いつまでも心に焼きついているだろう。ある意味、わたしたち三姉妹にとって、あれが最後の安らぎの瞬間だったから。

ジムはスツールから立ちあがると上着を脱いで、煙の充満した店内の聴衆を見つめた。手品師のように両手をあちらこちらへと動かして、明かりの中に身を曲げた。

「目を閉じて、悪に破滅させられた一族を思い浮かべてほしい」ジムは話しはじめた。「いま集まっているこの場所からそう遠くはないところに、かつては塔が五つかもっと高くそびえていた城があった」ジムは店の隅々まで届く落ち着いた声で歌うように話した。

「ついに城が崩れ落ちたとき、真実を語る瓦礫ひとつ残りはしなかったため、いつ建てられたかは誰にもわからない。あの駐車場の反対側におぼろげに見えていたとしてもおかしくはないし、ここから東に行ったところにある野原の向こうにあったかもしれない。おれにこの秘密を教えてくれた老人は、異国の侵略者にも、苔に覆われた花崗岩の壁の内側にいる裏切り者にも、その城は何百年ものあいだに一度も征服されることはなかったとだけ言っていた。堅牢なオーク材でできた城門は黒く塗られていて、まるで壁にあけっぱなしの口があり、さすらう旅人たちをいまにも飲み込もうとしているみたいに見えた。城門が開くたびにいつもラッパが吹き鳴らされ、人間も獣もすみやかに道をあけよと合図があった。それは馬の横腹に武器をかん高く鳴らしながらウア・エトゥリシコル族の兵士たちが通ることを意味していた」

「そのお城に名前はあったの？」ブロナーが注がれた

ばかりのビールのことはすっかり忘れて尋ねた。まるで恥じらっているみたいに、割れた顎を制服につくほど引いている。けれどその目は自信満々に燃えていた。ジムが電話帳なんかを読みあげていたとしても、彼女は耳を傾けただろう。

ブロナーが魔法を破るのを、ジムはほんの一瞬許しただけだった。数名の客ににらみつけられると、彼女は上着のファスナーをいじってごまかした。ジムはビールに手を伸ばし、あえて長々と喉に流し込み、それからうなずいた。黒い前髪が額に垂れた。他の男たちとは違ったにおいを嗅ぎ取ったイーファが目を見開いているのに気づいた。わたしはまたもや嫉妬の痛みを覚えた。しかもまだ物語は始まったばかりだった。

長年にわたり、その城の名は土地の人々のあいだではドゥン・ナン・バントゥリ、「男やもめの砦」と密かに囁かれていた。統治者であるステファノ王が妻の死を悼み続けていたために。双子の息子を産み衰弱してわずか十九歳で息を引き取った妻を包んだ布と同じぐらい、この城の門は黒かった。王はいまでも要塞を、野原を、その先に広がる森を治めていたが、既に七十歳になろうとしていた。それでも、ときどき外側の護りに探りを入れようとする命知らずの狼たちでさえも、地面に届きそうなほど髭を伸ばしてすり切れた黒いぼろ布を聖遺物のごとく握りしめたしなびた王が胸壁を歩くときには、近づこうとはしなかった。王の叫びは、先の見通せない深い森に棲む獣たちの遠吠えより悲痛で激しかった。歳月によって鈍ったのは、分別だけだったのだ。永久に溶けない雪の下に閉ざされているかのように、愛情と悲しみは心の内にとどめられたままだった。王はもはや己の死を恐れてはいなかった。最も忠実な王の戦士でさえも、過去の栄光の影の他には兵力を結集させるものが何もなくなったいま、城はじきに落ちるだろうと不平を言っていた。

王の息子、ユアンとネッドはようやく大人の男になりつつあり、城と病んだ父親を守るのにきわどいところで間に合った。アイルランドの他の地を焼き尽くしてきた戦は、いまやマンスターの、しかもウェストコークの境界にまで迫っていた。

時は一一七七年、それまで七年にわたって戦勝者たるノルマン軍とイングランド軍は、アルスター、レンスター、コナーのほとんどを侵攻していた。一一六八年、城から追放され支援を求めてアイリッシュ海を渡ったレンスター王のダーマット・マクモローが導火線に火を点けた。第二代ペンブルーク伯、通称ストロングボウことウェルシュ・ノルマン貴族のリチャード・ド・クレアは喜んで手を貸し、失った領地の大部分を奪い返すのに協力した。

ノルマン人の侵攻の始まりだった。

当然、そこで終わりではなかった。権力とは山火事と同じぐらい不変のものだから。

すぐに土地争いが勃発し、新しく権力を持ったアイルランドの諸王たちは、支援していたイングランドの支配者たちにとって真の脅威となった。それから二百年間、アイルランド王とノルマン人、そしてアイルランド人同士の激しい戦いが続いていく。地図が書き替えられた。忠誠の誓いは潮より早く変化した。最も賢明で獰猛な者だけが戦いのあとも毎晩旗を掲げることができた。

その間もずっと、ドゥン・ナン・バントゥリの壁が侵攻軍に破られることはなかった。

「父上、私に鎧を一領と剣を一振お授けください」ネッドは十七歳の誕生日に要求した。それはノルマン人の貴族マイルス・デ・コーガンの軍勢が東コークになだれ込み、有無を言わさず厳しく税を取り立てていた頃だった。近く軍勢はここまでやって来て、黒い城門を木っ端みじんに破るつもりだろう。デ・コーガンはウェールズから弓の射手を、フランスから騎兵隊を引き連れてきていた。兵士たちは栄養も武器もじゅうぶんに与えられ、デ・コーガンの髪型までもが完璧に整えられていた。デ・コーガンには恐れというものがまるでなく、唯一心配していたのは、伯爵としてどこか美しい領地を授かるのに、勝利を勝ち取ったあとでは手遅れにならないかということぐらいだった。

　臆病な兄のユアンに比べて常に頑固なネッドは望みを叶えた。王は息子よりも目に見えぬ亡霊とばかり対話していたことによるところが大きかったのだが。そこで明け方になると、ネッドは五フィート六インチの体で侵略者と対決すべく馬に乗って飛びだしていった。誤解のないように言っておくが、ネッドは武勲欲しさに燃えていたわけじゃない。とにかく城を守りたかっただけで、すぐにわかることだが、彼はノルマン人より森に詳しかった。長く豊かな赤毛の頭髪と若くして既に屈強な体つきをしていて、黒い軍馬にまたがる姿は堂々たるものだった。ウア・エトゥリシコル族で最高の馬の乗り手たちを引き連れて森に乗り込むと、雨に濡れた地面が震えて揺れた。

　しかし城の中に残った者もあった。

　双子の兄弟だからといって、そっくりな勇気があることにはならない。健康で丈夫な男はみな戦いの用意をするようにと従者長が触れ回る声が聞こえたとき、ユアンは寝室に身をひそめていた。そこに座ったままこぶしを固めて弟の旗が風になびくのを見つめ、同じような恐れの感情を振り払える弟の能力よりも自らの抱える恐怖心を憎みながら、身じろぎもできずにいた。午後になってようやく塁壁に出ていき、眠っていたために戦闘準備の号令が聞こえなかったのだというふりをすると、洗濯女さえもが彼に背中を向けた。実の父親もほんの一瞬だけぼんやりした過去の記憶から目を覚まし、ひと言もなく息子を凝視した。それから恥ずかしさに頭を垂れて歩き去り、ついて行こうとするユアンの言い訳にはなんの反応も示さなかった。

夜のとばりがおり、遠いオークの森の奥から広刃の刀が打ち合わされる音が聞こえてきた。ネッドが見つけたものがなんであれ、その相手は譲らなかった。

ついにユアンは残されていた最後の馬の一頭にまたがり、ふた回りは大きすぎる剣で虚しく空気を切りつけながら、城門をくぐり抜けた。弟が少なくとも三人のとりわけ大柄な兵士を相手に訓練を積んでいるあいだ、ユアンはおしのびで田舎町のパブを訪れて時を過ごすことを選んできた。リュートを持っていき、美しいドレスの女を見ればいつでもつまびいてみせた。町の人々はもちろん素性を知っており、吟遊詩人のような平民のふりをしなくても、彼のほうを見ないようにしていた。しかし時に、ドゥン・ナン・バントゥリで一夜を明かした娘たちは、口にだしては語れぬ物語をその目に宿して戻ってきた。教会では決して赦しを得られないような行為をユアンは娘たちに強要していた。

空が低くなり、樹冠にまで届きそうだとユアンは思った。青黒い雲が馬のたてがみすれすれに稲妻を落とし、毛の焦げるにおいがした。ユアンは脅える馬に鞭をくれてせきたてた。

森に踏み込むと、戦いの音に変化が訪れた。慈悲を求めて泣き叫ぶ声が消えていった。もっと原始的で忍耐強い合唱が起こりはじめた。

蹄の跡を追うユアンを木々がふり返ってにらみつけているかのように、今度は囁き声と何か軋むような音が聞こえてきたが、たいまつを掲げていてもあたりの様子はほとんど見えなかった。琥珀色の光の点がふたつひと組になって木々の先に浮かびあがっており、ユアンはめまいを覚えた。戦が始まってから、父王の領土にいる狼の数が増加しているのは知っていた。すべての刃が狼ではなくノルマンの喉に向けられたからだ。狼たちには人間に放置されたことがわかっていて、そのため人間の武器もさほど恐れなくなったと感じられることがユアンにはあった。記憶にとどめている開拓地までの道を進むあいだずっと、絶えることのない低いうなり声があとを追ってきた。ユアンとネッドはよくその開拓地で遊んでいて、片方が痛みに泣きわめくまで──たいていそれはユアンだった──木製の剣を使って決闘ごっこをしていた。

そこで目の当たりにした光景に、ユアンはなめらかな喉を爪でつかまれるような感覚に圧倒されて、それまでの怒りは色あせた。

ネッドが敵の騎兵を罠に誘い込んでいたのだ。

彼は侵略軍の大隊を逃げ場のない場所におびき寄せようと、少数の騎馬を偵察に送り込んだ。この土地にある数々の暗い場所に気づかず、ノルマン人は罠にかかり、彼らを乗せた馬はあっという間に木に囲まれ身動きできなくなり、アイルランドの新鮮な泥に腹まで浸かった。ウェールズ人の射手は暗く低い林冠の下で方角がわからなくなり、誤って味方に向かって弓を射はじめた。ネッドの歩兵は立っている馬の横腹を突き刺し、その乗り手に対しても情け容赦はせずにパリ風の手細工による鎧の胸当てが地面にぶつかるが早いかとどめを刺して、敵をあっけなく一網打尽にした。いまや森のうめき声はさらに大きくなり、流れる血は雨水よりも早く沼に引き込まれていった。

ユアンは待っていた。いま姿を見せれば、二の足を踏んでいたことで永遠に臆病者の烙印を押されてしまうだろう。馬を降り、身を低くして草のあいだを忍び歩くと、弟が父王の立派な馬を回し、ひょろ長いウェールズの歩兵を剣を抜く間も与えず死に至らしめるさまを眺めた。ネッドに剣を突き立てられるとき、その男は薄いグレーの目を覆った。ネッドは刃をぬぐい、馬を回すと、新たな獲物を探した。

そのとき、神が臆病者にほほえんだ。

「ネッド王子!」アイルランド人の家臣から叫びがあがった。「敵が横から攻めてきています!」

ウェールズの射手の小さな一団が左の彼方の森から

飛びだしてきていた。棘でチュニックがぼろぼろに裂けてはいたものの、敵の声にひるんだ気配はなかった。泣き妖精《バンシー》さながらにわめきながら、勝ち誇ったアイルランド騎兵をなぎ倒した。

ユアンが立ちあがり、千載一遇のチャンスをものにしたのは、まさにそのときだった。

戦場の兵士たちはユアンに背を向けていたため、誰ひとり彼に気づいていなかった。おまけに、ほとんどのたいまつの炎が震えながら兵士よりも早く消え果てていた。ユアンは弟の馬に忍び寄り、その後ろ脚を切りつけた。混乱と騒ぎの中にあって、馬が倒れ乗り手を押し潰したとき、悲鳴は誰の耳にも届かなかった。

ネッドは両脚と体の大部分を挟まれて倒れ、身動きがとれなくなっていた。白目を剝きながら、何が起きたのか理解しようとしていた。ユアンは慎重に近づいていき、戦場に目を走らせた。ネッドの兵士たちは一丸となって反撃に出ており、たいまつの炎が彼らを木の葉の前の何百人という巨人のごとく照らしていたが、ウェールズ軍の激しい奇襲にまだ混乱していた。

「あ、兄上?」ネッドは覗き込んでいる相手を認め、息を切らしながら呟いた。

「そうさ」ユアンは答え、馬にまたがった。甲冑の革紐をきつく締め、上質の子山羊の革でできた手袋をはめ直した。そして身を乗りだして、弟の盾を取った。三枚の帆を巻きあげた船が描かれており、鋼の上で輝いていた。

「永遠に呪われるがいい」ネッドは光を受けた目を金色に燃やして言った。

「それは運命と神のみぞ知ることだ」ユアンは言い返すと、馬を駆ってたったひとりの双子の弟の体を踏みつけ、息の根を止めた。それからウア・エトゥリシコルの騎兵に注意を向けると、全速力で駆けつけて先頭に立った。赤毛をたなびかせて弟の盾を空中に掲げているその姿は騎兵隊を奮い立たせ、兵士たちはウェールズ軍に破られた隙間をすぐさま埋めた。アイルランド軍は敵の前進を食い止めるのに短剣を使い、それまでにも増して無慈悲に命を奪った。決着はすぐについた。

しばらくすると、木々までもが静まり返った。

アイルランド軍は勝利を祝い、敬愛するリーダーがおそらくは未熟なフランス兵の手にかかって不名誉な死を遂げたいま、とりわけユアン王子が折良く駆けつけたことを賞賛した。敵は退却し、他の土地を征服すべく探しにいった。いまもなおドゥン・ナン・バントゥリはいかなる敵にも陥落せずにいた。

こうしてユアンの統治が始まった。

凱旋すると、ユアンは父親にネッドを英雄として葬らせた。「ネッドは不屈の闘志によって命を犠牲にした」という言葉を添えたふさわしい弔辞まで読んだ。またも愛する者を亡くす苦しみに打ちのめされた父王が、ひと月と経たずにネッドのあとを追って墓に入ったとき、ユアンが読んだ弔辞は明らかに短く心がこもっていなかった。ユアンはあっという間に城を売春宿に変え、自らの勝利と迅速な王位継承を祝うため、兵士たちに近隣地方の若い女たちをかき集めてこさせた。召使いたちは見て見ぬふりをした。娘たちが目を伏せて丘を降りて戻ってくるたびに、ユアンの特殊な嗜好についての噂はますます広まった。

時には娘たちが二度と戻ってこないこともあると囁かれていた。

けれど、ほどなくユアン王は、女たちを食い物にするよりもずっと夢中になれることを見つけた。

狼を探して、森の奥深くまで危険を賭して分け入りはじめたのだ。

一年足らずで、かつて父親が年に一度の花祭りを楽しんでいた大広間には、槍に突き刺した百以上の灰色の狼の頭が飾られることとなった。一族の者が公の場で一瞥をくれようともしなかったであろう猟師たちが、いまでは城の蜂蜜酒の樽を空にしていた。猟師たちは黒い皮革をまとい、その日の狩りについて得意げに語り、仕留めた獲物を比べ合った。そのうちのひとりが感謝を込めて、中身をくりぬいた狼の頭をユアンに贈った。ユアンは心からの涙を浮かべて受け取ると、頭にすっぽりかぶってみせた。それはぴったりすぎるほどぴったりで、ふたつの目は弱々しいキャンドルの炎を反射していた。ユアンはそれをひと晩中かぶったままでいた。彼の寝室に連れてこられた意味さえわかっていないような年端もいかぬ三人の娘とベッドを共にするときも。朝が来ると、ユアンは自分の新たな情熱にふさわしい名前を一族の城につけた。

男やもめ亡きいまとなっては、ドゥン・ナン・バントゥリという名前はもうそぐわない、と彼は思った。黒い門を持つこの城は、今後はドゥン・ナン・イルとして永遠に名を残すのだ。「狼の城塞」という以上にふさわしい呼び名があるだろうか？　ユアンは代々伝わる船の紋章を城の旗や盾から取り払い、人間の残忍な欲望と彼にとっての幸運の印である、森の開拓地を跳ねている恐ろしい狼に置き換えた。

ユアン王はそれから三年ほどはこんな風にして過ごした。

いよいよ神が卑怯な行為と裏切りに眉をひそめるときが来るまで。

ユアンはごく少数の供だけを連れて、領地の外れを馬で走っていた。すばらしい気分だった。ユアンが仕留めた獲物を拾うため一、二マイル遅れてついてきている召使いたちは、既に三頭の立派な狼と二頭の狼の子どもを革の網におさめていた。ユアンは森の行ったことのない場所へと続く道を見つけ、馬に拍車をあてて急がせた。ここ何年かで初めて恐怖が湧きあがってきたが、必死に抑えようとした。夕刻にはまだ早いというのに、木々の下の影はくっきりとした形を取っているように見えた。数年前、弟の部隊を見つける直前に耳にした歪んだうめき声が、苦しげにもだえる枝の一本一本から発せられていた。

「こんなの迷信だ」ユアンは木々に向かって声にだして叫んだが、返事は返ってこなかった。「古くさいおとぎ話じゃあるまいし！」お付きの者が名前を呼んでいるのがずっと後ろのほうから聞こえてきた。ユアンは黙っていた。暗闇に対するこんな子どもっぽい恐怖も克服できずに、どうすればコーク全土を支配できるというのか？　あるいはいつの日かマンスターをすべて取り返して、ノルマン人を波の中に送り返してやれるというのか？　ユアンはひとりで馬を走らせ続け、後ろから聞こえていた心配そうな声はやがて木の葉に飲み込まれた。道を曲がると、自分がひとりではないことに気づいた。

一頭の狼が目の前の道に座っていた。

人間がするように、狼は辛抱強く待っていたように見えた。馬は驚き脅え、ユアンを地面に振り落とすと、恐怖にいななき、すごい速さで逃げていった。ユアンはさっと剣を抜き、急いで立ちあがった。頭から狼の兜がはずれ、なんらかの合図でも待っているかのようにいまだぴくりとも動かない生きた狼のほうへと力なく転がっていった。

「本物なのか？」ユアンは息を切らしながら、とうとう思い切って問いかけた。

狼はゆっくりとまばたきをして、ユアンに向かって歩きはじめた。ユアンは幻覚を追い払おうと、剣で目の前を切りつけた。けれど、落ち葉を踏む音も立てずに狼は歩きつづけ、蜂蜜色の虹彩に黒い斑点が見えるほどユアンのそばに立った。

「本物ということにかけては、おまえと同じだ」狼は口を動かさずに言った。その声はユアンの頭の中だけに響いていた。「この質問に答えろ――盗んだ人生は幸せか？」

「さがれ！」ユアンが叫んで切りかかると、狼は未熟

な攻撃をひらりと横に寄ってかわし、迷い犬のように
また元の位置に戻ってきた。

「若い女や私の仲間たちを殺すことで恐怖心が和らぐのか?」いまでは狼は頭を低くして、稲妻に打たれたみたいに毛を逆立たせていた。歯を剝くと、人間の指ほどの大きさの牙が見えた。

「許しを乞う」ユアンは言ったが、それは心からの言葉ではなかった。「私の犯したすべての罪に対して」

「おまえには奪った命のひとつひとつを償ってもらおう」狼はそう言うと、突進してきてユアンを押し倒した。喉に歯が食い込む直前に、ユアンは頭の中でこう言う声を聞いた。「必ずやおまえに恐怖というものを味わわせてやる。大地をさすらい歩き、蔑まれ、狩られ、楽しみのために殺されるのがどんなものか思い知るだろう。だがこれだけは覚えておけ——かつての暮らしを取り戻す唯一の方法は、人間のおまえに対する嫌悪にもかかわらず誰かに愛され、自らを彼らのために犠牲にすることだけだ。しかし、このことも考えてみるがいい——もしも過去の暮らしがどんなものだったか、もはや思いだせないとしたら?」狼はユアンが表面に固めた防御をすり抜け、その下にあるどす黒い欲望をまっすぐ覗き込んでいた。「私とはまた会うかもしれない」狼は言った。「会わないかもしれない。それはおまえ次第だ」

「どういう意味だ?」

狼に笑うという行為ができるのであれば、この狼は笑みに近いものを浮かべていた。狼はぐらかすように顔をそむけた。「いずれわかる。そのときが来れば」

「いったい……どれだけかかるんだ?」ユアンは息ができず喘いだ。

弟を殺した夜に持っていたたいまつみたいに、狼の目はユアンの内側まで見透かしていた。

「それは運命と神のみぞ知ることだ」狼はそう言うと、

がぶりと噛みついた。

ユアンは喉の痛みに耐えられず意識を失った。

目が覚めると、天国にいるのだと思った。

ヒバリのさえずりが聞こえ、日射しを浴びた顔が焼けるように熱かった。狼に喉笛を噛み切られるという恐ろしい夢がまだ頭の中に残っていたが、すぐに薄れていった。ひどくゆっくりと目をあけると、ユアンはまだ森の中にいて、夜が明けていた。どういうわけかそよ風の中の葉擦れの音が大きくなっていた。刈り入れられたばかりの穀物のにおいがかつてないほど鼻孔を刺激し、なぜだろうかと考える間もなく新たな別のにおいが漂ってきて、ユアンは失神しそうになった。どこか近くで殺されて間もない鹿のにおいで、熱くなってきた大気の中で塩気を含んだ分泌液は甘やかでありつつも鼻にツンときた。弟を踏み潰したあの一度だけ聞こえた、殺しの直前のあの甘い高鳴りを、あの奇妙な血の歌を耳の中で聞いたような気がした。

「いたぞ！」近くで誰かが叫んだ。「こっちだ！」

「助かった」最も冷酷な猟師だと声でわかり、ユアンは言った。「助けが来るのを祈って――」

そこでぴたりと口をつぐんだ。言葉を正しく発声できていなかった。聞こえたのは、うがいをするようにガラガラいう意味をなさない音だけだった。そのとき、首を噛まれていたことを思いだした。おそらく声帯が傷ついているのだろう。ユアンは立ちあがった。仲間の猟師たちの一団に手を振る間もなく、すぐ横にある木に一本の矢が突き刺さり、彼はひるんだ。

「ポードリック、やめろ、私だ！」ユアンは怒鳴ろうとしたものの言葉を発することができず、黒い皮革をまとって馬にまたがったポードリックは槌を振り回しながらまっすぐ突進してきた。ユアンは走ったが、それまでの短い人生の中でそんな風に走ったことは一度もなかった。なんということだ、心臓は通常の三倍の大きさになったみたいに胸の中で鼓動を打っていた。

少年の頃に思い描いたことしかない軽やかさでごつごつした岩を駆け抜け垣を跳び越えた。まるで空を飛んでいるみたいだった。筋肉が痙攣して震えるのを感じた。ようやく休むことにしたときには、そよとも風の吹かない小川に来ていた。ユアンは身をかがめて水を飲もうとした。

その光景に、傷ついた喉が恐怖のうなりをあげるのが聞こえた。

静まった水面から一頭の狼が見つめ返してきていた。

自分の体を見おろすと、手があるはずのところに厚い毛皮とかぎ爪を持つ足があった。ユアンは目を閉じ、首を振った。きっとまだ夢を見ているのに違いない。また目をあけて、今度は水面までずっと身をかがめると、黒い鼻先が冷たい小川に触れるのを感じた。小川の中で死んだ鮭とカエルのにおいが嗅ぎ分けられて、ほんの数フィート上流ではもっと水がきれいだということを即座に感じ取った。小川には死んだウェールズ人の血も流れ込んでいて、その悪臭が腐った枝のにおいと混じり合っていた。ひげの生えた顔を引っ込めてその場に座り込み、喘ぎながら皮膚に目をやると、それは灰色の毛皮になっていた。体は大きく膨れあがって筋骨たくましくなり、さっき森で狼に噛まれたごく小さな傷だけが表面に残っていた。心ならずも、ほれぼれせずにはいられなかった。自分はもう、父親が王であっても陰でコソコソ笑われる双子の痩せっぽちのほうではないのだ。なんという力！　なんというたくましさ！　こんなものは夢でしか――

「見つけたぞ！」いくつか後ろの生け垣から、これまた熱心な狼殺しの猟師が高らかに叫び、爆発のような馬の蹄の音が聞こえてきた。

ユアンはまた走りだすと、空が暗くなってダイヤモンドの絨毯を広げ、そのまぶしさで彼の目をくらませるまで、足を止めなかった。あそこに見えるのは小熊座だろうか？　その隣できらきら光っている星の連なりはなんだろう？　弟は空の星から自分を見おろしているのだろうか、そもそもいまの自分がわかるのだろうか、そんなことを思った。けれど遥か昔に「神の輝く目」について教えてくれた記憶の中のネッドの姿は、飢えた新しい血にすっかりぬぐい去られた。狼にとっては星座が何を表していようと関係なかった。月が出ていないということには、猟師たちにそうたやすくは見つからないはずだという意味しかない。ユアンはふり返り、耳を澄ました。草の中を動くものがある。恰好の餌食だ。

　その日の夜、ユアンは捕まえたウサギをまだ身をくねらせてもがいているうちに三口で飲み込んだ。肉を飲みくだしていると、新たな飢えたリズムが周りを取り囲むすべての音を一瞬静まり返らせるのを感じた。やがて彼は走ったせいで湿りを帯びて疲れた体を木の下で丸めた。足が腫れて痛かった。絹をまとい、女たちの脚のあいだにもぐり、何百という狼の頭の剥製に不吉に見おろされながら大広間で過ごした最後の記憶も少しずつ薄れていき、何がなんでも生き延びたいという欲求がそれに取って代わった。

　この美しき捕食者に生まれ変わったことを彼の中の狼が喜んでいた。

　まだ人間らしさが残されているとしても、それは子供じみた恐れしか感じていなかった。

　小川のほとりでしばらく横たわりながら、木々のざわめきを聞き、新しい目に見通せる限りの森の奥にいる雌鹿やネズミ、フクロウの鼓動を感じていた。変身は完了していた。狼の呪いが香の煙のようにユアンの周りに立ちこめ、頭の中ではその警告がいまもこだましていた。耳と耳のあいだを押し潰されるような感じが強くなっていき、ユアンは口をあけた。

　考えるまでもなく、彼は頭をのけぞらせて遠吠えをしていた。

わたしにはいまでも、スツールに腰かけて喝采を受けているジムの姿が、あのろくでなしの姿が見える。

「物語の第一部はこれにて閉幕」ジムは熟練したシャナヒーのようにしごく落ち着いた口調で言い、頑固なトロール漁師から、まだスポーツブラをつけているパリス・ヒルトンかぶれの女の子たちまで、みんなが彼に拍手を送った。ジムが会釈して人ごみの中に入っていこうとしたとき、かん高い声があがった。

「それで、ユアンはどうなるの？　永遠に狼のままなわけ？」

わたしはふり返った。誘うような声でつまらない質問をしたのが誰なのか、突き止めるのは難しくなかった。サラ・マクダネルがジムの元へまっすぐ歩み寄っていた。パンティの色がわかることがほぼ標準規格となっているローライズのジーンズに、胸の下ぎりぎりまでしかない黒いシャツという最高に挑発的ないでたちだった。模造ダイヤモンドが散りばめられた靴を履いている。青いアイシャドウを塗ったまぶたの下からジムを見て、にっこりほほえみかけた。彼女が誰にも気づかれていないと思って手鏡の前でその表情の練習をしているところを、銀行で見かけたことがある。当時サラはまだ二十歳そこそこで、春の朝みたいに可愛らしく、髪の毛の詰まった袋みたいに愚かだった。ピアスはインド料理店の壁飾りでも盗んできたみたいに見えた。

そうね、サラはそこまでひどくはなかったかもしれないし、死者を悪く言うのは卑怯よね。聖なる母よ、お許しください。だけど、自分自身もおそらくこの先長くないという状況にあって急いで話しているというのに、嫉妬を覚えるのが許されないというのなら、いつだったら許されるというの？

ともかく、ジムはサラの厚かましさを気にもかけず、彼女と聴衆みんなの疑問にいっぺんに答えた。彼は電灯の明かり調整スイッチをひねるみたいに魅力を弱めて、みんなを照らしつつサラだけを暗闇の中に置いた。

「すべての偽りなき真実の物語には、序盤、中盤、終盤がある。だから焦りは禁物だ」ジムが言うと、ケミカルウォッシュジーンズを穿いたサラは眉間に皺を寄せた。彼女の質問はごく単純なものだった。それに彼女は男にノーと言われたことがそれまで一度もなかったのだろう。特にバカみたいな恰好をして肌を露出しているときには。

「これから数日で、おれはこの近くの町を回ることになっている」とジムは続け、カウンターのそばにいるアジア系の男を手で示した。「あそこにいるトモは……マネージャーとでもいうのかな？　おれのつつましい暮らしを動かす信頼できるコンパスの針だ、そうだろう、トモ？」

　トモはちょっとふり向き、あまり自信なさそうにほほえんだ。さっきはデニムのジャケットを着ていたと思ったがそれは違い、いまは釣り道具やなんやらを入れるポケットが山ほどついた防水布のコートを着ていた。ポケットはどれも何かの重みで垂れていた。冬の沼の色のコートだ。理由がなんであれ、その目はジムに黙ってさっさと出ていけと告げていた。トモがわたしのこともにらんでいたのを覚えている。けれど、そのときは気にもかけなかった。彼は自分の第四世界めいた顔に大勢の地元民たちの目が注がれているのに気づくと、酔っぱらったバレエダンサーみたいに両手を広げて大げさなお辞儀をしてみせた。

「そのとおりです、紳士淑女の皆様。それに話の続きを聞く勇気のあるお坊ちゃんお嬢ちゃん」トモは驚くほど柔らかい、まるで子どもみたいな声で言った。この男には胡散臭い中国訛りはまるでなかった。興行師としての話しぶりはジムに比べて劣るものの、声だけ聞けばこのキャッスルタウンベアのど真ん中の出身と言われてもおかしくないほどだった。せいぜい二十五歳といったところだろうけれど老人のように見えて、十歳の頃から強い酒と煙草に黄ばんだ頬の水分を持っていかれてしまったかのようだった。「われわれがどこにいるかは予測不可能ですが、二日後にすばらしいアドリーゴールの町を訪問するかもしれないという噂です。〈オールド・ソード・イン〉にて。おひとりでも、大勢でも、どうぞお越しを。極上の恐怖を味わいたいというご友人にもお伝えください」

トモは灰色の古いフェルト帽に手を伸ばし、さっと頭にのせた。中で小銭がチャリンチャリンいう音が聞こえ、子どもたちが笑った。それから彼はジムにまた鋭い視線を投げて、お辞儀をした。

「親愛なる友人トモよ、良く言ってくれた」ジムは生ぬるいビールを飲み干しながら、誇らしげに言った。「ありがとう。それではいまの明瞭な宣伝を持って今宵はお別れだ、美しいご婦人がた、誠実な紳士のみなさん、ご機嫌よう」

自分が何をしているのかもよくわからないうちに、わたしは椅子を立っていた。

ジムはマネージャーのあとについてドアから出ていこうとしたところで、ふり返ってわたしを見た。サラ・マクダネルは猛烈に怒りくるっていて、その頭に触れたら火傷しそうなほどだった。ジムがトモの耳になにやら囁くと、この日系アイルランド人は口元をぴしゃりと叩かれたみたいな顔をした。彼は鋭い口調で何か言い返したけれど、ジムは手のひと振りだけで黙らせた。少ししてジムがわたしのほうにぶらぶらと近づいてくると、トモは釣り上げられたままほったらかされて腐った鱒みたいな顔をしてゆっくりドアから出ていった。

「きみって女はふたりいるのかな、それとも町中どこにでもいるだけ?」ジムは座っていいかとも訊かずにわたしたちのすぐ横に腰をおろしながら尋ねた。わたしが脚を蹴りつけるより早くロイシンはぐるりと目を回してみせたけれど、外にいる犬までもが身震いしそうなほど彼の顔から濃厚に発散されているセックスと革のコンビネーションに、イーファはうっかり見とれていた。イーファはそわそわと爪をいじりはじめた。妹が男の前でそうするところを目の当たりにするのは初めてだった。

「さあね、外にまだ大勢のわたしが待ってるのかもよ」わたしはすかさず言い返し、得意になった。「ここにはお酒を飲みにきたの、それともいまも本業はスウェーデン人を国外追放すること？」

ジムはにやりとしただけだった。

ロイシンが言った。「いったいなんの話をしてんのよ？」

「内輪の冗談だよ、お嬢さん」ジムは前にもしたようにわたしだけを見つめて、そう答えた。彼の手に触れもしないうちから、自分は同じ日に一度ならずフィンバーを裏切っているのだとわかり、ひどい気分になりかけた。妹たちはわたしから失せろという電報を受け取ったかのように、鞄をつかんで席を立とうとしていた。イーファが片目をつぶってみせた。ロージーはわたしたちふたりのビールをどちらも一気飲みすると、わたしの髪をくしゃくしゃにしてから出ていった。

蜜の色をしたあの目は、いまではわたしだけに向けられていた。

「それで、あなたはどれぐらいすばやい《クイック》の？」そう尋ねたけれど、彼の瞳孔が動くのが見えただけだった。それだけでじゅうぶんわかった。

朝の鐘が鳴ったとき、スフィンクスはわたしの六年生のちっちゃな怪物たちをひとりで相手しなければならないだろう。


その夜のことをもっと詳しく話さなきゃいけない？

ええ、あなたが自分で想像できないというのなら、話しておかないといけないわね。だったら済ませてしまいましょう。だけど、わたしが彼に押し倒されてパンティを脱ぎもしないうちからおねだりしたとでも思っているなら、それは間違いだし、いやらしいことを考えないで。そんなのじゃなかったのだから――ジムが誰よりも上手だったのは、相手が求めていることに耳を傾け、提供し、最後にはそれが定められた運命なのだと思わせることだった。

わたしたちは家のキッチンにいて、わたしはお茶はいかがと尋ねもせずにビューリーズの濃いミルクティーをマグカップふたつ分淹れていた。ロージーがアマチュア無線に取りつかれていること、イーファが自分を『タクシードライバー』のロバート・デ・ニーロだと思い込んでいるらしいことについて、わたしがべらべら喋っているあいだ、ジムは初め言葉少なだった。誰か来るのを待っているかのように、何かを探してあたりを見回していた。それでわたしは窓ガラスをちらりと盗み見て髪型を確かめながら、モイラ叔母さんのことと、叔母が最近ではアーリー・カトリック様式の内装にはまっていることを話した。覚えていないけど、そのことについて冗談さえ言ったかもしれない。

はっきり覚えているのは、彼がわたしの首に初めて触れたときのこと。

彼はくつろいだ様子で部屋の中を見て回っていて、わたしの横を通り過ぎたときに、そっとかすめただけ、ただそれだけのことだった。いま同じことが起きれば、それは相手が襲いかかる前にテリトリーのマーキングをしている徴候だと気づくだろう。けれどそのときは、ふたりで初めて食事をしたときにフィンバーがしたように、いきなりわたしを壁に押しつけてファスナーを下げたりしないのは素敵だと思っただけだった。ジムはわたしの小さな置物の前で足を止めてほほえんだ。わたしは赤くなった。わたしの部屋には置物がたくさん飾ってあったのだ。いつの日か町を出ることができたら訪ねてみたい場所を象徴するものが。でも、そんな日は来ないとわかっていた。

緑青っぽい加工が施された自由の女神像、コロシアム、それにバカみたいなエッフェル塔までもが、父さんが子どもの頃もらった真鍮製のハーリング（アイルランドで行われるホッケーに似た球技）のトロフィーと並べて窓台の上に置いてあった。トロフィーは昔のケルト族の戦士さながらに父さんがハーリングのスティックを頭上で振るっている姿をかたどっていた。ともかく、父さんはいつもそう言っていた。そのそばの冷蔵庫にはマジョルカ島のポストカードと、軽い火傷状態の日焼けでロブスターみたいに赤くなったわたしと妹たちが近場のどこかで煙草と怪しいカクテルを手にしている写真が貼ってあった。おまけに言うと、恥ずかしながらおなじみのツタンカーメンの写真も何枚かあった。ジムがほほえんだとき、なんて白い歯をしているのだろうと思った。彼はまだキスしてこなくて、わたしは悶々としはじめていた。フィンバーからは三通のメールが送られてきていたけれど、一度も返信していなかった。

「で、バビロンの空中庭園はどこかな？」ジムは尋ねた。「見あたらないけど」

わたしは指をぱちんと鳴らした。「ああ、忘れてたわ。それに、あの庭園はもう水やりをしてないんじゃなかったっけ」

ジムはまたキッチンテーブルのわたしの横に腰かけた。モーターオイルのにおいと、息にはまだビールのにおいが残っていた。「きみの名前は？」

「フィオナ」と自分が答えるのを耳にした直後、彼はわたしにキスをしていた。

その日の朝、通りで彼に見つめられたとき、裸にされているみたいだと感じると同時に安心もできたということは、前にも話したと思う。それに無限大をかけてみて。彼はゆっくり時間をかけてわたしの服を脱がし、自分で脱ぐのは許さなかった。歯を見せて笑いながら上になり横になり、スカートのファスナーをおろし、ブラウスとTシャツを脱がし、セクシーさのかけらもない靴の紐をほどき、手伝おうとしたわたしの手を優しく叩いて払いのけた。そのあいだずっと、わたしはただそこに横たわり、彼はこれまでに何度こうしてきたのだろうかと考えていた。彼はよどみない慣れた手つきで脱がしてゆき、それは日常的な習慣とも呼べそうなほどだった。先の疑問の答えを知ってもわたしは気にしなかっただろう。嘘じゃない。

ジムは狭いアパートメントの可能な限りのあらゆる場所で、たっぷりわたしを抱いた。驚いたことに、彼はわたしが想像していたハードコアなセックスの無頼漢みたいにふるまうのではなく、こっちにリードさせた。フィンバーの場合は迷子にならずにわたしの最も感じる場所にたどり着くのに地図が必要なのに対し、ジムは息づかいや体の内側に触れたときの反応をたどり、目をつぶっていてもわたしの欲望を読み取ることができた。お互いが気に入る通過点に到達したとわかっても、そこでやめはしなかった。彼自身は知り尽くしていながらも、相手を都合のいいように操ることなく自ら発見させようとする未知の領域にわたしは踏み込みながら、立って、座って、横になって、彼と激しいキューバ音楽に合わせて踊っているみたいだった。

わたしがめちゃくちゃにされていたといっても、それは肉体的なことだけじゃない。それだけはわかっていた。

彼はわたしが自分でも知らなかった部分まで体の隅々をあますところなくとろけさせた。そしてわたしは喜んですべてをゆだねた。もちろんフィンバーの前にもつき合っていた人はいる。思いやりがあって優しい人もいたし、その手と舌でわたしの頬を赤らめさせるほど経験豊富な人も当然いた。けれどジムにとっては、それまでわたしが知っていた大半の男たちがそうだったのとは違い、やたら大声をだして男らしさを誇示し記録的な速さでイクことだけがすべてではなかった。彼は予測不可能で、わたしは焦れると同時に興奮した。ジムの情熱は奥深くに眠っており、洗練されたテクニックの下に秘められていて、手が届きそうで届かなかった。終わるたびにまた欲しくてたまらなくなったのは、きっとそのとらえどころのなさのせいだ。向こうはわたしをすっかり手に入れていたけれど、わたしは彼が内に抑えているもののごく少量しか味わっていなかった。いま思えば、むしろそれで良かったのかもしれない。たったそれだけでわたしは瓜よりも高みまで昇らされたのだから。すべてを味わい尽くしたら、生きてはいられなかったかもしれない。

まともにまた物を考えられるようになるまでに、五時間ほどが過ぎていたようだ。

わたしはジムの毛の生えていないなめらかそのものの胸に頬を押しあてて床に横たわり、手元にない煙草を吸いたいと思っていた。彼はまたもやわたしの心を読み、上着に手を伸ばして探ると、煙草を二本だした。しばらくじっと動かずに煙の輪が崩れていくのを眺めているうちに、外から聞こえてくるカモメの鳴き声が夜明けの近いことを告げた。

「彼の名前は？」ジムはもう一度わたしの肩に腕を回しながら尋ねた。

「誰のこと？」誰のことかちゃんとわかっていながら、聞き返した。わたしの携帯電話はコートニー・ラブのバイブレーターよりも頻繁に振動音を立てていたから。今度はひどい修羅場になるだろう。どれだけ慎重に嘘をついたところで切り抜けられるはずがない。

「このことを彼に話す必要はないさ」きっとうまくいくと励ますような小さな笑み。

「ここからパントリーまで、もうみんなに知れ渡ってるわよ。一緒に出ていくのを見られたんだから。ふざけてるの？」

彼はニヤッとして、わたしの腿の内側に触れた。

「だったら、彼氏に何もかもは話すなよ」

「話すわけないでしょ」わたしは彼の手が這いのぼっ

てくるのを止めずに言った。

彼がジーンズを穿いているとき、お日様はわたしが授業にもう遅刻していることを教えていた。

わたしはキッチンの椅子に座り、宿題の紙をめくるふりをしていた。だけど本当は、ジムが最後まで語り終えていないあのおとぎ話のことを考えていた。「それで、あの狼男はどうなっちゃうの？」Tシャツの下に隠れてしまう前に、彼の左腕の内側にタトゥーがあるのを目に留めた。何かのシンボルみたいで、その下には文字が刻まれていた。それまでは彼の体の他のパーツにばかり見とれていたため、そのタトゥーには気づいていなかった。これはただの「ママ永遠に」とかいうタトゥーとはわけが違うと何かが告げていた。

「ユアンは狼男じゃない」ジムはふいに真顔になって言った。「満月が隠れるたびに人間に戻ったりはしないんだ。きみが言ってるのは漫画の世界だよ。銀の銃弾とくだらない言い伝えの。そうじゃなくて、こいつは他の動物たちと同じで、生粋の狼だ。獲物として追われているのと同時に捕食者として大地をさすらっている。愛する相手を見つけるときが来るまでずっと」

「ユアンはいつかは愛する相手を見つけられるの？」何がなんでもあの狼を人間に戻らせてあげたかった。なぜかはわからない。ジムの語った様子からすると、森が寂しそうだったからかもしれない。

「おれにわかるはずがないだろう？」

失望に胸がずきんと痛んだ。ゆうべの彼の口ぶりからだと、長編小説か何かみたいに、物語は最後まで組み立てられていそうな感じだったのに。わたしは彼の煙草の箱を見つけたけれど、中身は空っぽだった。

「じゃあ行き当たりばったりに話を作りあげてるだけってこと？」

ジムはわたしには意味の読み取れない笑みを浮かべた。「いや、その反対だよ」と彼は言った。「主導権を握っているのはおれじゃなく物語のほうでね。おれは頭の中に現れた言葉を口にするだけだ。おれの頼もしいトモが言っていたように、明日の夜アドリーゴールに着いたら、もう少し先までわかるだろう。それまでは、おれにもなんとも言えない」ジムはブーツの紐を結んでいた。世界の果てとその先まで歩いていったみたいなブーツ。爪先が鋼になっている。

「ところで、あの中国人をどこで見つけたの？　ゆうべは面白くなさそうな顔をしてたけど」

「あいつは別に気にしないだろうが、正しくは日本人だ。何年か前におれがいたロックバンドのマネージメントをしてたんだよ。残りの連中は破格のレコード契約を結んで、まずおれたちふたりを放りだした。それ以来、桃とクリームみたいにおれたちはずっと一緒にいる。トモという名前は確かあいつのお国の言葉では〝仲間〟を意味するらしい」

「じゃああなたがシェリフで彼が信頼できるインディアンの友だちだってことなら、彼のオートバイはどこにあるの？」

「トモはバイクに乗ると船酔いしてね。わけがわからないが。あいつはマイクやなんかを搭載したヴァンに乗ってるよ」

「彼、あなたに怒ってたわよね？」

ジムはわたしの気をそそろうとはせずに見つめてきた。「いや、おれがきみといるのを見て嫉妬しただけだ」

わたしは彼のほうを見ずに袖のボタンをくるくる回した。「良くあることよね」答えが気に入らないだろうとわかっていたから、質問のような言い方はしなかった。

「きみが思ってるほどじゃないけど」

窓の外を眺めると、日射しを浴びた堂々たる姿の赤いバイクが見えた。昨日もそうだったように、通りかかった人々も車もスピードを落としてジムのヴィンセントコメットにぽかんと見とれていた。彼は立ちあがり、革ジャンを羽織ると、ハグしようと両手を広げた。わたしは彼に近づきながら、また会えるか尋ねる勇気のない自分に腹を立てていた。

「無茶な運転はしないでね」思い切ってそう言った。

「それは絶対にないよ」と答えて、あのくそったれはパンティのゴムの下あたりの腰のくびれにもう一度だけ触れた。「また会うときまで元気で」

そう言い残し、彼は指を二本振ってドアから出ていった。そんな仕草を憎みたいけど憎めなかった。わたしは捨てられた女みたいに佇んだりせずに、ドアを閉めた。少しすると、家の窓をガタガタと揺らして、彼はクロムメッキの獣のエンジンを吹かして走り去った。わたしはドアのそばに立ち、聞こえなくなるまでバイクの音に耳を傾けていた。

そのとき、また携帯電話が鳴りだした。

フィンバーだと思った。彼と話をするのが怖かった。説得力の弱い言い訳を用意して電話に出ようとすると、かけてきたのは悪魔の妹だと気づいた。

「いつになったら詩人をベッドから蹴りだして電話に出てくれんのよ？」わたしが出ると、ロイシンはそう怒鳴った。「サラ・マクダネルのこと、聞いた？」

「なによ、結局ゆうべのノルウェー人たちのひとりにお金を払って抱いてもらったとか？」

ロイシンはわたしが何もわかっていないことにため息をついた。「サラはモイラ叔母さんの聖人と同じで死んじゃったのよ。無線で聞いたの。もうブロナーは制服のネズミたちみんなとグリーブ墓地に向かってる」

ブロナーは顔を真っ赤にして、大通りからは見えない低い石塀の内側の小さな木立の周りに警察の立ち入り禁止テープを貼っていた。彼女は泣いたらしく、明らかに質問に答えるのにうんざりした様子だった。たとえまだ誰にも質問されていなかったとしても。

「話せることは何もないから」わたしが息を切らしながら自転車で丘をのぼってくるのを見ると、ブロナーはにべもなく言った。「くそったれマスコミがもう向かってきてる。はるばるコークからもね」

「わかるよ、ブロナー」わたしは彼女の肩をぽんぽんと叩いた。

ブロナーは顔を歪め、真顔を保とうと歯を食いしばった。ふたりのカメラマンを追い払っている上官が、「感情を抑えるか、それができなければ立ち去れ」という目つきで彼女をにらんだ。「こんなの、見たことがない」ブロナーは抑えた声で囁いた。

サラの死体は間に合わせのビニールシートに完全に覆われてはいなかった。墓地の中で新規顧客を受け入れられないほど草がぼうぼうに生い茂っている曲がりくねった道の途中に、彼女は倒れていた。風がシートの端をめくり、サラの脚が見えた。靴が片方なくなっていたけれど、残っているほうは日射しを受けて輝いていた。死体を覆う安いシートがまた風にはためき、ブロナーはあわてて駆け寄って押さえつけた。

けれどその前に、わたしはサラのピアスがひとつなくなっているのに気づいた。

サラの顔？　それについては話せない。どんな描写もありふれたものになってしまうだろうから。だけど想像力を駆使して、もはや顔のなくなってしまった顔を思い描いてみて。

新たに二台のパトカーが砂利道にやって来て、ブロナーの上官がそっちに気を取られているうちに、わたしは彼女を脇に引っぱっていった。「何があったの？」

「マーフィー巡査部長はヤク中のしわざだろうって。顔があんなだから」ブロナーは爪を噛み、キャッスルタウンベアに君臨した元セックス・クイーンをちらりと盗み見た。

「でもあんたはそう思ってないの？」わたしは尋ねた。

「巡査、ちょっといいかね？」大通りから上官にまた険しい顔を向けられて、ブロナーはピカピカに磨きあげたブーツの踵を返すと、何も言わず駆け寄っていった。彼女が頭を下げておそらくは厳しい叱責を受けている様子を見れば、答えはわかった。

　殺人ではないと新聞に書かれていたあのドリモリーグの未亡人のことを、どうしても考えずにはいられなかった。


　わたしとイーファが夕飯の時間に訪れるよりずっと前から、ロイシンの遠い話し相手たちの声は死にまつわるあらゆる興味深い情報を囁いていた。

　ロイシンは明滅する機器の前に背中を丸めて座り、わたしたちが玄関から入ってくるのも聞こえていなかった。いつもそんな調子なのだ。ただし今夜は、いつもより顔色の変化がはっきり現れていて、粉だらけのパンクメイクの上からでも見て取れるほどだった。

「……五日前にケンメアのほうでも別の若い女の死体が発見されたって噂よ」黒い天井のフックに吊り下げられたばかでかいスピーカーから興奮した女の声が告げていた。「もちろん警察は明かしてないけどね。そっちも同じ目に遭っていたらしいから。なんのことかわかるでしょ、ナイトウイング。どうぞ」

　ナイトウイング。それがわたしの可愛い妹の無線上のハンドルネームなのだろう。夜の翼《ナイトウイング》はダテじゃない。

「いいから話して、マスター・ブラスター、応答せよ。どうぞ」ロイシンはそう言うと、ようやくわたしたちに気づき、中に入るよう笑顔で手招いた。

「サラと同じで、足首までパンティをおろされてた」相手の声が続けた。「それにトラックにはねられたみたいに頭を叩き割られてた。戦利品を奪われてた。こっちの情報源の話だと、彼女はフィアンセにもらったものも含めて少なくとも四つピアスをつけてたらしい。

それが全部なくなってた。どうぞ」

「ミセス・ホランドと同じね、どうぞ」いまにも世界の重大事が起きようとしているとでもいうみたいに、ロイシンはいつも手元に置いているメモ帳に猛烈に書き殴りながらくり返した。けれど最後のコメントを聞くと、わたしはぴたりと動きを止めて耳をそばだてた。マスター・ブラスターはドリモリーグで死んだ女性とそっくりな死に方をした女の話をしていたから。

「もう、いい加減にしてよね」イーファが言い、キッチンテーブルに買い物袋をおろした。この妹はお腹が空いているといつも怒りっぽくなり、わたしがシーッと言う前にカウンターにまだ料理していない食材をほとんど並べていた。この近辺で起きていることが偶然じゃないとなぜはっきり確信したのか、いまとなっても説明できない。今回の件は、その前の年に起きたルーマニアのギャング団が銀行を襲った上に出納係まで殺害した事件とはわけが違う。もっと身近な事件だった。イーファのいらだちが表れた鍋やフライパンのガチャガチャいう音を聞きながら、わたしとロージーは無線機にかがみ込んだ。

「そのとおりよ、ナイトウイング。ただし、彼女の顔は無傷だったけど。それ以外はピアスがなくなってることまで全部同じ。警察の内通者の話だと、指紋は検出されなかったって。どうぞ」

雑音が混じり、マスター・ブラスターの声はまだ小学生みたいな響きのあるぶっきらぼうな男の声にかき消された。

「問題の夜、ドリモリーグの女性はひとりじゃなかったって聞いたけど。どうぞ」彼はスキャンダルを求める大人たちに放送を聞かせてやることができて満足そうだった。

「マスコミのお姉さんたち、お肉はミディアム、それともウェルダン?」イーファが声を張りあげた。吸い殻でいっぱいの灰皿と、ケリー司教区では認められないポーズをとった革パン一丁のオスカー・ワイルドの悪趣味な絵がスペースを求めてせめぎ合っている狭いアパートメントに、ステーキのにおいが充満していた。わたしたちが手を振って黙らせると、イーファは呆れたように首を振った。

「じゃあ彼女は誰と一緒にいたの？　どうぞ」マスター・ブラスターがひどくそっけなく尋ねた。

「どうも、こちらオーバーロード。確かな筋から聞いた話だけど、ミセス・ホランドが一緒にいた相手は――

――」

ザザザザザーッ！

鋭いノイズが話の続きをかき消した。ロージーは無線機のダイヤルをあちこち回していたけれど、少年の声はもう聞こえてこなかった。

「お肉は中央だけちょっとピンク色にしておくってことでいいよね」テーブルをセットして、死んだ母さんにしかできないようなきっぱりした顔つきをわたしたちに向けながら、イーファが大声で言った。

「また今度、マスター・ブラスター。ナイトウイング、送信終了」ロージーは諦めてそう言うと、ハンドマイクのスイッチを二度押した。

「こちらも同じく、気をつけなさいよお嬢さん、送信終了」と相手も挨拶し、また二度カチカチという音がした。そして交信は終了した。

「奥様がた、お食事の用意ができましたよ」イーファが節をつけて言った。「食べ終わるまで、あのぞっとする殺人の話なんてひと言も聞きたくないからね」わたしに異論はなかった。それほど話したいわけでもなかったから。

ひと口も食べないうちに、ロージーがわたしを上から下までじろじろ眺めてニヤリとした。「ヤッたばかりの満足感が全身からにじみ出てる。話を聞かせてよ」

「お断り」答えたものの、ロージーに本気で腹を立てることはできなかった。

「十点満点で採点すると？」イーファが双子ならではのやり方で畳みかけた。

ロージーは鼻をひくつかせた。「待ってよ、それだと基準によって話が変わってくるでしょ。あのセクシーな男が基準なのか、フィンバーが基準なのか」

「もうやめてよね」わたしは怒っているふりをしてステーキ肉を切りながら言った。本当のところは浮かれていた。フィンバーは家族のあいだではそれほど評価が高くなかった。「わかったわよ、彼はとんでもなくすごかった、これでいい？」

「何回ヤッたの？」ロイシンは知りたがった。

「それは運命と神のみぞ知ること」真面目な声をつくって、お皿をくるくる回しながら答えた。

「神様を巻き込まないで」イーファが言った。

わたしはナイフとフォークを置き、窓の外を眺めた。空をバックに木々が見える程度にはまだ明るかった。

ジムは今夜は誰にセレナードを歌うのだろう、と思った。

「明日の夜、あんたのメルセデスちゃんを貸してほしいんだけど、かまわない？」イーファに笑いかけながら尋ねた。「明日は日曜日だし。あんたが受け取るはずのしみったれた運賃を二回分払うから」

「別にいいよ」イーファはコマンド隊員みたいな髪にグリーンのマニキュアを塗った爪をすべらせた。

「そんなに良かったの？」ロージーはわたしと目を合わせようとしながら訊いた。

「あんたが思ってるより遥かに」そう答えて、突然浮かんだサラ・マクダネルの顔のない死体を頭から追い払い、ステーキが逆流してきそうになるのを抑えた。

イディ・アミンの車としてもおなじみの妹に借りたおんぼろベンツで乗り入れたときには、アドリーゴールの〈オールド・ソード・イン〉の外には既に行列ができできていた。

一昨日の夜から噂が広がっていたらしく、お釣りを しまう楽しそうな顔には無精ひげよりもメイクが多く見て取れた。制服ではなく私服で目立つまいとしているブロナーの姿もあり、その他にも少なくとも三人はキャッスルタウンベアから来ていた。旧約聖書なみの土砂降りにも関わらず、わたしが後ろに並んで順番を待っているあいだ、噂し合う声は次第に大きくなっていき、指定の時刻が近づくにつれて興奮に高まった。「セクシー」とか「キケンな感じ」といった言葉の断片が耳に入り、店内のウェイトレスの話をヒソヒソしているわけではないとわかった。

太く低いうなりが通りの先から響いてきて、みんなの頭が一斉にそっちを向いた。

ジムは金曜の夜よりもさらに飛《クイック》ばしていた。彼が行列のところまでまっすぐ走ってきて、誰にともなくウインクし、あの神々しいマシンを駐車すると、おばあちゃんになるという経験を何度もしているはずの年齢の女性たちさえ、ただ立ち尽くしてうっとり見とれていた。

「ご婦人がた、ご機嫌いかがかな?」

「この前のお話の続きを聞きにきたわよ、坊や」娘をふたり連れた頬の赤いずんぐりした母親が言った。ティーンエイジャーになったばかりのような娘たちは、まぶたに塗った安っぽいブルーのラメよりも大人びた目つきでシャナヒーを見つめた。

「もうすぐ始めるよ」ジムは言い、準備のため店に入っていった。今夜は新しいTシャツを着ていて、わたしの手になじんだこの前の黒いTシャツよりもさらに腰回りにぴっちりフィットしていた。

わたしはレインコートを着た背の高い女性の後ろに隠れて、ドアを入るジムのあとにトモがついていくのを見ていた。この攻撃的なアシスタントは女性たちを喜ばせようと最大限の努力をしていたけれど、今夜の主役の魅力は彼の無愛想な顔にはこれっぽっちも伝染することはなく、気乗りしない笑みはすぐにしかめ面に変わり、やがてふたりの姿は見えなくなった。少ししてお客が入場を許されると、店内は振ったあとのソーダのボトルを空けたような音に満たされた。

なんとなく、わたしは店のずっと奥の場所に陣取った。壊れた煙草の自販機と、混ぜもののないコカインを吸った人よりももっと目を大きく開いている三人の女の子たちの隣に。お客はブリキの低い天井にもまったく意気をくじかれることはなく、わたしはトモがマイクチェックをして音響システムがかん高い悲鳴をあげるのを聞いていた。わたしの座っているスツールからは女性たちの肩と首とアップにした髪しか見えず、自分がなぜさっさと立ちあがって人々を肘で押しのけて前に進み、ジムに顔を見せないのかがわからなかった。バカみたいだと思い、ようやく立ちあがって前に向かおうとした。

モイラ叔母さんを見つけたのはそのときだった。叔母はステージにかなり近いテーブルについていた。母さんの形見の涙型をしたピアスをつけていて、口紅の塗りかたもちゃんと覚えていたらしい。丈の短いサマードレスにハイヒールといういでたちで、セクシーな蝶々夫人みたいだった。わたしはまた壁のほうに下がって頭を低くした。叔母の様子にはどこかぞっとさせられるところがあった。わたしは家族を引きずり込まずにただジムに会いたかった。叔母がハロルドに綺麗だと思われたくてお洒落しているのは前にも見たことがあったけれど、今夜その顔には強い決意というだけでは済ませられないどこかこわばった表情が浮かんでいた。

ジムが場を支配する儀式としてマイクをトントンと叩く直前、モイラ叔母さんが腰をあげかけてこっちに顔を向けた。わたしは反応するのが遅すぎた。時に母さんを思いださせるあの目がわたしに向けられた。叔母は笑顔を見せず、大きな試合を控えたプロボクサーみたいにわたしを値踏みした。勝つのはどちらか？ 慈悲は求めず、容赦もしない。

誓って嘘じゃない、叔母はわたしに死んでほしいと思っているような目つきでにらみつけてきた。

「やあみんな、調子はどうだい？」いまだになぜかわからないけどわたしをどきっとさせる耳慣れた低い声が、歌うように言った。

「最高！」聴衆は一斉に叫び返した。

わたしにはジムの姿が見えなかったけれど、それはかまわなかった。モイラ叔母さんはわたしから目を離し、ステージに立つ相手に意識を戻した。ジムはずっと離れた入り口付近にいる女性たちにまで、魅力的なとことこの上ない笑みを向けていたはずだった。スッールがステージの床をこする音がした。ジムが一回咳払いをすると、耳が痛くなるほどの沈黙がすぐに訪れた。

「なぜ狼は決して信用できないのか、その理由を考えたことがあるか？」ジムは問いかけた。

かつてユアン王子だった獣は、初めて人間の血を味わったばかりだった。

意図したことではなかった。ふたつの冬を経て、二本脚で歩くあの生き物がどんなにすばやく身を守れるかはわかっていたからだ。ひとつ前の新月の夜、獲物である小さな鹿を引き裂いていると、人間の喉が鳴る音がしてぎくりとした。ふり返ると、袖のない革の上着を着て鋭い剣を手にした三人の男たちが見えた。乾いた落ち葉を踏む音がした。それぞれの心臓の鼓動が聞こえ、狼は彼らに突進していこうかと一瞬思ったが、行く手に立ちはだかる第四の男が手に持っている網が目に入った。いちばん大柄な男が大きく喉を鳴らし、狼のユアンは左へ右へとかわしながら男の股のあいだを通り抜けた。

直立歩行していたことをまだ覚えていたら彼の中の

人間らしい部分がアリイーズという名前で呼んだであろう、人里離れた海辺の小さな村を通り過ぎながら、ユアンは人間にどんなことができるのかという証拠をさらに目の当たりにした。道ばたのさらし台の前に黒い革をまとった男たちが集まっていた。崖っぷちの景色はひどく荒涼としていて、巨人の親指のごとく大地からでこぼこと突き出た大きな岩に黄色い苔が生えているだけだった。猟師たちはまだ身をもがいている灰色の狼をそれぞれ抱えており、ゆっくりと後ろ脚を台から吊り下げると、たっぷり時間をかけて死に至るまで打擲した。別の日にユアンが気晴らしとして殺した猫みたいに、仲間の狼たちは鳴いていた。いや。なお悪い。狼たちは人間の赤ん坊のようなかん高い悲鳴をあげていた。

ユアンはそのまま身をひそめていた。悲鳴は耐えがたかったが、逃げ場もなかった。

彼はあの森で出会った老いた狼が約束した以上の深い恐怖を味わっていた。

岩場で身を低くして、まばらな草の茂みに隠れていると、やがて男たちは馬にまたがり来た道を戻っていった。怒りに目がヒリヒリするのを感じ、脚を震わせながら、勇気をだしてそっと忍び寄った。ついには吊り下げられた狼のすぐそばに立ち、口をだらりと大きくあけた仲間たちから命が滴り落ちていくさまを目にした。鋭く尖った顔は腫れあがり、そこにあるべきはずの目は強打の黒い跡に隠れて見えなくなっていた。ユアンは最後にもう一度だけ見たあと、頭にあった復讐への思いも鼓動にかき消されるほど猛烈な速さで走った。

人間の血が彼に呼びかけてきたのは、それからほんの数日後、偶然の出来事だった。

黒い門を備えた古い城にほど近い森の開拓地に雌鹿が足を踏み入れたのは、真昼のことだった。理由はわからなかったものの、城の塔が崩れ始めても、ユアンはそこに近寄るのがますます怖くなっていた。前に比べれば馬に乗った男たちの数は少なくなっていたが、みんな網を持っていた。それでも、彼は城の中から響いてくる歯切れの良いラッパの音と、西側の壁の地上に近い小さな窓から時折漏れてくるあの奇妙なうめき声にはなおのこと惹きつけられた。喉を震わす独特の音は、言葉の意味をいまでも憶えていればだが、ユアンを快楽にきわめて近い感覚で満たした。短剣のように脳に突き刺さるいくつかの短いひらめきの中で、彼は自分の下になっている裸の女たちの姿を見たが、それらはやがて嵐雲のごとく消えうせた。

そういうわけで、雌鹿を追って森に入ったとき、近くで喉にかかった柔らかな音が聞こえたとき、ユアンは危険を冒して近づいた。

雌鹿のことはすっかり頭から抜け落ちた。

秋の色をした彼の目は、見ているものがとても信じられなかった。

暑さにもだえる亀のように、男がひとり地面に転がって、金属製の鎧の胸当てをはずそうとしていた。その隣で女がくすくす笑いながら先にさっと服を脱ぎ、男が慌ててあとから追いついた。無邪気に体を叩いたり笑ったりしたあとで、ふたりは静かになり、ユアンはふたりの人間の肌と肌が、木イチゴの棘で引っかかれてもかまわずに、最も毛深い部分でこすり合わされるのを眺めた。干潮の丸太みたいに兵士たちの体が押し流されているのをかつて見たあの小川のそばに生えていたヤグルマソウと同じぐらい、女の目は青かった。

いまユアンはふたりの周りをぐるぐる回っていた。心臓が雷のようであり、荒れ狂う海のようでもあった。最後に雪が降って、自分の十倍もの大きさの雄鹿を仕留めたときよりもさらに強く、ふたりの体に彼は引きつけられた。女は男のなめらかな白い腹にくちづけていて、ユアンが耳の中の血の脈打つリズムと呼吸が揃うのを待ちながら、最も高い角度から襲いかかることを選んだとき、小枝が折れる音はどちらの耳にも届かなかった。ユアンが忍び寄り始めたときでさえも、ふたりが身を起こして気づくことはなかった。その頃には女は男の一部を咥えて頭を上下に動かしており、男が喉を震わすのを聞いて、ユアンはようやくそれが石壁の窓の中から聞こえてきたのと同じものだと気がついた。欲望のうめき声。目の奥に浮かぶ別の光景が頭に甦ってきそうになったが、結局はそのまま過去にとどまった。

男は女の体をあおむけにし、上からのしかかろうとした。

男が顔をあげたときには、もう手遅れだった。

ユアンは悲鳴をあげる間も与えず、男の首にがぶりと嚙みついた。力強く頭を左右に振り動かし、ボキッという音が聞こえるまでやめなかった。ユアンの口の中はたちまち血で満たされた。べとべとして、温かく、甘美だった。男の死の痙攣と、女の喉から発せられるかん高い悲鳴のどちらにより満足しているのか、ユアンは決めあぐねた。

首の途中まで嚙みちぎって、柔らかい頰に移り始めたとき、もはや女の姿が見あたらないことに気づいた。満たされた血への渇望に狼狽が入り混じった。本来ならば満足感と安心感を覚えてしかるべきだった。その代わりに、洗濯女が身を曲げて白いリネンを岩に打ちつけているのを見るときに襲われることのあったあの奇妙な感覚が、ユアンを捉えて放そうとしなかった。内なるどこかに存在する名状しがたい絶え間ない低い圧力のようなものだった。だけどあの青い目の女がその正体をわからせてくれるはずだ。あの女の喉から発せられていたのは心から恐れているような声には聞こえず、そういう風にふるまおうとしていただけに思えて、ユアンには頭の中で考えをまとめることができなかった。

彼は血にまみれた鼻を地面にすりつけてにおいを嗅

いだ。

裸の女が逃げた正確な方向がすぐさま心の目に見えた。さっとふり向き、男の首から飛びだしている赤と青の筋をもうひと口噛み切ると、追跡を始めた。

雨が降りはじめ、視界を曇らせ足跡を泥で汚し、ほどなくにおいを追うのが困難になった。木々が身もだえし、いつまでも軋んで行く手に待ち受ける危険を警告していたが、狼であってさえもそれを気に留めはしなかった。いまにも地表にぽこぽこと顔をだそうとしている冬眠中のモグラみたいに蔓草が地を這う緩やかにくぼんだ墓地の先に、ユアンの鼻は裸の女のにおいを嗅ぎ取った。道の先に一瞬ちらりと人の肌が見えると、後ろ脚は力強く地面を蹴って体を前へ前へと進めた。

網があるのさえも目に入らなかった。

が、いまでは四方八方から喉を震わす大きな音と強い酒のにおいがしていた。ユアンはどうすることもできず地面から数インチのところで身をもがいたが、罠に木から吊り下げられ、ますます絡め取られるばかりだった。首をひねると、大きな目と細い黒髪の若い男が歯を剝きだして笑っているのが見えた。新たな記憶が一瞬ユアンの目に映しだされた。その記憶の中で、この若者はユアンの隣でカップを持ちあげ、彼に贈り物を献上していた。その贈り物は狼の頭のように見えた。思いだした！　城のこと、弟のこと、何もかもを！　間違いない、この男はかつての友人だった。

何者かにブーツで蹴られはじめるとその光景は消えていった。

「ポードリック！」ユアンは叫んだ。さっき見たものをまだ思いだすことができるうちに。「私だ、ユアンだよ！　知っているだろう！」

しかし猟師たちの一団に聞こえたのは、何かを訴えかけようとしているような狼の音楽的なうなり声だけだった。「こいつは他のやつらよりお喋りだな」ポードリックはユアンに噛みつく間も与えず喉元をつかんで強く揺さぶった。「お仲間たちと一緒に吊り下げたとき、こいつが歌を歌えるか確かめてみよう」

ユアンには何ひとつ理解できなかったが、ポードリックの喉が発する音の調子から、自分ももうすぐ入り江のそばのさらし台で見た狼たちと同じ運命をたどることになるのだとわかった。

男たちはユアンの体を馬の横腹に吊るし、全速力で森を駆け戻った。森の木々は自分たちの話に誰もがまったく耳を貸そうとしないことを無言で悲しみながら見おろしていた。ユアンは革の網を噛みちぎろうとしたが、ひどくきつく編まれていて穴をあけることはできなかった。間もなく開拓地の先にそびえる城が現れ、黒い城門が長いあくびの音をさせながら開いた。馬の蹄が丸石を踏んでカチャカチャいう音が聞こえたとき、ユアンは目を閉じてさらに多くのことを思いだした。

ネッドが敵を迎え討とうと男たちを集めた日に、父親が自分に向けたその目に浮かんでいた恥辱の色。ユアンの凱旋。ネッドの葬儀。この同じ城の壁の向こうでこっぴどく痛めつけ、しばしば己の喜びのために絞め殺してきた大勢の名もない女たち。そこで殺すことがいまでは習わしになっているかのように、広場は乾いたばかりの血のにおいがした。目をあけるとさらし台が見え、既に何頭かの狼が後ろ脚で吊り下げられ、苦痛が訪れるのを待ちながら身をもがいて遠吠えしていた。ユアンが足をばたつかせて悲鳴をあげても、猟師たちはますます大きな声で笑うばかりで、掃除女は男たちよりもさらに大声で笑っていた。

「一曲歌っておくれよ、お茶目さん」ポードリックは言い、ユアンの尻尾をつかんで網から引きずりだした。ユアンは爪を突き立てようとしたが、つるつるした石の上で横すべりしてしまい、女たちには蹴られたり棒で殴られたりした。

「生きたまま皮を剝げ!」ひとりの少年が叫んだ。

ユアンは人生で初めて、殺しを楽しんでいた自分を悔いた。娘たちの喉元を親指で押さえて絞めあげ、大きく見開かれた目の光が暗くなってついには消えるのを眺めては喜びを感じていた、王子としての過去を思いだした。他の狼たちが次々に棍棒で殴り殺されていくあいだ、彼はもはや名前で呼ぶこともできない神に向かって遠吠えをして許しを請うた。台の上に引っぱりあげられ、革紐で足をきつく縛られるのを感じた。

「その狼をわたくしに寄こしなさい」

それは女の喉から出た音で、いまではユアンには言葉の意味が理解できた。上品な声でありながらも、ポードリックの暴力よりも権威を備え、血に飢えた人々の合唱は静まった。兵士も猟師も召使いも、群衆をかきわけて歩いてくる若い女のほうに一斉に頭を向けて道をあけた。女は足首まで丈のある緑色のドレスに金の腰帯を締め、狼の頭の形をしたブローチで髪を首元に束ねていた。

その目は青く、木イチゴの棘によってできたばかりの切り傷が顎にあった。

森にいたあの女だった。

「この者たちは殿下のご一族の名誉に敬意を表しているだけでして――」

「それについては今後も続けてもらいましょう、猟師長。ですが、この狼にだけは手出しをしてはなりません、いいですね？」女はにっこりほほえんだ。もしも断られたとしたら、そのにこやかな笑みの下に秘められたどれほどの力を振るうことになるのか、疑問を抱く者はひとりもなかった。

ポードリックは一歩さがって深々とお辞儀をした。

「殿下のお望みのままに」

「賛同してもらえて嬉しく思いますよ、ポードリック。では、どうぞ続けなさい」

たくましい手がユアンの縛めをほどき、持ちあげて網の中に戻すと、花崗岩の階段の上へと運んでいった。

そのあいだずっと、彼は常に数歩前を行く女の軽やかに動く姿を後ろから眺めていた。その背中や腰のくびれと丸みを見ていると、死の恐怖さえもが静まった。背後では、硬い物で骨と肉を打つ音が中庭じゅうに響きわたっていた。獣の鋭い悲鳴や遠吠えは、午後のお楽しみを奪われずに済んでほっとしている群衆の嬉しそうな叫び声にかき消された。

やがて一枚の扉が開かれ、見覚えのある部屋に運び込まれると、ユアンは恐怖のような何かに襲われた。

そこは彼の昔の寝室だった。その部屋で最後に見た女は、四日にわたって寝台の四隅の支柱に縛りつけられたままさまざまな行為を試され、最後には殺してほしいと彼に懇願した。

「狼をあそこに鎖で繋ぎなさい」と女は命じると、寝台に腰をおろしてユアンを眺めた。

「仰せのとおりに、殿下」衛兵は言い、ユアン自身が据え付けた壁際の犬の鎖に首をはめた。いま彼は町から連れてきた娘たちに何度もそれを使ったのを思いだした。

「さがりなさい」女はそう命じるあいだも決してユアンから目を離さなかった。衛兵は扉を閉め、足音が遠ざかって消えていった。

死を免れて初めはほっとしていたものの、相反する感情が湧きあがり顎が痛くなった。なぜこの女はただじっと座って、こっちをじろじろ眺めているんだ？ ここに連れて来たのは、人目につかず密かにいたぶることができるからだろうか？ 逃げようとするべきなのか、あの寝台に飛び乗って彼女とよろしくやるべきなのか、わからなかった。研ぎ澄まされた耳の中の血は、森で獲物を探したり追跡者をかわしたりするときには決して彼を間違った方向に向かわせなかったのに、いまは調子外れの歌を歌っていた。ユアンは言いようのない欲望を覚えていた――それは女への渇望だったが、日暮れまでに彼女の血が流れるのを見たいという欲求でもあった。混乱していた。灰色の毛皮の下に存在する双子のユアンは、狼か、人間として残されている部分か、どちらにゆだねるか決めかねていた。鎖の長さが届く限り寝台に向かって飛びあがった。そして哀れに鼻を鳴らし、女の足元に身を伏せた。

彼女が頭の後ろの髪留めをはずすと、赤みがかった金色の髪が肩の下まで垂れた。ユアンの股のあたりに、なじみがありながらも恐怖を覚えさせる感覚が呼び起こされた。女は前かがみになると、指を失うかもしれないことをまったく恐れずに、片手を狼の額にのせた。「あなたのことは存じております、従兄殿」女は例の耳に快い甘い声で言った。「たいへん良く存じておりますのよ」

「おまえは何者だ？」ユアンは自分の喉から発せられた声に驚いて飛びすさった。

「あなたが森で消えたあと、この城は荒れ果ててしまいました。従者長がわたくしの父に助けを求めたけれど、父ははるばるレンスターまでノルマン人を追い戻しているところでした。だからわたくしが残りの兵力をかき集めて、わずかな射手と騎兵を伴い、この城を手中に収めたのです」彼女はさらに深く前かがみになり、ユアンには胸の谷間とドレスの中の白い乳房まで見えた。「わたくしはあなたの従妹、アシュリンと申します。わたくしたちの父親は確かに大した戦士ではありませんでしたが、わたくしたちはお互いに精一杯の仕返しをしてやれたとは思いませんこと？」

ユアンはめまいを覚えた。顎の痛みはいまや頭蓋骨全体に広がっていた。体が内側から裏返り、毛皮を脱ぎ捨てて生まれたままの淡いピンク色の肌を見せようとしているみたいだった。腱の一本一本が、もうすぐ元の姿に戻れるのかと様子を見ていた。

「痛いでしょう？」アシュリンは言い、ユアンの頭をぽんぽんと叩いた。「わたくしならあなたを人間に戻すことができます。あなたが受け取るにじゅうぶん価するものをさしあげられます」

彼女の目に浮かぶ輝きは、他者の苦痛を眺めているときに彼自身もかつて味わった喜びの表れだと気がついた。またもや恐怖がどっと押し寄せるのを前よりも強烈に感じた。「私をどうするつもりだ？」ユアンは尋ねた。

「今日あなたの目を覗き込んで、わたくしたちは同族だとわかりましたの」アシュリンはそう言いながら腰帯をはずした。「あなたが草の中に溶けてしまったようだったという話はポードリックから何度も聞いていましたけど、決して信じてはいませんでした。あれは可愛いけれど愚かな男ですもの。わたくしは言い伝えを耳にして、占い師たちにかなりの大金を積んであなたの身になにが起きたのか突き止めようとしました。ひとりには、あなたが消えた直後に捕らえた年老いた狼のはらわたで占わせることさえしましたのよ。すべてのしるしは同じ方向を指していた――あなたは近くにいるけれど、人間の姿ではない、と。それ以来、民を喜ばせるばかげた狩猟を続けさせてきましたが、その目的はただひとつ――あなたを見つけることでした。あの森であなたを見たとき、わたくしの捜索はこれで終わりだと悟ったのです」

「ネッドの敵を討つことが望みか」ユアンはこの寝所から生きて出られないことを確信して言った。

すると、それを聞いたアシュリン王女はころころと楽しそうに笑った。まるで日射しに目を細めているかごいっぱいの子猫でも眺めているように。「父親に仕えるために生きた本物の兵士の敵を？　まさか。わたくしの興味は常にあなたにしか向けられておりませんでしたわ。その強さ、その狡猾さ。あなたは顎にまだ産毛しか生えていない頃に、好機を待つことで勝利を摑み取り王国を支配した」また小さな笑み。「今日わたくしがあの哀れな兵士を森に引っぱっていったのは、あなたにはもう同族の者と囮との区別もつかないと思いながら、少しばかり楽しむためだったとでも本気で考えていらっしゃるの？」

ユアンは唖然として返事もできなかった。毛皮と王家のローブというかつての暮らしが目の前に横たわっていた。そればかりか、最初に彼に呪いをかけたあの老いた狼は、はらわたを抜かれたのだ。運命と神なんてそんなものだ、とユアンは思い、勝ち誇った気分が押し寄せるのを感じた。

そうこうするうちにアシュリン王女は立ちあがり、ユアンの金属の首輪をはずそうとひざまずいた。王女は洗いたての髪と蜜の香りを漂わせ、彼の脈打つ胸に片手を押しあてた。ほんの一瞬ではあるが、その目の空のような青さはユアンの琥珀色に屈服し、それからいつもの色に戻った。

「三年以上ものあいだ、わたくしはひとりでこの城を統べてきました」王女は言った。「そのあいだに哀れなポードリックは自分の立場というものを忘れて、王冠をかぶりわたくしと並んで玉座に着く日がいつか来るものと思い込んでいます。わたくしは時には慰みとして家臣をひとりやふたり寝所に入れることもありますわ。けれど、あなただけを待ち焦がれてきたのです」王女は背中に手を伸ばし、ドレスをゆるめた。ドレスは柔らかい音を立てて床に落ちた。「この呪いを終わらせるには、方法はひとつしかないと占い師に聞きました。そばにいらして、本当だと証明してください」

王女は恐れることなく狼の前に裸で立ち、ユアンがのそのそと寝台に近づいてくるあいだ、うっすら生えた毛を隠そうともしなかった。

どうするべきか答えを求めて、耳の中を流れる血の声を聞こうとしたけれど、ばらばらの訴えを受け取るばかりだった。

「王女を殺せ！」その声は、野生の世界では一度も彼を間違った方向に導いたことがなかった。

「いや、王女を愛せ」なじみない喋り方のその声は、彼の中の記憶を取り戻し始めたばかりの部分に響いた。

「さあいらして」アシュリン王女は言った。

ユアンは頭を低くして、王女の足元の床のにおいを嗅いだあと、顔をあげた。王女の胸は桃色で小さく、指はウサギの足のごとく華奢だった。あの青い目を見ていると、身を起こしてゆっくりと褒美のほうへと近づかずにはいられなくなった。

唇がめくれあがり、歯茎が剝きだしになる。獣の体の内側で対立しているふたつの衝動が融合し、ひとつになった。鼻先が王女の脛に触れた。舌を這わせると、石鹼の味がした。耳の中の血の声は、百人の男たちが一斉に略奪を扇動しているかのように響いていた。捕食者の胸の最奥から発せられた咆哮は、たくましい喉へと進むにつれて力強さを増していった。

狼は心を決めていた。


拍手が起きることはなかった。わたしは物語の結末を聞こうと前のめりになっている人々の後頭部を見ていたけれど、ジムは話すのをやめていた。

「それで?」年配女性の声がもどかしそうに尋ねた。

「狼はどうすることに決めたの?」

独身女性部隊の肩と肩のあいだに隙間が開き、ゆったりした姿勢でスツールに腰かけて禁煙なんてものともせずに煙草に火を点けているジムの姿が見えた。誰も文句は言わなかった。ジムは足を組んで顔をしかめてみせ、張りつめた雰囲気を楽しんでいた。一昨日の夜にわたしのズボンのファスナーをおろしているときに見せていたよりも大きな笑みを浮かべ、ひとすじ垂れた前髪を払いのけた。

「自分ではどう思う?」ジムは問い返した。「ユアンは王女を殺すのか、愛するのか」

ためらうことなく店内の大半の声が愛するほうに票を投じ、少数の傷ついた心の持ち主だけがアシュリン王女はちょっと王子に対して積極的すぎると思い、ユアンは王女をさっさと食べてしまうべきだと提案した。「愛するわ！」他のみんなより一瞬だけ早く、聞きおぼえのある声が叫んでいた。

モイラ叔母さんの頬は燃えるように赤くなり、その目は忠実な信奉者のように輝いていた。

「さて、残念だがその答えは一週間ほど保留ということで」ジムは指先が床を撫でるほど深々と手品師のようなお辞儀をした。「おれとアシスタントは体を休めてこれまでの旅の疲れを取らないと。だが心配は無用、ユアンとアシュリンの冒険譚は来週の日曜日に、建物の色までもが住んでいる人々と同じぐらい楽しそうで美しいアイリーズの町にある〈オシェイズ・パブ〉で続きをやるからね」ジムは身を乗りだし、ウインクなんかをしてみせた。「あとここだけの話、おれなら愛するほうに賭けるね」

ようやく盛大な拍手が沸き起こった。エルヴィスもどきのこのハンサムにまたお預けを食らうことにがっかりして、「えーっ」と叫ぶ女性たちも何人かいたけれど。ひとりなどは、まるで聖ボノ本人を前にしているかのように、通り過ぎる彼に手を伸ばして襟元に触れた。

むっつりした顔つきのトモが愛想の良さそうなふりをやめて、大道芸人のように黙って帽子を回しているあいだに、ジムはスツールを降りてライダースジャケットを羽織り、こっちに向かって大股で歩いてきた。女の子たちが道を譲っているうちに、わたしはさっと手鏡を取りだして口紅を確かめた。口紅はすっかり落ちてしまっていた。鏡をしまい、また顔をあげたときには、彼の姿はどこにも見あたらなかった。

すぐ後ろから彼の柔らかな囁き声が聞こえてきて、ふり返った。

「ケリー？　ケリーか、いい名前だ。舌からするりと転がり落ちるようだな」

ジムは店にいる中でいちばん綺麗な女の子の腕をそっと触っていた。彼女は男連れだったのに、そっちは急にどうでも良くなってしまったようだ。ジムにとってもどうでもいいようで、寝取られ彼氏は女性たちからの哀れみの視線に耐えられず、恥をかかされてひとり早々と帰っていった。

本当は彼に近づきたかった。けれどモイラ叔母さんもまだ店にいて、ジムに話しかけるチャンスをうかがっていた。わたしは隣の女の子が背中を向けているあいだに煙草の箱をこっそり拝借し、一本吸いながら待っていた。親愛なる叔母はまずぱちぱちとまばたきして、ケリーの豊満な胸、高そうな服、どこまでもふっくらとした唇にかなうはずがないと悟った。モイラ叔母さんはハロルドが恥辱と銀行の借金だけを残して去った夜に見せたのと同じしゅんとした目を伏せて出ていった。

三十分後、ジムがケリーをお持ち帰りしたときには、わたしも意気消沈していた。ケリーがヴィンセントコメットの後ろに飛び乗ると、精一杯のさりげなさを装ってあとからついていった。そう、ほんとの話。他にどうすれば良かったっていうの？　家に帰って涙に暮れる？　その頃のわたしは彼に心を奪われていて、どうしようもなかった。グリーンのメルセデスを発進させながらトモの白いヴァンを探したけれど、カーニバルの訓練されたペンギンみたいにお喋りに興じながら歩いて帰るジムの崇拝者たちしか見かけなかった。

赤いオートバイは海岸線をグレンガリフに向かって走り、左折して干し草色のカハ山脈に入った。そのあたりは家もまばらなので、なるべく距離をあけておく必要があった。フォルクスワーゲン並みの大きな青灰色の岩壁をよけながら、レーサー顔負けのヘアピンカーブを切るのにあわせて、車はガタガタと上下左右に揺れた。強風で地面から吹き飛ばされたアヤメが、黄色いしぶきとなってボンネットに散った。夏の夕暮れが迫っていて、こんな状況じゃなければ美しい夕べだと言っていただろう。

　ジムは石の門をくぐり抜けて、その奥には他の大半の家よりはまだ立派な小さなコテージが見えた。石灰岩造りの二階建てで、新しい窓とドア、それにピカピカの新品のアウディが玄関先に駐まっていた。予備の車は町に置いてきたのだろう。間違いない、成金だ。エンジンの音がやみもしないうちに、ふたりはキスをした。わたしはジムの頭を殴りつけるのにちょうど良さそうな石がないか探したけれど、その手を押しとどめた。ふたりが中に入るまで待ってから、死角になっている砂利道に車を停めて、こそ泥みたいにコテージに近づいていった。

　裏手にそっと回り、足首まで泥につかりながら、こんなハイヒールを履いてくるんじゃなかったと後悔した。ここで説明したくはない物音が二階から聞こえてきていた。言わなくても想像はつくでしょうけど。ジムがケリーのパンティの中にもぐり込むまで、五分とかからなかったのではないだろうか。何か思い切った行動に出てやろうかとまた思いはじめていたとき、低いエンジン音が近づいてくるのが聞こえた。丘を見あげると、白いヴァンが岩の後ろに近づいて停まるのが見えた。トモが静かに、でもすばやく玄関まで歩いてきて、松材のドアに耳を押しあてた。明らかに満足した様子で、手袋をはめた手をドアノブにかけてひねった。ドアを大きくあけはなったまま、彼は物音ひとつ立てずにコテージの中に入った。

　二階から聞こえる体がぶつかり合う音が激しくなっていき、わたしはいつしかトモに続いてコテージに入り込み、心臓の音を気づかれないよう抑えていた。

「ジム……愛しいジム」あのむかつく女が喘ぐあいだ、わたしはトモの様子を見張っていた。それまでジムの中国人は動くことがほとんどなかったのに、ここに来てからはぐずぐずしていなかった。わたしはキッチンカウンターの後ろに隠れ、トモが銀の燭台、ｉＰｏｄ、宝石、札束、見たところ本物らしいカルティエの時計を音ひとつ立てずに革の肩掛け鞄に入れるのを見ていた。どうやらジムは本腰を入れて励んでいるようで、天井が軋みをあげていた。トモが手榴弾を爆発させても、ケリーは気づかなかっただろう。最後にひとつ右手を優雅にさっと払うと、盗み残した物はないかを確認してから、コテージの外に出ていった。

わたしはたっぷり一分待ったあと、トモのあとを追うことにした。二階ではショーが興奮のフィナーレに近づいているところで、正直言っていまでもそのことはあまり考えたくはない。革のような顔をした男が重い鞄を抱えて岩を通り過ぎ左に曲がるのを待ってから、わたしもコテージを出た。ジムの魅力を手に入れるために、家にある釘付けされていない一切合切をケリーが代償として支払ったのだということで味わった満足感を、いまでも思いだすことができる。ねえ、正直に認めてよ、あなただってきっと同じように感じたはずでしょう。

車のキーを挿したとき、喉にナイフを押しあてられるのを感じた。

「なんでおたくらは一度だけで満足するってことができないんだ？」湿ったウールのにおいをさせて、トモが耳元で鋭く囁いた。「こんなやり方をいつまでも続けるのは危険すぎるとずっと言ってるのに、あいつが人の言うことを聞くと思うか？　当ててみろ」

「わたしは……あなたが何者なのか知らないわ、だから心配しなくても――」

トモはあいている手でわたしの髪を摑むと、食肉処理場の豚みたいにぐいと引いて頭を後ろにそらした。

「いいや、ちゃんと知ってるはずだ。おれはあんたがキリスト復活のこっち側で出会う最後のイカれた東洋人だし、あそこにいるおなじみのジムはおたくらみたいな女が警察の似顔絵捜査官に泣きつくのを許すわけにはいかないんだよ、違うか？」

わたしはキーを握りしめ、呼吸しようとした。どこにそんな勇気があったのか見当もつかないけれど、ジムに対する強い怒りがわたしにこう言わせた。「ドリモリーグの亡くなった人にもそう言ったわけ？」わたしはわめき返した。「まだ若かったサラ・マクダネルにも？　そもそも彼女があんたに何をしたっていうのよ、この卑劣なくそったれ、ご飯茶碗でも盗まれた？だったら新しいのを買ってあげるわよ！」

そんなふうに侮辱されてトモはためらい、その隙にわたしは手を後ろに伸ばし、車のキーでおそらく彼の目を突いた。トモがものすごい悲鳴をあげてわめいているうちに、車のロックを外してふり返らずに走り去った。

次に会いに行くべきは警官か妹たちか、どこに向かうかに迷いはなかった。


「どうかしてるよ、わかってるの？」イーファは泥まみれになった愛車をげんなりと一瞥して言った。父さんのツイードのレーシングキャップをつばを後ろにしてかぶっていて、ハリウッドのギャング映画に出てくる新聞売りの少年みたいに見えた。妹が腹を立てているのがわたしにはわかった。こんな状況にしてはにこにこしすぎているし、その声はカットグラスより鋭い何かで覆われていたから。

「でもあのトモって男が彼女からごっそり盗んでいるのを見たし――」

「だったらすごいじゃない。ブロナーと同僚の警官たちに押し込み強盗事件を解決したって言えるんだから。ブロナーたちはきっとすぐに捜査に取りかかるよ――お昼ご飯を食べ終えたらすぐにね」

「ちゃんと話を聞いてよ」いやな感じに心をチクチクつつかれながら、わたしはいらいらして言った。これだけはっきりした証拠があるにも関わらず、こんなに疑い深い態度を取るなんて、このいちばん下の妹らしくなかった。「ねえ、ナイフの刃を喉に突きつけられたのよ？　サラを殺したのも、あの……どこだか忘れたけど、もうひとりの女性を殺したのもトモだったの。わたしの言ってることが正しいってわかってるでしょ。それにジムもグルなのよ。それがあいつらのやり口なの。トモが自分でそう言ったようなものなんだから」

イーファはゆっくり時間をかけて水まきホースを外の蛇口につなぎ、栓を開いた。感情を露わにメルセデスに水をはね散らすのを見て、妹の心はもう決まっているのだとわかった。

「へえ、そうなの？　じゃあ姉さんの仮定だと——」まったく、あの子ときたらその言葉をどんなに嬉しそうにこの世の果てまで引き延ばしてみせたことか。「——姉さんのジムとお行儀のいい犯罪者の友だちは、ショーをするたびにお祝いの殺人で締めくくってるってわけ？　そんなの意味がわからない」泥水がわたしの頬に飛んできた。もちろんわざとのはずがない。「それにサラが殺された夜、ジムのセクシーなお尻は姉さんのベッドの中に入ってたんじゃなかった？　自分でお相手したんでしょ。最初の殺人の夜も彼のしわざだなんてどうしてわかるのよ？　もういい加減にして。幻でも見てるんじゃない」

反論しようとしたとき、イーファがホースを持ってリアバンパーに回り、その目に浮かぶものが見えた。

昨夜、モイラ叔母さんの顔に浮かんでいた剝きだしの嫉妬と同じものだった。そこにこわばったかすかな笑みが伴い、「ジムが姉さんを捨てて他にいい人を見つけたからって、わたしに同情を求めないで。自分でまいた種でしょう」と告げていた。イーファはホースを片付けると、わたしをお茶に招き入れもせずに家の中に入っていった。

姉妹愛なんてそんなものだ。

「あとで電話するわね」と声をかけると、自己憐憫の呟きが返ってきた。わたしは呆然として物も言えずにしばらく立ち尽くしていたけれど、ひとつだけ良かったと思えることはあった。

銃身を短く切った父さんのショットガンは、いまではわたしの鞄の中に鎮座していた。今夜はそれを抱いて眠りながら、あのゲス野郎がもう一度自分の運を試しに来ることを願おう。

これまでの話であなたにどう思われていようと、わたしは臆病者じゃない。

だから、一睡もできないまま夜明け前にはベッドを出て、フィンバーに会いにいった。彼からのメール攻勢は弱まっていたけれど、ぽつぽつと送られてくる内容はより短く哀調を帯びたものになっていた。「どこにいる?」とか「電話して」といったメールは、「いやな噂を聞いたけど、いまでも愛してるよ」とあった直後の「ちくしょう、フィオナ、いったいどういうつもりなんだ?!」よりはまだマシだった。

この頃までには、干上がったバントリー湾にわたしの罪悪感を代わりに注げば溢れそうなぐらいになっていた。真実を言えば、わたしはジムにようやく触れられたときではなく、ジムを初めて見た瞬間からフィンバーを裏切っていたのだ。

町の反対側のフィンバーの家まで歩いていき、去年のニューイヤーパーティーでロージーが六インチのハイヒールを投げたせいで欠け跡が残ってしまった玄関扉の前でしばし待った。丘の上へと続くタロンロードには当然ながら海辺のすばらしい景色が眺め渡せる家々が集まっていて、わたしの彼氏の家には二重窓と映画の中でしか見たことがないような警報システムが備えられていた。ほら、アメリカの白人俳優の声で「システム作動中」とか言うやつ。な言葉づかいや何かを褒めてもらえるとでもいうみたいに。

新鮮な泥をかぶったばかりのように見える他の二台の横で汚れひとつないフィンバーの車を、街灯が照らしていた。キッチンの窓越しにフィンバーが食器の水を切って拭いているのが見えた。昔わたしと妹たちがマジョルカ島のバカンスで遣ったよりも遥かに大金をかけて買ったドイツ製の食洗機があるというのに。首を傾けたその様子から、彼は丘を降りてきてわたしの家のドアを蹴破りたいほどカッとなったため、皿洗いをしながらあれこれ考え直しているのだとわかった。フィンバーは何をするにもそうだけど、喜びもいらだちも一切ださずにてきぱきと効率よく手を動かしていた。まるで彼の体には血ではなく生ぬるい水が流れているみたいだった。別の反応を引きだすために、窓に向かって思い切り石を投げつけてやりたくなった。

そうする代わりに、わたしは靴の汚れを落とし、自分の呼吸の音に耳を傾けて、呼び鈴を鳴らした。

「フィオナ」わたしが自分の名前を忘れてしまったとでもいうかのように、フィンバーはそれだけ言った。このほんの数日のあいだに何度もしつこく髭を剃ったせいで、まだ治りはじめの切り傷が三つあった。レモン石鹸のにおいが病院の消毒薬みたいにそこらじゅうに充満しているせいで目がしばしばした。

「入ってもいい？」わたしは通りでマロイ神父に会ったときに見せるような弱々しい笑みを浮かべて言った。歯ばかり見せて、目はまともに合わせない。わざわざ見なくてもフィンバーがどんな目つきをしているかはわかったから。非難よりも疑問に満ちているのだろうけど、わたしとしては怒られるほうがずっと良かった。かつてのフィオナはどこに行ってしまったのかという疑問に答えるのだけは気が進まなかったから。

「皿洗いをしてたとこだ」耳慣れない声でフィンバーは言った。蜂蜜を口に含んだばかりで飲み込むのを忘れていたようなくぐもった声。

二カ月前にフィンバーが大金をはたいてはるばるロ

ンドンから取り寄せ、丸二日かけてふたりで床に座って組み立てた白いイケアのソファに腰をおろした。スカンジナビアのL字型工具と自分が救いようのないバカになったみたいに思わされる可愛らしい図解が、わたしは大嫌いになった。フィンバーは天使のように白いエプロンで両手をぬぐい、向かい側に置かれた揃いのソファに腰かけた。角みたいな形の魚を撫でているクリスタルで形作られたマーメイドが物言わぬ審判だった。わたしとフィンバーのあいだにあるなめらかな大理石のコーヒーテーブルの上に立ち、その役割を悲しんでいるように見える。魚のほうはどうなろうと知ったことではないという様子だ。

「言い訳はしないわ、フィンバー、本当にごめんなさい」息をするのを忘れないように気をつけながら、弱々しく切りだした。いざ実際にここに来てみると、ジムに注入された神秘のアヘンの効き目が薄れつつあるようで、生々しい羞恥が内側から爪を立て力ずくで表に出てこようとして例のごとく胸が激しく打つのをまたもや感じはじめていた。

最初のうちフィンバーは何も言わず、乾ききった指を布で拭き続けていた。彼が酔っているのに気づいたのはそのときだ。一緒に過ごしてきた中で、彼が自制をなくすところを見たのは二度しかない。一度は州全体におけるトップセールスを記録したときで、わたしたちは羨ましそうな同僚たちにコークシティにあるイタリア料理の洒落たレストランに連れていかれた。フィンバーはひとりでシャンパンのボトルを二本あけて、わたしの運転で家に帰ってくると、彼はひと晩じゅうスーツに埃がついていないか調べつづけた。もう一度は、わたしたちが初めてセックスしたときで、彼は果てる直前に愛してるよとわたしに言った。フィンバーがシングルモルトじゃなく人工的なレモンのにおいを漂わせたがる気持ちがわたしには理解できた。彼の目が赤く充血していたのは、涙のせいかもしれないし、ファイブフィンガーのウイスキーをおかわりしたせいかもしれなかった。

「きみも一緒に夕食会に出てくれないと」初めにフィンバーが言ったのはそれだけだった。

わたしは続きを待っていたけれど、彼は言いたいことを言って両手を膝にのせていた。

「なんの話？」

「今度の土曜日。グレンガリフのリストランテ〈ラベンガ〉で。会社の夕食会だよ。みんなぼくらふたりで出席すると思ってる」それ以上長い文章だと肉体的苦痛が引き起こされてしまうとでもいうように、フィンバーは急き込んで言った。これまでのところ彼は無理にほほえもうとはしておらず、その夜良かったと思えたことはそれだけだった。

「それって……あまりいい考えじゃないかも。こういう状況になってるわけだし」

フィンバーは口元を覆ってから返事をした。「状況というと？　はっきり言ってくれよ、フィオナ、ぼくが話そうとしてるのは、どういう状況についてだと思ってる？」唇がひとりでに動いているみたいに、唇以外の口のパーツは何も知らないことを語っているみたいに、フィンバーは舌をもつれさせながら話していた。彼はわたしではなくクリスタルのマーメイドを見ていて、その目つきからすると、マーメイドはめちゃくちゃに叩きのめされることになりそうだった。

「そんなつもりはなかったの」わたしは言った。「それに彼と会ったときのことだけど、嘘をついて悪かったと思ってるわ。だけど、やってしまったことはもう取り返しがつかない」フィンバーの手を見つめ、彼にパン生地をこねるみたいに胸を揉まれてもなかなか感じなかったのに、ジムにはこっちを見られただけでびしょ濡れになってしまったのはなぜなのだろうかと思った。

「つまり夕食会に出るつもりはないってこと？」フィ

ンバーは言った。

わたしは立ちあがって彼の後ろに近づくと、首に手を触れた。お情けで彼と寝ていこうかとも思ったけれど、そんなことをしてもかわいそうなフィンバーの頭の中をすっかり混乱させてしまうだけだろう。だからそのまましばし手を置いたままでいて、彼の脈動とふたりが本当の意味では分かち合うことのなかった愛を感じていたけれど、やがて彼は手を伸ばしてわたしの指を払いのけた。

「またね、フィンバー」ドアをあけてそう言いながらも、もう会うことはないだろうとわかっていた。


その朝、校長に電話をかけたとき、彼女がわたしの言葉をひとつも信じていないのがわかった。

「まあ、そうなの、それではお大事にね」肺炎のため、悪魔のような六年生を二時間目のチャイムが鳴るまでに間違いなくぎったぎたにされるであろう慈愛に満ちた代理教師にゆだねるという、お涙ちょうだいの言い訳を聞かされたばかりのミセス・ゲートリーは言った。「ありがとうございます」わざとらしく咳き込んだりしないよう気をつけながら言った。「来週にはきっと良くなっていると思いますので」本当のところ、ジムと出会って彼を失ってから、ちょっとやつれてきているような気がしていた。重い足を引きずってバスルームの鏡の前に向かうと、目の下にくまができていて、頬は艶を失い灰色になっているのが見えた。

「ご立派なもんね、フィオナ」鏡に映る自分に向かって言うと、上着を羽織ってドアを出た。もうわかってるだろうけど、わたしはこれという理由もなく六年生のモンスターたちから逃げたわけじゃない。喉に押しあてられたトモのナイフの感触と、あのコテージのベッドに横たわったままひとりきりで一夜を明かして血が既に糊状に固まっているであろう哀れなケリーの姿が頭から離れず、一睡もできなかった。

だから真実と正義の勇敢な守り人、ブロナーに会いにいくことにしたのだ。

「急性肺炎にしては元気そうじゃない」狭苦しいデスクの向こうからわたしをねめつけて、ブロナーはつっけんどんに言った。朝食時だったので、他の警官たちは通りの先のカフェで頭の中にタマゴとトーストを詰め込んでいて、凶悪犯罪への対応は署でいちばん若い警官に任せていた。

「ほら、わたしたちウォルシュ家の人間は回復が早いから」そう答えると、腰をおろして砂糖とミルクをたっぷり入れたコーヒーのカップを手渡した。ブロナーはなんでもそうやって飲むのだ。コーヒーみたいな味のビールが開発されていたとしたら、彼女は両手を叩いてクリームを入れ、一気に二パイントを飲み干していただろう。

ブロナーは大して嬉しくもなさそうにこの和平の贈り物を受け取り、ゆうべ妹が見せたのと同じあからさまな嫌悪の表情でわたしを眺めた。フィンバーにどれほど冷たくされたか話したくなったけど、それで同情してはもらえないだろうと思い直した。

「警察になんの用?」ブロナーはあの古い墓地で泣いている場合じゃないと注意を促したマーフィー巡査部長がやって来ないか目を配りながら、音を立ててコーヒーをすすった。掲示板の「情報求む」という見出しの下に、生前の誘うようなサラ・マクダネルの写真が貼られていた。これまで読んだ新聞には、いまのところ死んだ娘の顔写真は出ていなかった。ジムとあの中国人はきっと混乱した事態の収拾に一躍買いたくてうずうずしていただろう。

「あるものを見たの」バカみたいに聞こえるのは覚悟の上、勇気を奮い起こして言った。「昨日の夜。グレンガリフに向かう山中で」二階の寝室から聞こえてきたケリーの声を思いだすと——そのときでさえも——死を約束するトモの囁きを思いだすよりも腹が立った。

「へえ、そう？　で、何を見たと思ってるの？　あそこにいるわたしのご立派な同僚たちから逃れたアルメニア人のスリとか？　白いストライプの入った大道芸人の黒いスーツを着てた？」

「ふざけないでよ、ブロナー、こっちは真面目に言ってるのに」

ブロナーは湯気を立てる和平の贈り物のことはすっかり忘れて、前のめりになった。顔が濃いピンク色になっている。彼女は横にある書類の山を指さした。

「だったら、そっちこそ人のことをなんだと思ってるわけ？　あんたみたいにやけっぱちだとでも？　こっちはこれだけの仕事をこなすのに一日四時間しか取れないし、母さんは必ずうちのエイヴァを甘い物漬けの薄汚れた状態で連れて帰ってくるし、ゲイリーは〈スーパーバリュー〉のあのブルネットに乗り換えてわたしを捨てようとしてる。あんたのあやふやな幻覚につき合ってるヒマはないのよ、フィオナ・ウォルシュ、マジで勘弁して。今日は無理」中央の割れた顎を規定のネクタイに埋めて、ブロナーは行進しているかのように――あるいは泣くのをこらえているかのように見えた。

「あの日本人を覚えてる？」わたしはしつこく食いさがった。「ジムのために帽子を回していた男がいたでしょ？　ゆうべ、あの男は人を殺したかもしれない」

ブロナーはぴくりともせずに黙ってじっと見つめてくるばかりで、その様子から彼女が警察に入りたがったそもそもの理由を思いだした。彼女のまなざしはわたしを突き抜け、壁を突き抜け、キャッスルタウンベアを通り越して、アイルランドの最果てまで向かい、まだ解き明かしていない未知の犯罪を見据えていた。

「ゆうべですって？」ブロナーはその声音に何かの秘密を隠して尋ねた。目には再び自信が宿りはじめていた。

わたしはうなずいた。とにかく話を聞いてほしかった。「そう。アドリーゴールから東に数マイル進んだところで。ジムのあとをつけていったら、そこにあのトモって男もいたの。フルネームは知らないけどケリーって呼ばれてる女が、石造りのコテージにひとり暮らしをしてて。ジムが彼女と二階にいるあいだに、トモがそこにあるものをごっそり盗んでいった。わたしに見つかると、喉を切り裂こうとしたけど、危ないところをなんとか逃げのびたのよ。ブロナー、いますぐ誰かを現場に向かわせないと」

たっぷり五秒の間があった。ブロナーは、突然優位に立った人間が相手に見せつけずにはいられない笑みに顔を輝かせた。きっと警官というものは、毎日朝食前にそういう笑顔の練習をしているのだ。ブロナーは立ちあがり、わたしを手招いて一緒に階段を下りた。

「ねえ、わたしの話、ちゃんと聞こえてた？」わたしは尋ね、青い制服にパンくずをつけたまま戻ってきたふたりの警官に会釈した。そのうちのひとりは「肺炎」について何やらぶつぶつ呟いて、すれ違いざまわたしに向かっていやな顔をしてみせた。

「そりゃもう、はっきりとね」ブロナーは満足そうに答え、埃っぽい階段をさらに奥深くへとくだっていき、やがてわたしたちは錆ででこぼこした鋼の扉の前にたどり着いた。ブロナーは手首をくいっとひねって扉をあけた。

「すべてが起きたのはゆうべで間違いないのね？」彼女は尋ねた。

「いい加減にしてよ、ブロナー。言ったでしょ。あのコテージをくまなく調べれば、あの中国人がサラとドリモリーグのミセス・ホランドにしたのと同じ手口で、ケリー何とかが殺されているのをたぶん発見することになるわよ」

「ずいぶん急激に犯罪が増えているみたいね」ブロナーは話を続けながら、金属製のキャビネットの錠を外し、派手な動作でトレイを引きだした。

ガチャン！　と大きな音がして、彼女はビニールシートをさっとめくった。

わたしの鼻のすぐ下にある死体仮置台にトモが横たわっていた。プラスチックのキリストと同じくぴくりとも動かず死んでいる。

細い馬面は通常の二倍に膨れあがり、頬骨が折れるまで何か大きくて重い物でさんざん殴りつけられたようだった。神さま自身が座って体重をかけたのかもしれない。それか、ジムが野球のバットで煙草の葉のような皮膚を打ちのめしたのか。酔っぱらいがひき逃げしたところで、確実に息の根を止めるためバックでもしない限り、こんなボロ人形のような死体にはならないだろう。

「こんなありさまで、どうやって彼があんたを殺そうとしたのか説明できる？」ブロナーが尋ねた。

「なんてこと！」わたしは足をふらつかせながら後ずさりし、他の死者たちが保管されている死体安置ロッカーに頭をぶつけた。

「まったくね。今朝早くミセス・モナハンから孫が水の中にいやなものを見つけたと通報を受けたとき、わたしもそう言ったわ」ブロナーはわたしの呆然とした様子を楽しんでいた。「正式な法医学分析はまだだけど、濡れる前にしたたか蹴りを入れられたみたいね」

「ゆうべはまだ生きてたわ。わたしもそこにいたんだから」わたしはトモのナイフでつけられた赤い線が見えるよう頭を傾けた。「ほら、見えるでしょ？」

「髭を剃るときはもっと気をつけなきゃ」ブロナーはそう言って肩をすくめ、トモを永遠の眠りへと押しもどし、わたしを署の外の歩道へと追いやった。大通りに出ると、ブロナーはわたしを脇に引き寄せて、肩に手を置いた。まるで映画の真似をしているみたいに。どこかの女のことをぺちゃくちゃ喋っている真っ最中のふたりの漁師が、こっちを見ていないふりをしながらも、わたしたちの話をひと言も聞き逃さない程度に声を落とした。

「今度はこっちの話を聞いて」ブロナーは言った。「あの放浪者と浮気してかわいそうなフィンバーを傷つけるのはともかく、警察の捜査を引っ掻き回すのは絶対に許さない。だから今後はピラミッドとミイラのことだけ考えて、死者のことはわたしたちに任せておくの、わかった?」

「自分が何を見たかはわかってる」わたしは大きな声をださないよう努めて言った。詮索好きなマーフィー巡査部長が上階の窓をあけてこっちに一瞥をくれると、ブロナーは上司を失望させないよう虚勢を張った声をだした。

「もう帰りなさい」ブロナーは言った。「ゆっくり休んで治すのよ……ええと、肺炎だっけ? 新しい彼氏におとぎ話を聞かせてもらえば、気分もすっかり良くなるんじゃない」そう言い残し、彼女は背を向けて署の中に戻っていった。どれほどたくさんの警察バッジを磨こうと、決して手に入らない同僚からの尊敬を期待して。

血を分けた家族には足蹴にされ、古い親友には頭がおかしいと思われた。

思いだせる限り、これほどまでに孤独だと感じたことはなかった。


風がカハ山脈の上方に生えた矮生草《バンチグラス》を捕まえて、強く引っぱりはじめた。

岩場の下の傾斜した牧草地に戻るため、わたしは向かい風に逆らって自転車を二時間走らせてきた。いまはお尻を上にして鼻を地面に向けて身を伏せて、下に見えるコテージに生存者はいるか確かめようとしている。どうぞ、笑いたければ笑えばいい。告げ口屋のヒバリがさえずりながら頭上を飛んでいき、気まぐれな羊が秘密の隠れ場所から二フィート足らずのところで草を食んでいるという状況で、あなたもくそったれエルキュール・ポワロを演じてみればいい。わたしは暖かすぎるオーバーコートの中で蒸し焼きになり、風に吹かれた裾は埋葬され忘れ去られて久しいぼろぼろの軍旗のように大きな音を立てていた。

コテージは静まり返っているように見えた。前に見たアウディは動かされておらず、ハンティングのカタログから飛びだしてきたような、泥まみれでこすった跡の残る古くて汚いランドローバーもあった。下に降りて行きたいのは山々だったけれど、何かに押しとどめられた。それは恐れだったのかもしれない。当時のわたしなら、それを思慮分別と呼んでいただろうとしても。

鳥のさえずりと草の囁きを耳から閉めだすと、何かがぶつかるかすかな音が聞こえた。手のひらでテーブルを叩き、息をひそめて誰かに気づかれていないか確かめてから、また同じことをくり返しているような音だ。

イーファからこっそり拝借した黄色い花柄のドレスを緑色の引きずり跡で汚しながら、草の中をじりじりと近づいていくと、やがて音の正体がわかった。

玄関のドアが前夜と同じく大きく開いていて、風に導かれ錠に激しくぶつかっていた。思い切って立ちあがり、血管の中に冷たい水をたっぷり注がれたような感覚を味わった。二階で横たわるケリーの体を蠅が這って出入りしているのであれば、そんなものは見たくない。だけど、勇敢な町の警官にわたしはイカれた怠け者だと思われているのであれば、他にどんな選択肢がある？

「すみません」声をかけてみたけれど、その言葉は玄関に届く前に風にさらわれてしまった。ゆうべいた場所の近くにいて、泥の中に固まった自分の足跡が見えた。バタン！　ドアがまた音を立て、わたしはわずかに飛びあがった。窓に鼻を押しあててガラス越しに覗いたけれど、愛しいジム・クイックのおかげで寝室に死後間もない死体があるのではという恐れを払拭してくれる牛乳パックやコーヒーカップなど、昨日と違うところはひとつも見られなかった。わたしは自分の好奇心を呪ったけれど、もう一度彼に会いたいと願う気持ちをそれ以上に呪った。だって、これだけは真実だったから――わたしはジムが派手に殺人を働いているのだという確信に対する答えを出したかったけれど、それはもう一度あの琥珀色の目を覗き込んでそこに隠された秘密を理解したいという気持ちによるところが大きかった。裁きたければどうぞ、でも事実は事実。姉妹や女友だちとの結束はそこまでだった。これだけのことを知っていながらも、わたしはまだジムに残りの部分を支配されていた。

　だからひとつ大きく息を吸うと、角を曲がり、コテージの中に入った。

　入り江に向かうガラス戸に風が吹きつける柔らかな軋みが聞こえるだけで、リビングはしんとしていた。海神の青いディナーテーブルに並べられた白いナプキンみたいな船の帆が入り江に溢れていた。自分のやるべきことに恐れを抱き、その場にしばしたたずんでいたあと、階段に向かって歩きはじめた。

「すみません」もう一度声をかけたけれど、返事はバタン！　としつこくくり返される音だけだった。階段を半分まであがったところで、自分の身を守るためにキッチンナイフさえ持ってきていないことに思い至った。父さんの恐るべきショットガンはベッドの中でぐっすり眠ったままだ。うつむいて、せめてメリケンサック代わりにと鍵束を探して鞄の中を引っ搔き回しているとき、わたしは死者が口をきくのを初めて耳にした。

「あんた、ここでいったい何をしてるの？」女性の声が尋ねた。

　わたしは顔をあげて、巨大なバスローブを腰の位置で押さえてもう片方の手で重たい木製のボウルを摑んだ、まだタオルで体を拭いてもいないケリーと目を合わせた。

また死体を見ずにすんだことにホッとして口もきけず、自分がほほえんでさえいることに驚いた。「あの――えっと、ドアがあいてたから――」

「新鮮な空気を入れるためにあけておいたのよ。わかるでしょ？」突き出た顎と同じぐらい鋭く尖った声だったけれど、わたしのほうへと階段を一段降りると、左膝が震えはじめた。「あんたを招待した覚えはないわよ。だから質問に答えなさい、じゃなきゃこいつを脳天に叩きつけてやるから」

わたしはあがってきた階段を降りながら、頭を粉々に叩き割られないよう声を抑えながら答えた。「わたしはフィオナ・ウォルシュ、キャッスルタウンベアで教師をしてるの」ケリーは顔になんの反応も表さずに、さらに二段降りた。乾いて固まった血を見ずにすんだことへのつかの間の喜びは、炎に足の裏を焼かれながら妹を引きずって裏口から逃げだしたとき以来感じたことのない恐怖に取って代わられた。「セイクリッド・ハート校、知ってるでしょう？　教会のすぐ裏の」

「で、あまりにも安月給だから、まっとうな人たちから盗むしかないってわけ？」ケリーはこっちに腕をひと振りし、わたしはよけた拍子にひっくり返って階段を転げ落ち、綺麗に磨きあげられた桜材の床に頭をぶつけた。

「そうじゃないの」としわがれ声で言った。「思い違いをしてるのよ」

「あんたこそ思い違いをしてるんでしょ、何が本名だか知らないけど」ケリーは激怒していて、わたしが倒れているあいだにもう一撃食らわせようと周りを回っているのが感じ取れた。「あんたたちみたいな汚い不法滞在者は、法を守る市民を専用の現金支払機として利用できるとでも本気で思ってるわけ？　いいから、本当の名前は何よ？　スヴェタ？　ヴァレーリア？

やめてよ、まさか北のキャラバンから来た渡りの鋳掛け屋だとか言うんじゃないでしょうね。携帯電話の普及であんたたちみたいな人種は絶滅したものと思ってたのに」

「あなたが無事か確かめに来ただけなの」体を起こしかけながら頭をさすって言った。「神に誓って本当よ。信じてくれないなら、キャッスルタウンベアの警察署に電話して。ブロナーという警官に話を聞いてみてよ」

ケリーは目をぱちぱちさせて、寝取られ彼氏のものらしきバスローブをフィットさせるため、ほっそりした腰にパイル地のベルトを締めた。彼女は可愛かった。ジムは趣味がいい、それは認めざるを得ない。またもや嫉妬が運転席に飛び乗って、警告と道徳観念を道路に振り落とした。その日初めて、わたしは彼女の痩せた体を絞めてこの手で殺してやりたくなった。

「わたしが無事かって?」ケリーは聞き返した。

「そう。ゆうべのことがあったから。あなたが誰かと一緒に二階にあがるのを見たの。それでてっきり——」ジムがセックスに熱を込めたとき彼女がどんなふうに喘いだかを思いだして、自分の顔が赤くなるのがわかった。いまでは恥ずかしさとばかばかしさを同時に味わっていた。ブロナーの言うことを聞くべきだったのだ。

ケリーは鼻筋に皺を寄せて、ボウルを膝に置き腰をおろした。とことんやり合おうという互いの意思にどちらも耳を傾けて、わずかな時間が過ぎた。と、ケリーは眉を吊りあげて、どことなく嬉しそうに再び武器に手を伸ばした。「あんただったのね!」彼女は叫び、ハーリングの選手みたいに襲いかかってきた。「どこかで見た顔だと思ってたら。そうよ。あのパブにいたでしょ? わたしとジムをここまでつけてきたのね、この変態」ケリーの顔は泡のように白くなっていた。

「母さんの形見の指輪も、パスポートも、現金も、アウディのキーも、わたしがもらった電話番号までひとつ残さず！　そして図々しくものこのこ戻ってきて、盗めるものが他にもないかと確かめにきたわけね。かかってきなさいよ！」

ビュッ！　と木製ミサイルが飛んできた。わたしは攻撃をかわそうとドアから飛びだし、走りながら靴を片方なくしてしまった。「戻ってきなさいよ、ビッチの鋳掛け屋！」ケリーはわめいた。

「あの場にいたアジア人の男を覚えてる？」わたしは全速力で走りながら叫んだ。

「この嘘つき女！」彼女は狂犬のごとく追い迫りながら怒鳴った。「誰の話よ？」道路の先では車が一台停まってこの見世物を見物し、誰かが窓をおろしていた。

「ジムのアシスタントのこと――彼もここまでつけてきてた」息を切らしながら答えた。「確かにわたしがゆうべここに来たのは、ジムが他の相手を見つけたことに妬いたから。だけどあの男があなたのものをごっそり盗むのを見たの。それがあいつらのやり口なのよ。ひとりが扉をあけて、あけたままにしておく」手を伸ばしてきたケリーに髪を何本か引っこ抜かれたあと、わたしは残っていたわずかなアドレナリンでまた逃げだした。

「そんなの信じるわけないでしょ」彼女はゼイゼイ言った。「ジムは紳士なんだから」

「そうよ、可愛い協力者がおかしな真似をしないうちはね。したら殺すの。あの中国人は死んだわ」

わたしがふり返ると、ケリーは足を止めていた。両手を突然重くなったみたいに脇にだらりと垂らしている。

「いまなんて？」

「そうなの」わたしは草の上にくずおれて、そのまま食いさがった。「一時間足らず前に、頭をかち割られた彼を見た」ケリーも座り込み、目に見えない草の葉を嚙んでいるのを見て、わたしは彼女の小さなヤッピーの心臓に最後の切り札の刃をまっすぐ突き立てることにした。「あと、これだけは教えて」薄笑いを浮かべないよう努めながら尋ねた。「ジムは自分じゃなく物語が支配してるんだとかいうことを話した？ 話したに決まってるわよね。それに彼のあのタトゥーを見た？ なんだっけ――忘れちゃったけど――ポーキーピッグ（ワーナー・ブラザーズのアニメ『ルーニー・テューンズ』の豚のキャラクター）だかクー・フリン（ケルト神話の伝説の英雄）だった？ どっちも似たような服装をしてることがあるからわからなくて」

「黙りなさいよ」ケリーはうつむいて言ったけれど、痛いところを見事に突いたのだとわかった。誰もがご褒美を欲しがるものだけど、分け合うことは誰も望まないのだ。

「ジムは相手を魅了して物語をきかせる、そしてあとのことは下僕が片付ける」今度は怒りも湧かなかった。見事な手口というより他はないし、感心せずにはいられなかったから。

「この件にジムはなんの関係もない」ケリーは自分が口にしていることをまったく信じずに言った。彼女は立ちあがり、誰かに無理やり鼻をつままれているかのように顔を歪めて、バスローブについた草を払った。「あの男が死んだのは事故に決まってる。さあ、もう帰ってよ。言ったでしょ、ジムは本当に紳士なんだから」

山の背を見あげると、ブロナーが岩のあいだを歩いてゆっくりとこっちに近づいてくるところだった。灯台みたいに勝ち誇った笑みを浮かべて顔を輝かせている。

「ええ、彼は大した紳士よね」とわたしは言った。

悪魔のような妹はわたしを憐れんでくれた。狼少女に他に誰が同情してくれる？ 実のところ、夕暮れまでにわたしのばかげた殺人騒動の仮説は町中に広まっていた。ブロナーのせいだ。警察署から家に帰るまでの道のりはずっと、にたにた笑いにつきまとわれた。

町への道すがら、ケリーのコテージの内外に足跡が残っているのだから、わたしを押し込み強盗の犯人として捕まえるのはどれほどたやすいことかとブロナーにもう一度お説教されて、その夜はこれ以上の裁きを受けるのだけはまっぴらだった。

ロージーの家のドアをノックすると、そばかすのあるブロンド娘エフゲニヤが迎えてくれた。

わたしたちは誰もそういう呼び方はしなかったけれど、エフゲニヤは妹のガールフレンドだった。モイラ叔母さんには「ロージーの昔の同居人」と呼ばせていた。わかってもらえるよう頑張ってみれば良かったのだろうけど、あなただって同性の手を握りたいと思うよりは妹か誰かの手を握りたいと思うほうがまだ健全とされる世界でカミングアウトしようとしてみればいい。

彼女はロシアのどこかの出身で、わたしはギネスビールと聖人の忍耐力で頭をいっぱいにしてもなおその名前をちゃんと発音できた例しがなかったけれど、別に問題はなかった。わたしは単にエヴィーと呼んでいた。綺麗な子で、ロージーを元気づけられる唯一の存在だった。ロイシンが神の想像の最も暗い角から生まれたのに対し、エヴィーは小妖精みたいで品があり、陸地でも水泳選手のようになめらかに美しく動いた。ふたりはUCCでルームシェアをしていて、エヴィーはそのアパートメントにいまも住んでおり、気が向いたらいつでも訪ねてきた。握手を交わしたその手は小さく、わたしが立ち寄ったのを喜んでいることが伝わってくる程度の力が込められていた。エヴィーは茶色いフリースのパーカーを着て、綺麗なタツノオトシゴ形の耳までファスナーをあげていた。期限までに支払いを済ませない妹の気まぐれの裏にある分別が電力会社には理解してもらえず、即座に電気を止められてしまったのだ。またもや。

「いらっしゃい、調子はどう？」エヴィーは独特のぎこちないアクセントで喋り、キッチンの中に戻った。

彼女が最後に来て以来、まともな料理が作られたことのないキッチンに。

「悪くないわ」わたしは嘘をついた。「何を作ってるの？」

「蒸しサーモンの野菜添え」彼女は音節ごとに区切ってゆっくりと発音した。一年以上もエヴィーの細い唇にキスしてきたロージーでさえも、彼女の名前の正しい発音の仕方はいまだに見当もつかず、「恐るべきイヴァナ」とだけ呼んでいた。

「美味しそうね。可愛い妹はどこ？」

　エヴィーは親指をくいと動かして寝室を示した。おなじみの電子的なお喋りの声が、家族の中でわたしよりもひどい評判を誇るただひとりの人間の居場所を教えていた。天使たちの合唱が無線機の中に永遠に閉じこめられて、いまも出口を探しているみたいに、呟き声は大きくなったり小さくなったりをくり返していた。

「おい、天才」ピンク色の〝ケツにキスしな《ポグ・マ・ホン》〟Tシャツを着て前かがみになりながら、無線機をいじるのと同時に煙草をスパスパ吸っている姿を見ると、ホッとした。ロージーのお尻にキスをするよう一般大衆を誘うような服をエヴィーがあげるはずがなかった。たぶん自分で作ったんだろう。

「やっと顔を見せにきてくれたね」ロイシンはがしっとわたしを抱きしめて言った。「ロシアのプリンセスは二、三日いる予定だから、あたしたち古いパンとベーコンの薄切りよりまともな朝食にありつけるよ」妹の顔は不自然なほど真剣になり、わずかな視線にも傷ついてしまいそうに見えた。「ちびコロンボが警官仲間に取り入ろうとして姉さんを裏切ったってきいてるよ。あのくそったれ」ロイシンは嚙み跡のある黒い爪をわたしの手首に食い込ませた。そのときの妹は、わたしのために人殺しもしただろう。結果的には、わたしたちふたりとも別の人のためにじきに人殺しをすることになるのだけれど。

「ありがと、ロージー」わたしは純粋に嬉しくて泣いてしまいそうになるのをこらえるため、目をそらすしかなかった。「今日、タクシードライバーから連絡は？」

「ああ、イーファのことならそんなに気にしなくていいよ」ロイシンはダイヤルを一インチ左に回し、その帯域の中でも筋金入りの愛好者だけが徘徊しているより遠くから聞こえる声を探していた。「あの子、姉さんのシャナヒーに自分も色目を使いたがってて、言わなきゃ良かったと後悔するようなことを姉さんに言っちゃったって電話してきたよ。イーファらしいよね。あのサッカー選手とよりを戻して、ブラインドをおろして今夜はどこにも出かけないはず」ロイシンはテーブルをセッティングしているエヴィーにほほえみかけた。「綺麗な人たちってなんなの？　あたしたちみたいなお行儀のいい善良な女の子たちの弱みにつけ込むなんてね？」人差し指のドクロの指輪を光らせながら、妹は雑音のカーペットを通してかろうじて聞こえてくる簡単には捕まろうとしない男の声に合わせようとダイヤルを調整した。

「自分がどうしようもないバカみたいに思えるの」わたしはポケットから〝事故で〟死んだミセス・ホランドに関する新聞記事を取りだすと、妹に渡した。「間違いないって思ったのに――」

「しっかりしてよ、あたしは姉さんのためならロバのオシッコだって飲んでみせるよ」ロイシンはそう言って、わたしの手を取った。「でもいまは考えちゃだめ。あんな男、大して素敵でもなんでもないよ。みんなもわかってるって。あいつは心以外のものも盗んでいたのかもしれない。だからって、そこらじゅうに殺人犯がいると思ってたら、姉さんの神経が持たないよ」ロイシンは唇の端を持ちあげて、煙草の先端が頬を焦がしそうになるほどの満面の笑みを浮かべた。「そうなったら、誰があたしの面倒を見てくれるの？」

わたしは妹の手を握り返したけれど、返事はしなかった。トモが死ぬまで殴られながら何も感じなくなるまで、どれぐらいの時間がかかったのだろうかと考えていた。またジムの姿を見ることがあれば、こぶしの関節を確かめようと心の中でメモを取った。

「本気で言ってるんだよ」わたしがうなずいただけで妹の言葉に注意を払っていないことを見て取ると、ロージーは言った。

「あと五分でできるからね」エヴィーが言い、本気だというような鋭い目つきをロージーに向けた。

「はいはい、奥さま、大将、閣下」ロージーは煙草を持っている手で敬礼したけれど、反対の手ではまたダイヤルを左に回して、ついに報われた。

「……森の奥深く、丘の上の城から。誰か聞こえているかな？」遥か彼方から、誰かの途切れ途切れのメッセージが届いた。落ち着き払った男の声で、なじみある何かを思わせたけれど、はっきりさせることはできなかった。

「こちらコークの最果てのナイトウイング、感度良好、どうぞ」手榴弾ぐらいの大きさの黒い旧式のCBラジオマイクを使って、ロージーが大きな声で返事をした。

「これはこれは、魅力的な女性と出会えて嬉しい限りだ」と声が続けるあいだ、ロージーはひずみを補正するためさらにいくつかのダイヤルを回していた。「こんな夏の夜に、なぜひとりマイクの前に座っているんだい？」

「できたわよ」料理でいっぱいの皿を置きながら、エヴィーが呼びかけた。「早く食べなきゃ、お野菜が冷めちゃう」わたしはなぜスイッチを切ってこの男とおさらばせずにまだ耳を傾けているのかわかり次第すぐに食卓に着くと合図した。わたしのアヘン受容体、ジムがその目で初めて触れた自分では認めたくない秘められた場所は、いまだにわたしに彼を探させ続けていて、そこがいまはずきずきと脈打っていた。まるで液状の希望が心臓にどっと流れ込み、致命的な未知のすばらしいドラッグを指先まで送りだしているみたいな感じだった。

「なぜかって？　ここが刺激の味わえる場所だからよ」ロージーは冷笑し、声の主がアマチュア無線の儀礼に従わず、メッセージの最後を「どうぞ」という言葉で締めくくらないことを、妹が不愉快に思っているのがわたしにはわかった。「で、あなたみたいにご立派な若い男性は、お城でなんて呼ばれてるの？　どうぞ」

長い沈黙があった。一瞬、相手を見失ったかと思った。

「おふたりさん」エヴィーがしつこく続けた。彼女はもう食卓に着き、わざとらしくフォークをカチャカチャいわせた。

「それは考えたことがなかった」男は面白がって笑いだしそうなほどだった。「そうだな……ぼくのことは……門番《ゲートキーパー》と呼んでくれればいい。うん。いい響きだ」

わたしは声の輪郭をつかもうといっそう耳を澄ました。それは濡れたビー玉みたいにとらえにくかった。ロージーにこの悪魔のような機器を黙らせてほしかった。同時に、切ってほしくもなかった。わたしはますますその声に絡め取られていった。聞いていると、血の流れが速くなった。

「そう、すごいね」ロージーは言った。「森の中にいるんだって？　飛んでいきたいところだけど、彼女が夕飯を作って待ってるの。料理が冷めたら、シベリアの強制収容所に送り込まれちゃう。どうぞ」

「もう冷めてる」エヴィーはそう言いながらも、笑いをこらえることができなかった。この悪魔のような妹は、誰でも笑わせてしまうのだ。

「それは良かった」自らをゲートキーパーと名乗る声は言った。「森から出てきたものは、森にとどめておくべきことも――」ケリーのポップミュージック専門局から長くかん高いメロディーが響いてきて、話の続きをかき消し、やがてやんだ。「……物語を聞かせるハンサムな男たちと話すときは気をつけたほうがいい」

わたしはロージーからハンドセットを奪い取り、送信ボタンを押した。「いまなんて？　物語を聞かせる男たち？　彼らがどうしたの？」この声に返事をさせられるかどうかに人生がかかっているような気がした。

再び一定の間があり、こちらの注意を引こうとしているいくつかの局の合図のただ中に信号が紛れてしまった。

「ねえ、そこにいるの？」わたしはもう一度マイクの送信ボタンを押して、叫ぶように言った。「ゲートキーパー？」

「きみはさっきの子とは別人だね」今回、男の声はさらに遠くから聞こえてきた。デジタルの井戸の奥底から伝達されているかのようだった。「だけどきみの声は好きだ。心から答えを求めているようだ。語り部たちは自分自身の内側にあるもの以外に目を向けさせようとする。きみたちの信頼を勝ち取って、どの物語もきみのために、きみだけのために創られたものだと思い込ませる。彼らを信じるな」

「語り部に会ったわ」わたしは認めた。言葉が口からこぼれ落ちた瞬間、なぜそんなことを言ってしまったのか自分でもわけがわからなかった。キリストに誓って言えるけれど、まるで懺悔をしているかのようだった。ただしいまは無線機の中に手を伸ばして、その向こうにいる相手に触れたくもあった。ゴム手袋でもしない限り、マロイ神父には触りたいなんて思わなかったけど。「わたしはもしかしたら彼が……」ゲートキーパーが息を詰めて耳を傾けているのを感じ取り、そこで言葉を切った。「彼は女性を傷つけているのかもしれない――つまり、心を傷つけるだけじゃなく、もっとひどいことをしてるのかも」

「なるほど」その声からは、相手が何を思っているのかさっぱり伝わってこなかった。天井の低い部屋の中は、ロージーの腕時計の針が進む音や、シンクでフライパンの熱が冷めていく音が聞こえるほど静まり返っていた。「彼にもうキスされたんだね？　それが彼のやり方だ。彼がかなりずる賢ければ、きみは既に一夜を明かすことも許したはずだ」強い口調になっていたけれど、批判的ではなかった。「きみたちが誰にしろ、彼のことは綺麗さっぱり忘れて、自分の人生を歩み続けるべきだ。彼と関わるとろくなことにはならない」

たったいま幽霊を見たと思い込んでいる子どもたちがするように、ロージーとわたしは顔を見合わせた。

「嘘ばっかり、良く言うよ」人生で出会った中で誰よりも霊的なものからかけ離れたゴス娘が、わたしの手からマイクを奪い返した。「そんな話、これまでシャベルですくってきた中でも最大のクソの山だよ、ゲートキーパー。まさかぶっといマリファナ煙草を吸ったあとにウイジャ盤を眺めてたんじゃないでしょうね？　どうぞ」

「好きにするといいさ」男は言った。電子の門がゆっくりと閉じられて、霊界との交信は断ち切られようとしていた。「すべては無意味なたわごとに過ぎないかもしれないからね」

最後に鋭い信号の破裂音が響き、ゲートキーパーが実体を持ってソファからわたしを見つめているかのように、鮮明な声が聞こえてきた。

「だけど、彼が愛について話したら」彼は言った。「死にものぐるいで逃げるんだな」

正気じゃないと思われるかもしれないけど、いまとなっても、ふり返れば、その夜までに起きた出来事の大半はまだ耐えられそうなほどだった。けれどモイラ叔母さんの家で夕食を取る金曜日が再び巡ってくる頃には、わたしたちの人生は永遠に変わっていた。

わたしはしばらくロイシンの家で過ごしてエヴィーの料理を食べ、妹のジョークに笑って、わたしの頭の中では連続殺人鬼でもある旅する語り部への執着はすっかり吹っ切れたふりをしていた。けれど、コーンとサーモンを口いっぱい頰張るあいだも、椅子を立って最後にもう一度だけ無線機に両手をのせて、森の中から催眠術にかけるようなあの声をなだめて連れもどしたいのを抑えるだけで精一杯だった。「公営アパートにでも住む暇を持てあました孤独な変質者だね」ロイシンは顔をしかめて皮肉った。「きゃあ、おっかない、まるでジムを知ってるみたいじゃない、ジムの幻想の世界の黒いお城の門を思わせるような名前まで名乗っちゃってさ。勘弁してよ。ちゃちな物語の仕掛けでしょ。会計士か銀行員あたりじゃない。お城？ そんなの、おとぎ話にはつきものだし。エンドウマメのおかわりは？」

けれど、わたしには妹よりも良くわかっていた。エヴィーもそうだったけれど、彼女は賢明にも沈黙を守り、姉が分別ある教師のくせにいかに騙されやすいかについてぎゃんぎゃん言いながら火を点けた煙草を弾をこめた銃のように振り回しているロージーの手をそっと握りしめていた。エヴィーもわたしも、警告の言葉のあいだにひそむ、森の彼方からのメッセージを聞き取っていた。そんなことを考えてしまったのを後悔しているメッセージを。

それからの日々は、ジムとトモを追いかけたときに撒いた恥辱の種の豊かな収穫を刈り取りつつ、その間ずっとボーイスカウト大会に参加する司祭よりも具合の悪いふりをして過ごした。歩道ですれ違うとき、人々は大きすぎる笑みを浮かべていた。マロイ神父はおはようと言うのに舌をもつれさせた。

けれどそんなものは六年生のクラスから受けた嘲笑の比ではなかった。

「ハリントン先生はエジプト第二王朝について全然わかってませんでした」とうとうわたしが学校に戻ったとき、おちびのメアリー・キャサリン・クレミンは花をもしおれさせかねない目つきを向けながら、声を大にして言った。「だから先生が……いなかった三日間で学べなかった内容を全部リストにしておきました。代理の先生はやっぱり違うので」彼女はきちんとプリントされた一枚のリストをわたしの前の机に置き、一発殴りたくなるような愛らしい笑みを見せた。代理教師がどんな苦しみを味わわされたか、そのとき悟った。それからは、どれだけ険しい顔で指を振ろうと、デイヴィッドが女子のｉＰｏｄをくすねるたびに校長に報告すると脅そうと、なんの効果もなかった。あのおちびのくそガキは、ナチス親衛隊の雌狼イルゼみたいにクラスを牛耳っていた。

わたしは永久に「イカしたバイクに乗った放浪者とセックスした淫売」の烙印を押された。

フィンバーはメールを送ってくるのをやめて、通りですれ違うときには、つまはじき者を相手にするような見くだした態度で会釈するようになった。彼は〈ロブスター・バー〉の青い髪の女性たちから大いに同情された。

わたしは新聞記事にくまなく目を通して、ジムに関する話題はもちろん、どこかよそのちっぽけな町で他に早死にした者がないか確かめるのをやめなかった。けれど、若い女性がレイプされて絞殺されたという話はどこにもなく、《サザンスター》紙には厚化粧のクロナキルティの宝くじ当選者の話題とこの夏のすばらしさについて書かれているだけだった。ブロナーにはあれ以来何も訊けなかったし、何がどうなっていようと、すべては一九五〇年式のあの赤いヴィンセントコメットがこの町にやって来る前の状態に戻ったかのように思われた。

モイラ叔母さんの様子をまじまじと見ない限りは。

例えば、叔母は体重を落としてまたハイヒールを履くようになっていた。イーファは美容院でハイライトを入れるよう頼むところを見ていた。スーパーの店員に何かいいことがあったのかと尋ねられると、叔母は何も言わずにただほほえんでみせた。わたしたち姉妹にそれぞれ電話してきて、金曜のディナーに必ず来るようにと念を押した。

「お嬢さんたち、いらっしゃい」モイラ叔母さんはドアをあけてわたしたちを中に招き入れながら、歌うように言った。イーファとわたしは、いまではわたしたち姉妹の誰にも挨拶しようとしないフィンバーを笑いものにすることで、いつものように仲直りをしていた。ロージーを従えて叔母の家に入ると、焦げた肉とどろどろした野菜に慣れていた鼻をなじみのない香りが出迎えた。驚いたことに、すばらしい香りだった。チキンステーキとエキゾチックな香辛料がなんとも形容しがたい複雑なソースに絡み合ったみたい。姉とか妹とか関係なければ、わたしは聖人たちの像の横を駆け抜けて、妹たちを差し置いて真っ先にダイニングルームに飛び込んでいただろう。だけどそうはいかなかった。

「モイラ叔母さん、何を作ってるの?」ロイシンが猫なで声で尋ねた。

返ってきたのは、「お腹を空かせてきた?」という言葉だけだった。それと、スフィンクスよりも謎めいた微笑。

ディナーテーブルにはひとつ余分に椅子が用意されていた。糊のきいた白いテーブルクロスを新しいクリスタルのグラスが飾り、室内は病院の手術室よりも清潔に掃除してあった。食卓に着きながら、何が何だかわからないというように、イーファが困惑しきった表情を向けてきた。いかにも華々しい登場に備えている様子で、歯を見せて笑いながらそそくさとダイニングを出ていく叔母の後ろ姿を、ロージーは呆然と見つめた。

「叔母さんてば、何を企んでるの？」モイラ叔母さんの突然の自信に満ちた態度に動揺し、悪魔のような妹はヒソヒソと囁いた。妹の本能に狂いはなかった。叔母のエネルギッシュな様子はただただ恐ろしかった。熱に浮かされているようで、この世のものとは思えないところがあった。

「見当もつかない」まだ値札もついたままの新品のレースのナプキンに触れながら、イーファが答えた。

「だけど、もう叔母さんの料理を美味しいと思ってるふりはしなくて良さそうね」

廊下から足音と一緒にフライパンの中で料理がジュージューいう音が聞こえてきた。わたしも妹たちも期待に身を乗りだした。まるで手品ショーで象がカーテンの後ろに消えて、ドラムロールと共に再び姿を現すのを待っているみたいだった。

見たこともないほど美味しそうな料理でいっぱいのフライパンをふたつ持って、ジムが現れた。こぶしの指関節は腫れて引っ掻き傷が残っていて、それを隠そうともしなかった。

「やあ、また会えたね、きみたち」彼は例の笑みを浮かべながら言ったけれど、その目はわたしの目をまっすぐ見つめていた。

ジムは常に一歩先んじていた。

誰にも気づかれることなく、その週早くモイラ叔母さんに電話をして泊めてほしいと頼んでいた。思いだす限り最大の皮肉な行為として、かつてハロルドが軋みをあげる古いベッドで叔母さんの人生を台無しにしたあの五号室のキーがジムに渡された。

「手のかからない、いいお客さんでしょう」スターに夢中の叔母さんはくすくす笑った。叔母さんはジムの作ったチキン・コルドン・ブルーをフォーク一杯に頬張る合間にわたしに向かってほほえみかけ、彼の腕を我が物顔にぎゅっと握りしめた。ジムは気にしていないようだったけれど、既にミゼンヘッドからケンメアまでの女性たちに夫の顔を忘れさせてしまったあの蛇のようなまなざしで叔母さんを捕らえて放さなかった。

「小さなB&Bには飽き飽きしてね」ジムはお返しにモイラ叔母さんの手を撫でさすりながら説明した。妹たちはわたしがどんな反応をしているのか必死に見ないようにしていた。「そうしたらきみたちの叔母さんが、家のことを手伝いさえすれば、ここにいていいって言ってくれたんだ。公平な取り引きだと思わないか？」

ええ、そうよね、とわたしは思った。どんなふうに手伝うつもりなのか、こっちはちゃんとわかってるのよ。

彼の目はワイングラス越しに合図を返しているように見えた。きみがわかってるってことは、こっちにもわかってるさ。それに、誰もきみを信じないことはお互いにわかっているはずだ。

こうしてわたしにとって苦痛に満ちた数週間が始まった。

同情はいらないし、泣きごとを言うつもりもない。それは前にも話したでしょう。だけど、野暮ったい叔母さんがマーズバーの影響を受けた肌を脱ぎ捨てて、ハロルドみたいな連中に盗まれた自信を取り戻すのを眺めているのがどんなに現実離れしていたかについては話しておかないと。ジムは相変わらずあのゴージャスなヴィンセントのエンジンをかけて疾走し、彼の物語にお金を払いそうな観衆を探しに行ったけど、毎晩叔母のもとに帰ってきていた。

ほどなく五号室は、ジムが叔母の新しい服と下着をするりと脱がしたことで、正式に洗礼を受けた。その後、彼のバックパックと寝袋は主寝室に移されたままになった。

一度ふたりの寝室の窓の外に立ったことを認めよう。わたしから巧みに引きだしたような声や音が聞こえないかと聞き耳を立てていたのだけれど、呟き声しか聞こえてこなかった。最初はなんだかわからなかったけど、壁に触れそうなほどに近づくとわかった。ふたりは興奮した猿のようなセックスをしているのではなかった。少なくとも、そのときは。ジムは遥かに魅惑的なことをしていた。

ジムは叔母に物語を聞かせていたのだ。

退屈そのものだった毎週金曜のディナーは見世物となり、モイラ叔母さんはますます露出の多い服を着て、大きくあいた胸元に母さんの上等なジュエリーをごてごて飾り立てて登場した。いまでは叔母さんはかつて羨望のまなざしを向けていたモデル並みに痩せてお尻がぺったんこになり、ジムはそれを自慢に思っているいいボーイフレンドみたいににこやかに笑ってみせた。

彼がステーキ肉を切り分けたり、絶品の蒸し鱒のアーモンド添えから骨を取りのぞくとき、わたしはいつもナイフの柄を握るその手を見つめては、トモとミセス・ホランドと若いサラ・マクダネルのことを思っていた。けれど、身の毛もよだつ新たな殺人のニュースがないまま月日が流れるにつれ、過去にジムが喚起した疑念は大半の人々の頭から悪い夢のように消し去られていった。わたしの頭を除いては。

「もう乗り越えなきゃ」ある晩、イーファの家のキッチンでお茶を飲んでいるときに、妹は言った。「わたしは乗り越えたよ。少なくとも姉さんは少しは楽しめたんだし」イーファはかつての勇ましい自分を演じようとしていたけれど、心の近くのどこかにはいまでも嫉妬のうずきが巣くっているのがわかった。あのゴージャスなサッカー選手は数週間前についにこの町を去り、美しいダウキーの町で待つ拒食症らしきお飾り妻の元へと帰っていった。

「そうだろうけど」わたしは妹がいらつくと短い髪を撫でつける癖があるのに気がついた。「だけど、やっぱり……どこかおかしいんじゃないかな……彼が叔母さんのところで暮らしはじめたのと同時に殺人がぱったりなくなるなんて」

「もう、ペリー・メイスンごっこはやめてくれない？」妖精のようなロージーの顔よりも少し険しいイーファの顔に、わずかに苦々しさが加わった。「あの中国人はきっと車に轢かれたんだろうし、サラは去年もこのあたりを徘徊してたアルメニアかウクライナのギャングにやられたんだろうし、ミセス・ホランドは眠ってるあいだに死んだんだよ、わかった？」

「わかったわ」とわたしは答えたけれど、本心ではないことは互いにわかっていた。

自慢できることじゃないけど、わたしはやがて毎週金曜の夜に叔母の家を探り回るようになった。

どんな口実でも使って二階にあがり、ジムの所持品をあさった。この頭の中にどんなことが渦巻いているのか彼にはお見通しだったから、簡単にはいかなかった。つまり、彼がキッチンで忙しく立ち働いていたり、叔母が彼の真珠のように白い歯を近所の崇拝者たちに見せつけるため通りに引っぱっていくたびに、わたしはトイレに行くという独創的な口実を使ったのだ。わたしはトモの専売特許だった静かに行動する術を身に着け、戸棚を開き、セーターを持ちあげ、ポケットのファスナーをあけて、なんの形跡も残さず元に戻した。ゲームみたいだけど、実際はまったく違う。ジムにそんな現場を押さえられたら、どうなるかは重々承知していたから。

初めのうちは、ほとんど収穫がなかった。

レストランのレシート、テレホンカード、女の子たちの電話番号とボールペンと一緒にまとめたチューインガムの包み紙。どれもわたしが既に知っている彼の正体——旅する女たらし——を示すものしか見つからなかった。
それでもわたしは粘った。一ヵ月近くのあいだ、目立たないよう息をひそめながら、毎日学校のちびモンスターたちを相手に骨折って働き、金曜の夜にはジムが作った見事な料理をおとなしく食べるということを、彼にそれ以上の疑いのまなざしを向けさせずにやってのけた。わたしは彼に警戒をゆるめさせたと確信した。そのまなざしはまた友好的なものになり、兄が妹を見る目つきのようでさえあったから。それからは、時には丸二分もかけて二階の隅々まで盗み見て、マットレスと絨毯をひっくり返し、わたしが心でわかっていることは真実なのだと今度こそ証明できる確かな証拠を探した。

思いやりに溢れたボーイフレンドというジムの演技の下に隠された手がかりを初めて手に入れたのは、ある晩わたしが二階の一室にいるのに気づかず、ジムが廊下を通りかかったときのことだった。そこにはキャンドルに挟まれた金縁の大きな鏡があった。彼は鏡の前で立ち止まり、そこに映る自分の顔を覗き込んだ。そして思い切り唇をめくりあげて歯を剥きだすと、切歯と数センチの赤い歯茎が見えた。ジムはまばたきもせずにただ立ち尽くし、黒い鉛筆で引いた線のように目を細くして、自分の歯に見とれていた。

わたしは息を詰めて七号室のドアのあいた細い隙間からその様子を覗いていたけれど、頭の中には以前ジムがアドリーゴールのパブで聴衆に問いかけたことばかりが駆け巡っていた。

彼は彼女を殺すのか、愛するのか？

ジムが愛にだけは賭けないことがわたしにはわかっていた。

観光客が町の通りをハンバーガーの包み紙とビール瓶と自分たちの存在で汚す以外には何も起きないまま、さらに数週間が過ぎた。

と、ある金曜の夜にジムと叔母が家の外でキスしているあいだに、わたしはそれを見つけた。
その夜は既に五号室と七号室と九号室は調べてあり、見つかったのは使用済みのコンドームひとつだけだった。主寝室にはジムの革ジャンが椅子にかかっているだけで、ジェームズ・ディーンが死から甦るのを待っているかのようだった。廊下に引き返しかけて、ふとライダースジャケットの背中の裏地に縫い込まれた隠しポケットに手をすべり込ませた。家に泊まった夜、彼はそこに煙草をしまっていた。階段の足音に耳を澄ましてみても、モイラ叔母さんが少女のようにくすくす笑う声が階下から聞こえてくるだけで、少なくともあと三十秒は猶予があるとわかった。

　ポケットのファスナーをあけ、内側に二本の指を差し込んだ。

　冷たい金属の感触があった。取りだしたジャラジャラと音を立てる金色の物は、死んだ女が最後のひと息を吸い込んだ夜に身に着けていたものだった――

　サラ・マクダネルの消えたピアス。

　叔母の新しい彼氏であり、わたしの妄想の対象でもある男は冷酷な殺人鬼だとはっきり実感するまで、両手でピアスを持っていた。一瞬、ゴールドのフープピアスを自分のポケットにすべり込ませようかと思ったけれど、なくなったことをきっとジムに気づかれてしまう。だからできるだけ音を立てないようにして、ピアスを元の場所に戻し、階段を降りると、その場にふさわしい笑顔を作ってみせた。ロイシンだけがわたしの虚ろな表情を読み取り、何か忌むべきことが秘められているのに気づいていた。

　あとで妹たちがコーヒーを淹れるのを手伝っているときに、わたしはとうとうジムとふたりきりになった。

　わたしが彼に背中を向けて立ち、受け皿にスプーンを置きながらあくまで普通にふるまおうとしていると、首筋に息がかかるのを感じた。正直に認めるしかない。わたしは恐怖とも興奮ともつかない感覚を味わっていた。これだけのことを知りながらも、わたしはあの夜に床の上で起きたことを頭から閉めだせずにいたから。

「自分が恩知らずだって自覚はあるのか？」ジムは決して声を荒らげず、わざわざ脅すような口調にもせずに言った。「おれたちはいい商売をしてたんだよ、おれとトモのやつは。それがどうだ、きみはくそ忌々しい山の上までつけてきて、おれたちがしていることを見ちまった。きみをフランクステーキみたいに切り刻んでやりたいと思ったからって、あいつを責められるか？　まったく、何を考えてるんだ？」

「トモがサラ・マクダネルを殺した」わたしは言った。

「間違いなく息の根を止めた。でも戦利品を取っておいたのはあなた」

ジムはあの狼のような歯を見せてわたしの肩ごしに身を乗りだし、自分の頭の中に流れる黒い音楽だけに耳を傾けていた。「そしておれはきみの輝く瞳のためにトモを殺したんだよ、わかってるのか？　あいつはきみとふたりの妹を殺して、どこかの溝にでも捨てるつもりだった。それ以外のやり方には納得しなかった。おれはトモの顔をハンマーで殴った。なぜかはわからない。おれもヤワになってきているのかもしれないな。あるいは、スカートを脱いだきみがそこらの女よりわずかに勝っていたからか」

温かみの増した笑みが広がり、声は蜜のようにこぼれた。

「だがこれだけは約束しておく。おれはきみのモイラ叔母さんのスカートの陰に隠れて、警察の目を欺くのに満足してるんだ。だからもう一度でも仲良しのブロナーに話したりしてこそこそ画策しようもんなら、三姉妹の誰かひとりは朝日を拝めなくなるぞ」ジムはまるで友だちが励ましているかのように、わたしの首を撫でた。「肩の力を抜けよ。みんなでたっぷり楽しめばいいだろ」

死ぬまで首を絞められながらミセス・ホランドはど

れだけ楽しんだのかと彼に訊こうとしたけれど、ちょうどそのとき挑発的なミニワンピースを着たモイラ叔母さんがキッチンに空の皿を運んできた。

「おふたりさん、何を企んでるの？」叔母さんは冗談めかして尋ねたものの、自分を選ぶ直前にジムのペニスがどこにあったかをいまも忘れていないあのレーダーのような目でわたしを探り見ていた。

「ちょっとした破壊行為だよ、ダーリン」ジムはそう答えてゆっくりとふり返り、叔母の首筋にキスをした。離れて立っているわたしにも、叔母が喜びに震えたのが感じ取れた。「あと、どうすれば他の男たちをきみに近づけずにおけるかってことをね」

それはあまりに露骨で明らかに嘘っぽい答えだったから、モイラ叔母さんも調子の良い声とのんきな笑みの下に隠されたものを見抜いたはずだった。けれど叔母さんは彼の腕に包まれているだけで、わたしはキッチンからトレイを運んでいってデザートを用意した。目の前に証拠を突きつけられていてさえも、叔母さんは信じる心を失わなかった。

ジムの脅しについて、わたしは気にしていなかった。神よお許しください、そのせいで最も邪悪なすべての悪魔たちの憤怒を、わたしが命がけで守ろうとしているふたりのうちひとりの元に招いてしまった。二日間にわたって、わたしはその場で逮捕されることなく、またジムに疑念を抱かせずに、どうやって彼のことをブロナーに話したものかと考えていた。

けれど、ジムは警戒を緩めるどころではなかった。彼は常に一歩先んじていると言ったでしょう。だからわたしたち三姉妹が叔母さんから電話を受けて、なんでもない日曜の午後にお茶に誘われたとき、それは来週のメニューを相談するためじゃないとわかっていた。

モイラ叔母さんは最新の挑発ファッション――革ベルト付きの黒いワンピース――に身を包み、修道女に十字を切らせそうなハイヒールを履いていた。

その指では、ダイヤモンドが瞳よりも強い輝きを放っていた。

「あなたたち三人に真っ先に知らせておきたかったの」ここだけの重大発表だというように、叔母は声を落として言った。「ジムに結婚を申し込まれたわ。セイクリッド・ハート教会で、二週間後に式を挙げるの」モイラ叔母さんはわたしを見て、唇をすぼめた。「彼は特にあなたには列席して欲しいそうよ、フィオナ」

ええそうでしょうよ、くそったれ、とわたしは思い、どう答えたものかわからずにいた。

「喜んで出席するわ」かすれ声をどうにか絞りだし、赤ワインをがぶりと飲んだ。叔母さんはほほえんでお礼を言うと、気前の良いチップを残して踊るようにドアを出ていった。その後わたしと妹たちは〈マクソリーズ・バー〉に行き、スタウトで汚れたジョッキをいくつもあけて、どういうことなのか理解しようとした。ジムが同量の魅力と嫉妬と純然たる打算から首吊り輪を編んで、わたしを欲望のうちに絞め殺そうとしているような感じがした。なのにわたしときたら、どうやってブロナーにピアスのことを話せばいいのか、まだわからずにいた。イーファのあの醜いショットガンに弾を二発込めて、この手でカタをつけてしまおうかという気にもなっていた。

ある朝、アイルランド史基礎の授業中に、フィンバーがひとりで事を進めようと乗り込んできた。

「彼女はどこにいる？」廊下から彼のわめき声が聞こえ、あのメアリー・キャサリンさえもがぎょっとした顔になった。「その手を離せ！　彼女に話があるんだ。フィオナ！　ぼくから隠れられると思うなよ！」

ドアが大きな音を立てて開き、想像したこともない姿の元カレが現れた。

着たまま眠ったようなシャツにすり切れたネクタイという恰好で、フィンバーは高価なウイスキーのにおいをまき散らしながらふらふらと教室に入ってきた。メアリー・キャサリンただひとりだけが、無慈悲な内戦を通して勝ち取ったわたしの目の前の席に居残っていて、他の生徒たちはみんな教室の後ろの壁に縮こまっていた。

「よくもこんなひどいことができるな」フィンバーは言った。

「いったいなんのことだかさっぱり――」

「あんな風にあの男を自分の叔母さんの家に住まわせるなんて。あの流れ者の男娼のことだよ。なのにきみはいたって落ち着いて、いまでもやつと同じテーブルについて夕食を取っているんだよな？　みんながぼくについてどんなことをヒソヒソ囁き合っているのか、きみにわかるか？」最後のほうは言葉に詰まり、すすり泣きに変わっていた。

「あなたにはなんの関係もないことだわ」わたしは言った。「さあ、お願いだから出ていって。子どもたちが怖がっているじゃない」

「あたしは怖がってません」そうしなければフィンバーに取られるとでもいうかのように、両手で机を押さえながら、メアリー・キャサリンが言った。その顔は怒りでできたふてぶてしい小さなロールパンのようだった。

「口を閉じなさい、メアリー・キャサリン」わたしはぴしゃりと言い、やっと口にだせたことに満足していた。そのためにフィンバーから目を離した次の瞬間、こぶしで目元を殴られていた。わたしは衝撃で吹き飛ばされて、ひっくり返った机と悲鳴をあげる生徒たちのあいだに倒れ込んだ。

ブロナーが他の青ネズミと共にやって来た頃には、悲惨な有様になっていた。わたしの頬は腫れあがり、デイヴィッドは泣いていて、学校中が大騒ぎになっていた。

「告訴を起こす気は？」わたしが思いだせる限り初めてブロナーは同情を示して尋ねた。不機嫌な巡査部長がフィンバーの腕を摑み、なにやら嬉しくないことを彼の耳に囁いているのが見えた。フィンバーはすすり泣きながらくり返しうなずき、イタリア製の靴に大きな水っ洟を垂らした。

「ううん、訴えるつもりはないわ」ひどい後ろめたさを覚えながら答えた。

ブロナーはその決断に満足しているようだった。メモ帳をしまい、またもや例のアメリカの警察ドラマ風に、大丈夫だというようにぽんぽんと肩を叩いてみせた。最近になって好意を取り戻せたと思っていたゲートリー校長は、その日はもう帰らせてくれた。その顔に浮かんだ険しい笑みを見れば、また一から信頼を回復し直さねばならないとわかった。わたしはふしだらな女で、静かな学校をめちゃくちゃにしてしまったのだから。

午後いっぱい、死んだように眠った。イーファとロイシンはふたりで夕食に来ることになっていたけれど、時間どおりに現れたのはゴスの妹だけで、安い赤ワインのボトルを邪悪な孤児院から誘拐してきた赤ん坊のように抱えてやって来た。わたしが料理をするあいだ、ふたりで赤ワインを飲んで、煙草を半箱吸った。けれど九時になってもイーファは現れず、携帯にも出なかった。

「ここに来る前にあの子の車を見たけど」ロージーが言った。「一日中、家の前に駐めてあったみたい。お客はひとりも乗せてないはず」

「これから来るわよ」ソースを味わおうとしながら言ったものの、マグマのように恐怖が湧きあがってくるのを感じていた。「新しい男を見つけただけかも」

「かもね」ロージーは悲しそうな顔をしていた。「あたしもエヴィーに会いたい」と口をとがらせてつけ加えた。「来週には来ることになってるけど」

十二時を過ぎると、さすがにロージーも心配しはじめた。ロージーはひと晩中メールを送っていたけれど、イーファからの返信はなかった。いい男をつかまえたときでも、こんなことは一度もなかった。だから夏空の下でさえずるヒバリの声を聞きながら、わたしたちはこれまでにない速さで自転車のペダルを漕いだ。お互いに口にするのはためらわれるいやな予感を覚えていた。ジムの警告は黒いダイヤモンドのようにお腹の底にしまってあったけれど、考えれば考えるほどダイヤモンドは大きくなり、恐ろしいほどの重さになっていった。

バタン——バタン！

あけっぱなしのドアが風に揺れているのを目にするずっと前から、その音には気づいていた。

「イーファ？」呼びかけても返事はなかった。ロージーを見ると、ここ数年で初めて何をすべきかわからずにいるようだった。家の中は暗く、ヒッピー風のドライフラワーを壁に飾った玄関口にひと気はなかった。タイルの床の上で数枚の木の葉が踊り、風に吹かれてくるくる回っていた。わたしとロージーはのろのろと中に入ったが、聞こえてくるのは自分たちの思考の声だけだった。

「イーファ、いるの？」ロージーが囁き、自分の声に脅えているのがわかった。

リビングに入ると、明かりのスイッチを手探りしてようやく点けた。

すると、何が起きたのかがはっきりわかった。

座り心地の良いソファはふたつとも畜牛のように切り刻まれて、ずたずたの裂け目から綿の塊がはみだしていた。そこらじゅうにガラスの破片と一緒に、イーファのお気に入りの本がびりびりに破られて散らばっていた。ドアのそばで白ワインの水たまりが渦を巻いていて、こぼれてまだ間もないことを示していた。

わたしもロージーもショックのあまり、その場にいるのが自分たちだけじゃないことにすぐには気づかなかった。

リビングの片隅にうずくまり、毛布にくるまって自分の体を抱いている姿があった。一気に年を取ったようで、その目は生気を失い、心の中の何か恐ろしいものを見つめていた。その喉からは何ひとつ発せられていなかった。

「イーファ！」ロージーは叫び、飛んでいって双子の片割れを抱きしめた。わたしたちはそっと毛布を剝がし、イーファの受けた暴行の跡を見た。腕と胸は赤いみみず腫れで埋めつくされ、水玉模様のワンピースはボロボロに引き裂かれていた。妹は名前を呼ばれても反応しなかった。何時間ものあいだ、わたしたちはただじっとそこに座り、白人の騎兵隊による陰惨な襲撃を忘れようとしている居留地のアメリカインディアンみたいに身を寄せ合い、姉妹の心臓の鼓動に耳を傾けていた。

夜が明けると、イーファはわたしのほうに顔を向けて言った。「あの男は姉さんが悪いんだって言ってた」その声はすべての感情を取りのぞくフィルターにかけられていた。

ジムのしわざだった。そうに決まっていた。

わたしがお茶を淹れてイーファにほんのひと口でも飲ませようとしているとき、妹はジムが打ち明けなければならない秘密があるというふりをしてやって来たことを話した。ところが家に入ってドアを閉めた途端、彼はイーファを叩きのめし、服を破り、何時間にもわたって犯した。

「いますぐわたしを殺さないただひとつの理由は、彼が夕食に帰ってくるのをモイラ叔母さんが待っているからだって」イーファは墓場から聞こえてくるような声で言った。「だけど必ずまた戻ってくるって言った」

わたしたち三人は人殺しになったと前に話したけど、誓いを立てたのはその早朝だった。わたしの腕の中でようやくイーファが眠りに落ちると、ロイシンがキッチンでいちばん鋭いナイフを選び取って鞄にしまうのが見えた。

「あのくそ野郎をやっつけるときが来たようね」本気なのは疑いようのない口調でロイシンは言った。

ちょっと待って。

階下で愛しい叔母がまた騒いでいるのが聞こえてきた。あなたがこの日記を初めに手に取ったとき、一緒に過ごせる時間がどれだけあるかわからないと話したのを覚えている？　これで時間切れみたい。だから、もしもここまで読んでくれていたら、わたしたちのために祈りを捧げて、わたしとロージーの日記がなんとかしてこの家の外に出られるよう願っていて。わたしの日記は郵便局にたどり着くかもしれないし、ロージーの日記はあの老いた悪魔、懐かしいマロイ神父がその上に花束を投げられるところに送り届けられるだろう。ロージーを傷つけさせずに済むぐらいはモイラ叔母さんを食い止められるかもしれないけど、あまり自信はない。叔母さんはこっちに抵抗する間も与えずふたりとも仕留めてしまうかもしれない。わたしが求めているのは、叔母さんを刺し貫くひとつのチャンスだけ。もうわたしがピラミッドを見ることはないだろうから、あなたにその機会があれば、わたしのために写真を撮ってきてね。

さあ、叔母さんがやって来る。大丈夫よ、ロージー、落ち着いて。泣かないで。待っていて。姉さんができる限りあなたを守るから。

そして親愛なる見知らぬ読者のあなた、わたしが話したことを忘れないで。罪は犯したけれど、妹たちとわたしに情けをかけてほしい。ページをめくってくれて感謝します。これまで読んできたことは、良いことも悪いこともすべて真実です。

わたしを忘れないで。

わたしたちを忘れないで。

もしも聖人の列に加えられた叔母の墓のそばを通りかかることがあれば、どうぞ遠慮なく唾を吐きかけてやって。

第二部　狼の足跡

4

ナイルはしばらくのあいだ〝墓〟という単語の上に指先を置いたまま、飲むのをやめられなくなる珍しい黒ワインに酔ったような感覚を味わっていた。

耳の中で血がどくどくいうのが感じられ、フィオナの物語のどの場面を光にかざしてさらに詳しく調べてみるべきかわからなかった。フィオナとジムの初めての出会い？　いや、あれはじゅうぶん信憑性があった。じゃあ、彼女の人生を変えてしまったつかの間の情事？　自分が来る日も来る日も郵便物を仕分けていた場所から四分の一マイルと離れていないところで、フィオナと妹が叔母と共に遂げた非業の死について改めて調べるべきだろうか？　選べるはずがなかった。現実と空想が入り乱れる怒りに満ちた絵がばらばらに頭の中を駆け巡り、それらの絵の中では狼と黒い皮革をまとった男たちが岩だらけの丘陵や入ったら出られない森の中で女性たちを追いかけていた。最後のページに触れるとジムの姿が見えるようで、半透明の薄紙の向こうに手を伸ばして無精髭の生えた頰に触れ、彼がフィオナの空想の産物ではないと確かめられそうなほどだった。最後の最後までフィオナの筆跡が恐怖に震えることも崩れることもなかったのでナイルは感心した。最後のピリオドまで殺し屋の銃口さながらに揺るぎなかった。まるで幕をおろすように、文字の下に太い線が引かれていた。しかし、マロイ神父が〝その上に花束を投げられる〟とはどういう意味だろう？

何よりも、ナイルはフィオナと一緒に座ってただ話をしてみたかった。こんな女性には出会ったことがなかった。自分の過ちや弱さを認めながらも、まるでいまだ発見されていない稀少なクロム鋼でできたような気骨を持つと明らかにしてみせた女性には。ぼくたちは友だちになれただろうか？　ナイルは思った。手が届く距離に座りたいと思ったたいていの女の子たちと同じで、きっと彼女もぼくの存在にすら気づかなかっただろう。ナイルは少し前にストランド通りの「殺人館」と呼ばれている家の前を通っていて、フィオナが例のシャベルを振りおろした正確な場所を知っていた。彼女はそれでモイラの頭を切り落とすことはできなかったものの、墓石を用意してやることはできた。ナイルはフィオナの墓を参って、必ずピラミッドを見に行くよとセンチメンタルな約束をするつもりはなかった。そんなことをすれば、フィオナは呆れた顔をしてみせて、死者のために時間を無駄にするなんて大ばかだと言っただろうから。

だったら、何をすればいい？

日記が思考の液体で満ちていて手荒に扱えば漏れ出てしまいかねないというように、ナイルは今度は慎重に両手の中の日記をためつすがめつした。警察に行くべきだろうか？　警察本部で巡査部長か誰かに、日記帳を違法に手に入れて家に持ち帰った経緯について話すのか？　作り笑いを浮かべて善きサマリア人みたいに逃れようとするうちに、顔のぶくぶく太ったあの田舎者がソーセージのような指でキーボードを叩き、マーティンとサラのひとり息子であるナイル・フランシス・クリアリーは暴行で起訴されそうになったことがあるのを発見するというわけか？

十五歳のとき、イカれたラリーと忠実な手下である裏切り者のチャーリーに学校の石壁に追いつめられ、杖を使っているからという理由で母親をくそ障害者呼ばわりされて石を投げつけられて、やり返したことの何が悪い？　ひとえにナイルの父親がその後何年にもわたって無料の配管工事と生活必需品と無言の謝罪を提供したことによって、チャーリーとラリーの両親が訴えを取りさげたからって、それがどうした？　家ではその件を決して話題にしなかった。けれど、母親がナイルのために夕食を作って味はどうかと尋ねるとき、その声には感謝の気持ちが込められていた。

そうさ。警察はちゃんと話を聞いてくれるはずさ、そうだろう？　くそくらえ。

しかし、もしも老マロイ神父がいまもそこにいるとすれば、ロイシンとイーファの身に起きたことの残りはキャッスルタウンベアのセイクリッド・ハート教会のどこかに横たわっている。ナイルは目を閉じて、モイラの殺人館の地下室から逃げおおせたのは誰なのか思い描こうとした。イーファだろうか？　だとしたら、なぜ彼女は発見されなかった？　パーティーにやって来てすばやく帰った勇敢なエヴィーという可能性はあるだろうか？　あるいは、哀れなフィンバーがついに泣くのをやめて救出を試みたのに失敗したのかも？

上司にへいこらするのをやめて警察の仕事にまともに取り組みはじめていない限り、町の懐疑論者でおべっか使いのブロナーだったということはあり得ないだろう。ナイルは机から幅の太い輪ゴムを選び取ると、フィオナの日記帳を留めてからバックパックにしまった。いつもより勇気が必要になったときに正しい方向を指し示してもらうため、偶然手に入れたこの死者の日記を手元に置いておくつもりだった。

これはナイルが自分の力で解き明かさねばならない謎なのだ。

ジリリリリン！

威張りくさった声を耳にするより早く、せわしなく息を吸い込む音から相手がミスター・ライチョードハリーだとわかった。

「十時半だぞ、クリアリーくん」日記を開いて最初のページを読みはじめてから、ナイルがその存在をすっかり忘れていた、アイルランドで最も年配の郵便局員は言った。「きみが手の施しようのない大病を患っているか、ゆうべきみの家に卑劣な悪漢が押し入って家中の時計という時計を盗んでいったか、そのどちらかだと考えればいいのかね？　きみは八時にここに来るはずだったのだからな。クリアリーくん、頼むから教えていただけないものかね」

しまった！　塩で覆われた窓の外に目をやると、バリムンをヤッピー天国へと変えようとしている建築現場のクレーンの上に太陽が既に高くのぼっていた。オスカーがナイルをギロリとにらみ、迫り来る屈辱を目撃するのを避けてキッチンへと駆け込んでいった。誰がボスだか忘れさせせないため、退場の途中でオレンジエード色のしっぽでナイルをピシャリとひと打ちした。

「本当に申し訳ありません、ライチョードハリーさ――」

「つまり、きみは肺やそれ以外の命にかかわる重要な臓器を失ったわけではないということだな？　それにまさにいま、侵入者がきみを人質に取って仕事に行かせないというわけでもないと？」

「本を読んでいたんです」ナイルは答え、黒い布地を再び指先でなぞった。天の双方向短波を通じてフィオナに話しかけているふりをして、小ナポレオンの言葉を耳から閉めだそうとした。

「幼稚な絵を描くというきみの趣味が大いに進歩したのは間違いないが、クリアリーくん、私はマラハイド郵便局の代表として、きみを解雇するしかないようだ。不当だとか厳しすぎる処分だとは思わないでくれるだろうね？」三度の警告のあとで、ついに鉄槌をくだすしかなくなったことに傷ついているような声だった。ミスター・ライチョードハリーを良き指導者と呼ぶのは陳腐に聞こえるだろう。けれど、この年配者は自分の部下に対して――がっかりさせられてばかりの部下に対しても――生まれながらの将校としての気遣いを見せていた。

ナイルにはライチョードハリーの立派な鼻が二年分の失望を吐きだす音が聞こえた。「どうぞご心配なく、ライチョードハリーさん。当然の結果です。ぼくの努力が足りませんでした」

「五営業日以内に最後の給与を受け取れるよう手配しておこう」その声には父親のような温かささえあった。「きみの幸運を祈っているよ、クリアリーくん。推薦状が必要なら遠慮なく取りにきなさい」わずかな間があったあと、規律にやかましい上司はつけ加えた。「個人的な意見を言わせてもらってもいいかね？　もちろん聞きたくなければ断ってもかまわんが」

「ぜひ聞かせてください」ナイルは自分用に買ってあったレモンクリームクッキーの袋をオスカーが引き裂くのを眺めながら答えた。緑色の目がちらりとナイルに向けられ、干渉するなと伝えてきた。

「私のかつての恩師は、あらゆる種類の絵画や肖像に魅了されていた」ライチョードハリーは語りはじめた。「ベンガル槍騎兵隊の炎の守り人は人生の盛りを過ごした時代へとさかのぼり、その声は遠い昔から聞こえてくるようだった。「彼は妻子への関心を失いはじめた。ある日、市場の立つ広場で彼はヴィシュヌ神を描いた一枚の絵を目にした。果てしない海で身を休めているヴィシュヌ神の肌から数々の世界が流れだし、宇宙を形成している絵だ。しかし、恩師にはその絵を買う金がなかった。そこで代わりに紙と色インクを買い、日がな一日その前に腰を据えて、壮大な絵の細部まで写し取ろうとした。雨が降る日もあり、厳しい日照りもあった。彼は咳き込みはじめたが、それでも絵を描き続けた。妻子が家に帰ってきてくれと懇願しても決して聞き入れようとはしなかった」ライチョードハリーはそこでひとつ咳払いをして、結末がすぐそこに迫っていると合図した。「そう、恩師はある晩、肺炎と極度の疲労によって道ばたで亡くなったのだ。家族は貧しさの中に取り残された。子どもたちが路頭に迷わずに済んだのは、ひとえに神の恵みによるものだ。私がきみに何を伝えようとしているかわかるかね？」

ナイルは仕事を怠けていたことへの罪悪感に怒りがチクチクと穴をあけていくのを感じていたが、余計なことは言うまいとした。「正直言って、さっぱりです」

囲いの中でいちばん鈍い豚の前に真珠を撒いてしまったかのように、なりきり将校はため息をついた。「命なき絵を生き甲斐にするなということだよ、クリアリーくん」ライチョードハリーは失望した母親のように舌打ちして言った。「さもないと引きずり込まれて、生きたまま葬られてしまうぞ」

ライチョードハリーは電話を切った。ナイルには年配の郵便局員の言うとおりだとわかっていた。頭の中にはもう、背中が灰色の一頭の狼を三人の女たちが取り囲み、ナイフを地面に低く構えて攻撃のタイミングをうかがっている様子が浮かんでいた。いつかその場面を描かなければならない。さもないと、頭の中が絵でいっぱいになって、頭痛を起こしてしまうだろう。

ナイルは手早くバックパックにTシャツを詰め、オスカーを腕の中にさっとすくいあげると、廊下を挟んだ向かいの部屋に住む生物学専攻の学生ふたりにしばらく猫を預かってほしいと頼んだ。ジェニファーとアレックスがほほえんでドアを閉めたとき、最後にちらりとあの批判的な猫の目が見えた。その目はまるで、これからどこに行くにしろ、そう簡単には運ばないことを願っているよ、とでも言いたげに見えた。

列車が西へと向かうにつれて、狼は生き生きしはじめていた。

ナイルはヒューストン駅で早朝発のインターシティに乗り込み、窓際の席に陣取っていた。車内はガラガラで、旅の仲間は誰かが置き忘れていったスーツケースと、ヘッドホンをして眠りこけているティーンエイジャーの女の子だけだった。ナイルはサンドイッチをもそもそ齧り、窓の外を眺めながら、百ユーロ足らずの乏しい軍資金がどれだけもつだろうかと考えた。

郊外のコンクリートの家並みが荒れ果てた石壁と雨に濡れた野原に変わっていくと、ナイルはスケッチブックを取りだして、これという考えもなしに、まばたきひとつせずに警戒している恐ろしい目を描きはじめた。女の子も電車の揺れも消え、ミスター・ライチョードハリーが予期したとおり、ナイルは白い紙に吸い込まれていった。ほどなく目の周りに硬い毛、飢えた細い顔、黒い鼻の下に見え隠れする歯が現れた。

緑と白の列車の乗客を歓迎するアナウンスも、次の駅はサーリス、終点はコークシティという案内も、ナイルの耳には届かなかった。狼の周囲にはゆっくりと濃密な森が生い茂りつつあり、身をかがめて紙に耳をつければ、不吉な獣の存在を警告する木々の囁きが聞こえそうなほどだった。立派な壁の中央に真っ黒な門のある城を描いている途中で再び狼に目をやった。四肢はずいぶん良くなっていたけれど、まだ何かが違っていた。狼の体には生まれつきの何かがあり、ナイルはそれを捉えられずにいた。もしかしたら本質的な危険を写し取る秘訣は、体型を模写することではなく、捕食者の鼓動と生まれつき備わった反射能力、遺伝的に受け継がれてきた捕獲への恐れを感じ取ろうとすることかもしれないと気づいた。ナイルは椅子の背にもたれ、ため息をついて鉛筆を置いた。わずかに危険な感じが増してはいたものの、狼はやっぱり犬みたいに見えた。女の子が目を覚まし、冷たい目でギロリとにらむと、ナイルに背を向けるようにしてまた眠りの中に戻っていった。お茶の販売ワゴンが通り過ぎるあいだ、ナイルは絵をたたんで紙ばさみに戻した。危険や、邪悪な存在や、フィオナが語っていたさまざまな奇妙な出来事のどれひとつとして自分は知らないのだと認めないわけにはいかなかった。いざ始めたこの旅を無事に切り抜けるつもりなら、ほんの少しだけでもライチョードハリーの警告を気に留めておく必要があるだろう。

スピーカーから諭すような権威ある声がまた流れてきた。

「おはようございます。アイルランド鉄道《イルンロード・エールン》をご利用いただきありがとうございます。次の停車駅はリムリック・ジャンクション。リムリック、エニス、トラリーへはこちらでお乗り換えください。この列車はコーク行きです」

ナイルはサンドイッチの残りをたいらげて、また窓の外を眺めた。引っ掻き傷のあるガラスの向こうには、濃紺の並木に向かって傾斜した野原が広がっている。それより先は見えなかった。

けれど、フィオナの日記を手に取って衝動的にその物語の守護者になってから初めて、ナイルは不安を感じていた。


ナイルが目的地の近くまで乗せていってもらえることになった頃には、もう暗くなりかけていた。どのみちコークからはるばるキャッスルタウンベアまで走るバスは夜の六時まで来なかったので、駅のそばで何時間も凍える雨の中に立ちながら、果たしてここまでする価値があるのだろうかと考えていた。ケント駅を町に繋ぎとめている鉄柵の下に広がるコークシティは、世界中のどこにあってもおかしくない均一のコンクリートブロックでできた広大な灰色の絨毯に見えた。

タクシー運転手たちは土砂降りのために店じまいをして、パブへの道を歩いて往復しながら、見るからに金を使い果たした貧乏旅行者のナイルをにらみつけてきた。ナイルは適当に手を振ってみせ、ジムもこの同じ景色の中を放浪しながら、やっぱりこんな風に疎外感を味わったのだろうかと思った。いや、きっとそんなことはなかったのだろう。ジムなら今頃はもう、うまいことを言って誰かの乾いた暖かいベッドにもぐり込んでいたはずだ。

バイクに乗った若者が路肩に寄せて、ブレーキライトを二度光らせてふり向いた。

「どこに行くの?」

「できるだけキャッスルタウンベアの近くまで」ナイルは返事をしながら、このままここにとどまりたいのではないかと告げる奇妙な音楽が耳の中のどこかで流れているのに気づいた。けれどスニーカーは縫い目の部分が裂けてきていたし、この五時間というものナイルのために停まってくれる相手はひとりもいなかった。

ヘルメットのスモークシールド越しにちらりと歯を見せて、ハンドルを握る男はうなずいて言った。「じゃあ乗りなよ、根を生やしたいっていうんじゃなければさ」

ナイルはライダーの後ろにまたがってその腰につかまったことをすぐに後悔した。黒いバイクはお行儀良く並んだピンクと緑の家々の窓ガラスを揺らすほどの轟音を立てて、丘を跳ねるように疾走した。ほどなくナイルの胃と背骨はぴたりとくっついた。

ナイルは目の中に雨粒を受けながら、そのほっそりした体型から察するに自分よりも若そうな男の革ジャン越しに覗いてみたけれど、かろうじてよけている迫り来る木々のぼんやりとした輪郭の他は何も見えなかった。トルクの大きさに腰を摑む指が次第にほどけはじめ、頼むからスピードを落としてくれとわめいた。しかしわざとなのか聞こえなかっただけなのか、骨張った腰をした男はますますスロットルをひねるばかりだった。

「ベアラ半島なんかにいったいなんの用?」男は尋ね、舗装されていない路肩のほうへと左に大きくバイクを傾け、道路のど真ん中をまっすぐ向かってくる配達トラックをよけた。「まあ、どうせ酒を飲んでヨーロッパ女たちを追いかけ回すぐらいしかすることもないけど。あんた、作家か何か？　それとも自然の中をバカみたいに歩くのが趣味とか？」

「郵便局員だよ」ナイルはカスタネットみたいに歯をカチカチいわせながら叫び返した。

「いいね！」ライダーは笑い声をあげ、バイクをまっすぐ立て直して急な坂道をくだりはじめた。海岸通りのすぐ先には泡立つ海が見えていた。「こんな天気の中でもちゃんと郵便物を配達しようなんていう公務員には、もうお目にかかれないよ。立派だとしか言いようがないね」雨は弱まって霧へと変わり、環状交差点で方向を間違えた雲のように細いアスファルトの道路に吹きつけていた。陽気なスピード狂は他にも何か言おうとしていたが、エンジン音にかき消された。男は悲鳴をあげているエンジンをなだめすかしてさらにぐんと加速させ、忍耐強い岩さえもナイルが生きようと死のうと気にしない領地の奥深くへと彼を運んでいった。

一時間近く走りつづけて、バイクはようやく停まった。ナイルは何度かシートから泥だらけのどぶへと飛びおりようかと思ったけれど、自殺行為だと思いとどまった。西へと向かうにつれて、道路が握りこぶしのように曲がったり伸びたりをくり返しはじめると、ナイルはライダーの背中に吐きそうになった。風雨にさらされた標識がバントリーに近いことを告げ、ナイルは男が今度こそアクセルをゆるめてくれることを願いながら背中を叩いた。驚いたことに耳を聾する音は弱まり、分岐点の手前の砂利道でバイクは急に停まった。ナイルはふらふらとバイクを降り、感謝を伝えるため手を差しだしながらほほえもうとした。濡れた松の枝が強風に吹かれたほうきみたいに擦れ合って音を立てていた。

ライダーはヘルメットのバイザーをあげてウインクしてみせた。

いまではナイルにも、自分たちの命を何度も危険にさらしてきたライダーが、せいぜい十八歳の女の子だとわかった。

「本当にありがとう」ナイルは言った。「でもここから先は歩いていくよ」

「どういたしまして」彼女はナイルの胃の弱さを判定するように苦笑いした。「たいていの連中よりは長く持ったほうだよ。忠告しておくから、忘れないで——この道では、ヘッドライトが近づいてくるのが見えるまで待つんじゃなく、エンジン音が聞こえたらすぐに飛びのくこと。じゃないと、気づく間もなく轢かれてるはず。そうなったら一巻の終わりでしょ？」

「わかった、ありがとう」

彼女は首をかしげて目の前のみすぼらしい相手をまじまじと眺めた。もつれた長髪とすり切れたジーンズは、郵便局員の規定の服装にはとうてい見えない。

「ところで、ベアラ半島になんの用があるんだか、教えてもらったっけ？」

「教えてないよ」ナイルは答えた。道路のカーブに立ってひどく心細さを覚えながら、どれだけの人間が自分より前にあのバイクを飛びおりて運を天に任せたのだろうかと考えていた。「人を探してるんだ」

「じゃあ早く見つけなよ」ライダーはヘルメットのバイザーを乱暴な手つきでおろすと、アクセルをひねった。さらに何かを警告したが、プラスチックのバイザーの後ろからくぐもって聞こえ、バイクがUターンをしてうなりをあげて低く垂れ込めているできたばかりの雲の中へと丘をのぼっていくのに紛れて消えた。

ナイルはしばらくのあいだ路肩に立ち尽くし、遠ざかっていくエンジンの音に耳を傾けていた。あとには道路標識を打つ雨音だけが残った。この先の道のりはまだ三十マイル以上あった。片方のテニスシューズがぱっくり口をあけ、黒いソックスが好奇心の強いサラマンダーみたいに覗いていた。岩場の彼方からもうひとつこだまが響いてきた。見知らぬライダーがギアをさらにあげたのだ。そして音は聞こえなくなった。

「お告げなんか信じないぞ」ナイルは自分も周りの木々も納得させようとしてそう言ったけれど、自分の言葉を少しも信じていなかった。

5

泥水を跳ね散らしながらようやくキャッスルタウンベアに着いたとき、ナイルを見つめているのはフィオナの日記に書かれていたＩＲＡのモニュメントだけだった。ひと目見てすぐそれに気づき、自分が町の中心部にいるのがわかった。

ひと気のない広場を見回した。空は白みはじめていたが、歓迎されている気分には到底なれなかった。弱い日射しがあらゆる建造物のてっぺんをかすめているのを見ると、ウォルシュ姉妹の死に隠された真実を探す無鉄砲な冒険はますます望みのないものに思われた。石の十字架の中央でにこりともせずスマートなオーバーコートの上に弾薬帯をかけた兵士は、いかめしい顔を左に向けて、英軍から奪い取った英軍リー・エンフィールド銃を抱えて、それを使えという指示がくだるのを待っていた。兵士は花崗岩でできた目でナイルの目を覗き込み、どんな歓迎の言葉も囁いてはくれなかった。

奥にある〈ロブスター・バー〉と〈スピンネーカー・カフェ〉はどちらもシャッターが閉められていた。白く薄っぺらい石膏ボードでできたみすぼらしいクレープスタンドは風に吹き飛ばされて、いまは駐車してある車に目の見えない犬みたいにぶつかっていた。オハンロンとマクソリーのパブは日よけがおろされていたけれど、分厚い壁を通してかすかな声が運ばれてきていて、中に入って確かめてみろと挑発してきた。ナイルは自分を見おろし、心を決めた。構うもんか。ぼくは一杯飲みたいんだ。腹が減ってるだけなんだ。どこかで体を乾かさなきゃいけないんだ。自分のしようとしていることについて考える必要があるんだ。

十一時間近くも命からがら道路脇でトラックをよけつづけていたせいで気が昂ぶっていて、ドアに吊された来店を告げる真鍮のベルの音が神経に障った。

バーの入り口の様子に、ナイルは一瞬目を疑った。

左手の棚には、乾物類が高く積みあげられている。ビューリーズのティーバッグ、ソーダクラッカー、キャンディーがあり、ジムが呪われたユアン王子の物語を話すのをここで初めて聞いたというのはフィオナの間違いだったのではないかという気がした。けれど静まり返った店の奥へと進むにつれて、そもそも自分が想像していたよりもずっと小さな店だと気づいた。狭いバースペースは食料雑貨店と開かれた出入り口で仕切られていて、ちゃんとしたステージと呼べるものはなかった。裏口のドアがあるトイレの横の場所から、ジムは全員と視線を交わすことができただろう。もちろんそれが彼の狙いだったのだ——蛇のような魅力に満ちた目で聴衆を見つめて、目をそらそうという分別を持たないどんな相手も意のままにしてしまうのだ。

マストも索具もないまっぷたつになった船の模型が木製のハープと並んで壁に飾られていた。この土地の魅力を誉め称え、みるみる黄ばみかけている新聞の切り抜きが、そこらじゅうに貼ってあった。急に喉が渇いてたまらなくなった。キャッスルタウンベアが見えてくるまで、バックパックの底に入れてあるのを忘れていた粉々になったポテトチップスをひと袋食べただけだった。しかしバーテンダーの姿は見あたらず、誰かいないものかと暗い厨房を虚しく覗き込んだ。

「何か?」低く忍耐強い声は背後から聞こえてきた。

さっとふり向いたとき、初めは何も見えなかった。入り口の右手に小さな囲いがあるのにいまになって気づいた。ナイルの母親が育った場所では結婚の仲介に使われていたと聞いたことのある、四角く区切られた木製のブースだ。ここではいまも当初の目的に使われているのかもしれない。しかし今夜はその中にようやく見えた顔は、同じ調べを奏でるふたつの鼓動をひとつに結びつけるのには関心がなさそうだった。のっぺりとした下品な顔で、ビールの飲み過ぎによって喋ることへの永遠の障害物に変わってしまった上唇のだぶついた肉が歯を覆い隠している。ゆっくり近づいていくと、かつての愛の巣にいるのはその男ひとりだけではないとわかった。片手にスタウトのジョッキを、反対の手には短くなるまで吸った違法煙草を挟んだ、ひと組の赤らんだこぶしが見えた。

「一杯飲もうと思って」ナイルは引きさがろうとはしなかった。オタクに見えるかもしれないし、戦闘態勢に入った宇宙猿ピクルスの描かれたTシャツをいまも着ていたけれど、ナイルが喧嘩するところを見たことがある者なら誰も軽々しく彼に近づこうとはしなかった。二年前、ナイルは仕事の初日に片目を腫れあがらせてミスター・ライチョードハリーの隣のデスクについた。救急病棟に勤める女の子が、喧嘩の相手はもっとひどい有様だったと噂していた。本当に悲惨な状態だったと。

ひとり目の男が、ソファのクッションを力いっぱい握りしめたときにするのと同じ音を立てて立ちあがり、しばしナイルをじっと見つめた。それからのそのそとカウンターの奥に向かい、ビールを半パイント注ぎ、泡が落ち着くのを待ってから、最後まで注いだ。愛想も敵意もどちらも表さず、男はほとんど爪の残っていない指でナイルの前に慎重にグラスを押しやった。男はこの若き客が最初の泡を味わうあいだ、同じ場所に立ったまま動かずにいた。ひどくゆっくり開いていくドアみたいに、ナイルの心を読み取ろうとしていた。

「あんた、釣りをしに来たんだろう？」男は尋ね、愛の巣にいる男と一瞬視線を交わした。「来るのがちょっと早すぎたな。天気が変わったせいで、船は半分の収穫でもう戻ってきてる」男は焦げ茶色の目をナイルと合わせ、いまにも聞かされようとしている嘘を耳にする前に、そこに相手の答えを読み取っていた。

「いや、違うんだ」ナイルは適当な答えを思いつくまで時間稼ぎをしながら、店内の静けさが屍衣さながらに包み込んでくるのを感じていた。彼はオファリー県にあるキニティーということと同じような小さな町で育った。そこでは、誰かが口にした最初の答えは決して忘れられることがなく、うっかり他の人に別のことを言おうものなら必ず照らし合わされた。下手な嘘はすぐにばれるし、上手な嘘も少し遅れて結局はばれてしまうものだった。ナイルは本当のことを話そうかと迷ったけれど、バーテンダーのだらしない笑みと地面に張りつくような重心を見て取ると、思い直した。

「ちょっと友だちに会いにきたんだ」

「そうなのか？」男は初めてにっこりほほえみ、まるでビバリー・ヒルズの歯医者で丁寧に形作られたような美しい歯を見せた。差し歯に決まっている。おそらく本物の歯はどこかよそのバーに散らばっているのだろう。木製の囲いの中にいる男はそわそわと落ち着きなく足を動かし、友だちの加勢に入るのにふさわしいタイミングが訪れるのを待っている。「もしかしたら、知ってるやつかもしれないな。友だちの名前は？」

「このへんの人間じゃないんだ」ナイルは相手の下手なジャブをかわし、ぐっとグラスを傾けた。おなじみの身を守ろうとするうずくような感覚が戻ってきて、温かいジェット燃料みたいに腹の中に広がっていくのを感じていた。もしもすべてが失敗して、このくそ忌々しい田舎者が大騒ぎをしようっていうのなら、応援がいようといまいと相手になってやる、とナイルは思った。「実は友だちっていうのは三人いてね。古い知り合いなんだけど。ひとりとつき合ってたんだ。素敵な子だったよ」

いったいどういうつもりだ？　なんでそんなことを言ったんだ？　取り消すにはもう遅すぎる。愛の巣にいた男が立ちあがり、ゆっくりとカウンターに近づいてきた。二フィート足らずのところで泥だらけの靴が止まるのを見て、ナイルは指に力を込めた。相手の顔を見るより前に、その靴から目をそらせなくなった。見るからに高そうな靴で、雪も雨も決して降らないグッチ王国のどこかで愛情を込めて作られたものだった。それがいまでは、飾りの小さな真鍮の蹄鉄は曇ったキーチェーンみたいに見えて、クソみたいな代物になりさがっていた。首の周りに巻かれたネクタイは、汗と日焼けでくすんだ灰色に染まっているけれど、かつてはロイヤルブルーだったのかもしれない。

「友だちは三人だって？」囲いの中から立ちあがった身なりの乱れた男は尋ね、空虚そのものの声にナイルはようやく顔をあげて相手の顔をまじまじ眺めた。かつてはハンサムだったのだろう、幸運な者に多く見られる秀でた額の持ち主だったが、男盛りの三十五歳というところなのに皺のせいで歳よりも老けて見えた。目の下の深いたるみは熟れたイチジクみたいに黒く広がっていた。この男は心を殺されたうえに、あとからそれをえぐりだされたのだ、とナイルは思った。かつて発していたはずの光は内側から消され、永遠にコードを引っこ抜かれていたため、男の目の表情を読み取ることはできなかった。

「うん、三人だよ」ナイルは両手が震えないようにしながら嘘をついた。カウンターの奥に立つ男は体重を両足に交互に移し替えはじめていた。おい、いまにも悲惨な終わりを迎えかねないぞ、とナイルは思い、勢いよく流れるアドレナリンの川に体がひきつるのを感じ、一触即発の興奮にほとんどハイな状態になっていて、頭がクラクラした。「だけど、まだこっちに着いてないみたいだ。この店が開いたらここで会おうって言われたんだけど」

「だったら運がいいぞ、ゆうべは一度も店を閉めてないからな」バーテンダーは新しいビールのグラスをナイルと虚ろな目の男の前にすべらせながら言った。

「友だちの名前は？」色あせたネクタイの男が返事を請うような声で尋ねた。懇願に開かれた男の口を見ているのは怖かった。大男がバットを手にカウンターの奥から出てくるか、何か別の卑怯な不意打ちを食らわせたら、どちらの男に先に殴りかかるべきだろうかと考えることよりも。「頼むから教えてくれ」男はしつこくねばった。「以前ぼくにも三人の友だちがいたんだ」息を吐き尽くしたような声で、ビールを見ながらつけ加えた。「どうしてこんなことに。どうして……」

「落ち着けよ、フィンバー」バーテンダーは驚くほど優しい声で言い、目の前に置かれたビールに手をつけようともしないグッチを履いた男は頭がまともではないのだとナイルに目で伝えてきた。「あんたは店に入ってくる客には誰かれ構わず尋ねているじゃないか。この親切な若い男はもう帰るってよ」男は、満足な作り話も用意できずにやって来たよそ者には我慢ならないというような、ハリウッドの義歯を見せつける笑みをまたもや浮かべた。「そうだな？」

「ビールをごちそうさま」ナイルは言い、濡れたバックパックをかついでドアに向かった。みすぼらしいネクタイをして意気消沈している男には見覚えがあるような気がしたけれど、記憶を呼び起こすことはできなかった。ナイルは背中にダーツの矢のようにふたりの視線を感じながら、古い婚約ブースの前を通り過ぎ、打ちひしがれた男がついさっきまで煙草をちびちび吸っていた場所に、かつてフィオナと妹たちが座り、ジムが物語を紡ぎだすのを待っていたことに気がついた。

ナイルは細い目抜き通りに出てから、だらしない身なりをしたあの男の正体にようやく思い至った。

フィオナはフィンバーの心を壊しただけではなかったのだ。彼女があんな死を遂げたために、彼は二度と心を再生できなくなったのだ。

暗闇が薄れて入り江の向こうが銀色に白みはじめても、キャッスルタウンベアはまだ静けさに包まれていた。遠くから見ても、ＩＲＡ義勇兵の石の顔は相変わらずむっつりしたままだった。クレープスタンドはとうとう輪縄から逃れて、ラックに駐められた自転車を揺らしている沖に向かう強風によって波止場のほうへと運ばれていた。太陽はベア島の上空に昇り、近くの家の苔に覆われた壁をくすんだピンクに染めながら這いのぼっていく低い日射しにナイルは目を細めた。そばの路地に倒れ込んで眠るつもりでいると、青い制服に顎を埋もれさせた冗談の通じなそうな女性警官の運転するパトカーが通りをゆっくり走ってくるのが見えた。ナイルはため息をついて、また町の外に向かって歩きはじめた。さっき通った道の近くに、弱々しいオレンジ色の街灯の明かりの下で一枚の看板がかろうじて見えたのを覚えていた。そこには何やらアイルランド語の言葉と並んで「ベッド・アンド・ブレックファスト」の文字が書かれていた。

イカれたバイクに乗っていたせいで、神経過敏になっているだけなのはわかっていた。けれど、ナイルが歩いているあいだ、町じゅうの目が彼に向けられていた。本当はここに何をしに来たのかと今度また問われたら、なんと答えよう？　ナイルは自分でも本当の理由がわからないのに気づいた。

宿泊客の朝食用にサーモンをさばいていた女性は夜明けの近づく外の様子を眺め、ほとんど本能的に、骨取り用のナイフを置いた。

みすぼらしい姿の男が背中に何かを背負って家の前の小道を歩いてきた。二、三時間前に、同じ若者が町をめざして重い足取りで海岸通りを歩いているのを確かに見かけていた。まだ外が暗かった頃は、骨張った肩に顎をいまよりさげていたけれど、猫背の歩き方は変わらなかった。そのとき彼女は寝室の窓から外を眺めていて、どうせあの男も例の忌々しいパンク音楽を求めて出かけ、すっからかんになって歩いて帰る途中に人の家のバラの茂みに吐いていくヤク中の若者のひとりだろうと思っただけだった。

呼び鈴が鳴り、彼女は頭をふり向けた。あの忌まわしい放浪者がすりガラスの外に立ち、本当に貧しい者にしかできないやり方でそわそわと足を動かしていた。

ローラ・クリミンスはこれまでの人生をずっと、入り江のそばの生まれ育った中二階のあるつつましい家で暮らしてきた。年齢不詳の男っぽい女性で、たいていの男たちより立派な上腕の持ち主だった。真っ白な髪を短く切り揃え、小さなB&Bの宿泊客をいつでも母親のような優しさで精一杯もてなしていたため、彼女がいまにも泣きだしそうなことに誰も気づかなかった。三十八年間連れ添った夫のクラークが亡くなってから、〈スーパーバリュー〉で無言の同情を示して会釈してくる女たちに対して怒りを露わにせずほほえむ術を身に着けられる程度の月日が過ぎていた。ローラはナイフを拭き、ポケットに忍ばせてから、玄関に応対に出ていった。マロイ神父ならこの状況を「思いやりを示す機会」だと言うだろうし、それに異論はない。けれど、見知らぬ相手の顔つきが気に入らなければ──隣人たちは皆、彼女がトランプのカードを読むよりも人の本性を見抜くのに長けていると言っていた──中に入れてやるつもりはなかった。例のジムの一件があってから、誰もが通りを渡る前に二度確認するようになっているではないか。

「泊めてもらいたいんですけど」外に立つ哀れな青年に言われ、ローラは心から気の毒に思った。まだ少年と言っていいほどで、片方の靴はお喋りしようと永遠に口をあけていた。

「お入りなさい、こっちよ」青年の肩に片手をのせると、内側から湿り気が伝わってきた。厄介な相手とは関わらないと心に決めていたのに、またやってしまった。みっともない猿のプリントされたオタクTシャツを着てはいるけれど、この青年はすっかり途方に暮れているように見えたのだ。「かわいそうに、ずぶ濡れじゃない」ローラは久しぶりに母親の立場になっていた。「さあ、八号室に行ってお風呂に入りなさいな。ドアの外に乾いた服を用意しておくわ。いやだと言っても無駄よ」

ナイルはほほえんで感謝を表し、うなずいた。マンスターの人たちが疑い深くて気むずかしいという評判は、その横を幻の一角獣が自由にうろつき回っているという伝説と同程度の真実なのかもしれないな、と思った。「本当にご親切に感謝します」ナイルは靴をビシャビシャいわせながら通り過ぎた。が、不安げな顔でふり返った。ジーンズのポケットに片手を突っ込み、ありったけの残金を取りだそうとした。「宿泊料はいくらですか？」

ローラはもう一度まじまじと相手を眺め、濡れた髪と屈託ない笑顔の奥にあるものを見透かそうとした。

そしてこちらを喜ばせようとする熱意の下に何かが秘められているのを見て取った。正体の摑みきれない何かでできた防御壁だ。その壁が誘惑にもお世辞にも持ちこたえられるはずなのは間違いなかった。この青年が何を心に宿しているにしても、ローラの喉首を搔き切るつもりで真夜中に〈関係者以外立ち入り禁止〉と記された彼女の住居へと続くドアをあけるようなことはないだろう。髪は長すぎるけれど、この青年は信じてもいい相手だ。「そうね、一泊三十ユーロ、朝食付きでどう？」お尻にまだひんやりしたままのナイフの刃の感触を味わいながら、ローラは提案した。

「文句なしです」ナイルは答え、部屋へと歩いていった。と、足を止めてふり返った。

「他にも何か？」B&Bのオーナーは尋ねた。青年は誰かが自分の墓の上を歩いたとでもいうような顔をしていた。

「おかしな話だと思われるかもしれませんが……このあたりで黒いバイクに乗った若い女性のことを聞いたことはありませんか？　かなりスピードをだすタイプの。それに——なんていうか、危険な感じの」

ローラは記憶をたどるように天井を見つめながら、首を振った。「いいえ、知らない。心当たりがないわ」そして顔をパッと輝かせた。「お友だちのために、もうひと部屋必要とか？」

「いえ、ちょっと知り合っただけの相手です」ナイルは両手を振って謝った。「本当にどうもありがとう。じゃあ、また明日」

ローラは青年が部屋に入ってドアを閉めるのを見届けた。それから玄関の鍵をかけると、壁の小祭壇のそばに奉った聖母マリアの聖水盤に人差し指を浸した。黒いライダー。このあたりでそんな話は聞いたことがない。だけど、何が起きてもおかしくはない。ローラは十字を切りながら外を眺めた。

あの青年には悪意がないと本能が告げていても、彼に取り憑いているものはきっと違うはずだった。

ナイルが小さなデスクの前に座ってほどなく、彼の中のジムがまたもや動きはじめた。

大事な画用紙を入れたビニール袋を取りだし、一枚抜き取った。フィオナの日記は既に横のベッドの上に開いて置かれ、解読できない走り書きがあったり、物語がどう続いたのかを探る重要な手がかりになりそうなページは隅に折り目がつけてあった。例えば、いくつかの余白には十字やチェックマークが記されていたが、ナイルの思いつくどんな方向にも結びつかないように見えた。

切り離されたある一ページに、フィオナはこの地域の簡単な地図のようなものを描き、いくつかの町には×印をつけ、他は何も記さずにいた。キャッスルタウンベアにはふたつの十字がつけられていたけれど、ドリモリーグにはひとつだけだ。つまり最初のマークはサラとトモが死んだ場所で、マークひとつは未亡人のホランドの死を表しているのだろうとナイルは思った。アドリーゴール、アイリーズ、バントリーにマークはついていなかった。付近のほとんどの町にクエスチョンマークが点在していた。バイクに乗った放浪の死神が羊、ヤギ、男子生徒、そして遠い過去の美しい乙女をつけ回したかのように。想像力が豊かなナイルでさえも、その考えには眉をひそめずにはいられなかった。あまりにできすぎている。けれど叔母の殺人館に監禁されているうちにフィオナが正気を失っていき、自分の見解にもとづいた出来事を書き留めたものを読まされたのではないかと疑う気持ちはあるにしても、本物の狼は確かに存在したはずでは?

ジムがトモを殴り殺したと言ったのはただのハッタリではないはずだとナイルの直感が告げていた。ジムが愛の行為あるいは凶行に及んだとされる場所についてのフィオナの証言を読み返してみると、やっぱり理にかなっているように思えた。ナイルはシャナヒーの存在をひどく近くに感じ、いままさに窓の外に立っていて、ガラスに熱い息を吹きかけてそこに名前を書いているかのように思えた。ナイルは再び最後のページをめくった。フィオナは「人殺し」になることを誓ったと書いているけれど、叔母のモイラに命の火を消される前に、彼女と妹たちはその誓いを達成する時間があったのだろうか？

初めのあの夜に郵便局で感じたのと同じく、またも頭のてっぺんから爪先まで震えが走った。頭の中の痛みにも近く、そこに収められた数々のイメージはあまりに力強く、外に出て遊びたいと訴えて内側から骨を叩いていた。

今回は、ほとんどナイルの力は必要とせずに、空白のページの真ん中に手が生えてきた。

その手はすぐに革ジャンを着た腕へと繋がり、やがて口を半ば開いて誰かに向かって突進しているひとりの男になった。意図したよりも指が長くなってしまったけれど、裂けたジーンズから腿の筋肉を見せて走っているほっそりした脚にはマッチしていた。奇妙なことに、最後に描かれたのはジムの目だったが、曇りすぎていて生命力が感じられなかった。ナイルはそれを消して本物の狼の目を描こうとしたけれど、ますますひどくなるばかりで、下手な日本のアニメみたいになってしまった。嚙みまくったチャコールペンシルでジムの獲物を描こうとしていたとき、前触れもなく背後でドアがさっと開いた。

「さあさあ、肺炎にでもなったらいけませんからね、もう――」

ミセス・クリミンスは話の途中で口をつぐみ、ナイルは途中まで完成した絵の上に日記をかぶせたけれど、隠すにはちょっと遅すぎた。宿の女主人の目には、明るい笑顔でもとっさにごまかしきれなかったなんらかの感情が読み取れた。彼女はナイルの頭の中に渦巻いているものの片鱗を見ていた。誰にも――あの有名なアメリカ人コミック作家のトッド・セイルズ以外にはは――見せるわけにはいかないものを。

「どうもありがとうございます」ナイルはミセス・クリミンスが腕に抱えているきちんとたたまれた服を見てお礼を言った。「こんなに親切にしてもらって」

ミセス・クリミンスは男物のジーンズ、セーター、オーバーコート、ほとんど未使用のブーツをベッドの足側に置き、そんなものは二度と触りたくないというみたいに、乾ききった手のひらをエプロンでぬぐった。「どういたしまして。これぐらいのこと」彼女は何ひとつ気づかなかったかのように、瞳の温かさを調節するダイヤルをひねった。「明日は朝食を用意していいのかしら?」

「お願いします。八時半で構いませんか?」

「ええ、八時半にサーモンと卵ね」ミセス・クリミンスは客との距離を取った抑揚のない口調でくり返し、そそくさと部屋を出ていくと、音ひとつ立てずにドアを閉めた。

ナイルはしばし座ったまま、あいているほうの手にポルノ雑誌を持っているところを母親に不意打ちで見つかったような気分を味わっていた。日記をそっと脇に押しのけて、未完成のスケッチを眺めた。いつものとおり、完全な失敗作になっていた。失敗なのは先に描いた狼だけじゃなかった。捕食者が追いかけているものをきちんと思い描けなくては、その欲望をまざまざと写し取れるわけがない。ナイルは立ちあがり、ドアに鍵をかけると、また机の前に座った。ミセス・クリミンスにはエロ漫画家か何かだと思われたかもしれないけれど、いまさら訂正するのは手遅れだ。ナイルは紙に身をかがめ、ジムの手に首を摑まれて絞め殺されるのはどんな感じか想像しようとした。サラ・マクダネルのピアスと生命の通わない足を、そしてトモの砕かれた顔を思いだした。「お嬢さんがた、ご機嫌いかがかな？」語り部はにやりとしながら尋ね、仕事に取りかかるのだ。ミセス・ホランドもジムに殺されていたとしたら、戯れの挨拶さえも聞けなかったのかもしれない。

　何かが起きようとしていた。

ナイルの鉛筆の下に女性の姿が現れた。ジムが突きだした両手のすぐ先に。

　まず走りながらひねった肩が現れ、追いかけてくる相手に捕まらないよう抵抗しているほっそりした背中、腰、脚が伸びてきた。どうしてこんなに引きつけられているのだろう？　ナイルは自問したが、その答えは思考ではなく、綺麗な額と大きく見開かれた青い目の形を取って現れた。いまでは全体の構図がもっと明確になっていて、獲物と捕食者が絡み合って力強い死のダンスを踊っていた。

　しかし今回は狼が人間だとはいえ、その目はやはり正しく描けていなかった。ナイルはまたもや目の部分を消しゴムで消して、人を殺そうとしているポーズに見合った、小さな飢えた光を目に浮かべさせようとした。顔の残りの部分を消すために濃い影をつけ加えた。くそっ！　いまではジムは危険ではなく眠たそうに見えた。ナイルは自分に嫌気がさして鉛筆を置いた。邪悪なものに命を吹き込もうというのなら、まずは実体に触れることが必要なのかもしれない。

　ナイルが経験した唯一の本物の死は、通りの反対側に住む幼いダニー・イーガンがバスを相手に度胸試しをした瞬間に訪れた。ふたりとも十一歳かそこらで、ダニーはナイルの家をちょうど出たところだった。ふたりはナイルの家でプロがするみたいにハーリングのスティックにテープを巻こうとしていたものの、そのできばえはぐちゃぐちゃだった。道路を走って渡ってはいけないとナイルの母親が呼びかけていたけれど、その声は鈍い衝撃音にさえぎられた。ナイルの立っている前庭から、まだ片方の靴紐を結んでいない剝きだしの脚が車台の下にはっきり見えた。脚はまるで蠟でできているみたいだった。

その夜、墓あばきになったような気分を味わいながら、ナイルは紙と鉛筆を手に取り、懐中電灯と一緒に毛布の下にそっともぐり込んだ。大人たちは「あの悲劇」と「奪われた幼い命」のことを話していたけれど、そうした言葉はナイルのどんな内なる感情の引き金にもならず、何もかもが作り物に思えるぼんやりとしたうずくような感覚があるのみだった。

だからナイルは紙と鉛筆を取り、いまになってさえも理解できない何かが起きるのを眺めていた。ひと組の靴は二本の本物の脚になり、俯せに倒れた生身の少年の体と融合した。ナイルは恐怖と喪失の苦痛を感じはじめていた。ぼくの親友のダニーが死んだんだ！ダニーの見えない胴体の上にバスを、それに警察官をおまけにつけ加えて絵を描き終えた頃には、ナイルは大声で泣きじゃくっていて、何事かと両親が揃って様子を見にきたほどだった。

ペンと鉛筆は魔法になった。それ以来ナイルにとって他のものはすべて、二次元の中にだけ存在する本物の世界のこだまとなっていた。

立ちあがって窓に近づいた。太陽はもうベア島の上に高くあがっていて、観光客を捕らえて離さない平和な罠としての島へと戻しつつあった。狼はどこにも潜んでいなかった。ジーンズを穿いた姿でさえも。危険に遭遇する可能性は少しもなかった。ここに来たのは間違いだったのかもしれない、とナイルは思った。ほんの少しだけベッドに横たわり、スプリングの効き具合を確かめた。明日はあの学校から取りかかることにして、狼の足跡を探りはじめるのだ。フィオナは日記に含めようとも思わなかった何かを残していったかもしれない。

いつしかナイルは眠りに落ちていた。夢の中では、黒い門が開かれ、この世のものとは思えない恐ろしい笑みだけで武装した騎兵隊を世界に送りだしていた。

「あなた、誰ですか?」

その声は冷たいシャワーのようにそっけなく、同じぐらい快活でもあった。ナイルはセイクリッド・ハート小学校の空っぽの教室に立ち、その午後の十八分間で少なくとも十八番目の教師の机に身をかがめ、『ファラオの失われた宝』というタイトルの古い本を見つけると同時に、そこにいるのが自分ひとりではないことに気がついた。頭をあげると、揺るぎない答えだけを求めるふたつの目が見えた。

「あなたがブリーン先生?」幼い少女はバトントワラーみたいに踵を打ち鳴らして尋ねた。「今月で三人目の代理の先生ってことになるけど」

ナイルはぴかぴかに磨かれたエナメル靴と机を押さえている指を見て取ると、考え込むまでもなくこの取調官の正体がわかった。

「きみはメアリー・キャサリンだね」キャンディーを持った変質者みたいにニヤニヤ笑いかけないよう気をつけながら、そう言った。

メアリー・キャサリンは髪のバレッタを留め直し、油断ない目つきで彼を見た。「かもね」彼女は背後の半ば開いたドアの外を見ながら言った。「黒板が綺麗になっててチョークも足りてるか確かめるため、あたしは教室に早く来るようにしてるんです」そして目を細くして、不審げに唇をきゅっとすぼめた。「先生、教科書は?」

「それは……まずはこのクラスの授業の進み具合を確かめておこうと思ってね」ナイルはとっさに答えたが、少女に武器を手放させるほどすばやくはなかった。この子はじきに廊下に向かって大げさな叫び声をあげて、ナイルは侵入罪かもっとひどい罪に問われることになるだろう。「ウォルシュ先生のあとに担任がコロコロ変わって大変だろうね。ウォルシュ先生のことが好きだったかい？」

　メアリー・キャサリンは教壇から数インチのところにある最前列の自分の席に腰をおろした。図書館員も嫉妬しそうな見事なノートの山の上で両手を組み合わせている。眉間の皺はいくらか薄れ、彼女は物思いに沈む人々がとうの昔に亡くなったよぼよぼの親戚について語るときに使うような声で話した。「悪くない先生だった」少女は言った。「あのジムっていう人がやって来るまでは。あの人が現れてから、先生はおかしくなっちゃった。先生と妹たちは叔母さんに殺されたって噂だけど、うちのママはその逆だって言ってる」

　メアリー・キャサリンの目は初めて無防備になり、好奇心さえもが浮かんで見えた。「ウォルシュ先生を知っていたんですか？　仕事以外でってことですけど」

「少しだけね。ダブリンでの古い友人だったんだ」ナイルはメアリー・キャサリンに気づかれていないことを願いながら、さりげなくドアのほうに目をやった。あと二分足らずで次のチャイムが鳴ってしまうのに、新しい手がかりはまだひとつも見つけていない。次はマロイ神父の元を訪れて、ロイシンの日記がまだ存在しているのであれば、それを見せてもらうための完璧な口実を考えるつもりだった。「ウォルシュ先生は学校のどこかに手帳か何かを保管していなかったかな？　きみたちの学習の記録を確認する必要があるかもしれないから」

　町一番のスキャンダルに関するフィオナの秘蔵品を新たに発見するという希望は、メアリー・キャサリンが見もせずにノートの山を探ることでついえてしまった。彼女は猫の頭サイズのハローキティのステッカーを綺麗に貼った真っピンクの堅表紙のノートを取りだした。「教わったことは全部記録してあります」こぼれたクリームを前にした猫よりも大きな笑みを浮かべて言った。「それに先生が……あの人と会っているときに教えそびれたことについてはもっと」

ナイルはノートを受け取り、受けそびれた授業について四色のマジックマーカーで分類されてずらずらと書き連ねられているページをめくっていった。本当に知りたいと思っていることに関しては、何も書かれていなかった。ジムはどうやってこの付近一帯と、既に多くを知ってしまった大勢の人々の前に残してきた足跡を消したのだろう？　姉妹の物語の次章を探しに、マロイ神父の元に直行すべきだったのだ。アヘンのようなジムの魅力は、離れていてさえも、ナイルの分別をも鈍らせはじめていた。

「ジムっていう人のことだけど」ナイルはメアリー・キャサリンの罰点リストに本気で関心を持っているふりをしながら、状況にそぐわない明るすぎる声で言った。「彼は突然亡くなったのかな？」

褒められるのを期待していたメアリー・キャサリンの得意げな表情は消え、笑顔は夏の嵐以上の荒れ模様になった。「この町の人たちは、あの人に何があったか誰でも知ってるわ」彼女はナイルの体に合っていない服を初めてつくづく眺め、胡散臭いと感じていた。「ウォルシュ先生とそんなに親しい友だちだったなら、なんで知らないんですか？」

「ぼくたちは……しばらく疎遠になっていたから」釣り針に引っかけられて大海に放り込まれたミミズみたいにそわそわしながら、ナイルはごまかした。メアリー・キャサリンが立ちあがり、ピンク色の出席簿をぐいと引いて取り戻しながら、歯列矯正器をつけた金属的な笑みを見せても、ナイルの不安は消えなかった。

ジリリリリン！　始業のベルが鳴った。ナイルは他の生徒たちが教室に押し寄せて来ないのを不思議に思い、廊下で騒ぐ子どもたちの声がまったく聞こえてこないのも気に入らなかった。

「本当にブリーン先生なの？」メアリー・キャサリンは賢い小さな頭をバネ仕掛けみたいに傾けた。

「一度もそうは言ってないよ」ナイルは申し訳なさそ

うな笑みを見せたけれど、相手は心を動かされていなかった。「ごめんよ、ぼくはきみたちの新しい代理教師じゃないんだ」

少女は捕らえた敵に審判をくだす前の、玉座に君臨するシバの女王さながらに背筋を伸ばした。

ナイルがその視線をたどって窓の外を見ると、その日の朝に見かけていた女性警官が階段をあがってくるところだった。

「こっちもぜんぜん信じてなかったけど。これからどうなるか楽しみね」メアリー・キャサリンはかん高い声でそう言うと、ナイルとフィオナの死んだファラオたちだけを残して教室から出ていった。

ブロナーの指はゆっくり時間をかけて、長髪の青年の郵便局の身分証をひっくり返した。

「さて、ここまで切手泥棒を追いかけてきたわけじゃないわよね」ため息をつきながら言った。「じゃあここでいったい何をしているの？ 子どもたちを怖がらせるのが楽しいとか？ というより、下半身を露出するのが」ブロナーに永遠につきまとう規律の影だったマーフィー巡査部長がついに引退したあと彼女が受け継いだパトカーの中にふたりは座っていた。ウインドウの外には、セーターの腕を組んだゲートリー校長が適切な距離を置いて立ち、ナイルをにらみつけていた。決して下がりすぎることはなくその横に立っているメアリー・キャサリンは、逮捕劇の仕上げとなる激しい見世物を思い描いているに違いなかった。

「そんなことはしていない！」

ブロナーはメアリー・キャサリンと視線を交わした。「聞いた話とは違うけど。だったら何をしているの？」

「人を探してるんだ」

「聞いてくれる人みんなにそう話してるらしいわね。ただしそれ以上はほとんど話さずに。かわいそうなフィンバーはマクソリーの店で見知らぬ相手を見るたびに、どうしたらいいのかわからず困り果てているのに。あんたたちみたいなのがどんな人間かはわかってる。スクープがほしくて来たんでしょう？　〝すべてがどうして始まったのか〟知りたいってわけ？」ブロナーは一発殴ってやろうかというように唇をすぼめた。

「フィオナとロイシンが亡くなってから、あんたらみたいなのが町をずかずかうろつき回ってるんだから。むかつくヴァンパイア連中！」ブロナーはナイルの濡れたままのバックパックの中身が下水ででもあるかのように、いやそうな顔をして調べていった。「ぼろぼろの古いTシャツ、替えのズボン、ソックス。食べかけのキャドベリーのチョコレートバー」彼女は驚いて顔をあげた。「カメラはローラのB&Bに置いてきたの？　正体がばれると思ったから？　羞恥心のかけらもないのね。恥を知りなさい」

「ぼくはマスコミの人間じゃないんだ」ナイルは言った。何人かの親たちが突進してきて彼をずたずたに引き裂いてやろうと車のドアの近くに集まっているのが見えた。「ぼくは――」

じゃあ、ぼくはなんなんだ？　ナイルは考えた。こんな大騒ぎになるとは予想もしていなかった。ぼくは泥棒で、嘘つきで、社会的信用を失った無気力な怠け者だ。早いところ何か手を打たなければ、フィオナの言っていた中国人のお仲間に加わる日も近い。

ブロナーは口をあけたまま、片方の眉は彼を信じそうになっていたけれど、それだけだった。「ぼくは、何？　〝この町に潜む邪悪なるもの〟からわたしたちを救いにきたとかいう水晶崇拝者のひとり？　いい、やっとマスコミのカメラが帰ったいまでも、こっちは時々おかしな連中を追い払わなきゃいけないのよ。だから白状しなさい」

「ぼくはあの女の子たちが死んだ町の郵便局員なんだ」ナイルはとうとう白状し、震えはじめていた手を落ち着かせようと、ひとつ息を吸い込んだ。「事件の直後、そのうちのひとりのフィオナが日記を投函した。その日記は配達不能郵便入れの中にたどり着くことになった。ぼくは日記を読んだ。そこには答えよりも多くの疑問があった。だからここに来たんだ」

ウインドウの外では親たちが集合しはじめていた。ひとりの父親がハーリングのスティックを持ちあげて、血に飢えた狐のような顔つきでナイルをにらみつけた。そこにメアリー・キャサリンが子犬の顔をして近づいていき、車のほうを指さした。パパ、あの悪いお兄ちゃんにひどいことされたの。あのちびっこ魔女め！ ナイルは思った。もう長くは持ちこたえられそうにないぞ。

ところが意外なことに、ブロナーは車を発進させて見るからにがっかりした様子のリンチ集団に手を振ってみせた。人は大きな喪失を告げられたときに感情がついていかないことがままあるものだが、彼女もそんな感じで無表情になっていた。車で丘を駆けおりながら、ナイルが最後に目にしたものは、メアリー・キャサリンの顔に浮かんだ忍耐強い表情だった。こんな小さな町で逃げ続けるのは無理よ、そう言っているように見えた。近いうちにまたうちのパパと会うことになるんだから、と。

「これから話すことは」ブロナーはずっとなりきっていたニューヨークのテレビドラマに出てくる警官に比べてずいぶん自信のなさそうな声で言った。「母親の名に誓って、二度と話さないからね。署には行かないよ」

いくつもの薄いかつらのようにカハ山脈を覆っている濃いバター色の草が、いつものように風に揺れていた。羊がどうでも良さそうにねめつけた。

ナイルはパトカーの助手席に座り、ブロナーが彼の話を裏づけることのできるただひとりの相手と電話しているのを聞きながら、恥ずかしさに胃が縮こまるのを感じていた。隣の席からでも、新兵に対する深い失望の表れた声は聞くに堪えなかった。

ブロナーは薄ら笑いを浮かべてナイルに顔を向けた。

「本当はクビになったのに郵便局員のふりをするなんて、見損なったと言ってるわよ」

「クビになってないとはひと言も言わなかったよ」

彼女は諭すように指を一本突きだして、ベンガル槍騎兵隊員の叙勲規定の真髄のごとく携帯電話から聞こえてくる話の残りに耳を傾けていた。「いまはあんたが自分の警告を聞き入れなかったことについて話しているわ」ブロナーはつけ加えた。「それに、あんたはまた絵に吸い込まれてしまったに違いないって。なんの話だかわかる?」

「わかるよ」ナイルは認め、すぐ外で草を食んでいる一頭の羊に視線を据えた。また狼を思い浮かべたけれど、今回は頭の中のジムのイメージと混じり合い、人狼のような姿を創りあげていた。「残念ながら、ちゃんとわかる」

「ライチョードハリーさん、ご協力に感謝します」ブロナーはそう言って電話を切った。シッシッと羊を追い払いながら息を吐きだすと、海のほうを眺めた。

「わたしは彼女を見捨てたの。昔わたしとフィオナは親友で、彼女は助けを求めにきた。ロイシンも。なのにわたしは助けなかった。いまとなってはどうにもできない」

「まだ間に合うかもしれないよ」ナイルが上着の内側に手を入れると、ブロナーは飛びあがって催涙スプレーの缶を噴射しようと彼に向けた。

「待った！　見せたいものがあるんだ！」ナイルは催涙スプレーを浴びる寸前に叫んだ。いままではさらに傷んだ日記をゆっくりと取りだしてブロナーに渡した。

「さあどうぞ。ね？　亡くなった女性の名前が書かれた日記が目の前にあって、読まずにはいられなかったんだ。悪かったと思ってる。だけどもう、公共の財産を盗んだ罪で逮捕されることも気にしてられないところまで来てしまったんだ」ナイルはためらい、ブロナーが目に涙を浮かべてそっと日記帳を開き、長く見つめすぎたら燃えてしまうとでもいうようにページに触れるさまを眺めた。「あなたが彼女の友だちだったのはわかってる」ナイルはいささか慎重に話を続けた。「でもぼくもフィオナという人を知るようになったんだ。ぼくなりのやり方で」

風が車を揺らす音と、羊が塗装を齧り取ろうとする音しか聞こえなかった。入り江では二艘のトロール船が逆風に揺さぶられ、アンテナが限界までたわんでいた。

「これを見せてくれたことには心から感謝するわ」ブロナーはいくらか平静を取り戻して言った。「だけどあんたが何をしに来たのかはまだ話してもらってない。学校の中で何をしていたのかも。生徒の親たちからわたしに電話がかかってくるはずよ。すぐにもね」

「そしたら、ぼくはダブリンのゲットーから来たフィオナの変わり者のボーイフレンドだって説明すればいい」ナイルはわかっていることの埋まらない隙間にいらだちながら言った。「あの家で起きたこととこの町で起きたことについて、もっと詳しく知りたいんだ。イーファの身に起きたことを。ジムの身に起きたことを」

ブロナーが遠い目をしているのを見て、ナイルは怒られているときより怖くなった。

「この町ではあの男の話はもうほとんどしない。あんたもそうするべきよ」ブロナーは言った。

「へえ、そうか。だったらドリモリーグのジュリー・アン・ホランドのことは？　彼女はバナナの皮にすべって死んだんだっけ？」

ブロナーはまた催涙スプレーを握りしめた。「あんたは何もわかっちゃいな――」

「この町のどこかに日記帳がもう一冊ある」あまりの大声に外にいた羊がびくりとして走り去った。「友だちのフィオナの話をあなたが信じるなら、ロイシンも日記をつけていたんだ！　二冊ともあの家からどうやって運びだされたのかは見当もつかないけど、ロイシンの日記は無事ならマロイ神父の元に送られて――」

ブロナーはナイルの襟首を摑んで引き寄せた。「いい、警察が手荒な真似をするなんていうのはただの噂に過ぎないのよ。わたしがあんたの両腕を折ってここに置き去りにすれば、噂じゃ済まなくなるけどね」ナイルの目に少しの恐れも浮かんでいないのを見て、彼女は深々と息を吐きだしてから手を離し、襟元を撫でつけさえした。

「忘れてたよ」ナイルは鼓動を昂ぶらせながら言った。「あなたがアメリカのテレビ番組に出てくる警官に憧れていたことを」

体格の良い女性警官はコンソールをごそごそやって煙草を探したが、見つからず腹立たしげに鼻息を吐いた。「うるさい。こっちは何週間もゴス娘やマスコミやあんたみたいに記念品を追い求めるイカれた連中を追っ払ってきてるのよ。みんな最初に行くのはマロイ神父のところなんだから。ダブリンの新聞記事に教会の名前がバッチリ書かれていたせいで」ブロナーはしつこい羊を追い払おうとガラスを叩いた。「そのことで問題なのは、善良な神父が一カ月以上前に亡くなったってこと。もしも誰かが何かを神父に送っていたら、わたしが見つけていたはずよ。神父の死後、わたしは何人かのフィオナの生徒たちと一緒に事務室を片付けたんだから。それでもあんたみたいな連中はいまだにやって来る。〝真実〟を求めてね。でしょ？」

「ぼくが知りたいのは、フィオナと妹たちがジムにしたことについての真実だけだ」ナイルはきっぱりと言った。「それとジムが古い友人のトモの他にも人を殺したのかどうかについて」ナイルはあのバーテンダーにぶちのめされると思ったときと同じように顔が赤くなっているのを感じた。ブロナーはいったい何を隠しているんだ？　こっちは誠意を伝えたはずだろう？

「でもあなたは知ろうとしなかったんだよね。サラ・マクダネルは？　ロイシンの聞いた無線の声を信じるとしたら、ケンメアのもうひとりの女の子は？　思いだしたかい？　イーファに何があった？　彼女も同じ道をたどったのか？　彼女のことはグリーブ墓地に探しに行けばいいのか、どうなんだ？」

ブロナーはエンジンをかけた。また顎をぐっと引いてなめらかな制服の上着にくっつけていた。口を開いたときには、なけなしの優しさは消え去っていた。接触感染しかねない思想が含まれているかのように、彼女はナイルに日記を返した。「フィオナとロイシンの葬儀に参列したかったけど、それを聞いたのは葬儀が済んでからだった。何週間もかけて遺体を発見した郵便配達員を捜そうとした。あれからこの町の人々がどんなことを経験してきたか、あんたにはちっともわからないでしょうね。〝モイラの殺人館〟を生みだした町に暮らすことなんて」

「デズモンド」罪悪感からマラハイドのスケープゴートにされた猫背の男の姿を思いだし、ナイルは言った。「あれ以来、誰も彼の消息を知らない」

「今度またみんなが忘れたがっていることを詮索するときには、まずそれについて考えてみることね」

ナイルはその脅しを無視しようとした。風向きが変わって陸へと吹いてきて、牧草地にしょっぱい雨をたっぷりまき散らした。「彼は死んだんだね？　ジムは。それだけでも教えてくれ」

ブロナーは手を伸ばして助手席のドアをあけた。恐ろしい記憶が甦ったことを顔にだし、また消し去った。「どうだって関係ない」彼女はそう言って、ナイルを車から追いだした。「この町では記憶は人よりも長生きするから」

背の高い草の中で、ナイルの足首まで影が這いのぼった。音のしないショットガンをぶっ放されたみたいに、羊たちはちりぢりになった。ナイルはポケットに手を突っ込み、列車で家に帰ってこの話はすべて忘れてしまうこともまだできるのだと認めた。猫のオスカーにしてみれば、どちらでも構わないだろう。車で来た道をふり返り、西の空に沈みゆく夕日を見て、このまま放ってはおけないと思った。ブロナーの警告は無視して、急げばロイシンの日記のありそうな場所の手がかりを見つけられるかもしれない。

マロイ神父がその上に花束を投げられる場所だとフィオナは書いていなかったか？

墓地で宝探しをするときがきた。

ナイルはバックパックを持ちあげて歩きはじめた。

6

その明かりにはどこかおかしなところがあった。ナイルはブロナーが途中で待ち伏せしていた場合に備えて、新しいルートでキャッスルタウンベアに戻ることにした。雨がようやくあがったおかげで、起伏した丘を越えて夕日の最後の光をたどり、どうにか町の境まで着くことができた。凍った灰色の手みたいに地面から突きだしていた岩が暗すぎて見えず、足首をひねっていた。

だから裏道にたどり着いて、一見どこからともなくぼうっと現れた巨大なバースデーケーキに立てられた無数のキャンドルのようなものを目にしたとき、ナイルは驚いた。ひとつの丘の斜面が丸ごと火事になっているみたいに見えたが、その明かりは大きくなることも弱まることもなかった。代わりに明かりは絶えずちらちらと明滅し、少しずつ近づいていっても見分けることのできないばらばらの形を照らしていた。ここはフィオナが日記に書いていたどんな場所にも近くはない。町の北側の、アイリーズに向かう曲がりくねった道の途中だ。

延々と続く生け垣の周りを歩いていくと、雨水でつるつるになり歳月によって浸食された古い石塀の前にようやく出た。飢えたような赤黒い光はその先の湿った空気を照らし、自然と呼吸しているように見える雲を生みだしていた。ナイルは錆びた門を摑んで強く引いた。鍵がかかっていた。手探りで進み、足を止めた。

あった。文字だ。石灰岩に刻まれている。すり減ってきているが、まだその跡をなぞることができた。急いで携帯電話を探り、弱々しい青い光で照らすと、聖フィニアン墓地と記されていた。ナイルは道の左右を確認すると、既に腫れて痛みはじめている足をかばいながら、塀によじのぼった。

よろけて塀から落っこち、手に何やら温かく濡れた感触を覚えた。割れたガラスの音がした。手を顔のところまで持ちあげると、蠟のにおいがした。そこらじゅう見渡す限り、誰かが赤いグラスに収めて奉納したらしいキャンドルが何千と置かれていた。多くの墓には草が生い茂っていたが、戦没者記念碑みたいに手入れの行き届いた墓もあった。しかしこれらは最も強い光を発している墓を取り巻いているだけのようだった。段になった墓地のいちばん低い場所に強烈な赤い光が燃えていて、遠くの木々までをも鬼火のように照らしていた。

「そこにいるのは誰？」

強い口調でありながら脅えてもいる若い女の声だった。生け垣に忍び寄り、その後ろから覗いてみると、墓にひれ伏した女のぼんやりとした輪郭が見えた。ナイルは返事をしなかった。女は立ちあがり、いらだった様子で長い髪を払うと、地面の隅々を調べはじめた。

「あんたなの、シェイマス、またあたしたちの捧げ物を盗みにきたの？　今回は警告だけじゃ決して済まさないから」彼女はいくつぐらいだろう？　ナイルは沈んだふたつの墓石のあいだに体を押し込みながら思い、十六歳ぐらいだろうと予想した。迷いのない信者だけが発することのできる、ためらいのない澄んだ声だった。ナイルは身を低くしたままでいたので、彼女が元の場所に戻って今度は蓮華坐を組んで座るまで、その姿がよく見えなかった。

ほどなく、初めは歌っているようにも聞こえた呟き声が美しい深紅の霧の中に立ちのぼった。ナイルはふたつの墓のあいだから這い出て、じりじりと近づいていった。声の主のパチョリの香りが嗅ぎ取れるほど近づいたときはじめて、言葉がはっきり聞こえ、ぞっと寒気を覚えた。

少女は自分が座っている墓の中の人間への賛美を詠唱していた。

「……誰よりも美しく、その目を持てて幸いである。あなたは誰よりも優しく、その心を持てて幸いである。あなたは誰よりも寛大で、そうふるまえて幸いである。あなたは誰よりも――」

「――ウェストコークを訪れた者の中で、誰よりも殺人を犯しそうなイカれた異常者である？」

ナイルの声に少女は何フィートか飛びあがってふり向き、墓から甦ったラザロのごとく目の前に立ちあがった長髪の闖入者と対峙した。「誰よ……ここにいる権利もないくせに！」

「きみやみんなと同じだけの権利はあるんじゃないかな」

「あんた、観光客？　みだりに善良な人間の名を唱えに来たわけ？」少女の口元は薄闇に隠れていたが、食いしばった歯の隙間から漏れてくる息づかいの音は大きく心をざわつかせた。

ナイルは少女のすぐ目の前まで進み出て、墓石に書かれた文字を読んだ。

ジム・クイックここに眠る
女から生まれ
女に殺められた
安らかに眠りたまえ

神やその他の祝福については一切明記されていなかった。あの悪党をそれなりにまともに埋葬してやるだけでも、教会にとっては革命並みの事態だったのだろうとナイルは予想した。大量のキャンドル、ロザリオ、チベット密教の数珠、額にハートが刻みつけられた人間の頭蓋骨らしきものが墓石の前の地面を埋めつくしていた。腐りかけた果物、飲みかけのウイスキーの瓶、それに何百という——いや、何千だ!——手書きのメッセージが畏敬の念を表すためだけに供えられていた。

少女は冷たい墓石を撫でた。ジムという男は死してなお女の引きつけ方を知っているんだ、とナイルは思った。

「彼と出会った何人かの女性たちは、こういうことを良しとはできないんじゃないかな」ナイルは少女の降ろされたままで見えない手を警戒しながら言った。列車の中で頭に浮かんでいた、復讐に燃える女たちのナイフで刺された狼のイメージを思いだし、後ずさって少女から離れた。

「彼を殺したやつらをヒーローだと信じてるわけ?」少女は吐き捨てた。「町から離れた誰にも見られないところで殺したのが? 犬みたいに血を流させて?」

新鮮な毒みたいに怒りが全身を駆け巡るのに合わせて、少女の足首まであるワンピースが揺れた。

「じゃあ、結局彼女たちはやりおおせたんだね? ウォルシュ姉妹は」

キャンドルの炎がふっと消えていく中、少女は腕組みをしてしばしナイルを観察していた。暗闇の中で新たな興味を持ってナイルをまじまじと見つめているようだった。「あんたって、今日セイクリッド・ハート校に侵入した男でしょ？　だよね」少女が墓石の上に並んだキャンドルの横の光の輪に入ると、ナイルは相手がまだ十四歳を一日も超えていないのを見て取った。男っぽいとさえ言える顔にバランス良く配置された目は、ついさっきまでナイルが不慮の死を遂げることを望んでいたのに、いまでは答えだけを求めていた。「てことは、最初の日記を持ってるんだよね。見せてくれる？　ほんとなの？　お願い」

ナイルは最上段の区画のへりまで、数フィート後ずさりをした。眼下には急勾配の闇ばかりが広がっている。どれぐらいの高さから落ちることになるのか、どれほど強く地面に叩きつけられることになるのか、見当もつかなかった。「じゃあきみはロイシンの日記を見たのか？　本当に存在するの？」ナイルは尋ねた。

星の子は、ナイルがまたすぐ空へと旅立ってしまう自分の願いごとから生まれた予言者か何かではなく、実体を持つ生身の人間であることを触って確かめようとするみたいに、片手を差しだしてきた。「この目で見たことはないけど」少女が細い首にアヤメのドライフラワーの首飾りをしているのが見えた。なぜだかナイルはそのことに何よりぞっとした。「マロリー神父は亡くなる前に確かに日記を受け取ったってミセス・ケーンは言ってる。いまどこにあるのかは誰も知らないんだ。日記はなくなっちゃったの」少女の目が揺れ動き、くり返す声はかすれていた。「消えちゃった。全部消えちゃった」

「きみの――ご両親はきみがひとりでここにいることを知ってるのかい？」ナイルは尋ねた。そう遠くない木々の梢を何かがさっと通り過ぎるのがちらりと見えた。明滅するヘッドライトに見えた。「きみを心配しているようだけど」

少女は返事をせずにナイルの背後を凝視した。騎兵隊の到着が早すぎたとでもいうように、細面の顔に困惑の表情を浮かべている。あるいは、そもそも応援なんか呼んでいなかったのかもしれない。

「あの人たちにもここには来てほしくないのに！」少女は小さな顎を争いの構えに引き締めた。

ナイルがふり返ると、石塀のすぐ向こうの道にいくつかの光線が見え、たくさんの手に握られているみたいにぐるぐる回転していた。男たちの低い呟き声が聞こえてきて、ナイルの喉の奥で血が激しく脈打ちはじめた。逃げ道はふさがれていた。背後の闇を覗き込み、選択肢はないことを悟った。男たちの中にメアリー・キャサリンの父親とPTAの大半がいるとなればなおさらだ。

「じゃあ、気をつけるんだぞ」ナイルは言い、浮浪少女の脇を走り抜けた。

遠い暗闇の中へと全力で飛び込み、痛みが訪れるのを待った。

バタッ、ドサッ！　ナイルはいくつか段を落ちて柔らかい地面に着地した。足首が痛かったけれど、動かせないことはなかった。新鮮な泥のにおいを嗅ぎ取って、雨に感謝した。頭上では、胸板の広い男たちが崖の上に到着し、ナイルを懐中電灯で照らそうとしていた。彼らは赤いキャンドルの炎に照らされたシルエットとなり、あの哀れな少女の幻想を神々しく具現化していた。

「いたぞ！」ひとりが叫んだ。「こっちだ！」

ナイルは湿地で足をすべらせたが、恐怖によって足取りが速まり、いつしか走りはじめていた。痛みにも構わず、これまでの人生で経験のないほど速く遠くへと走った。親指の付け根から膝までガラスを深々と突き立てられたみたいに足首が痛かったけれど、それでも足を止めなかった。丘の向こうに姿を消して赤い明かりも見えなくなる前に、最後にナイルの耳に届いたのは理性をなくした少女の懇願する声だった。それは取り乱した羊飼いの声みたいに野原を渡ってきた。「行かないで！」声はそう叫んでいた。「あの日記がほしいの。行かないでーーー！」

取り澄ましたしつこい囁き声を耳にして、ナイルは目を覚ました。子どもの声は、ヒッピー娘が詠唱して死者を甦らせているぼんやりした夢に割り込んできた。

「郵便屋さん、起きて」

ナイルはハッと覚醒して起きあがった。あたりはまだ暗く、目の前に見えるのは自分の濡れたブーツだけだった。うとうとしていたことさえ記憶になかった。苔の茂った岩のあいだの隠れ場所でどれだけのあいだ眠り込んでいたのだろう？　またもやパニックに襲われ、ドルイド教のランタンと首吊り縄を持ったリンチ集団を目にするものと覚悟して、きょろきょろとあたりを見回した。しかし何も見あたらず、夜行性動物が何かを引っかいている音がするだけだった。遠く離れていてさえも、相変わらずミスター・ライチョードハリーが正しいことに、ナイルはいらだった。一枚の完璧な絵の壮大さを写し取ろうとして、埃っぽい市場に腰を据えた老教師が息絶えるまで、どれだけの時間がかかったのだろうか。

「こっちだ！」

ナイルは驚いて飛びあがりそうになり、あわてて立ちあがった。夢じゃなかったんだ！　腫れあがった足首が自らの存在を思いださせ、またすぐ逃亡者に尻をつかせた。近くで聞こえたあの声は、追っ手の――

「落ち着いて」子どもの声がくすくす笑いながら言った。「いまのところ、あの人たちはここじゃなくて海岸通りを探してるから。長くは持たないと思うけど」

「きみは……？」

一本の木の後ろから少女が進み出た。黒いレインコートを着て、たぶん母親のものなのだろう、少なくとも二サイズは大きすぎるゴム長靴を履いている。丸い顔にフードをきつく締めつけていたが、フィオナ・ウォルシュが教えてきた中で最も野心的な六年生に間違いなかった。

メアリー・キャサリン・クレミンはナイルの横にひざまずいてほほえんだ。

「獲物はここだと知らせるために来たんだろ？」ナイルは問いかけた。

「あなたはあたしが欲しい物を持ってる。その物とあなたを交換するつもり。なんのことだかわからないなんてふりはやめてね」メアリー・キャサリンは螺旋溝の刻まれた金属製の大きな旧式の懐中電灯をポケットから取りだし、スイッチに親指をかけた。「あたしが電話をかけるよりも早く、うちのパパもみんなもこの光に反応するはずだから。みんな外に出て探してるよ。ミスター・クレミンの一人娘ととっても長いこと一緒にいたよそ者をね。考えてみて」

ナイルはあたりを見渡した。いまでは大通りの先に青白い光の集まりがぼんやりと見えた。次はどこを探したものか迷っている。彼らに必要なのは、丘の上へと導く針の先ほどの小さな光だけだ。

メアリー・キャサリンは学校鞄の中からまた別の何かを取りだして、胸の前で抱いた。それは無地の茶封筒に入ったままで、何年も水に浸かっていたように見えた。

「公平な取り引きでしょ？」彼女は言った。封筒から取りだした日記帳のページは湿気のために歪んでよれていた。「これは全部コピーしたからもういらない。でも物語の最初の部分がほしいの。ウォルシュ先生の日記が。だから見せて」

メアリー・キャサリンがぐっと前かがみになったため、大きな青い目が見えた。そこには同情もためらいもなかった。ナイルはズボンの裏地の内側に手を入れて、フィオナの死に際の思考を包んだビニールカバーを探り当て、取りだした。

「あそこにいた女の子は誰なんだ？　あの墓地にいた子は」ナイルが尋ねると、メアリー・キャサリンは肩をすくめた。「あの子たちはひっきりなしにやって来て、墓地の管理人は追い払いつづけてる。マリファナを吸いまくる連中もいて、においが何マイルも先まで漂ってくることもあるよ」ずる賢い笑み。「でもパパにはヒッピー娘じゃなくてあなたみたいな知らない男に気をつけなさいって言われてる」

「きみのお父さんはあの教室でぼくが何をしたと思ってるんだ？」

「想像力を働かせなきゃ。ジムのことがあったから、親たちを怖がらせるのは簡単なの」

「悪魔め」

メアリー・キャサリンはあいているほうの手を振り立てた。「ロイシンの日記を渡してあげるのに感謝してもらわなくちゃ。押しかけてきたマスコミに売ることだってできたんだから」

「きみはどうやって手に入れたんだ？」

メアリー・キャサリンはにやりとした。左を見ると、下に集まった懐中電灯の光は進む方向を定めたようだった。静かに行進して丘を戻ってきていた。こっちに向かって。「マロイ神父が亡くなったあと、司祭館の片付けを手伝ったの。そしたらそこにこの封筒があった。あたしが取るところを家政婦のミセス・ケーンは見てなかった。でもめちゃくちゃになってるページもある。きっとどこかで雨に打たれていたのね」彼女は闇を覗き、ひとつ目の光に額を照らされた。「もう時間がない。取り引きは成立？」

ナイルはフィオナの日記を渡した。一瞬の後、メアリー・キャサリンもロイシンの日記を差しだしてきた。

「ここにあまり長くいちゃだめだよ」心からナイルの無事を気遣っているような声だった。メアリー・キャサリンはアイリーズに続く暗い丘の向こう、北の方角を指さした。「道路からははずれておいて。そのままあと三十分ぐらい歩くと、使われていないコテージがあるの。そこには誰も行かせないから。約束する」

足首がずきずきしていたけれど、恐怖がナイルに最後のアドレナリンを注入した。ロイシンの日記を親指でなぞると、姉の日記帳とまったく同じ感触だったものの、さらに傷みが激しかった。前半は丸々パルプ状になって判読できなかった。「どうしてぼくにこれをくれるんだ?」

その問いに対し、こんなばかげた質問は初めてだというように、メアリー・キャサリンは顔をしかめた。「だってよそから来た人たちには親切にしなさいって、ウォルシュ先生はいつも言ってたから」そして少女は闇の中に消え、雨と新しい宝物を手にしたナイルだけが取り残された。

開けた土地を一時間以上歩きつづけたところで、石壁に行きあたった。

山脈は太った灰色の蛇みたいに峰から峰へとうねる雲に覆われていたため、石壁の横に他に何があるのかはわからなかった。手探りで進むと、ドアらしきものがあった。そっと押してみると、抵抗するような軋みを立てて開き、ナイルは中に入った。照明のスイッチを見つけたけれど、電気はつかなかった。小さくつまずき、何か柔らかいものの横に立っているのがわかった。ソファだろうか? それとも椅子? ゆっくりと腰を沈めると、それは乾いているようだった。上階のどこかの天井から水が滴り落ちているリズミカルな音が聞こえていた。足首が焼けるように熱かった。けれど好奇心は苦痛にも勝った。

携帯電話の電源を入れて、LEDライトに照らされた小さな画面を膝の上の日記帳にかざした。追っ手はこのかすかな青い光に気づくだろうか? 携帯を床まで降ろすと、ネズミの糞と散らばった新聞が見えた。長いこと誰も足を踏み入れていなかったようだ。ナイルは携帯を隠し、窓がありそうなところから外を覗いた。どこにも明かりは見あたらなかった。結局メアリー・キャサリンは父親を丘の上に行かせたのだろうか？　ナイルは粗末な読書灯を再び取りだし、運に任せることにした。携帯のバッテリー表示は三目盛り残っている。じきに夜も明けるはずだ。

「さあロイシン、秘密を教えてくれ」そう言って、ナイルは最初のページをめくった。

第三部　ロイシンの日記

7

あたしは夢の人生を送ってきた。いちばん最初の安い携帯式トランジスタラジオの頃からこっちに向かって流れてくる、見知らぬ人々の声帯が作りだす何層も重なった雲に乗りつづけてきた。そこでは目を閉じればカラハリ砂漠を歩くことも七つの海を航海することもできた。すべてが家にいながらにして叶った。子どもの頃、姉妹で一緒に使っていた部屋は狭かったの。あの火災で親を亡くすまでイーファとあたしは同じベッドで眠っていた。モイラ叔母さんのB&Bで過ごした歳月、目に見えない電波は退屈な日曜を我慢できるものにして、単調な毎日を愉快なものに変えてくれた。

以来、あたしはこれらの声に忠実だった。声は決してあたしを見捨てなかったから。

いまあんたに向けてこの文章を綴っている部屋はひどく狭く、部屋とも呼べないようなものだ。ダブリンにあるモイラ叔母さんの家の壁の空洞部分で、あたしたちはこの家から生きて出られないだろうと姉さんは

あたしは六歳の頃から声に耳を傾けてきた。あんたが何を考えているかはわかってる。かわいそうに、子どもの頃から引っ込み思案で自分の殻に閉じこもっていた寂しい人間だったのか。そうした反社会的行動が、曖昧な人との触れ合いよりもアルコール依存やアマチュア無線に向けられた飽くことない欲求に通じているのは間違いない。そしてブラックジーンズを穿き、ガールフレンドの腕に抱かれることになったわけだ。そう思ってるんでしょ？　でもそんな偏見のない哀れみは取っておいて、他の誰かにレッテルを貼ればいい。

言っている。姉さんは正しいのかもしれないけど、あたしにはもうわからない。いまではいつも疲れ過ぎていて、胸の中にある嫌な予感の他は何も分析できなくなっている。でも姉さんは息もつがずにまくしたてているでしょう？　いつもそうだった。姉さんのことは大好きだけど、姉さんが本当に言いたいことはなんなのかを理解するには、言葉に込められた怒りを半分減らして聞かなければならないことがある。忌々しいファラオ崇拝については言うまでもなく。

現時点であたしは姉さんと同じぐらい弱っていて、おまけに化け物のような姿になっているけれど、これだけは言える――姉さんが眠りながらうめく原因となっている、差し込むような激痛をあたしも感じている。お腹の内側をかぎ爪で引っかかれているみたいに。姉さんは食べ物に何か入れられているせいだと言っている。ふん、もう一度あんなものを食べ物と言ってごらん。立ちあがって姉さんが見つけたというシャベルみたいに硬い物を探す元気さえあれば、あんたの脳天を打ち砕いてやるから。

救い。

目を覚ましていて、いまでは常につきまとう瞳の中のぼんやりした違和感を追い払おうとまばたきをしているときでさえも、あたしは救いを夢見ている。目を閉じて果てしない地平線を思い浮かべる。ぎりぎりの瞬間に寒々しい山頂からヘリコプターで引きあげられた登山者を夢に見ることもある。またあるときは、酸素が尽きる前に鋼の船体を叩いて信号を送り、外にいる潜水夫たちに救助を求める潜水艦の乗組員の夢を。

例えばいまは、どこまでも続く海にひとりぼっちの船乗りが心の中に見えている。船が浸水して沈没したとき、彼女は救命いかだにひとり残され、通り過ぎる飛行機に何週間も気づいてもらえないまま合図を送っていた。これまで鳥を捕まえて羽根以外は残さず食べ尽くすことで生き長らえてきたのだ。何日も雨が降っておらず、舌が昆虫みたいに腫れあがっていた。すると、喉の渇きと絶望によって分別を失い、彼女はプロペラの音を耳にして顔をあげる。ほら！　白くて大きな美しい水上飛行機。翼を傾けて、彼女の頭上のごく低いところを単調な音を立てて飛んでいて、くたびれた銀色の胴体に飛び散った燃料の乾いたしみが見えるほどだ。彼女はあおぎ見て、自分の名前の響きを思いだそうとしている。一ヵ月以上、言葉を発していないのだ。

それを言うなら、あたしもそう。姉さんに「ありがとう」と「愛してる」は言っているけど、それは数の内に入らない。

昼間であっても、起きながらにしてこんな夢を見ている。自由の幻影を、救出のイメージを。外に出て、草のにおいを嗅ぐことを。姉さんが眠っているとき、あるいは眠ろうとしているとき、あたしは見張りをする。悪魔のような叔母が深夜でもゴキブリみたいに、もしくは故郷でわが家のゴミ箱をあさっていたホームレスのように階下をうろつき回る音に耳を傾ける。どういうわけか、そうしているとホームシックになる。だけどほとんどのとき、あたしはまぶたの奥でジムのことを思い浮かべている。

そして殺人について夢見ている。

生きたジムの姿を最後に何度か見たうちの一度は、大通りの反対側で女の子ふたりの食料品を運ぶのを手伝っているところだった。

ごくごく自然な様子で、ひとりの肘に手を添えて、通りかかった車に礼儀正しく会釈して。ハロルドのお古のアロハシャツを着ていて、日射しを浴びながら赤いシルクに緑色のパイナップルをはためかせていた。認めるのは癪だけど、良く似合っていた。

あたしはイーファのための食料品を買いに行く途中で、自転車で丘をくだっているところだった。イーファはまだ家から出ようとしなかった。あの流れ者のくそったれがあたしたち姉妹を黙らせようとしてから、一週間近く経っていた。あたしは自転車であの男とふたりの女を轢きそうになったけど、最後の最後にペダルを止めた。ジムが踊るように前輪をよけて、実際に軽くジグのステップを踏むと、女たちは声をたてて笑った。あの男は自転車のハンドルをがしっと押さえ、ふざけてちょっと揺すってみせた。手元から数インチの鞄の底に、イーファの家から取ってきたナイフがいまも入っていた。神に誓って、あたしはその場ですぐあいつに血を流させてやるところだった。

するとあの男はほほえんだ。大げさ過ぎず、見るからに軽薄ということもなく、日焼けしたハンサムな顔の下に潜む感情を一瞬ちらりと垣間見せただけだった。

それまではあの肌を永遠に灰色に変えてやることが自分にできるのか迷いがあったとしても、波止場のそばの駐車場までジムが歩きつづけるあいだに、もう迷いはなくなっていた。あいつをイスカリオテのユダよりも確実に死に追いやりたかった。それでも、あたしは相手を油断させることだけが目的でこの町のくそったれのうぬぼれ屋たちみんなにするように、ジムにも自分が大物であるように錯覚させてやろうとした。うっとりしているように、あるいは感心しているように、あいつに向かって小首を傾げて、真っ白な歯を見せつけてやったのだ。自転車を降りて〈スーパーバリュー〉に入っていくあいだ、ジムの視線が自分のお尻に注がれているのを感じた。この住み込みの語り部《シャナヒー》のように狡猾なタイプでさえも、男というものは扱うのが簡単すぎて、うんざりしてしまうほどだった。親愛なる読者さん、あたしがなぜそんなことをしたのかと疑問に思ってるかもしれないね。でも信じて、あたしはそのときにはもう近々ジムの背中にイーファのステーキナイフを突き立ててやる計画を企てていたの。それを実行するときが来るまで、あの男にはこの脅えたゴス娘に対して少しの懸念も抱いてほしくなかった。

十分後に買い物袋をさげてスーパーから出てきたとき、ジムの姿はどこにもなかった。あいつが手伝ったふたりの女は旧型のルノーの中に座り、煙草を吹かしてあたしには聞こえない何かのことを笑っていた。トロール船のディーゼルエンジンの煙が道路の反対側から漂ってくるスタウトのにおいと混じり合い、あたしは父さんのことを思いだした。父さんは良くここであたしたちにバニラとストロベリー両方のアイスクリームを買ってくれて、グラスをちびちび傾けながらスタウトをゆっくり味わっていた。今日はクレープの屋台が繁盛していて、少年たちが先を争って店主に注文しようとしていた。他のみんなにとっては、広場までぞろぞろ歩くのにぴったりの日だった。

だけどあたしにとっては真冬も同然だった。冷え切った心だけを抱えながら、自転車のペダルを漕いで丘をまたあがった。

イーファは相変わらずニンジンしか食べようとしなかった。

サーモン、パン、薄切りベーコン、それにあらゆる種類の野菜を食べさせようとしたけれど、無駄だった。イーファはいつもあたしの冷蔵庫からくすねているダークチョコレートにさえ手を付けようとしなかった。双子の妹は何日もベッドの中で過ごし、にっこり笑ったウサギのラベルがついた袋から皮を剝いてある小さなニンジンスティックをつまみ、そればかりをもぐもぐ囓っていた。あたしは愚かにも妹が自分と同じく激しい怒りをたぎらせ、父さんのショットガンがちゃんと使えることを確かめて、しょっちゅう窓の外に狙いを定めるという行動に出るものと思っていた。けれどあたしと姉さんが警察に行かなきゃと言っても、せめてお医者さんには看てもらおうと言っても、イーファは静かに首を振るだけだった。あの子は裸足で表に出ていって、家の裏手の近くにある森の開拓地にじっと立ち尽くし、木々を渡る風がワンピースを捉えて腿にはためかせるがままにしていた。イーファは何時間もそこにいて、帰ってくるとあたしたちに小さくうなずくだけで、あのウサギの餌の新しい袋を抱えてまた毛布の下にもぐり込むのだった。

夜にはあたしと姉さんが交替で外を見張った。あたしは一度にあれほど新鮮な空気を吸いながら外で過ごしたことがなかったから、最初の二日間は頭がクラクラしていた。町を見おろし、みんながあのシャナヒーに惑わされて自分の頭でまともに考えられなくなってしまう前はどんな風だったか思いだそうとした。本格的な観光客シーズンが到来していて、最後の一杯を飲み終えて大通りをふらふら歩く男たちの声が、残飯を争うカラスの声みたいに、丘の上へと運ばれてきていた。

姉さんは本を持ってきてソファでくつろいでいた。あたしは無線機を持ってきていた。

閃光の前に放り投げられたビー玉みたいにスリーヴミシュキヒ山脈の尾根伝いに星が動いていたとりわけ美しいある晩のこと、あたしは無線機のスイッチを入れた。姉さんはアメンホテップについて書かれた大型本を小型テントみたいに胸に抱えたまま眠り込んでいて、イーファの部屋から聞こえてくる音は、あの子がこの国でいちばん下手なダンサーを決めるくだらないテレビ番組を観ていることを教えていた。

あたしはいちばん大きなダイヤルを押さえ、新しい声を探しはじめた。エヴィーはロシアにある両親の邸宅を訪れていて、少なくとも一カ月はこっちに来られなかった。あたしは置いてけぼりをくらって、エヴィーがときどきメールしてくるソチとかいう場所が嫌いになっていた。寂しくて腹を立てていた。たまには姉妹以外の相手と話がしたかった。そしてその夜、まるで空中に張っておいた網で捕まえているみたいに、その帯域では声が次々に聞こえてきた。

アイリッシュ海でサーモンを流し釣りしながら、ふしだら女が引っかかるのを待っている男たちがいた。あたしは挨拶をして、ダイヤルを動かし、目に見えない電波の船の航跡の中に彼らを取り残した。お次は失望した年寄りのものらしき政治的な声が聞こえてきた。彼女は〝社会的良心〟と名乗り、この国のためを思えばすべての国有化を廃止すべきだと主張していた。彼女もまたトロール船の男たちと同じく船の後ろに消えていった。電波が弱くなった。その夜もあたしが何を着ているか知りたがるティーンエイジャーの短波サーファーと時間を無駄にするだけかと思いはじめていたとき、百回目にマイクを調節しても通りで出くわしたら会釈もしたくないような相手しか見つからなかったあとで、雑音のあいだからひとつの声が割り込んできた。

「こちらナイトウイング、おたくの屋根と木とかつらの上を飛行中」落胆しながら虚空に向かってくり返した。「誰か応答せよ。どうぞ」

遠くで誰かがスイッチを入れたみたいに、パチパチと音がした。そしてそれは聞こえてきた。

「またきみと話ができてとても嬉しいよ」男の声が答えた。ひどく柔らかな声で、まるで彼が電波を撫でてこっちに送ってきているかのようだった。「きみときみの友だちに会えなくて寂しかったんだ。きみはどうしてた？」

喉と頬に鼓動が激しく響いていた。相手が誰だかすぐにわかったから。とはいえ、間違いないか確かめておく必要があった。

「話を続ける前に、まずは名乗ってもらえる？　どうぞ」

緑色の帯を見て、3101.3MHzの横で止まっている針を見て、既にわかっていたことを告げる声を聞いた。だって、預言者と正気をなくした人間は人の心に入るのに同じ扉を使うでしょ？　相手が望もうと望むまいと、相手の希望を掌握して、取っ手をひねりはじめてついには扉をあけてしまう。

「前回、きみの友だちが門番《ゲートキーパー》という名前で初めて呼んでくれたよね」声の主は父さんが良くしていたみたいに、くっくっと感じよく笑った。「あのとき、ぼくたちは語り部の話をしていたっけ。確かきみはぼくの話を信じなかった」彼はひとつ大きく息を吸って、空気以外のものも吐きだした。いらだちか、悲嘆のようにさえ聞こえた。「親愛なるナイトウイング、教えてほしいことがあるんだ。ここ数カ月のあいだにウェストコーク一帯で起きたことを考えてみろ。そしていまは何を信じるつもりなのか話してくれ」

あたしはすぐには答えずに、リビングに顔を向けたけど、姉さんはいびきをかいていたし、イーファの部屋のドアの向こうからはむかつくワルツの調べが聴こえてきていたから、ふたりは起こさないほうがいいだろうと思った。あたしひとりでやるんだ。

「どうしてそんなに彼のことを良く知ってるの？　この町の語り部のことを」

紙がパチパチと楽しげに燃えているような音がした。ゲートキーパーは煙草に火を点けて、深々と煙を吸い込んでいた。「彼はぼくに物を送ってくるからね。何年も続いてる」

「それって……どういう物のことを言ってるの？」あたしは動揺を表さず落ち着いた声を保とうとしながら、死ぬほど脅えていた。

「お土産だよ」実際に言おうとしていることを表すにはそれでは口当たりが良すぎるとでもいうように、ゲートキーパーは言葉を引き伸ばして言った。「旅先のね。彼がどんな物をぼくの家に置かせようとするかによって、封筒で届くときもあれば、箱で届くときもある」彼はマイクに向かって煙を吐き、ため息混じりにつけ加えた。「今週は郵便配達員が品物を二度届けに来たよ」

　短波から目をそらさずにはいられず、外の薄黒い波を眺めて尋ねた。「中身はなんだったの？」

「きみが決して見たいと思わない贈り物さ」心から悲しんでいるような声だった。彼の声からは父親らしさが消えうせ、哀惜だけが残されていた。「考えたくもないだろうね」

「ねえゲートキーパー、あたしたちが同じ語り部の話をしているのかわからないけど」入り江から吹いてくる温かいそよ風が、凍るように冷たく湿ったものに変わるのを感じながら言った。「こっちのやつは、最低のレイプ犯で人殺しに違いないのよ」

「あいつはいまも赤いヴィンセントコメットに乗ってるの？」ゲートキーパーは知りたがった。

　誰もあのバイクのことを忘れられるはずがなかった。ジムはいまのところセイクリッド・ハート校の少なくとも三人の子どもたちを常置して、不用意な観光客や町の酔っぱらったマヌケがバイクに傷をつけないよう見張らせていた。ジムが子どもたちに現金で報酬を払っていたおかげで、フィッシュアンドチップスの店は大繁盛だった。

「ジムがあのバイクより愛してるのは、己の腐った本性だけよ」あたしは言った。

「だけど殺人は止まったんじゃないのか？　あいつが訪ねていく若い女たちの。最近はニュースになってない。それには理由がある」

　あたしには理由がわかっていた。ジムがマクソリーの店のバーカウンターを練り歩き、自分に向かって歯を光らせて笑顔を見せる相手なら誰彼構わずビールを奢っているのを見たことがある。毎週金曜日には警官たちとポーカーの夕べを開いていた。日曜に二回聖歌隊に加わって歌ったことでマロイ神父までのぼせあがらせたことは言うに及ばず。でもあたしはゲートキーパーの口から答えが聞きたかった。

「なんでなの?」と問いかけた。

「きみにもちゃんとわかってるはずだよ」また父親が諭すような声になっていた。「きみの町にいるのが居心地がいいのさ。カッコウが他の鳥を放りだして巣を乗っ取るみたいにね。あいつは出ていかないつもりだよ。ずっといられるように、もう何か手は打ってあるんだろう?」

あたしはジムがモイラ叔母さんのために買ったダイヤモンドを思いだし、ふたりの寝室に乗り込んでいって、あの男のみじめな弁解も無視してただちに心臓を刺し貫いてやりたくなった。お望みどおり、これでずっとこの町にいられるじゃない。「あんたは何者なの?」金属の箱を粉々にしてプラグを引っこ抜きたいと思いながら尋ねた。「あんたと水晶玉がなんでもお見通しだっていうなら、なんで自分でこっちに来てなんとかしようとしないわけ?」

「あいつが怖いからさ。きみも舐めてかからないほうがいい」

「あの男の弱点は? どうすれば止められるの?」

今度も答えはもうわかっていた。だけどあたしはきっと、そう思っているのは自分だけじゃないことを、優しい声で聞かせてほしかったんだ。

「あいつが女たちに視線を向けるところを見たことがあるだろう?」聴こえてきた感じだと、ゲートキーパーはクレーターほどの大きさの灰皿に煙草を押し潰しているらしかった。「そこが弱点だよ、ナイトウインク。誰もが認めるありのままの事実だ」

「自分であの男を止めようとしたことはあるの?」尋ねたけれど、そこには果てしないメガヘルツの海が広がっているだけで、向こう側で誰が聴いているにしろ、絶え間なく波が打ち寄せるばかりだった。

背後で何かが動く音がして、ふり返った。

昇りかけの朝日に青白い顔を照らされながら、戸口にイーファが立っていた。朝の寒さにあたしのライダースジャケットを着て、いつもの花柄のゴム長靴を履いている。双子の妹は外に出てきて、両手であたしの髪をくしゃくしゃにした。泣きそうになった。イーファが立っているのを見て、嬉しくてたまらなかった。姉さんも足を引きずりながらポーチに出てきてそこに加わった。あたしの煙草を三本くわえていて、そのすべてに火を点けると、儀式ばった贈り物みたいに一本ずつ回していった。あたしは家族を見つめ、転んだ子どもが立ちあがるのを見たときに母親たちが感じるような誇らしさを覚えていた。

あたしはふたりのほうを向いてほほえんだ。スフィンクス姉さんとあたしのブロンドの分身。ふたりがただただまぶしかった。あたしにはこれからやるべきことがわかっていた。

「いいことを思いついたんだけど」あたしは言った。

幼い頃の記憶から現れた絹の亡霊みたいに、母さんのウェディングドレスが日射しを浴びて揺らめいていた。

自転車で大通りを走りながら、婦人服の仕立て屋の奥にそれを見たとき、初めは幻覚かと思った。あたしはイーファのところにまた食料を持っていくところだった。嬉しいことに、あの子はリンゴとパンも食べるようになっていた。壊れかけの自転車を歩道に寄せて、ウインドウに鼻を押しあてた。ある意味、その奇妙な幻影を見たことについて、あたしは正しくもあり、間違ってもいた。古い家族写真が動きだしていたけれど、ドレスを着ている人物の顔だけが母さんのものではなくなっていた。

母さんの代わりに、モイラ叔母さんが十代の花嫁みたいに顔を輝かせて、入っていらっしゃいと手招きしていた。

「左のほうをもうちょっと詰めてちょうだい」あたしたち姉妹が名前を思いだせないそばかすのある物静か

なお針子に向かって、叔母さんは囁いた。叔母さんは最近手に入れたスーパーモデル体型の細い腰に、大きくひだを取った布地をお針子がさらにきつく締めつけるのを待っていた。それからこっちに顔を向けたけど、その頬は輝き、その目は想像するのも耐えがたい未来を見つめていた。あたしは思った。叔母さんは何を望んでいたのだろう？　かつてエイモン・デ・ヴァレラが国民全員に命じたような〝元気な子どもの戯れる音と幸せな娘の笑い声〟が聞こえる、健全な明るい家庭？　懐かしのデヴはジムみたいな男が家庭を持とうとしていることを想像したことがあるだろうか？

「モイラ叔母さん、綺麗だよ」そのドレスに火を点けたマッチを近づけてやりたいと思いながら言った。

「ありがとう、ロージー」叔母さんは応じたけれど、あたしのいまの言葉にはちっとも心がこもっていなかったことに気づいている証に、目には警戒の色を浮かべていた。「ちょっと待ってて。話があるの」

「わかった」とあたしが答え、赤いビロードのスツールに腰かけているあいだに、名前を思いだせないお針子は奥へと引っ込んでいった。お針子が叔母さんに向ける目つきは、戴冠式を目前に控えた女王に対する卑しい平民のものに似ていた。いまやモイラ叔母さんはキャッスルタウンベアの中では誰よりも本物のセレブに近い存在となり、一九四〇年代の映画スターみたいに頭を傾けてお針子にほほえみ返した。

けれど、ふたりきりになると、映画の美女は消えうせた。

「あなたたち、先週の金曜日はディナーに来なかったわね」

「うん、そうだね」ジムがあんなことをしたあとで、叔母さんは何を期待していたの？　ローストビーフを食べながら、みんなで歌でも歌うとか？　デザートのあとにはトランプで盛りあがる？

小間使いが聞き耳を立てているかもしれないからと、

高貴な女王陛下は身を寄せてきた。忌々しいことに、叔母さんは母さんの高価な真珠のイヤリングまで着けていた。ある夏に父さんが記念日の贈り物として母さんにあげたイヤリングを。その夜、あたしたちは映画を観に行って、母さんは上映中にスクリーンから手を伸ばしたトム・クルーズに持ち去られてはいないかと確かめるように、何度も耳に触れていたから、そのイヤリングのことは良く覚えていた。

「いくつか噂も耳にしているの」叔母さんはあたしの肩の向こうの通りに何かを見ていた。「わたしのジムに関する恐ろしい噂よ。いつものことだと彼は言ってる。あなたたち姉妹がどう思っているか知らないけど、わたしの目は節穴じゃないのよ」叔母さんは手をあげてあたしの腕に触れた。「確かにあの人は荒れた暮しをしていたわ。女遊びも激しかったし、お酒もずいぶん飲んでいたかもしれない。でももう終わったの。ジムはわたしに約束してくれた。彼がイーファにしたと囁かれていることについては——まさかそんなことは……」叔母さんは口をつぐんだけれど、やっぱりあたしとは目を合わせなかった。

「あたしは信じる」そう言って、さりげなく手を振り払った。

ベティ・デイヴィスもどきの目の奥で何かが動き、慎み深い花嫁は汚れ仕事をしなければならないときに過ごす地下牢へと姿を消した。冷酷になったモイラ叔母さんは身を乗りだし、何かに思い至ったというように、長いことうなずいていた。またあたしを見たときの叔母さんは、あのプラスチックのキリストは悪魔だと言ったほうがまだマシだったと思える顔をしていた。叔母さんがもしも針を手にしていたら、間違いなくあたしを刺していただろう。

「なるほどね」叔母さんは唇をすぼめて言った。「じゃあ現場を見たわけ？」

「ううん」荒立てた声を耳にして、あの忠実なお針子がカーテンの陰から鼻先を突きだしているのが一瞬見えた。「そうじゃないけど」

叔母さんが首を振ると、イヤリングが音を立てた。

「だったらなぜ本当だと言えるの？　そんな恐ろしい真似をしたとあの人を責められるだけのことを誰が知っているって言うの？」叔母さんは顔中に赤い斑点を浮かべ、胸を上下させていた。マニキュアの完璧に塗られた爪をいじりはじめると、赤い小片が塗りたてのペンキみたいに床に散った。

サラ・マクダネルのなくなった顔を思いだして、恐ろしいことならあいつが妹に手を触れる前から始まっていた、とあたしは思った。何週間かしたら、叔母さんも顔をなくすのだろうか。

「あたしは何も知らないよ、叔母さん」精一杯素直で中立な声をだした。「それに悪いけど、ほんとにもう行かなきゃ。姉さんたちが家で待ってるから」

それを聞くと、モイラ叔母さんはほほえんだ。ジムが行っている愛の黒魔術によるかすんだ雲にさえも、埋もれさせられない思い出があるのだ。叔母さんはあのシャナヒーのことを一度だけ綺麗に忘れて、子どもの頃のあたしたちの姿を見ていたのかもしれない。あるいはあたしに死んでほしいと願っていたのに見事に隠していただけかもしれないけど。確かなことは永遠にわからないだろう。叔母さんはまた目を細くして、唇の端にはみだした口紅を慎重に拭き取った。

「結婚式は今週の土曜日よ」叔母さんは空想に酔いしれた声で言った。「セイクリッド・ハート教会で二時から。ケーキはもう注文してあるわ。スミレの砂糖漬けと新鮮なイチゴを使ったケーキよ」いまでは叔母さんは臼歯まで丸見えになるほどの笑顔になっていて、結婚式への期待は愛しいジムを悪く言う相手に対する怒りをも圧倒していた。

とにかく、あたしはそう信じていた。たった二秒のあいだだけ。

「わたしたちは結婚して幸せになるの」叔母さんはジムが決して語らなそうな民話に出てくる妖精みたいにまだほほえんでいた。「あなたたち姉妹のひとりでも結婚式を壊そうとしたら？　あるいは、その日までにわたしのジムの悪口を町の人たちに触れ回ったとしたら？」叔母さんはドレスにできた皺を撫でつけながら、他人を見るようにあたしを見た。「そのときは、マロイ神父にも神さま本人にだって、わたしからあなたたちを守ることはできないわよ」

ふらふらと仕立て屋から出てきたところで、町でいちばんぴかぴかの制服のボタンをつけた女に出くわした。彼女もあたしたち姉妹を透明人間に仕立てあげていた。ここ一週間以上、姉さんとあたしは大通りを端から端まで歩いていても、誰からも会釈ひとつしてもらえなかったのだ。町のみんなが忠誠心の危機に陥っているのはわかっていた。町のマスコットを信じるか、イカれたウォルシュ姉妹を信じるか？　ジムの琥珀色の瞳が選ばれる可能性は五分五分だ。でも、この元親友ぐらいは信じてくれても良さそうなものだったのに。

「ブロナー、調子はどう？」あたしは自転車を取りに行きながら尋ねたけど、ブロナーがどうなろうと知ったことじゃなかった。

「車に乗って」しみひとつないシャツに顎をつけて、彼女は言った。ブロナーときたら、あのくそつまらないフォード・モンデオが大のお気に入りだった。汚れた石鹸にタイヤをつけたような車。

「今度は〝車に乗って〟なんて言うわけ？　やっと口をきいたと思えば、ブロンクスのくそ警官の真似事？　あたしはみんなに無視されてる罪で逮捕されるの？」

「やめて」違法煙草を手に隠したセイクリッド・ハート校の少年ふたりが、こっちをじろじろ見ていた。

「あたし、忙しいんだけど」

「わかってる。買い物してるところを見かけたから――

――」ブロナーは一瞬まばたきをした。「――イーファのために」

「わあ、びっくり。あの子の名前をどう発音するのか、まだ覚えてたんだ」

その頃には、あたしは自転車を押しながら歩道を歩いていた。ブロナーは時速二キロで横に並んでのろのろ進み、交通の妨げになっていた。通行人がヒソヒソ話していた。通りの反対側からでもその声は聞こえた。女の子が白いパトカーを指さして口元を覆った。ごく短いあいだのこととはいえ、勇敢なブロナー・ダルトリー巡査部長が世論調査で支持を失いつつあることがあたしにはわかった。

「ロージー、車に乗って。頼むから」

「自転車を後ろに積んでくれるなら。テレビドラマの役者の真似もやめてよね」

返事はしなかったものの、ブロナーは車を降りて自転車のハンドルをつかんだ。その顔色は少しずつ白くなっていった。車に乗り込んで無線をいじっていると、バンパーに不器用に固定された相棒ベッシーがぶつかる音がして、あたしはブロナーが困っているのを密かに喜んだ。車に乗り込んでエンジンをかけたとき、ブロナーの唇は遺体袋と同じぐらい堅く閉じられていた。

「これで満足？」中指を突き立てている少年ふたりに苦々しい笑みを向けながら、彼女は尋ねた。

「ちょっとはね」無線機からはお決まりの交通違反に関する情報しか聞こえてこなかった。

ブロナーは無線を切り、グローヴボックスにいつも入れてある甘い物をごそごそ探したけれど、ひとつも見つからなかった。「ジムっていう男について話し合えないかと思うんだけど」

「ぺちゃくちゃ喋ってないで、あの男を逮捕したらどうかと思うけど？」

「いい加減にしてよ」ブロナーはあたしにも自分自身にもひどく腹を立てていて、声を抑えることもできないほどだった。彼女は子どもの頃に一緒に遊んでいた桟橋の端へと車を走らせた。トロール船が入港してきていて、カモメの飛行中隊がそのあとを追い、石造りの埠頭に立つウールのセーターを着た男たちが静かに水揚げを待っていた。

ブロナーは膝に何かを抱えていた。だけど、それがなんなのかこっちから訊くなんて絶対にお断りだ。

「わたしが何もしなかったとでも思うの？　嘘じゃなく、土曜の午後二時までにあの男の茶色い目をラスモアロードにある刑務所の門の中に入れてやりたいと思ってるのに」

「それを聞いて安心した」ついついブロナーを気の毒に思いはじめていた。どういうわけか、ちっぽけなダルトリー巡査部長が毎週金曜の未来の花婿のポーカーの会に招かれているとは思えなかった。「だったらなんでまだこんなところにじっと座って、くだらないお喋りをしてるわけ？」

口の端がさがり、ブロナーはそのまま放っておけばすすり泣きに変わりかねないため息を押し殺した。そこにはイーファが受けた仕打ちと、町の警官としての自分の無力さへの悲しみ以外のものも含まれているのが、あたしには聞き取れた。十カ月にわたって老マーフィー巡査部長から侮辱を受けつづけたことによる挫折感と、ハナタレ小学生にさえもバカにされて積もり積もった感情もそこには含まれていた。「あの男を捕まえるために、わたしは石ころをひとつひとつひっくり返してきたんだって言いたくて。何の容疑であろうと逮捕するために。確かにあいつは出来すぎてて胡散臭い。みんなもそれはわかってる」

「それでも結婚式には出席するわけね？」あたしはポケットの中に押し潰された煙草を見つけて、火を点けられるぐらいまっすぐに戻そうとした。「そうなんでしょ、刑事コロンボさん？」

「招待状が今日届いたわ。出席できない理由もないし……」ブロナーは懇願するようにあたしを見た。「あんたたち姉妹もみんな招待状を受け取った？」

「ついさっき、叔母さんから直々に特別な招待を受けたよ」

ブロナーは手の中のファイルを開いた。

「彼女の名前はローラ・ヒリヤード、イングランドのストーク・オン・トレント近辺の出身。先月ケンメアで殺されたっていう若い女のことだけど」ゴムの防水ズボンを穿いたふたりの男がつるつるした甲板で足をすべらせ、身もだえている魚たちの銀色の絨毯を桟橋に敷きつめるのを、ブロナーは見ていた。「殺人犯は自分のDNAを残さなかった。気になってるかもしれないから言っておくけど、サラ・マクダネルとドリモリーグのホランドという女性も同じ。わかる？ 皮膚組織も、精液も、血の一滴さえ残っていなかった。つまり犯人がずっとゴム手袋かコンドームを着けていたか、被害者が誰も大して抵抗しなかったかのどちらかね」

あたしは車の周りのそこらじゅうで死にかけているタラがバタバタ身もだえしているのを見て、その前日に通りを渡るのにジムが手を貸してあげていた女の子たちの目の中に浮かんでいたものを思いだしていた。真の献身。彼女たちの耳の横で大砲をぶっ放しても、遠くの雷だと言っただろう。「でも抵抗した者がいたとわかってるんじゃないの？」

ブロナーは一枚の紙を引き抜いた。

「今日になって初めて。ホランド夫人の家にあったカップから何者かの唾が検出された。初めは見落とされていたの。わかる限り誰とも一致しなかったけど、男の唾液なのは間違いない。鑑識結果によると、被害者はコンドームを着けてセックスしたあと、頭を陥没させられた。精液も残っていなかった」

「楽しくやったみたいね」

「イーファに正式な告訴状を提出させて。そうすればゲス野郎を逮捕して、DNAサンプルだけでも採取して比較を――」

「イーファにそのつもりはないって知ってるでしょ。あんたに会いにいこうってどれだけあの子に頼んだことか。イーファは代わりに、外に出て木々の声に耳を傾けてる」

「もしイーファの体からサンプルを採れたら――」

「もう何回かシャワーを浴びてるから手遅れじゃないかな、ダルトリー巡査部長」

ブロナーは紙をフォルダーに戻して、シートの下に押し込んだ。あたしたちは何も言わずそこに座ったまま、熱いアスファルトに魚の尾が打ちつけられる音を聞いていた。いま座っている場所から三フィート足らずのところでブロナーと一緒に初めて煙草を吸ったことを思いだした。あたしが顔をあげたとき、彼女は泣いていた。

「ねえ、落ち着きなよ、ブロナー」あたしは最低のくそアマになった気分だったけど、なんと言えば泣きやんでもらえるのかわからなかった。「きっと大丈夫だよ」

ブロナーは清潔な青い袖で鼻を拭き、あたしが何よりも夢見ていることがなんなのか知っているという目でにらんできた。「大丈夫じゃないってわかってるくせに」

「ジョノ、マーフィーズのおかわりをもらえる?」

それはあたしの声だった。言葉を発したときに喉が震えたから、そうだとわかった。だけどそれ以外はほとんど何も、着ている服さえもが自分のものとは思えなかった。なぜって、あたしは誰もがその神話を好んでしつこくひそやかに囁き合っている〝謎めいた町の淫売〟としての役柄を演じていたのだ。とりわけ、決して誰の誘惑にも乗らないという要素を。そんなイメージを振り払えないなら、むしろ利用してやるつもりだった。あたしは家に帰って――ブロナーがすすり泣くのをようやくやめたあとで――見つけた中でいちばん短い黒いスカートを選んで、さらに数インチ短くなるよう裾を切った。エヴィーが置いていったフランス製の高価な香水を首に吹きつけて、釣り針に餌をつけてジム・クイック一匹を釣りあげるには、セックスの魔女のイメージをどの程度まで追及したものかと考えた。それから自転車で丘をくだり、ひとつ大きく深呼吸をして、パブの正面のドアを開いた。

水曜日はマクソリーの店にいる誰も彼もが分別をなくす夜だった。ジムがいつも歌かちょっとした物語を披露していたから。そしてわたしにとってはこれが結婚式の前に手に入れられる最後のチャンスだった。

ジョノはあたしが生まれる前から〈マクソリーズ〉のバーで働いていた。彼の義歯に神の祝福を。ジョノはトロール船のカウボーイ風の例の不安定な足取りで歩いてきて、あたしの前にグラスを置いた。優しいジョノ。彼はあたしの濃すぎる化粧を見て、なんでこんな真似をしているのかと尋ねようとしたけど、思い直した。代わりにあのまぶしいハリウッド・スマイルを見せて、持ち場に戻っていった。いまに至るまで、そしてこれからも、あたしはそうしてくれたジョノのことを決して忘れない。あの夜、彼はすべてを台無しにしていたかもしれなかった。狼は獲物に自分たちが狩られることに慣れていないとはいえ、何かがおかしいと感じ取れば、びくついて逃げだすはずだから。

そうはならず、あたしはそのままあたしたち姉妹の名札をつけてあるも同然のブースに居座り、ゆっくりビールを飲み干していた。一時間以上にわたって、主婦みたいに退屈なふりをしていると、肌がぞくりとして、ただひとり待ち望んでいた相手から視線を注がれているのがわかった。新しいマールボロに火を点けて、さっさと満足感を得るためフィルターをちぎった。キャッスルタウンベアのみんなのお気に入りが事実上あたしの膝に座るまで、その存在に気づいているそぶりを一度も見せなかった。

「ひとり飲みはユーモアを損なうと親父がいつも言ってたよ」

「へえ、そう？」あたしは黄ばんだ壁紙を見ながら返事をした。「頭のいい人ね」

「他にも言ってたことが――」

「ねえ、このブースに〝きたないよそ者と旅人はどうぞ中に入ってお喋りしてください〟って誘い文句を書いておいたっけ？」あたしは顔を向けたけれど、やりすぎないよう注意していた。ジムには一マイル離れていたって臭い演技が嗅ぎ分けられるだろう。自分自身もやってることだから。あたしの手持ちカードには切り札が一枚あった。これまでずっとこんな風に男をあしらってきたのだ。すると決まって相手はさらに多くを求めて戻ってきた。

「いや、違うみたいだ」ジムは何か深いことに気づいたみたいに、ニヤリとしてうなずいた。

「わかり合えて良かったわ」あたしはそっぽを向きながら言った。

店内はお喋りとブーツの擦れる音でざわめいていた。けれど誰もがこの語り部の口から次に発せられる言葉を待っているのがわかった。ジムが町にやって来てから、下着をじっくり眺めたいと思って近寄ってくる相手をあたしがこてんぱんにやっつけるところを誰も目にしていなかった。おまけに、ここにいる半分が既に撃沈した経験があって、あたしをとことん嫌っているくせに、妻とベッドにいるときにはあたしのことを夢想しているのだ。

「きみが怒っている理由はわかってるよ」ジムはお砂糖をたっぷりまぶした声で言い、このあたしでさえもちょっと欠片をちぎり取って舐めたくなるのを抑えるのに苦労した。

あたしは店内を見回すふりをした。「ここにはひとりで来てるの？　ひとりで出かけてもいいって、ママのお許しをもらったわけ？　夕食に帰ってくるのを待ってるんじゃないの」

壁に飾られた木のハープさえもが息を呑んだ。聞こえるのはグラスが触れ合う音だけで、あたしは獰猛に煙草をひと吸いして、グリーンに塗った足の爪に向かって煙を吐きだした。ジムはこの挑戦を受けずにはいられないはずだ。そしてまだ一ラウンド目が始まったに過ぎない。

「きみが腹を立てる相手はおれじゃないはずだ」ジムはどうやらお気に入りの武器らしいあのオビ＝ワン・ケノービの声で言った。「きみの妹がどんなことを言っているのか予想はついているが、おれにはなんの関係もな――」

「なんでまだあたしに話しかけてるの？」あの素敵な体から肺を引きずりだしてやりたいと思っているふりをする必要もなく、あたしは琥珀色のふたつの磁石のど真ん中を見据えて尋ねた。

「確かにおれとイーファは寝た」警察が突入してくるのを待っているかのように、あいつは両手をあげてみせた。「自慢できることじゃない。でもとにかく……成り行きでそうなったんだ。だが命を賭けてもいいが、おれが出ていったとき、イーファは元気だった。ロイシン、きみに誓って言うよ、バイクで走り去るおれに彼女は手を振っていたんだ」

イーファの痣と放心した目つきを思いだし、手の中のグラスを叩き割ってあいつの顔に突き立てそうになった。だけどもう一度深呼吸をすると、驚いて当惑した表情を作った。

「あたしは……ねえ、妹は複数の相手と寝てる。そのうちの何人かはあんたと同じダメ男だし、あたしが口出しすることじゃ――」

そのとき、あの男はあたしに触れた。あろうことか、あいつはその長い指をあたしの膝にのせてそっと握った。まるであたしが口説き落とされたことにまだ気づいていない娘ででもあるかのように。こんなに簡単なもの？　そう思っていると、ジムはしばらく手をそのままにしておいてから、置いたときと同じく繊細な動作でその手を引っ込めた。すべてが仕立てあげられたことで、彼が完全にまがいものだということに、誰も気づいてないの？　彼がその後ろに隠れている鏡、見る者の目に緑色の煙を吹きつける鏡が、なんであたし以外の誰にも見えていないの？　それがどういう意味なのかさえも、わかるのはゲートキーパーだけなのだとあたしは悟った。

「おれがしたことを知られているおかげで、きみの叔母さんとはもうじゅうぶん問題を抱えている」ジムはチョコレートを買うために教会の寄付金を盗もうとしているところを見つかった小学生みたいに見えた。「そしてその償いをしようとしてる。だが噂のせいで迷惑してるんだよ。頼むから本当にすまなかったと妹に伝えてくれないか？」

「何に対してすまないと思ってるの？」もはや演技ではなく、自分自身に戻って尋ねた。「何も悪いことをしてないんだったら」

「イーファはああなったことを後悔したから作り話をしたのかもしれない。それにきみとフィオナがすぐに守ってくれるはずだと彼女にはわかっていた」

「それはあんたの言うとおりね」あたしはバッグの中に手を入れてナイフの柄を摑んでいて、頭の中にはテーブルに突っ伏したジムのぐにゃりとした体が見えていた。

あの男は眉間に皺を寄せて、本当に精神的苦痛を味わっているみたいに、あのゴージャスな唇を歪めた。

「それで、思ったんだが……結婚式の前に、おれときみのふたりだけで会えないかな」ジムは言った。「きみにはイーファとおれのあいだの一種の仲介役になってもらえるんじゃないかと思ってね。おれたちはこれから家族になるんだから。誰にも傷ついてほしくないんだよ」

あいつの目の前でお腹を抱えて笑いそうになったけど、どうにかぐっとこらえた。まあ、お利口さんのくそったれね、と思いながら、妹を気遣う双子の姉らしく顔をしかめてじっくり考えているふりをした。あの男がちょっと長すぎるほどあたしの胸に視線を注ぎ、それからまた顔に目を戻したのにも気づいていた。おれときみ。ふたりだけで。つまりあたしのパンティを脱がすか、脳天をハンマーで叩き割るかということだ。あるいはその両方という可能性がいちばん高い。

あたしはジムを見あげて肩をすくめ、両手を脚のあいだに挟んで肩を内側に入れて、胸をぎゅっと寄せてみせるのを忘れなかった。ビンゴ。あたしが妹とレイプ犯の仲介者としての役割を徐々に理解するふりをしているあいだ、あいつは胸の谷間しか見ていなかった。

「どういうつもりなわけ？」あまり簡単に陥落しては怪しまれると思って尋ねた。「なんであたしなの？」

そいつがおかしな真似をしようとしたら片目をつぶって合図しな、という視線をジョノがこっちに送っているのが見えた。町じゅうがこの食わせ者を愛していても、ジョノは間違いなくあたしのためにジムを殺してくれるはずだった。でもこいつはあたしだけの獲物だ。

「きみも知ってるはずだが、おれはフィオナともつき合いがあった」ひとりを除くウォルシュ家の女全員と寝たことを恥じているふりをして、またほほえんだ。「彼女はまだおれと口をきこうとしない。おれがちょっと中途半端な態度を取ったせいでね。でもおれときみのあいだには、わだかまりはない。会ってくれるかな？　明日の午後はどうだ？　おれがまだ行ったことのないところを教えてくれよ。ワインを持っていくからさ。いい？」

今日となっても、あれは勇敢だったと言うべきか、厚かましかったと言うべきか、これまで見た手品師のトリックの中で最も見事だったと言うべきかわからない。自分がつい最近レイプした相手の姉をデートに誘うことで無罪だと納得させようとするなんて、その三つを全部ひっくるめててっぺんにサクランボまで飾るようなものかもしれなかった。そしてその問いかけに対する答えはひとつしかなかった。あたしはバッグをつかんで帰ろうと立ちあがりながら、うっすらとした笑みまで見せてやった。

「アイリーズの近くのビーチはわかる？」あたしは先週ジムがセイクリッド・ハート校の子どもたちを連れてそこに行き、釣り大会を開いたと聞いていた。男の子たちは頭の中に溢れんばかりの物語を詰め込んで、新しいヒーローと一緒に戻ってきた。「町に着く手前の左側にあるでしょ？」

「見つけられると思う」あの男はあたしがうんと言ったことにホッとしているようにさえ見えた。そのテクニックには感心せざるを得なかった。どんな良妻賢母でも十回以上は引っかかるだろう。

「一時半に、古い石造りの埠頭のそばで」あたしはビールのグラスをつかんでひと息に飲み干した。グラスを置く手が震えているのを見られていませんようにと願った。あのナルシストのことだから、震えているのも期待のためだと思い込んだだろうけど。「ワインはソーヴィニヨン・ブランを飲むわ。冷えたやつをね」

相手の最後の言葉にも足を止めずに〈マクソリーズ〉を出ていったけど、わざわざ聞く必要はなかった。あの男は冷えたボトルを手に、手荒な真似を始めるときのための手袋をお尻のポケットに入れて、必ず来るはずだ。イーファの腿に残るリンゴ大の痣と同じぐらい確かなことだ。

そしてあたしも行くつもりだ。

いまになってふり返るとおかしなものだけど、お酒の味を思いだせるのはそのとき飲んだのが最後だった。それ以来まともに味わえなくなってしまったから。

アドレナリンショックで吐きそうになりながら、道路を逆走している観光客をよけつつ、丘の上で待つ姉妹の元へと自転車で戻った。崖に打ち寄せる波のうなりを聞きながら、前方に広がる青い闇に点々と浮かんだ温かい光を見ていた。

「もう少しよ」と自分に言いきかせて、ペダルを踏む足に力を込めた。

どうして残りを話すのがためらわれるのだろう？　自分たちがしたことへの恥ずかしさのせいじゃないし、嫌悪感のせいでもない。ううん、正直言って、むしろがっかりしたせいだ。あれほど入念に計画を練ったのに。あたしは徹夜で計画を隅々までじっくり考えてあった。双子の妹の隣で手を繋ぎ、その脈拍を感じて横たわりながら、心の目ではジムが人生の最後にほほえむところを見ていた。

だけど、物事はまったく思いどおりには運ばないものだ。

翌日、あたしは約束の時間より二十分は早く着いた。そして海岸通りの厄介な最後のカーブを曲がって最初に目にしたものは、埠頭に駐まったあのぴかぴかの赤いマシンだった。相手に先を越されるのを予想しなかったなんてバカみたいだと思いながら、小声で悪態をついてイーファのメルセデスのハンドルを切った。これで待ち伏せ攻撃を仕掛けるのは不可能になった。

あのゲス野郎の姿はどこにも見あたらなかった。バイクだけがぽつんと立ち、首を曲げて金切り声をあげているサギに囲まれ、風の攻撃を受けていた。妹を苦しめるシャナヒーはもう死んでしまったのか、自らのおとぎ話の原生林に姿を消してしまったかのようだった。水際に張りだした木々が風に葉擦れを立てていて、もしも警告しようとしてくれているのだとしても、その声は小さ過ぎて聞き取れなかった。ジムが死んで埋葬されたことをあまりに強く願っていたから、神さまはついに正義にほほえんだのだと信じそうになった。

「悪いけど、シャブリなんだ。他の種類は見つからなくて」近くであの男の声が言った。

くだらない貴族のロマンス小説に出てくる不運な秘密の恋人たちにでもなったつもりか、ジムはこのときのためにハロルドの白いリネンのジャケットと開襟シャツを選んで着ていた。破壊の仏像のように背の高い草に隠れてあぐらをかいて座っていた。車から降りる前からマンゴーローストチキンのにおいがわかり、ジムが料理上手なことを恨んだ。あいつはピクニックバスケットと母さんのチェックのブランケットを広げていただけじゃなく、ひび割れやすいからとモイラ叔母さんが一度も使ったことのない上等のクリスタルのグラスまで持ってきていた。繊細な指が白ワインを注いだ冷えたフルートグラスを差しだしてきた。

「どれぐらい努力した?」あたしはわずかに薄笑いを浮かべただけの曖昧な表情でいこうと決めて、ゆっくり近づきながら尋ねた。許しを得る見込みがありそうだとごく小さく仄めかして。あたしの服の丈はゆうべよりもさらに短くて、そよ風はいい仕事をしてくれていた。腰をおろすとき、あいつはあたしの顔を見ていなかった。

「手厳しいな」ジムは首を振り、自分でワインを飲んだ。「少しはチャンスをくれよ」

やなぎ細工のバスケットに手を入れて、手羽肉を取りだした。そこに座って楽しんでいるふりなんてできるはずがないと思いながら、焦げた皮を見つめた。

「イーファのことだけど」手羽肉を齧りながら言った。「あの子のためにどんな立派な計画を考えてるの?もう一週間以上も家から出てないのよ」

「彼女と話をさせてもらえないか?」

「大したもんね、おバカさん。そのときはまた白ワインを持っていくといいわ」口の中がカラカラだったけど、あいつと同じグラスから飲むなんてまっぴらだった。「マロイ神父が一緒なら何か考えられるかも。教会で」

ズボンのファスナーをおろしてさっさとやろうと提案されたみたいに、ジムは顔を輝かせた。「それって本気で――」

「落ち着いてよシェイクスピア、かもって言ったでしょ。でも愛する叔母さんとバージンロードを歩く前にあたしが奇跡を起こせると思う？　寝ぼけないで。二日しかないんだから」あたりを見回し、二匹のリス以外誰にも見られていないことを確認した。リスたちは気にしている様子もなかった。

あいつはどこまでも気に入らない笑みを浮かべた。

「あまり好きじゃないんだな――モイラのこと」

「あたしたちは家族よ」

「それを言うならマンソン・ファミリーもだ。本当のことを言えよ」

ジムの目の他はすべてガラスに隠れていた。黒く謎めいた目つきであたしの目をじっと見つめている。こんな腐りきった流れ者、いますぐあたしに殺されても当然だ。でもそういう計画じゃなかった。「あたしたち姉妹はずっとお互いの面倒を見てきたの。わかる？」

「きみのことで、ずっと気になっていたことがあるんだ」ついさっきまで使っていたあの魔術師の声ではなくなっていた。「あの最初の夜に〈マクソリーズ〉できみたち三人に会ったときからずっと。まるで取りだせない小石みたいに、いまも頭の中をカタカタと転がり回ってる」

「それぐらいのスペースならじゅうぶんあるでしょ」

声は落ち着いていたけど、かろうじてだった。顔から髪を払いのけるふりをして、メルセデスにちらりと目をやった。林の向こうの遠くで別の車がアイドリングしている音が聞こえていた。なぜだか行かないでほしかったけど、車はすぐに行ってしまった。あたしがまたジムの顔を見あげるうちに、海鳥さえもいなくなった。

「きみはふたりの姉妹よりも頭がいい」あの男は首を振りながら言った。「ずっとね。そうだろ？　たとえビールを十杯飲んでいたって、決して自分をどんな無防備な状況にも置かない」そしてワインを飲み干し、舌を鳴らした。「なのにきみはここにいる。わが生涯のレズビアンの恋人は、おれの前を二流ポルノ女優みたいに闊歩している。そこで質問だ。何をそんなにぐずぐず待っているんだ？　ゆうべバッグの中に入れてある肉切り包丁をこの胸に突き立てれば済んだのに」

あたしは動けなかった。いまこそ行動するときだった。襲撃するときだった。なのにヤク中のばあさまみたいに、あたしは膝の上にのせたまま動かない両手を見つめているだけだった。「彼女を殺すの、愛するの？」発した声は低すぎて、言葉は波にかき消された。「なんだって？」ジムは恋人を連れた田舎の紳士みたいにワインのおかわりを注ぎながら聞き返した。

「あたしからあんたへの質問。彼女を殺すの、それとも愛するの？　それがユアン王子の決めなきゃいけなかったことじゃない？　そしてあんたが気に入った花を摘むたびに決断していることでしょ？　ジュリー・アン・ホランドはどうしたの、バラがしおれるのがあまりに早すぎた？　それとも彼女はその扮装の下に隠された本当の顔を見て、狼を見つけちゃっただけ？」

ジムはグラスを置いて拍手した。その顔は純粋な喜びの仮面に覆われていた。

「おれたちはもっと前に出会うべきだったよ。きみがトモの代わりに司会者のポジションにいてくれたら、二倍の家から盗めていたのにな。おれの女ときみの女、そして戦利品は山分けだ。まあ、いいさ」ジムは立ちあがり、ズボンから草を払い落とした。「さてと。どこかの尻軽女と浮気してるんじゃないかと花嫁に疑われる前に、終わらせたほうが良さそうだな」

「あたしはひとりで来たわけじゃない」ジムが近づいてきても、あたしはじっと座ったままでいた。

あいつは緑色のメルセデスに頭を巡らせて、聞いたこともないほど陽気な声で叫んだ。「おい、フィオナ！　もう車から出てきていいぞ。そのほうがずっと話が早いからな」

初め、イーファのドイツ車のタクシーの中に動きはなかった。それからゆっくりトランクが開き、両手に何か重い物を持った姉さんが這い出てきた。この突撃で死ぬのがわかっていながら顎をあげてまっすぐ前を見つめているフェロタイプ写真の中の兵士みたいに、こっちに向かってきた。「その子から離れなさい」姉さんは言った。「いますぐに！」

「なんでこの町の人間はどいつもこいつも、警官ごっこをしてるブロナーみたいな話し方をするんだ？　そいつをおろすんだ、じゃなきゃふたりとも必要以上にゆっくり血を流させてやるぞ」

そう、これがあたしの計画の全貌、これがすべてだった。

大したもんでしょ？　あたしが餌でおびき寄せて、その最中に姉さんがやって来てあいつの脳天を叩き割るってわけ。これであたしがこの件について話したくなかった理由をわかってくれた？　冗談じゃない、ジムのグルーピーのひとりみたいに見えるだけでもばつが悪いのに。そのまま死ぬお膳立てまでするなんて、なおさらひどい。ジムがもう一度やなぎ細工のバスケットに手を入れたとき、チキンを勧めてくれるつもりじゃないのはわかった。

次に起きたことは、ジムの物語の魔法が振りかけられたのか、あるいは愛は恐怖より強いということをこれまであたしが経験した中で最もはっきり証明する出来事か、そのどちらかだった。

ズガーン！

あたしたち三人はびくりとして、音のしたほうをふり返った。

　蝶を追いかけている人たちを全面にペイントしたあのカモフラージュジャケットを見事に着こなしたあたしの双子の妹が、父さんのショットガンをジムの頭に向けていた。イーファはすばやく空薬莢を抜いて新しい弾を込めながら、後ろからジムに近づいていった。その瞬間まで、これほど生き生きした目の妹を見るのは初めてだった。頬はリンゴ飴みたいに赤く染まっていた。純酸素を燃料に走っているみたいだった。ジムから三フィートのところに立っていても、その手は震えていなかった。

「今日のピクニックはここまでよ」イーファは言った。「どっちみち、寒すぎるし」

　ジムは呆然としていた。血まみれで泣きじゃくっているのを床にほっぽりだしてきた女が現れ出るのを見て、いつもの魅力が透けるほどショックを受けていた。こんなことはあり得なかった。あたしと姉さんも驚きを隠せなかった。だって、イーファはあたしの独創的なプランに参加する予定じゃなかったんだから。なのに妹は、へまをやらかして自分の首を絞めるところだったふたりのインディアン女を救うため、馬に乗って駆けつけたのだ。ジムの物語より良くできた、昔ながらの展開だった。最後の瞬間のどんでん返し。ヒーローが笑い、悪党が泣く。あたしたちの悪党は決して泣いたりはしなかったけど。

「あんたってば最高だよ、イーファ！」あたしは喉を詰まらせながら言った。

　語り部はすぐに落ち着きを取り戻し、次の脅しに蜜を垂らした。「誰かにさっきの発砲音を聞かれたはずだ」ジムは葬儀屋よりも冷静さを保っていた。「聞かれていなかったとしても、おれが誰に殺されたかはわかるはずだ。きみたち三人について、イタリアオペラふたつ分の噂を町じゅうにたっぷり広めてあるからな」

「こいつを撃って！」何もできず立っているだけの自分を恥じてすすり泣きながら、姉さんが鋭く囁いた。あるいは、そう遠くない昔にジムを少しだけ愛してしまった自分を憎んでもいたのかもしれない。

「待って、この男が他にどんなご馳走を持ってきてたのか見てみようよ」あたしは自分の手がまた動くようになったのを確かめながら言って、ジムのやなぎ細工のバスケットに手を突っ込んだ。中にはダクトテープを巻きつけた釘抜きハンマーが入っていた。トモが生きているあいだに最後に目にしたものだ、とあたしは思った。トモと、何人かの女の子たちにも言えることだ。あたしはハンマーを空中に振り回した。「チキンを切らしちゃったわけ？」あたしはジムに問いかけた。

「模様替えなら家でやらなきゃ」イーファは林に向かって歩くようジムを促しながら言った。「代わりに銀器を持ってくるべきだったのに」

「人を殺したことがあるのか？」ジムは顎で銃を示しながら尋ねた。「ひどいもんだぞ」

「時間を無駄にしないで。ほら、歩きなさい」とイーファは返事した。

ジムは林の端にたどり着くと、足を止めて一本の木にもたれた。木の葉を透かして点々と降りそそぐ緑色の日射しを浴びたその姿は、牧神さえもかなわないほどで、しかもあの男はそれを承知していた。「認めろよ」ジムは言った。「ちょっとは好奇心をそそられているんだろう。あの女たちが死んだ理由について。それを聞くまでおれを殺すつもりはないはずだ。違うか？」

「違う」イーファは答えた。

あたしは何も言わなかった。その頃には、あらかじめじゅうぶんな憎悪で押しとどめたと思っていた躊躇が、心にあいた穴を通って脳に這入り込んできていた。

「だとしたらロイシンは質問の答えを手に入れられなくなるが」ジムは樹皮を剝ぎ取りながら言った。「そうだろ、リトル・ローズ？」

「黙れ！」あたしはナイフを抜いてジムに詰め寄った。

「ロージー、こいつはなんの話をしてるの？」イーファは自分の手の中にある武器のことを忘れてしまっていた。妹はかすかな疑念をにじませながらあたしを見ていた。

「なんでもないよ」恥辱に頬を燃やして、ナイフの刃を振り回しながら答えた。「引き金を引いて、そいつの息の根を止めて。じゃなきゃあたしが――」

「待って」姉さんは筋肉ひとつ動かさずその場にじっと立っていただけなのに、息を切らして言った。口元へと持ちあげた手が震えていた。

そしてジムはほほえんだ、でしょう？　そこからドニゴールの海岸に達するぐらい広く歯を見せて笑ってみせた。まったく、あの男ときたら、くつがえるはずのない処刑を心のピンボール大会に変えて、ボーナスラウンドの直前にマシンを傾けてしまうのだから、これにかけてはかなう者はなかった。

「〝待って〟ってどういうこと？」イーファはおなじみのショッキングピンクのコンバットブーツを履いた足をもぞもぞさせながら尋ねた。血色の良かった顔が土色になっていた。妹はもう一度ショットガンを持ちあげて、ジムの素敵なヘアスタイルに狙いを定めた。

「誰か説明してくれないと――」

「彼に先にちょっと訊いておきたいことがあっただけなの」姉さんはわが子のために〈スーパーバリュー〉で食料を盗んでいるのを見つかった人みたいにあたしたちを見ながら説明した。

「ただし、きみはサラのことなんかどうでもいいんだよな」ジムは木に背中をつけて腰をおろし、くつろいだ姿勢を取りながら姉さんに向かって言った。「そうだろ？　ローラ・ヒリヤードのことも、ジュリー・アン・ホランドのことも、その他のおれと出会った亜麻色の髪の女たちのことも。本当に彼女たちに何があったのか知りたいのか？　言いたいことがあればいつでも言えよ」姉さんは一瞬だけ顔をそむけ、ジムは話を続けて、あたしたちのあいだを熱いメスみたいな目に見えないくさびで引き裂いていった。「いいや、そうじゃない。きみはおれと自分のことを知りたいんだ。なぜおれが去ったのか。なぜ自分じゃなくケリーや叔母さんを選んだのか。だよな？」

ガチャリ！　と父さんのものだった古い水平二連式の頼もしいショットガンの撃鉄が音を立て、イーファは休憩時間を終わらせてメインイベントに移ろうとしていた。「みんな喋り過ぎだよ」

「それで、どっちなの？」つい昨夜は自らの素手で殺してやると誓った男に対し、自分がそう尋ねているのが聞こえた。「彼女を愛するの、殺すの？　それとも、それはどうでもいいこと？」

イーファさえもがはたと止まり、引き金にかけた人差し指をこわばらせながら、目をぱちくりさせていた。

「ああ、この男なら殺すはず」妹は言った。「保証するよ」

ジムは耳元で何やら知恵を囁かれたみたいに頭を傾けながら、シャーマンがしそうなやり方で両手を組み合わせた。ジムのずっと後ろの海辺のへりで、誰かが二頭のジャーマンシェパードを散歩させながらこっちにぶらぶら向かって来ていた。銃声には気づかなかったらしい。黒い犬の一頭が波に飛び込み、棒きれを取りにいっていた。チクタクチクタク。あたしは思った。時間を無駄にしてる。

「十分でいい」ジムは二連式の銃身に目をやりながら言った。「おれが今日死ぬのはわかってる。当然の報いかもしれない。だがこの木の下であと十分だけ生かしておいてくれたら？　物語がどんな結末を迎えるのか話そう。ユアン王子とおれの両方について」

犬の吠え声が断片的に聞こえてきた。イーファが考えるあいだ、この耳の中に狼の血の歌が聴こえる気がした。姉さんがイーファにうなずいてみせた。

「五分よ」妹は銃をおろさずに言った。「それで時間切れ」

「厳しい聴衆だな」シャナヒーは言い、町からあたしたちのいるこの場所へと傾斜してくだっている何もない野原の方向を指した。「だが、いいだろう。じゃあ、あそこに〈狼の要塞〉が立ち、風に旗がパタパタとなびいているということにしよう。夜が近づいていて、いちばん立派な塔の中が見える」ジムの語り口はどこか別の時代に存在する不明瞭な一本調子になっていた。「では無防備に自らをさらけだした美しい女の前に一頭の狼が立っているところを想像してくれ。それはユアン王子で、狩られる獣としての生涯か、人間らしさのまったくない人間としての生涯か、どちらを選ぶか決断を迫られている。王子は姫の前にひざまずいていたが、いま立ちあがる。姫には自らの運命が王子の目に映しだされているのが見えている」

「従兄殿、感じていらっしゃる?」アシュリン王女は目の前の男が物乞いのようによろよろと二本の脚で立ちあがるのを眺めながら言った。

そう、二本の脚で。後ろ脚が伸びてまっすぐになるのを感じながら体重をかけているあいだにも、狼の体は変化していた。恐れず初めて王女に口づけようとしたとき、ユアン王子は想像さえしたことのない焼けつく痛みを感じた。冬のあいだの狩猟生活によってもつれた豊かな灰色の毛皮が、収縮する筋肉からひとりでに剝がれ落ち、毛の一本一本が体からむしり取られていた。神はついにその邪悪さゆえにユアンを罰し、最後の審判が近づいているのがわかった。人殺しの僭称者としての記憶がすべて一気に甦り、視界がぼやけた。弟のネッドと哀れな父王がユアンに復讐しようとあの世で待ちかまえているのは間違いなかった。ユアンは生きるのが怖かった。死を恐れていた。変身の過程を逆戻りさせることはできず、姫の香水を嗅ぎながら、自らの肉体が変化するのを見ていた。胸の筋肉が痙攣して半分に縮み、しっくりくるようになっていたナイフほどの大きな歯がすするような音を立てて歯茎に吸い込まれていった。

ユアンは王女にのしかかり、寝台のヘッドボードで体を支えて、中へと押し入った。自分が命を奪ってきた人々が耳の中で泣きわめいているようで、この瞬間にそれまで感じていたあらゆる殺戮本能が衝突し、獣としての最後の反射作用がユアンの中から搾りだされて永遠に葬り去られた。

「これは……私は死ぬのか」ユアンは己の心臓が最後の鼓動を刻むのを聞いていた。

アシュリン王女はほほえんだだけで、王子のなめらかな頬に触れた。「いいえ、死ぬのはあなたの中の片方だけ」王女は元通りになった貴族的な鼻の先に口づけながら言った。「人間として生きるには獣は死ななければならない。占い師からはそう聞いております。朝日が昇るまでけれど夜明けの訪れを待たなければ。あなたは完全に解放されわたくしと一緒に過ごせば、あなたは完全に解放されます。そうしてわたくしたちは夫と妻としてこの王国を支配するのです」

初めユアンは女の経験のない男のように王女にのしかかった。おどおどしてぎこちなく、幼い少年になった気分だった。皮膚の奥底にいまも存在する狼の記憶が王女の動脈を一気に引き裂けと命じていたが、ユアンをすっぽり包みこみ頭の中にも入り込んでいる王女の温かな感覚がそれを圧倒した。夜が更けてゆき、ユアンは安全な港へと導く穏やかな紫色の海へと運ばれていった。それまでの人生で味わったどんなことも比べものにならない感覚だった。

人間ならそれを充足感、信頼、あるいは愛情とさえ呼んだだろう。

しかしユアンにとって、父王の難攻不落の城塞の元支配者にとって、狼の殺害者から自ら森の獣となった者にとって、それは気の迷いに思えた。目を閉じると、このなじみのない親和感を獲得することはなかったものの、前にも大勢の女を相手に同じ行為をしたことがあると気づいた。おかげでいらだたしさが治まった。ユアンの下のアシュリンの動きが激しくなり、やがて王女は彼の細くなったばかりの腕をぎゅっと握り、ぐったりと横たわった。

外に広がる森の果てが仄白い朝の最初の光に飲み込まれた瞬間、ユアンは自分が解放されたのを知った。王女を抱き、選ばれた獲物からわずか数インチの地面にほとんど音も立てずかぎ爪をついた狼の姿を呼び起こそうとした。だがその幻影はまぶたの裏で震え、日射しが強くなるにつれて薄れて消えた。子どもの頃に父親と遊んだことを思いだした。ラッパがあった。お菓子もあった。

これまで狼として存在していたことで思いだせるのは、自分に呪いをかけたあの狼の目だけだった。それは「運命と神のみぞ知ることだ」と約束し、永遠の断罪という脅しをかけた。だが、それは大間違いだったと、まったくのばかげたことだったと、自分は証明してみせたのではないか？　獰猛な獣としての苦難を味わいはしたものの、ありがたいことに無事に元の姿に戻ったのだ。ユアンは新しい顔を日射しに撫でられて眠りに落ちながら、アシュリン王女の首筋に口づけた。

ユアンは朝の祈りの最初の鐘が鳴るまで眠っていた。そして恐ろしい夢から救いだされたみたいに目を覚ました。尋常ではない病に冒されて熱に浮かされていたような感じだった。勇ましく戦場に乗り込むユアンの伴奏をしていた太鼓さながらに、耳の中で血が単調な音をかき鳴らしていた。その血は人間には聞くことはおろか知覚することもできない深い本能の運河を流れていた。そして肌色のなめらかな肉でできた人間の皮をかぶってはいても、その血がユアンに何をさせたいと望んでいるのかは疑いようがなかった。人間と呼ばれようと獣と呼ばれようと関係なく、その血はユアンの内側に本当は何が隠されているかを知っていた。

絹の枕に豊かな髪を広げ、身を丸めて腕枕で眠るアシュリン王女をユアンは見つめた。開いた窓から森を眺めると、咲いたばかりの薔薇の無数のにおいが、発情期に向けて鹿が木々に分泌した自然のままの麝香の香りと混じり合っていた。鳩が一羽はばたいて通り過ぎた。世界が膨らんだ。心臓が激しく鼓動を打ちはじめた――そう、この心臓はひとりでに、放浪する獣に見合うほど大きく膨れあがろうとさえしているのだ。

若い女がもぞもぞと身を動かし、鼻をこすって目を開きはじめた。

「おはよう、従兄殿」彼女は首を伸ばして口づけようとしていた。

ユアンは思った。私はとうの昔に選択していたのだ。あの老狼はすべてを話していなかった。本当の苦痛はこの瞬間にあったのだ。弟を殺す前から、女たちに恐怖を味わわせることに燃えるような興奮を覚えながらその息の根を止めていたのよりも前から、私は形作られていたのだ。人間の姿をしていても、これまでずっと存在していた本来の自分は永遠に変わることはない。

私は捕食者だ。

追いかけている獲物の恐怖によって突き動かされ、殺すことだけに喜びを感じられる。

「従兄殿?」アシュリン王女は隣に横たわる体の内側で何かが移り変わるのを感じ取っていた。

ユアン王子の頭は爆発しそうだった。頭蓋骨が膨張して下方へと広がり、口蓋から黄色く鋭い歯がおりてきて、痛みは耐えがたいまでになった。口をあけ、過ぎてゆく思いよりも速く腕に灰色の毛が生えるのを見た。隣にある若い命を終わらせることに、一瞬の肉欲的なためらいがあった。

そして狼はアシュリンの首に嚙みついて、ポキッという低い音がするまで振り動かした。

城壁で昼の見張りについていた番人たちは、一頭の狼が塔から飛びおりて地面に着地し、森の中に消えていったのだと後に誓って言った。


ジムはひと節ハミングしながら、爪のあいだをほじった。あたしたちが立ち尽くしたまま、とっくに終わった物語の続きを聞こうと待っているのを見ていた。あの男はにやりとし、煙草を探してシャツのポケットを叩いた。けれどその目は誰よりもあたしの元へ戻ってきた。あたしの手の中のナイフは汗ですべりやすくなっていた。海のほうを見ると、犬を連れた男はいなくなっていた。姉と妹の息づかいの音が聞こえた。

「あんた自身の物語がどう終わるのか、話すのを忘れてるよ」イーファが抑揚のない声で言った。銃を持つ手からガーデニング道具みたいに十二番径のショットガンがぶらさがっている。


「おや、残り時間がまだあるのか？」語り部は知りたがった。

姉さんが重くて醜い何かを握る手に力を込めた。姉さんがジムのハンマーを握っていたことにそのとき気づいた。「まだ説明してもらってないことがあるわ」姉さんは冷ややかな声で言った。だけど、あたしとイーファのあいだでせわしなく目を泳がせているせいで、誰も怖がらせることはできなかった。

ジムはくっくっと笑った。いまでもその声が聞こえる。親の開いたパーティーで耳元にいやらしい秘密を囁く嫌いな親戚のおじさんのような笑い声。わかるでしょ？

「あのスウェーデン人に本当は何を言ったの？」姉さんは誰かに万力で首を絞められているような声で言った。

ジムは頭を振った。「想像力を働かせろよ。どうすればこっちの体の二倍の大きさの男を脅えたガキみたいにしてやれる？　言っとくが、おとぎ話は通用しないよ」あとで屁を飛ばそうというみたいに、ジムは空を見あげた。「あんたのガールフレンドを殺して、その様子を拝ませてやるって言ったのさ。きみは本当にそこまでおめでたいのか？」

「でも、あの女性たちは」姉さんは食いさがった。質問しながら、泣くのをこらえて呼吸が荒くなっている。「どうして殺したの？　彼女たちを恐れる必要はなかったはずよ。サラなんて――」

「邪魔になったから、それだけだ」ジムは退屈そうに言った。「おれとトモがいつもの手順について話しているのを聞かれたからさ。哀れなジュリー・アン・ホランドの場合は？　彼女はトモが階下で盗んでいる音を聞いたから殺すしかなかったが、ケリーの場合は、きみも彼女のことは覚えてるだろうが――彼女はおれの他は何も気づかなかったから生き長らえた。要は運ってやつだよ。おれの恵まれない子ども時代のわけあり話が聞きたいっていうなら、時間の無駄だ」

姉さんは心の中を見ているようだった。そして見つけたくなかった何かを見ているのがあたしにはわかった。またシャナヒーを見たとき、姉さんの目は心の内にあるものを明かしたくないほど明かしてしまっていた。ついに本当に訊きたかった質問が喉からすべり出た。「じゃあ、どうしてわたしを殺さなかったの？」どうして自分を心から愛さなかったのかと訊きたいのを抑えて、姉さんは尋ねた。

ジムの笑みには後悔も罪悪感もなかった。「殺す必要がなかったから」とあの男は答えた。

「じゃああんたと同じで、あの狼も自分ではどうにもできなかったってわけね？」銃床を握る指にさっきより力を込めて、イーファが尋ねた。「本能の奴隷ってこと？　すぐそこに〝善良な女の愛〟があっても、スピードと殺しを求めるようにできているからしょうがないって？　まったく、あんたってどうしようもないやつね。物語のちゃんとした結末にさえなってない。ただのセックスへの安っぽい男の妄想じゃない」

ジムは肩をすくめ、空っぽの煙草の箱を握りつぶしてから放り捨てた。さっきまで声を包んでいた砂糖衣は固くなってぼろぼろと剝げ落ち、錆びた鋼だけが残っていた。

「きみたち三人のために結末は取ってあった」ジムは言った。「当然の報いだ。初めてだよ、聴衆が進んで――」またニヤッとした。「参加したがるなんて。朝が来ても、おれはきみたちの叔母さんのベッドにぬくぬくと納まって、変わらず無事に生きているだろう。そしてきみたち三人は、なぜあのとき怖気づいたのだろうかと思うことになる」ジムはイーファを指さした。「やれよ！　本気でそのつもりがあれば、とっくに撃っていたはずだろう。それは復讐に燃えるきみの怒れる姉さんたちにも言えることだ」

姉さんとあたしの目が合った。お互い、相手が何かするのを待っていた。なんでも良かった。生涯でこれほど自分を恥じたことはなかった。そして何も起こらなかった。

「でも彼らは最後にはユアンを捕まえたんでしょ？」あたしは問いかけた。ナイフをあまりに強く握っているせいで、柄の部分でさえも痛かった。「猟師たちは。そして汚い毛皮をすぐそばの木から吊したのよ」

ジムはあたしを認める視線をちらりと向けてきた。おや、自分で結末を考える聴衆がいるとは。「残念ながらそれは違うよ、可愛い子ちゃん」ジムは言った。「ユアンは二度と見つからなかった。放浪している旅人たちが目にしたものは、どうやって彼らの跡をたどって捕まえるのがいちばん効率的かと計算する灰色の影だけだった。アシュリン王女が死んで、〈狼の要塞〉はじきに侵略者の手に落ち、石ひとつ残さず破壊された。だが敗れた兵士たちが黒い門の木を使って王女の棺を作ることは許された」

ジムは奇妙きわまりない表情でイーファを見あげた。いまとなっては正しく思いだせているのかもわからないけど、疲れか諦めのような表情だった。矢が飛んでくるのを知っている獣のような。

「おれについてはどうかって？」ジムはひとつ深々と息を吸って、双子の妹に話した。「おれがなぜきみを選んだのかはわかってるんだろう？　こっちのふたりじゃなく。きみが町の半分と寝ていて、何も疑わないだろうと知っていたからというだけじゃない。そうじゃなく、あとのふたりよりもきみのほうがずっと傷つくはずだと知っていたからだ。特にあとになって。フィオナは自分で思っているより強いし、その妹は自身も女が好きだからね。しかし、ひっくり返して突っ込んだときにきみがあげた声ときたら――うあぁぁぁぁ！……」

考えもせず、あたしはジムの胸に柄のところまで深々とナイフを突き刺していた。それをねじって引き抜き、また刺した。目の中に血が入り、粘つく雨みたいにぬぐい取った。何も感じなかった。何もわからなかった。耳がドクドクいって、狼なら理解したかもしれないあたしが聞きたくない何かを伝えていた。

誰かがあたしの手からナイフを奪い取った。姉さんだったと思う。ジムの体に身をかがめて腕を何度も何度も上下に動かしていたから。イーファがその肩に手を置くと、ようやく姉さんはやめた。

何か赤い金属的なものが日射しに光り、そっちをふり向いた。埠頭の端に駐められた一九五〇年式のヴィンセントコメットにたどり着く前に、あたしはつまずいて転んだ。ガソリンタンクには蠅の糞さえついておらず、左右に揺らすとちゃぷちゃぷいった。手がヒリヒリした。両手についた黒ずんだ血は既に固まりはじめていた。姉と妹をふり返った。イーファが姉さんを支えていた。姉さんは片手を空中で振り動かして、すすり泣きのあいだから言葉を押しだそうとしていた。

太陽が照りつけ、空の色まで紙のように白く変えていて、あたしは目を細くすぼめながら、サラ・マクダネルの死体が発見されたとき靴が片方なくなっていたことを思いだしていた。

キーをイグニションに挿したまま折り、片割れをバッグにしまった。わからないけど、戦利品のつもりだったのかもしれない。何も考えずそうしていた。それからバイクを海に蹴り落とした。沈んでしまうと、水面の下にちらりと赤く光るものさえ見えなくなった。ほんのつかのま、ジム・クイックという人間はあたしたちの前に現れたこともなかったのかもしれないと思った。そんな風にさえ想像できそうだった。胸を押さえつけていたものがいくらか軽くなるのを感じながら、あたしは姉妹のもとへ歩いて戻った。

ジムの目は半開きになっていた。できたばかりの深紅の傷に引き寄せられて、一羽の白い蝶が首にとまった。あたしが蹴ると、ジムは横に倒れた。既に腐ったリンゴの詰まった袋みたいになっていた。もう一度背中を蹴っても動かず、内側で何かが折れた感触があった。

どこか近くから、また犬の吠え声が聞こえてきた。何も言わず、イーファが肩にショットガンをさげて、あたしと姉さんそれぞれの手を取った。あたしの体は麻痺していた。車の助手席に座り、バカみたいな服で拭ったとき、ようやくまた手の感覚が戻ってきた。まるでジムを殴り殺したみたいに手が痛かった。その理由は永遠にわからないだろう。人を殺した手というものは、自身のもたらした苦痛の一部を吸い込むのだろうか？　そうなのかもしれない。それ以来、あたしの手はずっとヒリヒリうずいていた。

イーファのタクシーの後ろの窓から外を眺め、たったいま眠りに落ちたばかりの若者のようにあの木の下に座ったままのジムを見た。死体になってさえも絵になった。代わりに足首から逆さ吊りにしてやれば良かったと思ったのを覚えている。あるいは、ジムのことをなんでも知っていそうな無線のあの男とは知り合いか、殺す前に尋ねておけば良かったと。イーファがアクセルを踏み、車は発進した。タイヤが砂を踏む音が、聞こえる中で何より大きな音だった。

と、車は急停車して、あたしはダッシュボードに頭をぶつけそうになった。イーファはメルセデスをアイドリングさせたまま車から飛びだして、木のところに戻っていった。姉さんとあたしは顔についた血と等しく分かち合ったばかりのこの行為のために沈黙し、妹を見つめていた。あのくそ犬は鳴きやんでおらず、いまではますます近くに聞こえていた。イーファが戻ってきて、アクセルを踏み込み、西部の酒場にある扉みたいにドアをあけたまま車は走りだした。そのときのイーファは姉さんのスフィンクスみたいに見えた。まっすぐ前を見据えて、顔のパーツをぴくりとも動かさなかった。コテージまでずっとものすごいスピードで飛ばしていたから、道路標識さえ読めないほどだった。

「なんのために……戻ったの？」他人の肺で呼吸しながら、あたしはとうとう尋ねた。

「ナイフ」イーファの声は何世紀も離れたところから聞こえてきた。「ナイフを彼の胸に刺したままだった」

自分たちのしたことに対してどれほどの苦悶を味わっていたか聞きたいのなら、がっかりさせてごめん。処刑としか言いようのないことをしたあとの日々に、予備のロザリオを探して半狂乱で駆けずり回るということにはならなかった。わかっている限り、あたしたちの誰ひとりとして罪が赦されることを求めはしなかった。それにおなじみのマクベス夫人は間違っていたとわかった。ジムの血は普通の石鹸と水で綺麗に洗い落とせた。

ちょっと待って、そこまで。自分たちのしたことをあたしたちが楽しんだと思ってるんでしょ？　お気に入りの第七騎兵隊の頭皮を剝ぎ取ったイカれたインディアン女みたいに、イーファのリビングで浮かれ騒いで叫んだと？　あたしたちはこれがどれほど深刻なことか理解できない腐りきった若者で、そのあと何日も火酒をがぶ飲みしていたと？　本当にそんなことを言ってるの？　だったらそれは違う、全然そんなんじゃなかった。

真実を知りたいなら、どこかのどぶで若い女の半裸死体が発見されることはもうないとあたしたちにはわかっていたというだけの話。確かにイーファのための復讐でもあったけど、それだけじゃなかった。あたしたち姉妹はジムに引っ掻き回される前からばらばらになりはじめていた。イーファと姉さんはあのくそったれを取り合って争いかけていたし、あたしは見ていて辛かった。このあいだ愛する叔母さんに脅されたことについては言うまでもない。だからって、あのシャナヒーを殺したことであたしたち姉妹はまた家族になれたなんて声高に叫んでいたら、呆れ顔でぐるっと目を回してもらっても構わない。ただ、ジムが呼吸をやめた瞬間にあたしたち三人の距離が近づいたことだけ認めてもらって、この話はおしまいということで。

イーファのコテージに着くと、あたしたちはあの荒涼としたわびしい土地から何日も外に出なかった。必然的に容疑者になるのに、そんなのバカみたいだと思われるかもしれないけど、警察の最初の尋問をうまく切り抜ける方法を考えるよりも、お互いの存在が必要だったのだ。正直言って、どんな安楽な未来も考えてはいなかった。短いひととき、あたしたちは自分たちの作りだしたひとつのシャボン玉の中で生きていた。目を閉じれば、あたしたち三人はあのニュースエージェントの二階に戻り、階下にはいまも父さんと母さんがいて、じきに一緒に夕飯を食べるため二階にあがってくるように思えた。

最初の晩、あたしたちは頭を冷やして落ち着こうとしたけれど、うまくいかなかった。結局、夜明けになってから重なり合って倒れ込んだ。その日したことのせいで体が重かった。次の日は思いだせる限りずっと、フィンガーチョコ以外の食べ物を探してキッチンをあさって過ごした。あたしは冷凍シェパードパイを見つけて三等分した。ひどい味だった。あたしたちはお腹をグーグーいわせて、夕暮れがまた灰色に溶け込み、黒く変わるのを眺めていた。

その次の日には、三人とも少しはしゃきっとしてきたようだった。死ぬほど退屈していたせいで、起きたことはすべてなかったことにしようと願えばできるのかもしれないと思った。それに警察はまだやって来ていなかった。だからあたしは証拠を片付けるという作業で退屈を振り払おうとした。証拠隠滅については本で読んだことがあった。そうするのが普通なんでしょ?

姉さんがスパゲッティとトマトケチャップを使って何か食べられる物を作ろうとしているあいだ、あたしは服にガソリンをかけて燃やした。追いかけている人たちの網を間一髪でかわす黄色い蝶がペイントされたイーファのお気に入りのジャケットも、あたしの悪魔のようにふしだらなスカートと同じ道をたどった。ナイフを始末するのはもっと難しかった。ペンチを使って柄から刃をはずし、柄は溶かして黒い塊にした。それからシャベルを持って、前にしばしばイーファが黙ってじっと木々の声に耳を傾けているのを見かけていた、あの神秘の森の奥深くへと重い足取りで分け入った。露に濡れた木々が迫ってくるようでぞっとしたけど、ふさわしい場所を見つけた。潮が押し寄せる音を聞いて、家からずいぶん遠くまで歩いてきて、ジムの愛しい骸を置き去りにした場所のそばにいることにあたしは気づいた。枯れていない枝が一本しかない首を切られたようなオークの横に、深さ三フィートの穴を掘り、そこに刃を落とすと、土をかぶせて落ちていた枝ですべてを覆った。踵を返して立ち去ろうとしたとき、あたしはすっかり頭がいっぱいですぐには気づかなかったあることに思い至った。

ジムは自分の死を狙い通りのタイミングに仕向けたのではないだろうか？　あんな風に真っ向からイーファを苦しめたことへの喜びを言ってのけるなんて、他に説明がつかない。あの男は、柄を握っているのが自分の指であるかのように、確実にナイフを招いたのだ。そう考えて腹が立ったのを覚えている。まんまと騙された。なぜあの男がそんなことをしたのかはわかっていた。遅かれ早かれ、運のいい警官が失敗を犯したジムを捕まえて手錠をかけることになっていただろう。それは結婚式の当日にも行われたかもしれない。そして刑務所なんて問題外だった。ひょっとしたら、あの男は派手な死を遂げたら伝説が早く広まるということも知っていたのかもしれない。いよいよあたしはぞっと身震いをして、思うように早く森から出ることができなかった。ジムの胸からナイフを引き抜いたときに聞こえたすするような音よりも、あの森のほうが怖かった。物語の持つ力のせいだったのだろうか？　ジムのおとぎ話の影響を引きずっていた？　それとも殺しという行為が人間の精神に働きかける目に見えない作用のせい？　あたしにはわからない。

火をたいて服の最後の切れ端が灰になるのを見届けると、野原の向こうを見渡した。砂利敷きのドライヴウェイの端に立って町の方向を眺めると、いくつかの家のキッチンの窓がおぼろな星みたいに輝いているのが見えた。モイラ叔母さんの家は隣の峰を越えた先にあり、ちょうど視界から隠れていた。でもあたしには、叔母さんがあの石膏の聖人たちを並べた廊下を行ったり来たりして、数分おきに時間を確かめている様子が想像できた。ジムがまだ帰ってきていないから。誓って言うけど、あたしは叔母さんをほとんど気の毒にさえ思った。キッチンから焦げたトマトのようなにおいが漂ってきて、家の中に戻った。きっと姉と妹が夕飯を悲惨なものにしたのだろう。

家に入ってドアを閉めながら、叔母さんがこの家のすぐ外に立ち、ひとつでは済まない答えを要求するのはいつになるだろうと思った。

同じ日の夜遅く、エヴィーの夢を見た。彼女は使い古しの古代エジプトの石棺《サルコファガス》で造ったスクーナー船の帆を広げていて、あたしたちは月のない空の下、ビロードの海を航海した。あたしはエヴィーの手を握りながら、その色が雪の白さから黒曜石の黒さに変わりつつあることに気づいていた。何を目にすることになるのかとおそるおそる彼女の顔を見あげたとき、静かな水平線の彼方の現実世界で爆発が起き、ふたりの手は引き離され、ここはどこかと思いながらあたしはイーファのベッドでがばっと起きあがった。窓がガタガタいい、棚の上の物がすべて床に落ちてきた。外では明滅するオレンジ色の炎がたくさんの指を振り動かしていた。

横で丸くなって寝ていた姉さんが、びくりと目を覚ました拍子にあたしのお腹に固い拳を打ち込んできた。あたしたちは互いに頭をぶつけながらバスローブを見つけると、よろめきながら表に出た。家の中のどこにもイーファの姿はなく、あたしたちは玄関にたどり着きドアをあけた。モイラ叔母さんがあたしたちを黙示録の世界に追いやろうと焼夷弾で攻撃しにきたのだと思ったのを覚えている。

メルセデスが燃えていた。割れた窓から炎がみるみる溢れ出て、タイヤの空気も抜けていないうちから、車の屋根が熱に歪むのが見えた。ライムグリーンの塗装はどんどん広がっていくクレーターとなって巻きあげられた。燃えあがる車の中からまた鈍い大きな音がして、あたしと姉さんは尻もちをつき、ショットガンを抱えて煙草を吸いながら落ち着き払って立っている、炎に照らされた双子の妹を見た。

「何があったの?」あたしは騒々しい音に負けないよう声を張りあげて言った。

イーファは肩をすくめて煙をひとつ吐いた。「何があったかというと、わたしたち三人は正体不明の男たちの一団があそこにある生け垣を越えて逃げていくのを見たの。あいつらが見える?」

ズガーン!

あたしと姉さんのどちらにも反応する間も与えず、双子の妹はショットガンを構えて空に向かって弾を二発とも発射した。

「いったい何を――」姉さんは言いかけたけど、イーファはまだ終わっていなかった。このために書きあげたばかりの映画の脚本を読んでいるみたいに話し、それぞれの役をどう演じるべきなのか、あたしたちにしっかり聞かせようとしていた。妹は町のほうを指さした。

「連中はあっちに向かって走っていった。わたしの車に火をつけたから、そうでしょ?」イーファはあたしたちではなく、暗い空に向かって問いかけていた。

「そして姉さんたちは眠っていたから、犯人の顔をはっきり見なかった。でもそれでいいの。ブロナーが知っておくべきことは、わたしたちが遅かれ早かれ愛しいジム・クイックを殺すだろうと人々が何週間も思いつづけてきたということだけだから。さて、あの青年たちはシャナヒーが死んだという噂を聞きつけて、復讐したいと思った。すると、やっぱり。彼らはわたしたちがジムの血をそこらじゅうにべっとりつけた車に火を放った。だけど仕方ない。警察はシリンダーブロックの残骸からシリアルナンバーを見つけられれば、それだけでも幸運だろうね。そう思わない?」

感心せずにはいられなかった。ブロナーが愛してやまない刑事ドラマの話にあるように、あたしも姉さんもいちばん明白な証拠を隠滅することに頭が回っていなかった。けれどイーファの顔をひと目見れば、たった何週間かのあいだにこの妹が変わったことに誰もが気づいただろう。イーファの中に残っていたヒッピー的な部分は、木々の声に耳を傾けていた女の子は、あたしが三人の服を燃やしたドラム缶の中で死んだのだ。しかるべき理由のためであっても、ふたりの妹が殺人への関与を否定する準備をしている様子に言いようもないほどの恐ろしさを感じているみたいに、姉さんはあたしの手を握ってきた。ガソリンのむっとする鋭い悪臭が浮かれ騒ぐ悪魔のようにそこらじゅうに漂っているせいで、頭が痛くなった。

イーファは裸足の踵で煙草を地面に踏みつけながら、あたしが見たことのない笑みを浮かべた。穏やかでもなく、復讐に燃えてもいなかった。その目に憎しみはなかった。妹はじっと座って耐えている代わりに、心の内にある感情についてなんらかの行動を取れたことに、何よりもホッとしたのだろう。イーファがショットガンを撃つ間もなく、あたしと姉さんがあのナイフを使ったことをどう思っているのか尋ねてみたことは一度もなかった。だからあの子は自分の車に火をつけたのかもしれない。自分がイーファの立場だったら、何かを吹っ飛ばしたいと思っていたはずだ。どんなものでも構わない。結果として、妹じゃなくあたしが人殺しになった。そしてまだ何も感じていなかった。まったく何も。心はいまも夢に出てきた紫色の海を航海していて、エヴィーの手を握りながら彼女の顔を見られるときは来るのだろうかと思っていた。

ブロナーと他の警官たちがやって来るまで長くはかからなかった。

「いったい何をしたの?」われらが勇敢な巡査部長殿は、そのしかめ面から察するに死体を見つけたばかりなのかもしれない、炎がその死体とのどんな繋がりも飲み込んでいくのを、なすすべもなくにらみながら尋ねた。

「どういう意味よ、わたしがやったって？」イーファはありもしないカメラに向かって腹を立てている演技をした。「バカな田舎者の集団がわたしのタクシーに火をつけて逃げていったの。ＩＲＡかもっとひどいもののオーディションでも受けているみたいに、そのほとんどが目出し帽をかぶってた。来るときあいつらが生け垣を跳び越えているのを見かけなかったわけ？」

ブロナーは.357マグナムみたいにメモ帳を目の前に掲げていた。マグナムのほうがあれば良かったのにと思っているのは間違いなかった。他の警官たちは無線で消防隊を呼び、何をするでもなくせわしなく動き回り、警察では早い段階から身に着けることになっている、気遣わしげであり意欲的でもある例の表情を浮かべていた。

「都合がいいわね」ブロナーはあたしと姉さんを見て言った。

「都合がいいって、誰にとって？」と自分が叫んでいるのが聞こえた。「頭の悪いゴリラ男たちがイーファの商売道具を跡形もなく燃やそうとしたっていうのに、あんたはそこに突っ立って、妹がそれを望んでいたって言うわけ？　なんて女なのよ」

「それで、その……男たちの姿を見たの？」ブロナーは遠い目をしている姉さんに尋ねた。他の警官たちは水まきホースを見つけて、まだたっぷり残っているプラスチックの断熱材を食い尽くそうとしている炎を消そうとささやかな努力をしていた。

「眠ってたから」姉さんはあくびをしながら答えた。「三人ともね。後ろ姿しか見なかったし、言っておくと、感動的な眺めでもなかった。捕まえにいく気はないの？」

ブロナーが激しい怒りを募らせるところはあまり見たことがなかった。六歳の頃に同じクラスのマーティン・クラークにお気に入りの人形を取られて入り江に放り捨てられたときの一度きりかもしれない。だけどいま彼女は怒りをたぎらせて、ポケットの中にメモ帳をしまうとイーファに近づいていき、低い鼻を正面から向き合わせた。

「彼を見つけたのよ」ブロナーは泣くべきか脅すべきかわからず鋭く囁いた。「人目を避けて、たったいま電話で救急車を呼んだみたいに、じっと木の下に座ってた。でもあんたたちは知ってたんでしょう？ 体には数え切れないほどの穴があいていた。教えてよ、三人全員でやったの？ 体内の血が干上がって、クリスマスキャロルの過去の亡霊みたいに真っ白になってたのよ。〝誰のこと？〟なんて言わないでよ、わたしには知る権利がある」

「ジムが死んだ」イーファはブロナーに時間を教えたのかと思うような、批判も感情も表れていない声で言った。「そうなの？ だったら、容疑者には事欠かないだろうね。言わせてもらうけど、お悔やみが欲しいなら、訪ねる家を間違えてるよ」

「じゃああんたたち三人ともその件に一切関係ないって言ってみせて。さあ」

イーファは従った。「わたしたちはその件に一切関係ない」

「あんたがどう言おうとも」ブロナーは聞き取れないほど低い声で言った。「彼があんたにしたことへの復讐だったんでしょう。自己防衛と言ってもいいかもしれない。武器で襲われたの？ それとも襲われたのは姉さんのどっちか？」イーファはまばたきもせずじっと見つめているだけで、ブロナーは話を続けたけれど、ほとんど自分自身に言い聞かせているようだった。

「いますべてを話してくれれば、刑務所に入ることにはならないかもしれない。みんなわかってくれるはずだよ」

「サラ・マクダネルはどうなの？」あたしは尋ねた。

「彼女もわかってくれる？」

イーファは「このバカ、口を閉じなよ」としか解釈できない目つきであたしをにらんだ。

「じゃあ、彼を殺したのね？」ブロナーはあたしに問いかけた。その顔つきは慈悲深いものに変わっていた。あたしが言ってしまえばそれでいい。自白してしまえば。食料が尽きかけて炎がパチパチ、シューシュー音を立てていた。

「まさか」怒っているふりをして答えた。「でもみんながわかってくれるっていうくだりは気に入ったよ。教えてほしいことがあるんだけど。木の下だかどこにいるんだか知らないけど、あの男があたしの双子の妹をレイプしたってことをみんなはわかってくれた？ ああ、そうか。わかりすぎるほどわかってくれたから、あれからあたしたちを締めだすことにしたんだ。病人を隔離するみたいに。あんたまでもがね、巡査部長」

「わたしがここを立ち去って、コークシティかマックルーム警察からお偉方を連れて戻るしかなくなったら？ 取り引きはできなくなる」ブロナーは話に応じる者がないか燃えるような目であたしたちの目を探った。三人とも何も言わず見つめ返した。

「ねえ保安官、さっさと馬を回して、わたしたちの乗合馬車を燃やした悪党を捕まえにいけば？」姉さんが我知らず頬をほころばせて言った。「そんなに遠くに行っているはずはないから。あっちにはインディアンの土地があるって聞いたことはない？ 正真正銘のアパッチ砦で、そこのインディアンは女たちさえもが命知らずなのよ」あたしは口元を手で押さえて、噴きだしそうになるのをこらえなければならなかった。大笑いしたいのを我慢してお腹が三角形になっていた。指の関節に涙が落ちるのを感じた。初めて脳がお腹に囁いていた。あたしは人を殺したんだから、それがどういうことかを理解している証明として、いくらか涙を流してみせて、と。

「わたしはずっとあんたを信じてた」ブロナーはイー

ファに言ったけれど、その目にはいまでは恥ずかしさが浮かんでいた。

「だろうね」双子の妹は枯れ木を渡る風の音みたいに虚ろな声で言った。

ブロナーは暗い道路を眺めやった。町から消防車が近づいてくるにつれ、闇はネオンブルーに染まっていった。ブロナーの闘志はすっかり冷めていた。彼女は同僚に手を振って車の中に戻るよう促し、制帽をかぶり直したから、あたしたちには彼女の目が見えなくなった。

「これだけは教えて」ブロナーはイーファに尋ねたけど、あたしたち全員に聞こえるように言った。「覚悟はできてるの？　すべてのことについて。取り調べ、ことによると尋問、出廷――」

「来てくれてありがとう、ブロナー」とイーファは言い、弾の入っていないショットガンをガシャン！　と閉じた。

ブロナーはそれが幼い頃から見てきた銃だと知っていながらも、最後の探りを入れずにはいられなかった。

「許可は取ってあるの？」

「あんたが自分で書いたじゃない」イーファは皮肉っぽい声にならないよう言った。「でもあいつらのお尻に鋼の弾を見つけたら、遠慮なくまた尋ねてきて逮捕すればいいよ」


あたしの出身地では、ふつう葬儀は厳粛に執り行われ、遺体さえもが退屈するほどだった。セイクリッド・ハート教会で両手を組み合わせることから始まり、棺にいちばん近い席に座っている人をぽかんと眺めて、『楽園にて』の賛美歌のあいだは多くが目を伏せる。それが終わると、みんなはマロイ神父から酸っぱい白ワインと「人生は変わるけれど、終わるのではない」ということについてのお喋りに誘われる。そして神父が酔っぱらうと、生きている者の数人は〈マクソリーズ〉に一杯飲みに行き、故人について噂話をするのだ。だけどジムの場合、まだ遺体が冷える前から、それらのルールは変わりつつあった。

夢見がちな顔をした会葬者が続々とこの町を訪れはじめたとき、殺された町のマスコットの最後の旅立ちは違ったものになることがみんなにわかった。もちろん病的な野次馬もいたし、シャナヒーがコーク州全域にセックスと暴力の航跡を残したという噂を聞きつけたマスコミ連中の姿もあった。語り部は同じ地域に住む三姉妹に殺されたと言われている。特ダネだ。葬儀の映像はきっとウケるぞ。それに人々には知る権利があるだろう？　パラボラアンテナをつけたテレビ局のヴァンがあっという間に広場を占拠して、中央の十字も見えなくなったのは、そういう理由からなのだろう。ジョノはマスコミ連中にぼったくりの金額でビールを提供してひと儲けし、声だけで女たちを麻痺させる〝キャッスルタウンベアの殺戮者〟に関する作り話を披露した。彼はそんな風にして自分の名前を新聞に掲載までさせて、その記事を額に入れてカウンターの上に飾った。その新聞はいまも店に飾られているはず。

けれど、すり減ったスニーカーを履いた足を引きずってグレンガリフロードをやって来る典型的な巡礼者は、ジムは〝誤解されているだけ〟なのだと信じ込み、救いようのないほど彼に傾倒した若い女たちだった。物好きがでたらめに流れ込んできているだけじゃないことに最初に気づいたのは、親愛なるミセス・クリミンスだった。葬儀の前の水曜日、ミセス・クリミンスはラッパズイセンに水をやっているときに、十人か十五人の女たちの集団がB&Bの前を通り過ぎるのを見かけた。ほとんどがバックパックと水のボトルを持っていて、誰ひとりとしてたったひと晩の宿泊費さえ持っていなかった。彼女たちはみんな彼を〝ダーリン・ジム〟と呼んでいて、ほどなく風の噂でそのニックネームを聞きつけたマスコミがキャッチフレーズにして、町の人々はいまでもそれをやめさせようとしている。

「あの子たちの話し方にはどこかおかしなところがあるのよ」ミセス・クリミンスはジョノに説明を試み、あたしは彼からその話を聞いた。「人の目を見ようとしないで、視線がどこかに行っちゃってるんだから。あのうすぎたないヒッピー娘たち、わが家にはひとりとして泊めてやるつもりはないわ」

ところが点々と散らばっていた道ばたの放浪者たちの群れは、じきに丸ごとキャラバンになった。あたかもイスラエルの失われた部族がエジプトを通り過ぎて、代わりにあたしたちの町にまっすぐ向かってきたかのようだった。ジムが死体保管所の仮置き台に眠っているものと思い込んでいたために警察署から離れるのを拒み、外の街灯柱に自らを鎖で繋いだ十四歳の少女ふたりをブロナーは逮捕した。実際には、ジムの遺体はグルーピーに嗅ぎつかれないよう、最後の旅立ちの服を着せるときが来るまで、港長の小屋の冷蔵箱に保管されていた。会葬者の到着をいち早く見られるよう、三人の成人女性がマロイ神父の司祭館の前で野宿した。そう、まさに。ピエロしかいない立派なサーカスってわけ。人々がウォルシュ姉妹はイカれてると思っていたなら、彼らはまだ何もわかっていなかった。


ジムが地上で過ごす最後の日、教会は押し合いへし合いの騒ぎになって、ブロナーは果てはケンメアまで応援を要請しなければならなかった。パトカー五台分。メインストリートからセイクリッド・ハート教会の重厚なオーク材のドアへと続く石段は、頰に花をペイントした少女たち、すすり泣くおばあちゃんたち、より良いアングルを争って押し合うカメラマンたちの豪華揃い踏みだった。メアリー・キャサリン・クレミンは父親のいちばんいいカメラを持ってきて、マロイ神父の頰のほくろまで写せるほど大きな望遠レンズを取りつけていた。

あたしたち姉妹は参列しないことに決めていた。その週の大半を自白を迫る違う警官の前で別々に過ごしていたため、どういうわけか参列するのは間違っているように思えた。三人とも何ひとつ漏らさなかった。姉さんは尋問のあいだ泣いてばかりで、ジムに襲われたのは姉さんなのだと警官たちが思うほどだった。

けれど土曜日が来ると、あたしは我慢できなくなった。

「牛乳が切れてるよ」あたしは姉さんたちに言った。ふたりは窓から野次馬に覗かれないよう家にじっとしていた。「すぐ帰ってくるね」と嘘をついた。あたしはイーファのアメリカ人の彼氏のひとりが置き忘れていった野球帽をかぶって、待ち焦がれている大勢の人々の声がするほうへと自転車でくだっていった。食事どきのコロセウムみたいな騒ぎで、棺に収まったジムがどんな姿かを想像したときよりぞっとした。年配の夫婦があたしを指さし、自転車で通り過ぎる姿をパチパチと写真に収めた。一瞬、ジムがその場にいて例のスウェーデン人に話したことを彼らの耳に囁いてくれればいいのにと願った――その直後、そんな自分を嫌悪した。それにしても、なんでエヴィーはあたしのメールに返信をくれないの？　古いソチの街にはどんな女の子たちがいるのだろうかと思い、どうかみんなブスでありますようにと願っているうちに、教会の尖塔が見えてきた。

モイラ叔母さんにすぐには気づかなかった。

修道女たちが控えている場所のそばにある裏口のドアから忍び込み、空っぽの祭壇を目にしてからようやく気づいた。ジムのヴィンセントコメットにも負けない傷ひとつない白い棺が、ステンドグラスの窓から降りそそぐ光を反射していた。マロイ神父は身を折って、棺の前にひざまずき両手を組んで祈りを捧げている人物を慰めていた。

「お願いだから」神父は言った。「もう始めなければ。

さあこちらへ」

叔母さんはうちの裏庭にいるワタリガラスも嫉妬しそうな真っ黒の喪服を着ていた。フェンシングのマスクに見えるほど目が細かく編まれたヴェールをおろしているせいで、顔が見えなかった。それでも、叔母さんが立ちあがってこっちを見たときには、あたしは隅に身を隠した。

マロイ神父が他のみんなも中に入れると、象の群れが殺到したような騒ぎになった。葬儀が終わるまで中にいるつもりはなかった。あたしがそこにいるのをジムの献身的な信者に気づかれたらどうなるだろう？

《サザンスター》紙は「殺人犯の逮捕間近」という見出しを書き立てた記事を既にいくつか掲載していたし、それに呼応して遠いダブリンの《アイリッシュミラー》紙はあたしたちに「短剣《スティレット》シスターズ」とあだ名をつけていた。もちろん、あたしたちを有罪と確定するどころか起訴する証拠さえなかった――イーファが備えていたおかげで。それに殺害現場の近くで犬を散歩していた男は、あの日はさえずる鳥の他は何も目撃していなかった。その上、あたしたちが立ち去ったあとかなり雨が降っていたから、足跡もタイヤ痕も残っていなかった。

姉さんは山脈のコテージに住むケリーという女について話していたけれど、あたしはこっそり自転車のところに戻る前にたぶん彼女を見た。丈が足首まである黒いシルクのドレスを着た姿は美しく、堅苦しいオペラの登場人物みたいに涙が頬を流れ落ちていた。神父が祝福を唱える前に、ケリーは慰めるようにモイラ叔母さんの手をぎゅっと握った。あの手があたしを捕まえていたら、一巻の終わりになっていただろう。

だけど、本当の狂乱が始まったのは、葬儀が終わってからのことだった。

ブロナーが珍しくまともに仕事に取り組みはじめてからは特に、キャッスルタウンベアの人々は夕食の席でジムに対する意見を二分させはじめていた。あのトモという男はコークとダブリンの両方の刑務所に入っていたことがあり、その犯罪歴はかなりの長さになった。ジムとは州の矯正施設の荒れた一角で知り合ったのだと噂されていたけれど、事実だと証明する手だてはなかった。いずれにしろレイプされたり殺された女の子たちがいるというのは、大半の人々にとって受け容れがたい話だった。ジムのおとぎ話を聞きにいき、あの甘美な声に耳を傾けたことのある者さえも。となるとグリーブ墓地に埋葬するわけにはいかず、それは町の中のどの墓地でも同じだった。主要容疑者がどれほど魅力的であろうと、大量殺人に甘いと思われてはまずかった。よって妥協案が探られた。

聖フィニアン墓地は道路端にある風変わりな古い埋葬地で、道側にあるはずの教会もなかった。子どもの頃はとても古びて見えたけど、歳月を経たことでますます荒れ果てていた。遺族が見つからなかったため、市議会はジムの大勢のファンがそこに墓石を立てて遺体を埋葬することを許可した。そんなものの費用を払う秘密の寄贈者までいたらしい。それも州の各地に。どうかしてる。あの男はくそ忌々しい狼の破壊ツアーの話をどれだけ吹聴してきたのだろう？　ジムの白い棺に付き従って、すすり泣く何百人もの女たちが車をよけながら曲がりくねった道をのぼっていき、すぐに町の神父たちは自分の決断を悔やむようになった。

狭い鉄の門から中へとなだれ込み、取り憑かれたように泣きわめきながら行進する人々の様子を、テレビカメラが撮影した。あたしは葬儀が終わる前に教会からこっそり出ていくと、最終的にイーファのコテージの近くにある草地に行き着き、父さんの古い双眼鏡でその光景を眺めた。棺が降ろされると二十人以上が先を争って土をかけたため、空中で土埃が渦を巻き、視界を妨げられた。人々の悲鳴が屍肉をあさるハゲワシみたいに山の斜面を渡ってきた。あたしは首を振りながら、彼女を殺すのか、それとも愛するのか、どっちなのよジミー・ボーイ、とひそかに思った。あの哀れな女たちは、あんたがどっちを選ぼうと大して気にしてないんじゃない？　暗闇が尾根に這い寄り、道路にぱらぱらと雨をまき散らしはじめると、ようやく群衆はまばらになった。

それでもいくつかの顔はこれだけ距離が離れていても判別できた。どう見ても十二歳以下のふたりの少女が墓石の前の土をならしているのが見えた。姉さんのファラオたちのことをつい考えてしまい、彼らもこんな正気とは思えない見送りを受けたのだろうかと思った。ひとりの女がぐずぐずとキャンドルを立てて火を灯していた。痩せこけた体を包んだ服が風に翻っていたけれど、気にする様子はなかった。使い果たすまでただひたすらにマッチを擦りつづけていた。

彼女が行ってしまうと、墓に残っているのはひとりの女だけになった。

女はこっちに背中を向けていて、一度ならず自分からすべてを奪った神に哀願して再びひざまずいていた。女はあたしの干渉を感じ取ったように、ヴェールをあげて顔をふり向けた。あたしはできる限り急いで双眼鏡から目を離した。

けれどモイラ叔母さんはあたしを見た。見たのだとわかっている。

そしてそれ以来、あたしはその報いを受けている。

時間というのはおかしなものだ。言われているようにすべての傷を癒してはくれない。だけど確かにみんなに詳細を忘れさせる。それは自然の思慮深い慈悲なのだろう。

まず最初に、人は自分自身がそこにいたとしても、起きたことの周辺部から思いだせなくなる。ジムが殺した女の数は三人だっただろうか、それともふたりだけ？　彼の目は大多数が言うように薄茶色だったのか、それともグリーンだった？　そんな風な疑問。じゅうぶんな時間を与えられれば、人々は実際の出来事をすっかり忘れて、作り話に甘んじるだろう。それは人殺しのウォルシュ姉妹にも言えることで、あたしたちは無罪放免になった。四週間にわたって同じ壁紙を見つめるためにメインストリートへと重い足取りで歩いていったり、あるいは肩章の金がさらに多い警官に会うため車でコークシティに連れていかれたりしたあとで、警察から解放された。

もちろんブロナーはあたしたちが殺したのだと知っていた。キャッスルタウンベアと周辺地域のほとんどの人もそう。おかげであたしたちは軽んじてはいけない命知らずの女たちという生ける伝説の地位を即座に獲得した。その前のセックスの魔女としてのあたしの評判は、この新たなレベルの悪評には比べものにもならなかった。姉妹の誰ひとりとしてその神話から逃れることはできなかったので、他人には会釈をするだけでつき合おうとはしなかった。

何カ月にもわたってあたしたちの家の前庭をぐちゃぐちゃに踏み荒らしていたテレビカメラとフリーランスの詮索屋はやがて去っていった。セイクリッド・ハート校の少年たちは姉妹の誰かとすれ違うとひそひそ話をしたけど、前にあたしたちのお尻を盗み見ていたときとは様子が違った。いまではあたしたちの目を見ようとしなかった。黒魔術か何かが操れると思われはじめているとさえ姉さんは言っていた。あたしが欲しいのはエヴィーに電話を折り返させられるヴードゥー魔術だけだった。

時間はモイラ叔母さんの最も苦痛に満ちた記憶を少しもぼやけさせはしなかった。

「頭がおかしくなったんだ」ジョノは叔母さんの身に起きたことをそんな風に説明していた。叔母さんは一週間以上もジムの墓に座っていたせいで重い肺炎を患ってから、肺から込みあげる咳が続いていた。あたしたちは町でばったり叔母さんに出くわすのを恐れていたけれど、そういうことにはならなかった。一、二度叔母さんのB&Bの前をこっそり通ると、「売り家」の看板が窓に出ていた。数週間後には看板はなくなり、ずっと手入れが必要だった煙突を作業員がせっせと修理していた。

姉さんが学校で授業を教え（まさか校長が生粋のセレブをクビにするなんて本気で思ってたわけじゃないでしょ？）、イーファがメルセデスの保険金で買った古いヴォクスホール（イギリスの自動車メーカー）で観光客を往復させている日々に、あたしは叔母さんの足跡を探そうとしていた。病的とでも不気味とでも呼べばいい、もっとひどいことを言われても生きてきたんだから。だけどあたしは、なぜ叔母さんがあたしたちの家の戸口に現れ旧約聖書の脅し文句を吐きだして聖書を振り回さなかったのか、その答えが知りたかったのだ。何年ものあいだ、叔母さんが一箇所にとどまっていることであたしは安心していられた。それがいまは、どこにいてもおかしくないと思うとぞっとした。ちらりとでもその姿を捉えることを期待して、あたしはイカれた国境警備員みたいに双眼鏡を覗いた。

何よりも気がかりだったのは、叔母さんが二度とあの墓地に戻らなかったことだ——ちなみに、墓地には常に女たちがうじゃうじゃ群がっていた。墓にはお供えの花が絶えず、ブロナーはジムの墓石が盗まれないよう見張りを常置するはめになった。最終的には、ある晴れた日にマクルーム警察署に電話して何者かが遺体を盗んだと報告するという事態を避けるため、棺の周りにコンクリートを流し込んで終わらせた。実のところ、貪欲な信奉者がジムのヴィンセントコメットを既に回収し、ほとんどをｅＢａｙで売り払ってひと財産稼いでいた。最後の形見のブレーキライン半分は、ジムの墓の上の頭蓋骨にいばらの冠みたいに巻きつけられた。あたしはそれを見つめながらぱさぱさしたハムサンドをいくつも食べて、未亡人が再び姿を見せるのを待っていた。ただし、叔母さんは決して現れなかったけれど。

あるありふれた火曜日、アイリーズにほど近い古い海岸で、あたしは風になびく緑色のスカーフを見た。

そのスカーフはそう遠くない昔にあたしたち三人がモイラ叔母さんにクリスマスプレゼントとして贈ったもので、叔母さんは一九五〇年代で時代が止まっている人みたいにそれを顔の周りに巻きつけていた。叔母さんはあたしが大切なジムをナイフで刺して次の安息日に送りだした木のそばの土の中を突いていた。初めは息ができなくなったけど、やがて心を落ち着けた。見つかるものは何もないのだから。ひょっとしたら叔母さんはこの森の中に居を構えたのかもしれない、とあたしは思った。起きているあいだはずっとフィアンセの死んだ場所で過ごしていたのだろうか？　いくらモイラ叔母さんとはいえ、そこまで感傷的じゃない。おかしくなる前から、叔母さんは冷たい人間だった。叔母さんは気に入る地面を見つけられず、スズメみたいに飛びまわっていた。何かを探しているのだと思い、気分が悪くなった。叔母さんは探し物をしていて、見つかるまで諦めるつもりはないのだ。だけど、警察がブラッドハウンド犬に捜索させたあとだったから、掘り起こせる証拠はもう残っていなかった。

あたしはそっと立ち去り、全速力で自転車を漕いで家に帰った。あたしが知らない何かを叔母さんは知っているということへの恐れよりも、叔母さんの身のこなし方に心を乱された。追い求めるものがなんにしろ卵の殻のように割れるまで突つく、カニか感情を持たない生き物みたいだった。

「ニュースを聞いた？」数日後、イーファがカウンターに食料品の袋をふたつ置きながら尋ねた。「モイラ叔母さんが町から出ていったってジョノが言ってたよ。今朝バス停で、スーツケースを持ってダブリン行きのバスに乗るところを見たんだって。家は売れたみたいだね」

あたしは胸のつかえがおりるのを感じ、気が触れたみたいに妹を抱きしめた。「あんたにチューしてあげたいぐらい」とあたしは叫び、妹をリードしてワルツを踊っているつもりでリビングをくるくる回り、最後には揃って椅子に倒れ込んだ。まだ新しい家具を買うお金がなく、ソファの裂け目にはダクトテープを貼ってあった。その横を歩くたびに、ジムのことを考えた。イーファがどう感じているのかは想像できなかった。姉さんはお利口な固い頭を振り、一本の煙草に火を点けて三人で分け合った。

それから一、二週間が過ぎて、あたしはイーファが昼に出かけている時間が長くなっているのに気づいた。「地下トンネルか何かを通って、お客をはるばるニューヨークまで運んでるの？」そう言ってみたけど、双子の片割れはにやりとするだけで、収支を合わせるためにシフトを増やさなきゃいけないとかなんとか言っていた。あたしに見られてないと思っているとき、イーファの眉間の真ん中の筋肉は縮こまり、深刻そうな顔になっていた。あたしが隠し事をしているときと同じだ。だからそれ以上追及しないことにした。

安心して。あたしはやっとエヴィーをつかまえた。彼女はそれまでのあいだはずっと「すっごく頭が良くて感受性が鋭い」らしいアブハーズ共和国の女性建築家の腕の中にいて、あたしたちは三日連続で喧嘩して姉さんたちを寝させなかった。

思いだす限りあたしとイーファが最後に一緒に座って過ごしたのは、三人でジョノを夕飯に招いたときのことだった。ジョノが持ってきたステーキ肉を姉さんが調理するあいだ、あたしとイーファは外に座り、一日の最後の光を吸い込んでいた。妹の様子に何かあることに、何かわからないけど不自然なところがあることに、あたしは気づくべきだったけど、あのろくでなしに出会ってからというもの、あたしたちのコンパスはまともに働かなくなっていたのだろう。イーファは背中にオスカー・ワイルドの肖像が手書きされた、あたしのお気に入りの革ジャンを着ていた。姉さんの言葉にジョノが熊のようなくぐもった笑い声をあげるのが聞こえた。いい雰囲気を壊したくはなかったけど、知っておかなければならないことがあった。前に言ったように、あたしは時間というものの性質について良く知っているから。何かズレているところがあると、心に引っかかった。

「あの日、あんたがジムのところに引き返したときのことだけど」あたしはイーファのほうを見ずに切りだした。「ずいぶん時間がかかったよね。ナイフを取ってくるだけにしては長すぎた」

海から風が運ばれてきて妹の返事をかき消し、あたしはもう一度尋ねなければならなかった。今度は、イーファはすべてを乗り越えたみたいにほほえもうとしてみせた。

「ジムの服の袖をまくったの」妹は両手の中の煙草をよりどころにして言った。「あのタトゥーをはっきり見たかったから。姉さんから話は聞いてた。なんのタトゥーなのか、人それぞれ意見がばらばらだった。わたしにのしかかっていたとき、あいつはボーイスカウトの技能賞バッジみたいにタトゥーをわたしの顔の前に突きだした。でも反対の手で殴られたから、わたしには見えなかったの」イーファがひとつ深呼吸をしたとき、あたしたちは復讐のために殺人を企てただけで、あの夜のことはちゃんと話したことがなかったのだとふと思い至った。姉さんから奪い取ったシルクのワンピースの下で、イーファのお腹が膨らんではへこんだ。

「ねえ、聞いて」あたしは言った。「無理に話さなくても――」

「ううん、話す。ジムが本当に死んでいるか確かめたかったの、わかる？　だからこの手であいつを刺したんだ。万が一ブロナーが新しい脳みそを生やすか何かしたときに、ふたりだけにすべての重荷を背負わせたくなかったの」イーファは息を吐いた。「気になってるかもしれないけど、あれは狼じゃなかったよ。あのタトゥー。最初はなんなんだかわからなくて、いくらか血を拭き取った。そしたらわかったの。双子の絵柄だった。手を繋いでいるふたりの少年。森の中にいる。ジムのあの物語の中みたいに」

最近の記憶の中からもうひとつの顔を思いだし、浅黒い肌と誰も近寄せようとはしないふたつの鋭い目を思い浮かべた。悪魔の調教者。面白いショーのあとに子どもたちとその母親から小銭を集めることで満足しているふりをしていた、フェルト帽の男。

「トモ」あたしは口にした。「ジムの悪事の首謀者」

「あいつがどうかした？」

「トモは日本語で〝仲間〟の意味でしょう？」あたしは続けた。「きっとジムはタトゥーにするほどトモを愛していたんだ。まるで双子であるか何かみたいに」

「そうだね」イーファはひと吸いもしないで煙草をもみ消した。「ジムがトモの顔を叩き潰すまでは」

「ふたりとも、夕食ができたわよ！」姉さんがワインをあけるあいだジョノの手から逃れようとしながら、大声で呼びかけてきた。

いまここに座ってこのことをすべて書いていると、あたしは双子の片割れと一緒に家の中に戻る前に事実を重ね合わせて考えてみなかった自分に腹が立ってしょうがない。それまでにわかっていたことを立ち止まって考えてみるだけで良かったのに。だけどそんな風に自己批判をしてもどうにもならないと姉さんはいつも言っている。そして姉さんの言うとおりなのかもしれない。

秋の葉っぱの最初の一枚が黄色くなる前に、イーファは姿を消した。

あれは確か木曜日だったはずだ。メインストリートにある郵便局にあたしが郵便をまとめて取りに行くのは、いつも木曜日だったから。キーを探して郵便受けをあけると、数枚のどうでもいい広告と、一通の手紙を取りだした。バッグにしまいかけて、もう一度手紙を見た。あたりを取り巻く音のすべてが、アイスクリームを欲しがって叫ぶ子どもたちの声さえもが、かすかなざわめきにしか聞こえなくなった。

あたしは封筒をあけた。手紙は陽気な書き出しで始まっていた——

やあ、おふたりさん。

コテージまですごいスピードで自転車を漕いだせいで、肺に電池酸でも流し込まれたみたいな感じだった。前置きもなしに、姉さんの襟首を摑んで手紙を見せた。あたしはソファに這いあがって耳をふさいだ。見ることさえできなかった。あたしはあの夜イーファの目を見て、何を伝えようとしているのかわかっていたから。妹の目は長いお別れを告げていた。

姉さんは封筒の中の手紙を読んだ。そして手のひらで便箋の皺を伸ばしてあたしを見た。勇気をかき集めるのにどれだけの時間がかかったかわからないけど、最後には姉さんのところに歩いていって、手紙を読みはじめた。イーファはこう書いていた——

わたしは行かないと。心配しないでね、特にあんたよロージー、ぼやいてばっかりのお嬢さん、永遠に戻らないわけじゃないんだから。でもかなり長く町に戻らないかもしれない。ふたりにはなんの関係もないし、ジムにされたことのせいで正気をなくしているわけでもないよ。いつの日か、すべて説明するから。そしてその日が来たら、わたしがこれからしようとしていることを、ふたりとも許してほしい。

それまで天国の両親がふたりの無事を見守ってくれますように。

ふたりが思ってる以上に、わたしは姉さんたちを愛してる。

いつまでもふたりの妹
イーファより

あたしはあの手紙を何百回もくり返し読んだのに、いまだにどういうことなのかわからなかった。数日が数週間になり、数カ月が過ぎていっても、イーファのメッセージは最後のひと言にたどり着くたびに永遠のお別れに思えるラブレターのままだった。

そのあと別の手紙が続くことを、あたしは知る由もなかった。

そしてその手紙には、愛についてはどこにも書かれていなかった。

あたしは時間というものについて良く知っているって話したでしょ？　あれは忘れて。あたしは大ばかだった。誰かがいくらその謎を知っていると言い張っても、時間は好き勝手なことをするのだ。ヘラクレイトスもアインシュタインも、時間の謎を解き明かそうとしているなんて、滅多な口をきかないで。

イーファなしで過ごした三年間は二十年にも感じられたのだから。

姉さんとあたしはイーファの石造りのコテージの戸を閉ざした。そうするのが正しいことに思えた。カメラマンは相変わらずあたりを嗅ぎまわっていた。カメラ付き携帯を持った子どもたちがやって来てあたしたちを悩ませる観光シーズンは特に。屋根の雨漏りはますますひどくなり、そこらじゅうにバケツを置くはめになり、夜通し眠れないこともあった。フィンバーは——彼の貪欲な小っちゃい心に幸多からんことを——

コテージを高値で買い取るとまで申し出たけど、クソ食らえと姉さんは返事したみたい。

　だからあたしは姉さんのエジプト神殿に引っ越して、掃除をするときはいつも小さな骨董品を壊さないよう気をつけなければいけなかった。姉さんはそれまでと同じことをして家賃を稼いだ。それを不謹慎だと思う人もいるかもしれない。明らかに人を殺した人間がセイクリッド・ハート校を闊歩して、感受性の強い若者の心を腐敗させているなんて、異常でぞっとするとさえ思われるかも。

　確かに、姉さんに恐ろしい殺人鬼の烙印を押そうとする親たちはいた。メアリー・キャサリンの父親のドナルド・クレミンもそのひとりで、性的堕落や魔女の集会、そういったあらゆるばかげた話をゲートリー校長の半分聞こえていない耳に囁くだけでは済まない者は他にもいた。

　けれど、彼らは自分の子どもたちだけはあてにしていなかった。

　姉さんのハナタレ怪物たちが曖昧な口実のもとクラスから去っていくたびに、他の子どもたちはキャッスルタウンベアの有名な女ジェシー・ジェイムズの授業を受けたがった。姉さんは子どもたちを廊下に並ばせ、サイン帳を用意している子までいた。結局、事件が別の急展開を迎えるまで、学校から帰る姉さんの後ろを知らない子たちがついてきていた。

　家で姉さんはたくさんの旅行パンフと地図をめくっていた。まるでイーファが行方不明だとしても、あたしか姉さんのどちらかは町を出られるというみたいに。砂漠に点在する石造りの建築物を眺めることで心を慰められていたことはわかっている。でも姉さんはひと言もそれを口にしなかった。口にだす必要はなかった。部屋の向こうからでも、姉さんの考えていることは聞こえてきたから。三姉妹の中で、姉さんはいつもいちばん大きな心の声の持ち主だった。

そうこうするうちに、自分で言うのもなんだけど、あたしは無線でおしゃべりをすることにかけては本物の専門家になっていた。前みたいにただ暇つぶしのためだけにどんなマヌケともお喋りするというわけじゃなかった。そのうちにあたしはクロンターフからキラまで短波スパイを使って、へこみだらけの茶色いヴォクスホール・ロイヤルを運転している短髪のブロンドがいないか見張らせるようになった。イーファがそっち方面に行った場合に備えて、リヴァプールとシェルブールの港長と長くて楽しいお喋りに花を咲かせ、アベリストウィスの熱心なウェールズ人女学生にまで見張りを頼んであった。あたしがその間ずっと煙草をやめていたこと、想像できる？　引き籠もりみたいに体重が増えた。それぐらい体重があったほうが綺麗だと姉さんに言われて、一発殴ってやろうかと思った。エヴィーに捨てられたのに、誰のためにセクシーに見せる必要があるの？　アライグマメイクの道具のほとんどをセイクリッド・ハート校のガリガリの女の子たちにあげると、彼女たちは大興奮でキスしてきそうな勢いだった。あたしは食料品を買うためだけに家を出て、トランシーバーマイクとダイヤルの待つ安心できる家に帰ってきた。

どれも役には立たなかったけど。イーファは消えてしまった。

他にもあることが起きていたのに、あたしは何カ月か過ぎるまでそれに気づかなかった。目に見えないメガヘルツの世界から、ある人物がいなくなっていた。

あたしがジムのことを知るより前からあいつのことをすべて知り尽くしていたようなあの自己満足に満ちた声、ゲートキーパーがそのドアを閉ざしていたのだ。右に左にダイヤルを動かし、周波数を切り替えて、他のアマチュア無線家たちに自分の周波数帯で彼を見つけたら電鍵でメッセージを送ってほしいと頼みさえした。だけど誰からも知らせは来なかった。もしかしてあの口先のうまい男はジム本人で、面と向かって傷つけるだけでは不十分かもしれないからと、あたしたちの頭を混乱させようとしていたのだろうかと思いはじめていた。

「この前、ゲートキーパーらしき声を聞いたよ」短波上のあたしの崇拝者の中でいちばんのオタクが海の向こうのブライトンから呼びかけてきた。「ちょうど開局したところで、しばらくは悪の本質についてとりとめのない話をしてさ。あいつ、べろべろに酔ってたな。そのあとピアノを弾きはじめてね。それが延々と続いたんだ。ぶっちゃけ、退屈だったよ。コール・ポーターっぽかったな。『エニシング・ゴーズ』。まさになんでもあり《エニシング・ゴーズ》ってわけ。でもそのあとは何も喋らなかったから、ぼくはスイッチを切ったんだ」

　これがあたしのアソコを拝みたがっているマヌケ野郎からではなく、信頼できる相手からの情報だったら、少しは信じていたかもしれない。それにゲートキーパーは音楽愛好家という感じではなかった。自分の声にうっとりしすぎていて、他の楽器にかかずらっている暇はなさそうだった。

　ブロナーはしばらくよそよそしかったけど、やがてまた口をきくようになった。ジムとトモの事件については相変わらず状況証拠しかなかったけれど、性的暴行と殺人は起こらなくなっていた。証拠はなくても、犯人はあのふたりだと誰もがわかっていた。毎年、ジョノは町の広場で被害者遺族のために基金募集の催しを開いた。姉さんとあたしは来賓として呼ばれ、気が進まなかったけどジョノのために参加した。店には常にあたしのためにビールを用意してあると彼はいつも言ってくれたけど、そのたびに丁寧に断っていた。モイラ叔母さんが追い払った宿泊客をすべて受け入れていたミセス・クリミンスは、敷地内に新棟を建てて、いつも敬意を持ってあたしたちに接してくれた。「あの男は最初から気に入らないと思ってたのよ」ミセス

・クリミンスはいつもそう言っていた。

こういう町で可能な限り物事がまともに落ち着き、これですべては終わったと思ってるでしょ？　消息不明の妹を世界じゅう捜し回り、愛する叔母を忘れようとしているふたりのイカれた姉妹。テレビを消して、もう寝なさい。そんな映画、クソ面白くもないから。

時間はおかしなものだ。予想外の動きで行ったり来たりして、説明するには時間がかかりすぎる。イーファの手紙を手に取ってから、郵便受けに別の一通の手紙を見つけるまでに、三年近くが過ぎていた。その封筒は厚みのあるコットン紙でできていて、こんな場所から発送されていた——

ダブリン州　マラハイド　ストランド通り一番地

手紙はイーファの古いコテージから転送されていたから、あの子からの手紙じゃないのはわかっていた。

受取人の名前は書かれておらず、宛先の住所だけが書かれていた。詮索好きな近所の人たちの目も気にせず、今回は自分で封を切った。手紙には「拝啓」とあり、こう続いていた——

お元気のことと思います。実のところわたしは書くのは嫌いだし、あなたたちの時間を無駄にしたくもないから、単刀直入に書くわね。わたしはあなたたち三人がわたしのジムを殺したことの確証を持っています。でも、あなたたちを逮捕させたいとは思っていない。他に考えがあるの。わたしは癌にかかっていて、お医者様の話だと、先は長くないそうよ。もって一ヵ月ですって。

そこで提案があるのだけど——あなたたち三人にはダブリンに来てもらって、わたしが最期を迎えるまで世話をして欲しいの。わたしには他に頼れる相手はもういないから。あなたたちが最後のお願いを聞いてくれるか、警察がすべての情報を手に入れるか。信じてもらえないといけないから、サンプルを同封します。証拠はこれだけじゃないのよ。あなたたちは後始末をきちんとしなかったのね。この封筒の裏に住所が書いてあります。手紙を読んだらすぐに来て。来なければ、ドーハス刑務所で面会することになるわね、お嬢さんたち？

みんなに大きなキスを
あなたたちのモイラ叔母さんより

サンプル？　なんの？　子どもの反射で、あたしはとっさに叔母さんに言われたとおりのことをした。封筒を揺すると、手のひらに何かが落ちてきた。それは、煙にむせるのはこれが最後だと、見るたびに自分の肺に約束していた物だった。

前にポーカーで勝ち取った、ドクロと骨十字の絵柄がついたあたしのライターだった。あの卑劣な叔母はそれをビニール袋に入れていた。土の小さな塊がまだこびりついたままだった。どこかで落とした覚えはなかったし、ましてや刺したばかりの男の前になんて。最後に使ったのはいつだった？　三年前に記憶のテープを巻き戻そうとしたけど、思いだせなかった。でもそのライターはいつもバッグに入れていた。そしてあの日、バッグは持っていっていた。モイラ叔母さんは他に何を手に入れているの？　姉さんに会うために自転車を漕ぎながら考えた。途中で止まって反吐を吐いた。

木々と好奇の目を通り過ぎながら、手紙を破って姉さんに話さなければどうなるか想像してみようとした。全部ハッタリで、プラスチックのキリストが初め与えていた乏しい分別さえすっかり失ってしまった女のペテンに過ぎない。そうでしょ？　けれどそこで自信がなくなりはじめた。何か他の物にも指紋を残していただろうか? ジムのシャツのボタンとか? だけどそれなら警察がとっくに見つけていたはずだ。ヘアドライヤーみたいに頭をぐるぐるさせながら、姉さんの家のドアを押しあけて、異常者さながらに手紙を振り回しながらよろよろと中に入った。

ただし、大好きな姉さんはひとりじゃなかった。

古くてこぎたない消防隊員のコートのようなものを着て、ソファに座っている人物は、すぐには立ちあがらなかった。地元のボランティア団体が石造りのコテージを改築する手伝いに来てくれたのかと姉さんに尋ねようとして、その服を着た相手の顔が見えるところまで近づいた。あたしは床に手紙を落とし、一歩前に踏みだすと、心を包む柔らかいキャラメルのような愛情と、説明する気にもなれないほどの激しい怒りを同時に感じた。訪問者は顔をあげて、恥ずかしそうにほほえんだ。

「まずいことになったって言うんでしょ?」イーファが言った。

ずいぶん長いあいだ、何事も起きなかった。歓喜の叫び声も、怒りのわめき声も。あたしはただ手紙を拾いあげて、イーファからできるだけ離れて座った。言うべきことを何も思いつかなかった。外を吹く風がドアを軋ませていた。姉さんは頼まれもしないのにお茶を淹れて、あたしはためらわずカップを受け取った。これで頭を整理するあいだ、やることができた。

「わかってる、説明しなきゃいけないことが山ほどあるよね」双子の片割れはそう言って、空のカップにうなずいた。

「五十五セント」あたしは冷静な声をだそうと努めながら、ようやく言った。

「ロイシン――」姉さんが母さんのような言い方をした。

「必要なのはそれだけだったはずなのに」あたしは言

い募った。「五十五セントぽっちの切手を貼ったハガキがあれば、どこかのどぶで俯せになって死んでたりしないって、あたしたちに知らせられたはずだよ。あんたには難しすぎた？　切手を舐めるのがややこしすぎた？　だったら雨の日を待って、外に出て封筒にくっつくまで切手を濡らせば良かったじゃない？　それで済んだのに」

「ロージー」イーファはいまになってようやくあたしの手の中の手紙に気づいた。「お願いだから話を——」

「ううん、だめ」あたしはかろうじて涙をこらえていた。「姉さんとあたしは愉快に過ごしてたんだから、例の短剣《スティレット》シスターズとかいうバカなあだ名を汚点として引きずって。あんたはサッカー選手のひとりと南フランスにでも行ってた？　それともあたしたちに口笛の吹き方をしつこく教えようとしたあのベルギー人と？」

「やらなきゃいけないことがあったの」説明としてイーファはやっとそれだけ言うと、視察中の消防署長から隠れようとしている新人隊員みたいに、コートの前をきつくかき合わせた。肩に姉さんの手が置かれても、あたしはそれを無視した。時間というものについてあたしは何もわかってないかもしれないけど、大丈夫なふりをして過ごそうとした三年間の思いが、ついに瓶から溢れだしたコーラみたいに溢れるのを感じられないほどバカじゃなかった。手の中にある紙がディナーの招待状じゃなく、悪魔のオリガミだということも忘れそうになって、何回か折り畳んだ。

「あんたがモイラ叔母さんを訪ねたことを願うばかりだよ」あたしは言った。「それが手紙にあった〝わたしがこれからしようとしていることを許してほしい〟とかいうふざけたことの意味なら。で、どうなの？　叔母さんの居場所を突き止めて、家に火を放つか何かしたわけ？」

「いい加減にして！」何を差し置いても、姉さんはあたしがそんなことを声にだして願うのを聞いて、本気で憤慨しているようだった。でも姉さん自身も同じことを思っていたから、おばあさんみたいにショックを受けた金切り声になっていたのだ。

「ううん、違う」とイーファは答え、手を伸ばしてあたしの手を取ろうとした。しばらくして、あたしはその手を握ったけど、いまもイーファの顔は見られずにいた。泣き顔は見られたくない。姉妹にさえも。エヴィーがまだ家に来ていた頃は、喧嘩をするといつもバスルームに行き、涙が乾くまで戻らなかった。とにかくそういう性格なんだから、仕方がない。でも認めよう、その瞬間あたしはイーファの指にまた触れることができて、無上の喜びを感じていた。姉さんはちゃんとわかっていて、口を開いてその瞬間を台無しにはしなかった。

「じゃあ何をしたの？」あたしは尋ねた。

「少し時間をちょうだい。いずれすべてを話すから」イーファ自身も最後のほうは鼻をすすりながら言った。あたしは妹の手が皿洗い担当の手のように荒れているのに気づいた。「どこから始めればいいかわからない。でもしばらくは一緒にいるから。焦らなくても、時間はあるよ」

あたしが可能な限りゆっくりとモイラ叔母さんの脅迫状を開くと、姉と妹はその先を見越して顔をこわばらせた。叔母さんの手紙を使ってあたしが作ろうとしたオリガミの鳥は、開くと船になった。「ううん、時間はない」いまも心の中に渦巻く喜びあるいは安心感のなごりが固くなり、石に変わるのを感じながら言った。「これから三人でマラハイドに行くんだから」

列車の中では三人ともあまり喋らなかった。

その朝の九時三〇分コークシティ発の列車は満員で、人々の濡れた服がロシアの浴場みたいに蒸気で窓を曇らせていた。あたしたちは食堂車からできるだけ離れた窓際の席に座った。乏しい会話を誰かに聞かれたら、すぐに非常ブレーキを引かれて、最寄りの警察署に通報されてしまっただろうから。

わかってほしい。あたしたちは冷酷な犯罪者じゃなく、他にどうすることもできなかったただの三人の女の子だった。そんなものは裁判官の前に立った本物の悪党の言い分だというなら、それでもいい。あたしの身になって考えてくれたら、この計算の答えは簡単にだせる。彼を愛するのか、殺すのか？　あの懐かしい聴衆への問いかけを覚えてる？　問題は、一度殺してしまえば、少しは慣れが生じるということ。そうなったら、どこに行き着くのか？　あたしの言いたいことがわかる？

「何も武器を持ってこなかったよ」あたしは姉さんたちに話した。声を低くして、通路を挟んだ反対の席でポテトチップスを分け合っているふたりの年配の男にほほえみかけながら。

「黙りなさいよ、バカ！」姉さんが囁いた。長女に〝料理〟を任せて夜に両親が出かけてしまったときのように、姉さんはこの旅のためにサンドイッチとお茶を用意してくれていた。

イーファは終点までほとんどずっと押し黙っていた。三年という歳月は妹の肌に悲哀の薄膜を加えていたけれど、その皺の数々もすべてを語ってはくれなかった。感傷的に聞こえたら文句を言ってくれても構わないけど、マロイ神父の前で過ごした果てしない時間にももたらされなかった落ち着いた雰囲気もイーファは身に着けていた。モイラ叔母さんの脅しが頭の上にぶらさがっていても、妹はその重圧にも押し潰されてはいなかった。どこかにすばらしい隠れ処があるに違いないのに、あたしと姉さんと一緒にダブリンに行かないという選択は妹の頭にはなかった。「みんなはひとりのために」乗車券を予約するため駅に電話をかけるとき、イーファはいった。何かが妹の心の奥を、最も深い芯の部分を変えてしまっていたけれど、その原因はあの殺人ではなかった。イーファが自分の胸だけにしまっている光り輝く何かだった。

「ふたりに見せたいものがあるんだけど」ダブリンの手前のニューブリッジ駅でほとんどの乗客が降りたあとで、イーファはようやく口を開いた。

あたしと姉さんは身を乗りだして、妹の手の中にある物を見た。

それは男物の財布だった。

「ジムのポケットから取ったの」イーファはそのときの記憶にいまも息を詰まらせて言った。「なんで取っておいたのかはわからない」

キャラメル色の財布はすり減っててかてかしていて、あたしは早くあけたくてうずうずした。だけどその役目はイーファに譲った。中には予想どおりの物が入っていた――レシートとお札が数枚。それから妹はプラスチックのケースからピンク色の運転免許証を親指で引き抜いた。輝く歯とセックスの誘いをかけるように下げた眉、確かにそれはジムの写真だった。けれど名前は他人のもので、かといってちっとも驚きはしなかった。

「じゃあ、あの男はジム・オドリスコルなのね？」あたしは言った。

「だった」姉さんが教師らしく訂正した。「他に何を見つけたの？」

イーファはガラクタをすべて手の上にあけた。でも、列車の古い乗車券と使用済みのテレホンカードしかなかった。なのにまだ財布が膨らんでいるのに気づいた。免許証の後ろに指を一本差し入れると、何かが汗で革にへばりついている感触があった。

経年のため黄ばんで小さな穴があいている折り畳まれた一枚の紙が、再び陽の目を見た。

「それは？」車掌が下車前の最終確認をしているのを

見て、イーファは声を落として尋ねた。

あたしは父親以外でただひとりよく知りたいと思った男の、秘められた空想の世界を慎重に開いていった。その紙は割り込まれることに抵抗して、ゆっくりとしか開かなかったけど、最後にはとうとうジムが人殺しの合間に夢見ていたことを明かした。

子どもが創作しそうな手書きの古風な宝の地図が、四方八方に広がっていた。北の方角では、手に杖を持った小さな棒線画の人が、通り抜けられない氷景に行く手を阻まれていた。いちばん下の恐ろしいタコと共に打ち寄せる波が描かれているあたりには、海岸近くの小道に首の骨の折れた女が倒れていた。

「嘘でしょ、サラみたい」あたしが言うと、車掌がこっちをふり向いた。実際の自分とは全然違う女の子みたいにくすくす笑ってごまかすと、車掌は首をふりながら行ってしまった。

東にあたるはずの方角のあたりで、地図はねじれたオークの木と、先の尖った帽子をかぶって指先からジグザクの光線を発している魔法使いの森になっていた。美しい乙女たちが狼から走って逃げていた。狼たちは陽が沈む前にたくさんの獲物の中から選び放題という様子だった。

けれどあたしの目を釘付けにしたのは、へたくそでにじんだひとつの描写だった。

「それってお城だよね」あたしは紙を光にかざして言った。確かにお城だった。ジムはマジックペンで門を黒く塗っていて、城壁の外には何者かが座って無線機らしきものを操作していた。見たところ男の姿のようだった。曲がりくねった〝電波〟が頭の上から出ていた。そう、男は座っていた。二度と立ちあがれない明白な理由があった。

男の両脚は折れていたのだ。まるで何者かが故意に轢いていき、そのままほったらかして死なせようとしているように見えるほどだった。王子だ。あたしはジムのおとぎ話を思いだした。魔力を持った王子。馬につぶされた王子。兄のユアンに殺され王位を奪われる。死にかけている王子の名前は……ああもう、思いだせない。

列車の外では、一本目のコンクリートの柱が現れて、あたしたち姉妹がじきに敵のテリトリーに入ることを合図していた。

「次はダブリン・ヒューストン駅」やる気のない放送の声が案内した。「この列車の終点です。アイルランド鉄道《イルンロード・エールン》にご乗車いただきありがとうございました」

この列車はドーハス刑務所の塀にまっすぐ突っ込んで、あたしたちの背後で黒い門が乱暴に閉ざされると言っているも同然だった。

幼い頃、夜に何かの物音がしたときは特に、母さんはあたしたちが寝る前にいつも同じタイプのお話を聞かせてくれたものだ。大した違いはなかったけど、物語の終わり近くになってもあたしたちがまだ泣きやまず、ベッドの下のオバケを追い払うのにもうひと押しのかすかな希望の光が必要なときには、お話は少しだけ長くなったかもしれない。

けれどたいていの場合、あたしたちはすさまじい危険に陥って、最後には自分たちがヒーローになって終わるお話をせがんだ。じゃなきゃ面白くないでしょ？母さんは初めはソフトな脚色を試そうとして、ユニコーンがエルフと遊び戯れるとかいう完全な駄作を生みだしたけど、やがては折れて、闇の向こうから何かが見つめ返しているというような物語を選んだ。

「昔々、あるところにあなたたちみたいに勇敢な三人の女の子が暮らしていました」母さんはあたしたちの顎の下まで羽布団を掛けて、少なくともひとつは電気をつけたままにして話しはじめた。「三人は魔法をかけられた森の奥にある木の上の家に住んでいました。エルフも動物たちも、三人がそばで暮らしているのを喜んでいました。暗闇を好み、昼間は岩の下に隠れているトロールだけが、夜になると出てきて三人の美しい少女たちをつけ狙いました。そんなわけで、三姉妹はお日様が沈むといつも家に明かりを灯しておかなければならなかったのです」

母さんは少女たちが毎夜空に跳びだして、太陽が戻ってくるまで寝室を照らすのにじゅうぶんな星を捕蝶網で捕まえようとしている様子を話しつづけた。少女たちは彗星と星形模様を織り合わせて一枚のカーペットを作り、それを毛布として使った。ついにトロールは少女たちの家の中から絶え間なく漏れているまぶしい光に恐れをなして、やって来なくなった。

すべてはうまくいっていた。洞窟に住むすべてのトロールの中でもいちばん嫉妬深い者が少女たちから星の宝を盗もうと決意するまでは。その女トロールに名前はなかったけれど、狼さえもが彼女を恐れ、近くに存在を察知したときは狩りをしようとしなかった。

女トロールは少女たちが眠るのを待ち、少しの光も通さないほど目が細かく編まれたショールに身を包み、木の家によじのぼって入った。輝くキルトに触れたとき、手を火傷して悲鳴をあげそうになった。しかしどうにかこらえて、無数の星を地面の最も暗く深い穴に埋めた。

他のトロールたちがみな玄関を叩いて家の中に入ろうとしていたため、三姉妹は目を覚ました。「あたしたちにできることはひとつしかない」いちばん勇敢な女の子が言った。「地下に降りていって、どんな危険が待ち受けていようと闘うの。あたしたちは星の下で眠る姉妹なんだから」

いちばん勇敢な女の子。素敵だと思わない？　母さんはメロドラマを仕立てあげる名人だった。イーファと姉さんとあたしが主役となり、魔女や悪魔や闇の騎士と闘う息もつかせぬ冒険の旅を終えて、三姉妹はとうとう星の毛布を取り返し、永遠に幸せに暮らした。

そして電気代がかかるというのに、母さんは子ども部屋の常夜灯を朝までつけたままにしてくれるのだった。母さんはあたしたちを愛していたって言ったでしょ？

ヒューストン駅には魔法のようなことは何も待ち受けていなかった。

マラハイドまではダブリン近郊電車《DART》に乗り、活気のない水辺の家々が飛びすさっていくあいだ、あたしたちはまたもやむっつりと黙り込んでいた。駅に到着すると、湿気たショウガ入りクッキーで作られているような家ばかりが建ちならぶ狭い通りを少し歩いただけで、叔母さんの家に着いた。

あたしがいちばん勇敢な女の子だったと思う。だからほかのふたりが考えもしないうちに、ストランド通り一番地の呼び鈴を鳴らした。あたしは叔母さんに初めてお菓子を買いに連れていってもらったときのことを思いだし、自分がひどく年を取ったような気がした。家の中からきびきびした足音が聞こえてきて、ドアノブがぐいと引かれた。あたしは毎週金曜日の夜にキャッスルタウンベアの家でその音のコンビネーションを聞くのが嫌いになっていた。そしてドアが開いた。

叔母さんはこれまで見たこともないほど綺麗だった。髪は長く、顔と同じぐらい日焼けした肩にふわりと垂れていた。歯はジョノの義歯よりもまぶしく輝き、着ているワンピースはスプレーでペイントしたみたいに体にぴったりフィットしていた。きっとあの家の中にはすごいタイムマシンがあるんだ、とあたしは思った。叔母さんは時間を戻して、ジムのことなんてなかったことにした。あたしたちは子どもに戻ってる。両親も一緒にいてくれるのだ。

はいはい、わかってます。現実逃避にもほどがあるって言いたいんでしょ。

叔母さんがなんの癌にかかっているにしても、それは日焼けよりも優先順位が下になっているらしかった。鼻には新しいそばかすができていた。叔母さんはしばらくあたしたちをまじまじ見つめると、心から嬉しそうに笑ったので、誰かせめてナイフぐらいは持ってくるべきだったと思わされた。

「良く来たわね、お嬢さんがた」叔母さんに言われ、星のカーペットはどこに隠してあるのだろうかと考えた。「お茶の時間にちょうど間に合ったわよ」

そしていま、あたしはこれ以上は話したくないような、あの奇妙な感覚にまた襲われている。

だって想像できるでしょ？　この家で過ごした時間について最も奇妙だったのは、初めのうちはいたってまともで、ほとんど楽しいとさえ感じられていたということだ。もちろん叔母さんは傷ついていたし、昔から使っているあのマホガニーのテーブルにあたしたちを座らせながら、怒りを隠せずにいたけれど。叔母さんはそもそもあたしたちを脅して呼びつけたことを詫びようとさえしたほどだった。それからカップの中の角砂糖が溶けると、叔母さんは本題に入った。

「骨癌なの」モイラ叔母さんはその名前で自己紹介しているみたいに、あたしたちにうなずいてみせた。

「つまりわたしは古いナプキンみたいに消えていくということ。でも心配しないで。わたしが死んだら、あなたたちはあの……あそこの棚の引きだしに入っている……私物を取り返せるから」叔母さんは部屋の向こうにあるオーク材のドレッサーを指さした。唯一の装飾物は古いエイモン・デ・ヴァレラの肖像写真だけだった。石膏の聖人たちはマラハイドまではたどり着けなかったらしい。家の中の残りは古い埃と悲嘆のにおいがした。誰もここにちゃんとは住んでいなかった――ただ存在するだけだった。プラスチックのイエス像が戸口の上にかけられ、壁紙は五十年前に亡くなったおばあちゃんの家にあるような古くさいストライプ柄だった。他にあるのは、体重をかけられすぎたように見える数脚の椅子だけだった。

「私物って？」姉さんは叔母さんの首を絞めたがっているような声にならないよう懸命に努めて言った。

「確かにライターは受け取ったけど、でも――」

「いやだ、覚えてないの？」健康そうな叔母さんはあたしたちを焦らした。そして跳ねるようにドレッサーのところに行き、引きだしの鍵をあけると、マリファナの袋みたいな物を持って戻ってきた。あたしはそのとき初めて叔母さんのネックレスに気がついた。鉄か曇ったシルバーでできているようだった。そこからぶらさがっているペンダントは宝石ではなく、鍵だった。叔母さんは土がいっぱいに詰まっているように見えるビニール袋のひとつをあたしたちの前で振りながら言った。「警察はこれを見つけられなかった。おとぎ話の出来事みたいに、木のうろ穴の中に落っこちていたから。でもわたしは見つけたわ。ずいぶん時間もかかったけど。〈スーパーバリュー〉のブリアンナから、わたしのジムがシャブリのボトルを買いに来て海岸に向かったという話を聞いて、すぐ調べにいったの」叔母さんに凝視され、あたしはやがて耐えられなくなって目をそらした。「問題は、あの人はシャブリは飲まなかったことなの。気がかりな話でしょう？ 連絡を受ける前から嫌な予感がしていたのよ、あの人が………」唇が〝死んだ〟という言葉を形作る前に、叔母さんは口をつぐんだ。「まあ、とにかく。ブロナーと警官たちが犬を連れてやって来ると、少しのあいだわたしは森にいられなくなった。けれど、また戻った。そして本物のお宝を見つけたのよ。あの愚かな女たちが現場を聖堂に仕立ててあげてからも、他にもないか探しに行ったわ。なかなかのコレクションでしょう。そう思わない？」

　袋の中には、ジムが投げ捨てるところを見たしわくちゃの煙草の箱が入っていて、別の袋にはイーファのワンピースのものらしきボタンが保存されていた。まだまだ品物はあったけど、あたしはもう注意を払っていなかった。それだけでも、あたしたちが殺したと証明するにはじゅうぶんなはずだった。モイラ叔母さんは証拠をまたしまって鍵をかけ、テーブルの向こうから一枚の紙を押しやって読ませた。

「こうしてここにみんな集まったんだから、この家の決まりを受け容れてもらうわよ」叔母さんは言った。

修道女のいる学校に逆戻りしたみたいだった。六時に起床し、叔母さんの朝食を作り、薬を用意する。そのあとは正午まで家の掃除をして、叔母さんの昼食の準備をし、さらに鎮痛剤を投与したところで、ようやく自分たちも軽い食事が取れた。叔母さんに夕食を作る前の午後の時間は、ひとつ特定の条件付きで食料品の買い出しに費やされた。

「一度にこの家を出られるのはひとりだけよ」そう言ったモイラ叔母さんは、前ほど晴れやかには見えなかった。

「どうして？」あたしは質問した。

「わたしがそうすると言ったら、そうするの」叔母さんはドアのそばのフックにかけられたなめし革のロングコートを指さした。「外に出るときは、みんなあのコートを着てショールを巻くのよ。買い物するのは通りの先の角にあるスーパーだけで、リストにあるもの以外は絶対に買わないこと。わかった？」

その目を見つめていると、初めて出会ったときに叔母さんがどんな風にジムを見ていたか、姉さんが話してくれたことを思いだした。のぼせていた、と言っていたと思う。熱に浮かされていた。ここから早く出ていかなきゃ、狩りのシーズンのウサギより確実な死が待っている。叔母さんの顔に浮かぶかすかな笑みを見つめながら、どうやって逃げるのがいちばんいいだろうかとあたしは既に思いを巡らせていた。

数週間は何事もなく過ぎた。いまは亡きデ・ヴァレラが立派なアイルランド娘かくあるべしと夢に描いたように、姉さんが買い物をして、あたしが掃除をして、イーファが料理をした。

モイラ叔母さんはどうしていたかって？

もちろん、あたしが想像したこともないほど幸せそうだった。あたしがトイレの便器の隅々まで掃除しそびれたときや、イーファがスープに塩を入れすぎたようなとき、叔母さんは嬉々として指摘した。それでもあたしはあとほんの何週間かの辛抱だと自分に言い聞かせていた。そんなことを信じていたからといって、あたしを愚かだとか騙されやすいとか思わないで。誰だってあの女の内なる輝きを見ていたら、末期患者が人生に幕を閉じる直前に最後の力を振り絞っているにほかならないと信じていたはずだから。

この家にはお客は一度も訪ねてきていない。実際、これまでに見かけたただひとりの人間はあの小柄な郵便配達員だけで、彼はお茶に招かれたがっているみたいに表でぐずぐずしていたものだった。いまとなっては、とうの昔に彼に助けを求めておくべきだったとわかっているけど、自分たちの身に何が起ころうとしているのか予期できたはずもない。どのみち、郵便配達員は表の階段に長居はしなかった。モイラ叔母さんに追い払われたんだと思う。

夜には、イーファは地下に降りていき、モイラ叔母さんが客室にした地下室で眠り、あたしと姉さんは二階の一室で一緒に過ごした。埃にまみれて裏面に一九四一年のスタンプが押された、誰かが置き忘れていった未使用のノートの山を見つけた。きっともう予想していただろうけど、あんたがいま読んでいるのはそのうちの一冊。あたしは出発の日までをカウントダウンするカレンダーまで作りはじめていた。愛する叔母さんがそれまでにこの世を去っていようといまいと関係なかった。姉さんは頭痛を訴えていたけど、あたしはすぐには取り合わなかった。姉さんがキッチンの引きだしから煙草をくすねるところを見ていたし、禁煙できていないのを知っていたから。

ううん、思っていたのとはわけが違うと気づかされたのは、別の出来事がきっかけだった。

それほど前のことでもないある朝、あたしは鍵をかける音で目を覚ました。

「何？」体を起こして目をこすった。魔女の夢を見ていた。

「まだ眠ってなさい」寝室のドアの向こうからモイラ叔母さんの声が囁き返してきたけど、自分が耳にした音の正体はわかっていた。ドアノブをひねっても、ドアはあかなかった。叔母さんはもはやあたしたちが囚われの身ではないというふりをしていなかった。耳を澄ましていると、廊下の先でさらに鍵がかけられる鉄の音がして、あたしはここに来た最初の日にあのマホガニーのテーブルを飛び越えて、叔母さんの瘦せた首を絞めておくべきだったのだと思い知らされた。叔母さんが癌で苦しんでいるなんてとんでもない。これは単純明快な復讐なのだ。そしてあたしたちは決して生きてこの家を出られないだろう。

その日から、あたしたちは自分の部屋から出ることを許されなくなった。あたしが血尿を流すようになってさえも。そもそもなぜ体の中で爆発が起きているような感じがするのか見当もつかなかった。

「あなたたちは信用ならない」とあたしたちの看守は言い、くだらない映画みたいに、あたしたちが眠っているあいだに手錠をかけていた。「殺人犯は拘束しておかなきゃいけないでしょう？」叔母さんは週に三回、食事と銘打った残飯を運んでくるときだけしかドアの鍵をあけなかった。もちろん、あたしたちはそれを食べた。他に何ができただろう、ベッドから飛びだして叔母さんを殺す？　嘘じゃない、あたしはやってみた。二度も。そのたびにこっぴどく殴られて、いまでも物を嚙むと前歯がぐらぐらする。

体重が落ちはじめた。当然だ。けれどこれは、ジーンズがお尻の周りでたるんでいるという程度のただのダイエットとはまったく違った。胸骨が浮き出て見えていた。

「食事の中に何か入っているせいよ」そう言う姉さんも体じゅうに生傷が絶えなかった。

あたしにはイーファのことしか考えられなかった。何週間も姿を見ておらず、叔母はもう腹いせにイーファを殺してしまったのだろうかと心配だった。叔母さんは、あたしたちが外部の誰かに合図を送ろうとしたら、双子の妹がその責任を負うことになると警告していて、ハッタリだとは思えなかった。

数日前の夜、金属が何かにぶつかるかすかな音が聞こえた。あたしたちの部屋のバスルームから地下までずっと繋がっているパイプを誰かが叩いていた。あたしは耳もすっかり遠くなっていたせいで、最初はなんなのかわからなかったけど、やがて理解した。それは旧式のモールス信号で、あたしは文の最初のほうを聞き逃していた――

……い……じ……よ……う……ぶ……？

大丈夫？　涙が湧きあがり、体が震えはじめた。幼い頃に寝室で、あたしが教えるモールス信号を苦労しながら覚えてくれたイーファに祝福を。「きっと役に立つから」当時あたしは真剣そのものの顔で妹を見ながら、いつもそう言い張っていた。「でも、なんで？」イーファは尋ねた。「だって突然、世界から電気がなくなっちゃったらどうなる？」完璧に理にかなっていると思いながら、あたしは答えたものだった。

姉さんを起こし、姉さんがベッドの下に見つけていたドライバーを手に取って、信号を返した。

ど……う……や……つ……て……に……げ……る…

……？

　イーファは一瞬ためらったあとで、最高裁判所から肉屋のまな板へ直接届けられた電報並みに明白な返事をした。


ま……ず……は……あ……の……ひ……と……を……

……こ……ろ……す

「なんの騒ぎなの？」一階からモイラ叔母さんが叫んだ。もう階段をあがってくる足音が聞こえていた。

「いったい何をしているの？」

「水のせいよ、叔母さん」姉さんが答えた。「水道管がガタガタいってるの」

「あなたたち、何か企んでいるんでしょう」叔母さんは足を引きずって階下に引き返し、すべての秘密の引きだしを引っ掻き回しているような音をさせていた。

「でも、そうはいかないわよ。ジムに誓って、わたしはあなたたちより長生きしてみせる」

　これは初めて聞くフレーズだったけど、きっとジムはほほえんだだろう。熱狂した叔母さんの心の中では、いまや神さまさえもウェストコーク随一のセックスと死の専門家の二番手に甘んじていた。
　二、三時間待っているうちに、やがて階下からのわめき声はやんだ。それからイーファとあたしはパイプを通じて脱出のこと、殺しのこと、みんなそれぞれ書きはじめた日記のことを話し合った。どんなことがあろうと、次の水曜日の朝に脱出を試みることで意見はまとまった。ところで言っておくと、それはつまり今日ということ。月はこの窓のすぐ外に見える煉瓦の塊の中へ沈もうとしている。ほとんどの時間、あたしたちは何があってもお互いを愛しているということを話していた。イーファはあたしたちの元を長いあいだ去らなければならなかった理由をついに話してくれて、わかったとあたしは答えた。だって、わからないはずがない。

ほら。

いまや太陽が昇りつつあり、姉さんはあの忌々しいドライバーを最後にもう一度鋭く研いでいる。モイラ叔母さんがあたしたちに何かしようと準備しているのはわかってる。階下でぶつぶつひとりごとを言いながら、何か重い物を引きずっている音がするから。その音があたしは気に入らない。イカれた人間が自分自身と言い合いを始めたら、たとえそんな力が少しも残っていないとしても、パーティーを終わらせるときが来たということだ。姉さんにペルシア軍を前にした三百人のスパルタの兵士について何か教えてもらうこともできるだろうけど、もうそんな時間はない。あたしたちはモイラ叔母さんが食べ物を持ってこの部屋に入ってきた瞬間に襲撃することになっていた。三人のうち逃げおおせた者が全員の日記を投函すると約束していた。なによ、まさか三人とも生き延びられると信じているほどあたしたちがバカだと思ってるの？　あたしの話をちゃんと聞いてた？　なにしろ、あたしは歩くのはおろか、立ちあがることさえできないんだから。

だけどまだ書くことはできる。あんたに何かを約束させたり、あたしがどれほど良い子だったか、べら、べら、べら、と司祭に伝えて欲しいと頼むことで、この日記を終わらせるつもりはない。だってあたしたちは知り合いじゃないし、あんたには他にやるべきもっと大事なことがあるだろうから。あたしの望みは、厳しすぎる判断をくださないで欲しいということ、ただそれだけ。ああ、それにあたしのためになんとかエヴィーに連絡を取って、何があったか話してほしい。あたしはまだ彼女のことが忘れられないの。エヴィーがいまは他の相手とつき合っていても、本当のところ、あたしは浮気なあの子を愛してる。エヴィーの名字はヴァシリエヴァ、家族はソチに住んでいる。ね？　そんな人はそうたくさんはいないでしょ？

さあ、愛する叔母がやって来た、みじめな体を引きずって、階段をあがってきている。もう？　本当に？

そのようだ、あたしの耳が聞こえていないとでもいうように、イーファがパイプを叩いて攻撃の合図を送っているから。

い……ま……！

あたしはいつも双子の妹の言うことを聞いてきたから、もう行かなきゃ。誰だか知らないけど、元気でね。

そして自分のためにこうしてあげて——

あなたの愛を受けるに値する相手だけを愛すること。

これについてはあたしを信じて。良くわかっていることだから。

第四部　脚のない王子

8

ナイルは日記帳を閉じる前にためらった。そこから聞こえてくる声は生々しく、生者の世界へ飛びだしてきて、いまもそこらじゅうに反響しているようだ。息を詰めて耳を澄ました。誰かが呟いている声が聞こえた気がした。あり得ない。風がうなっていた。声は空想の産物だとわかっていたが、まだ頭の半分はロイシンの生きた最後の瞬間に占められていた。

待てよ。

近くのどこかで、また低い呟き声が聞こえた。天井の穴から入り込み、妖精の粉みたいに舞い降りてきていた。

「こんなの無駄だわ」自分に腹を立てている女の声がした。

ナイルは初めは幻聴かと思った。何日も頭の中の声を聞いてきて、それらを三人の女性に振り当てはじめていて、彼女たちがこの世で最後に見た部屋にネズミのように囚われていた。ナイルは三人の癖や性格を摑みはじめている気がしていた。アマチュア無線に夢中のゴス娘、とらえどころのない双子の妹、ふたりを守るためあのシャベルで最初の一撃を振りかぶった長女、というだけではなく。それらの特徴はただの寸描、うわべだけの月並みな描写でしかなかった。いや、勘違いしているだけかもしれないが、三姉妹それぞれの個性が、原生林の中へと獲物を追いかけるジムの狼のイメージと同じぐらい鮮やかに見えてきていた。ただし、イーファだけは別かもしれない。彼女だけはナイルが理解しようとしてもするりとすり抜けて、いつも他のふたりよりも先に走っていってしまった。

そんなわけで、さっきより近くから同じ女の声が呼びかけているのを二度目に聞いたとき、ナイルは返事をしそうになった。声に表れている以上に、女は脅えているようだった。ナイルにはその理由が想像できなかった。墓地にいたリンチ集団がそばにいるなら、彼女はひとりじゃないはずだ。

「雨がもう彼の足跡を洗い流してしまったのよ」母親が気遣うような声だった。若い女ではない。しかしどこから聞こえてきているのだろう？　ナイルは座っていた片隅で縮こまり、なるべく体を小さくしようとした。物にぶつかって居場所を知らせたくなければ、隠れるところはどこにもなかった。夜明け前の青さの中で目の前にある自分の手ぐらいは見えていて、右側に窓らしきものがあるのに気づいた。ブーツが砂利を踏む音がした。ナイルは飛びあがりそうになった。もはやこれまでかと思い、さらし台に吊されて怒れる町民に死ぬまで殴られるところを想像した。ウォルシュ姉妹の秘密を守るためにこんな風に死ぬ価値はあるのだろうかと自問しはじめる寸前に、別の声が聞こえた。

「くそ、静かにしないか、ヴィヴィアン」息を切らした男が鋭く囁いた。「頭上に照明弾を撃っているようなもんだぞ！」金属的な音もしていた。銃だ。あるいは一本の鎖か。あるいは怪我を負わせられそうなあらゆる物。

ナイルは男が話すのを前にも聞いたことがあった。声の主は体格のがっしりした男で、最後に見たときはセイクリッド・ハート初等学校の外に立っていて、ブロナーに長い休憩を取らせてよそを向かせているあいだに、ひとり娘に危害を加えたと思い込んでいる相手を殺したがっているように見えた。ああ、イーファ、あの古いショットガンをいま使うことができれば良かったのに、とナイルは思った。絵はがきの光輪みたいに雲間から差している変わりつつある光に目を慣らした。プラスチックのイエス様、あなたの聖なるお顔と電球の光で、追っ手の目をくらませたまえ。ライチョードハリーさんはぼくの死亡記事を読んで言うだろう、だから言ったのに、愚かなやつめ、と。だけど、他にどうすれば良かったんですか？　ナイルは厳しい元上司に問いかけただろう。ロイシンのことも、イーファのことも、フィオナのことも、忘れてしまえと？　失礼ですが、上級郵便局員殿、ふざけておられるんですか？

女はそわそわしはじめていた。短く息を吸い込む音がしたけれど、それは喉の奥を通過して肺まで届くことは決してなかった。「このあたりにいてはいけないことになっているのよ、ミスター・クレミン。これは――」

「おれがそれを知らないとでも思ってるのか？」男は自らの警告も忘れて、ほとんど怒鳴り声になっていた。「だが足跡はあそこの野原の先で終わっている。隠れられる場所はそう多くない」

「罰はわかっているでしょう。決まりがある」

「あの女がおれをヒキガエルに変身させるんだろう。すべてはくだらんたわごとだ。誰もあれ以来あの女を見ていな――」

「決まりは明白です」

「いいか、おれは娘の父親だぞ？　あの男はここにいる。いることはわかってる。魔女がどうこうというたわごとにはうんざりだ」

「だったらひとりでどうぞ、ドナルド・クレミン」女は鼻をかみ、ナイルには彼女が諦めようとしているように思えた。「おまえら？」濡れた草を踏んで歩く足音がさらに聞こえた。ナイルは思った。十人か？　いや、二十人かも？　離れて行こうとしているのか、それとも近づいてきているのだろうか？　割れた窓の隙間から、黒いレインコートの一団が見え、それぞれ野原を散らばって、来た方向を戻りはじめていた。ひとつのことがなければ、彼らのゴム長靴に反射するピンク色の日射しは美しく見えただろう。

メアリー・キャサリン・クレミンの父親はいまも獲物のにおいを嗅いでいた。そしてその場に居残っていた。

ナイルは息を止めて、この状況でロイシンならどうしたかを想像した。テーブルの脚を摑んで男の顔を殴るというのが、いちばんありそうだ。それか、さっき行ってしまった女がひどく恐れていた呪いというやつをかけるとか。ナイルは男がこの家に入ってくるまで待ち、低い姿勢で思い切りぶつかってラグビーのタックルをすることに決めた。そのあとのことは、何も思いつかなかった。

すぐ外のブーツは、ぐずぐずと二の足を踏んでいた。ナイルにはその理由がわかった。

ミスター・クレミンも怖がっているのだ。他の人々の前では認めたがらなかっただけで。なるほど、これはまたご立派な頼もしい自警団員だ。外から哀れっぽい泣きごとが聞こえてきた。床に毒性があるとでもいうように、クレミンには家の中に足を踏み入れるという危険は冒せなかった。とうとう彼は玄関に唾を吐いて立ち去った。

「魔女たちめ」クレミンはぼそりと呟き、風がスリーヴミシュキヒ山脈を渡って言葉の続きを運び去った。そして彼はいなくなった。

ナイルは首吊りの縄を切られたばかりの死刑囚みたいに息を吐きだした。室内を見回しもしないうちに脚を揺すって壁にもたれた。太陽がボロボロの家具を黄色い光で照らしている室内を見回すと、自分がどこにいるのか迷わず確信した。

ナイルはイーファの放置された石造りのコテージの中にいたのだ。

さっきナイルが見たものは、ネズミやコウモリの糞ではなかった。ジムがいちばん傷つけたかった姉妹のひとりをレイプする前に、ナイフで中身をえぐりだしたソファのコットンの塊だった。天井の穴はあれからますます大きくなっていまではクレーターのように陥没し、土台まで腐り落ちていないのは小さな半円分の壁だけだった。テーブルの上にはティーカップと食器がきちんと置かれていて、ことによると姉妹が慌ててダブリンの叔母に会いにいったときのままなのかもしれない。ウイスキー瓶らしき物の中には茶色い液体がまだ残っていた。

急に寒くなってコートのボタンを留めながら、この災厄だらけの冒険の旅に出かけてからずっと気になっていたあることについて、ナイルは確信を持った。

叔母の地下室にいた謎の客はイーファで、逃げだすときが来るまで姉たちと共にじっと耐えていたのだ。ずさんな救出計画を実行しようとしたブロナーでも哀れなフィンバーでもなかった。バカだな、《アイリッシュ・デイリー・スター》にリークされた解剖所見は読んでいたのに。あの二階の部屋で行われた最後の抵抗の構図は、大して考えるまでもなくわかった。フィオナが嫉妬深いトロールをさんざんぶちのめし、ロイシンに手の届くところまで近づかせもしなかった。だけど結局、三人とも死んでしまった。モールス信号があってもなくても、イーファには姉たちを救えなかった。

ナイルは目を閉じて、どこがおかしくなったのか想像しようとした。なぜイーファは二階にたどり着くのが間に合わなかったのか？　鍵をかけられた落とし戸があって手間取ったのだろうか？　イーファは二階にはあがったものの、フィオナとロイシンを救うには遅すぎて、そのあと警察に見つかる前に日記を持って逃げたのだろう、とナイルは予想した。「イーファ、きみは姉さんたちの目を閉じてやったのか？」水をしたたらせる濡れたカーテンに向かって問いかけた。もしかしたら、イーファは葬儀の様子も遠くから見守っていたのかもしれない。そうしなかったとは考えられない。イーファはふたりの姉さんに星のカーペットをかけてあげたのだ。

ナイルは初めて、一家の中で最も謎の多い女性の心の内側を、ほんの少しだけ垣間見ることを許された気がした。実に惜しいところまでいったのだ。叔母を永遠に黙らせる計画は、完璧に思えたに違いない。それにナイルは、最近このコテージに何者かが戻ってきたはずだと確信していた。壁や戸口がカラスの新しい羽根と森の小動物の乾ききった皮で覆われていたから。

〝生き残った妹〟への恐怖を生かしつづけるための、無意味な迷信じゃないか？　だけど、それならなぜこんなに落ち着かないのだろう？　干涸らびた狐らしきものが尻尾からぶらさげられていて、トロールの地下の洞窟で炎を消されたランプのように揺れていた。いま紙と鉛筆があれば、見事な森の景色を描くことができたのに。その絵の中では、ひとりの女性が永遠に狼の一歩先を行くのだ。イーファは消えてしまったのだから。またしても。彼女は姿を消すのが得意だった。

「きみは今度はどこへ行ったんだ？」壁に思考を読まれるのではないかと急に怖くなり、ナイルはひとりごちた。「そもそも、どうして姉さんたちの元を去った？」やっぱり警察に――疲れを知らないクライムファイターのブロナーとその助力者たちに、すべてを託そうかともう一度考えた。だけどやっぱりできなかった。ミスター・ライチョードハリーがどこにいようと、きっと彼は賢明な頭を振り、清潔な爪で祖父のベルトのバックルをコツコツ叩いただろう。ナイルは自己弁護したかった。いいえ、あなたの助言なんか気にしていません。それに、頭の中からまだこれらのイメージが離れないんです。目に見えない血と涙で書かれた二冊の日記を読んだあとでは。だから、どこへ行き着くことになろうと、最後までこの旅を続けないと。これはぼくの使命だから。数年後、あなたは市場をぶらついていて、一枚の絵の前に座り、最後の息まで費やして、その絵を模写しているぼくを見つけるかもしれません。どうなるかは、いずれわかるでしょう。

　天井のゆるんだベニヤ板の下に風が爪を立てていて、いまは楽しそうにそれを打ちつけていた。ナイルはあたりを見回し、出ていかなければならないのはわかっていたけど、途中でミスター・クレミンのガンマンたちに出くわすのはごめんだった。彼らがいまも丘の斜面の下に梳き櫛のように立ち、ナイルが来るのを待ちかまえているのが、緑の海の中でぽつぽつと髪の薄くなった部分のように見えていた。町へ戻る道はふさがれていた。

　ということは、再びアイリーズのある西のほうへと戻るしかなかった。とはいえ、それなら好都合だ。

　ロイシンは首を切られた木の下に鋭い物を埋めていたのだから。

　隠された宝物は掘り起こされた瞬間にその謎を手放すだろうか？　それとも、穴を掘った人間に触れられたそれは、決して薄れることのないある種の魔法を保持しつづけるのだろうか？

　ジムの場合、キャラメルの包み紙を埋めていたとしても、発見された途端に神聖化されただろう。

　ナイルはジムの肺と心臓を刺し貫いたナイフの刃を思い浮かべ、その真価は武器そのものにあるのではなく、それにまつわる伝説にこそあるのだろうと思った。語り部《シャナヒー》が最後の息を引き取った場所に着くと、その考えは正しかったと悟った。自分たちのヒーローが草の中に命をしたたらせながらもたれていた木を、狂信的なファンがとっくに生まれ変わらせていた。いまではどこもかしこも、セックスと死の幻想を奉った聖地になっていた。

　エルヴィスやＪＦＫだってここまでしてはもらえなかった。樹皮が幹の半分の高さまで剝ぎ取られ、腕より細い枝はすべて記念品として折り取られていた。生き残った枝の一本にはブラジャーがぶらさげられ、その横には「愛は永遠に、決して忘れないわ、愛しいジム。ネブラスカ州オマハのホリーより、たくさんのキスを」と書かれてラミネートされたカードがさげられていた。中には自分の写真を同封している女の子たちもいて、永遠に終わらない学校のイヤーブックを作りあげていた。いちばん若く見える子は十歳ぐらいで、出っ歯とそばかすと危険なロマンスへの夢がその顔には見て取れた。草はぐちゃぐちゃになっていた。ビールの缶と煙草の吸い殻が降ったばかりの汚い雪みたいに散っていた。雨は土砂降りになっていて、ひとえにそのおかげでこの場所に人が殺到していないのだとナイルは思った。

あたりを見渡し、頂部のなくなっている木がないか探そうとした。

雨が下生えを暗く覆っていて、どの樹幹もそっくりに見えた。ロイシンの言っていた場所を見つけるまで一時間以上もかかってしまった。頂部のないオークの木はいつしかすっかり枯れ果てていて、一本だけ残っていた枝は老女の肘みたいにしなびていたのだ。ナイルの痛めた足首はずきずきし、激しい痛みが背筋を突き抜けた。丘をあがった中程に曲がったオークの木を見つけて、この場所がジムのおとぎ話の中で老いた狼がユアン王子を襲って呪いを宣告するシーンにそっくりだと気づかないわけにはいかなかった。ナイルは周囲を見渡してみたけれど、風の中で濡れた枝がぶつかり合う様子の他は何も見えなかった。熱心に耳を傾けさえすれば、木々が話している言葉を聞き取れるものなのだろうかと考えそうになり、そんな疑問を投げかけるだけでも、ウェストコークにいるのが長すぎた証拠だと思った。関節の曲がった日焼けした指みたいに突きだしている、二本の根のあいだにひざまずき、両手を使って土を掘り起こしはじめた。濡れた泥だらけの土は、掘り返されるたびにぐちゃぐちゃと音を立てた。本気でこんなことをしたいのか？　そう尋ねているようだった。他人の汚い仕事に没頭しているところを誰かに見つかる前に、さっさと帰ったらどうだ？

当然のことながら、地面には何も埋まっていなかった。いったい何を考えていたんだ？　いまやこの森全体が、フランクフルトから大阪まで世界じゅうの傷ついた心にとっての聖地となり、何年にもわたって調べ尽くされてきたんだ。ナイルは泥まみれで、ギブアップしたくなっていた。持っている情報のすべてを警察に渡して、運を天に任せればいい。ナイルは立ちあがり、木の葉を打つ雨音に耳を傾けた。救いようのない愚か者になった気分だった。

と、最後にもう一度だけ視線をおろし、あのナプキンは穴の中で何をしているのだろうと不思議に思った。

ダマスク織りの四角い木綿の生地は、ほとんど朽ち果てていた。残っているのはわずか一インチの生地だけだったが、残りを想像するにはじゅうぶんだった。どんなディナーテーブルにも合いそうな花模様までもが縁の部分に見て取れた。

あるいは、毎週金曜恒例のモイラ叔母さんのディナーの席で、上等の陶磁器の上に置くのにもぴったりだ。

ナイルが身をかがめてそっとナプキンを引っぱると、生地はくたびれたあくびと共に裂けた。ナイルはいまでは足首がさらに激しく脈打っているのを感じながら、ロイシンは剝きだしの刃だけを埋めたのではなかったのだと気がついた。悪魔の子のようにふるまってはいても、彼女はきちんと育てられた女の子らしく時間を取って刃を包んだのだ。ナイルは汚れた茶色の布地を開き、ジムの命を終わらせた物を目にした。

切っ先の周りが錆びはじめている、ノコギリ状の刃だった。かつて金属の表面を覆っていた血はとうの昔に消えており、ジムの思い出の品を集める真の狩人たちはみんながっかりしたことだろう。ナイルはそれをポケットにしまうと、足首の痛みにも構わず大急ぎで歩いて森を抜けた。いまや空はますます大量の夏の雨をぶちまけて、木々のあいだをナイルのほうへ向かってきそうなものをぼやけさせていたから。獲物を追跡する猟犬を連れたポードリックと狩人たちが藪を踏み分けて現れても、大して驚きはしなかっただろう。木々が警告の囁き方を知っていたとしても、犬たちが元郵便局員を餌食にするあいだは沈黙を貫くはずだった。木々でさえも、隠れ場所を失う危険を冒さないためにロを閉じるべきときがわかるはずだから、とナイルは想像した。

いくらナイルが面白いおとぎ話を好きだといっても、その物語がどんな結末を迎えるかはわかっていた。

ブロナーは踏み分け道の果てでフェンスに寄りかかり、ナイルが来るのを待っていた。牛泥棒をギロリと見おろして銃で撃ち殺す西部劇の保安官のイメージを完成させるのに足りない物は、口にくわえた手巻き煙草だけだ、とナイルは思った。

「ピクニックには向かない日ね」ブロナーは首を振りながら言った。

おいおい、台詞までB級映画の使い回しか。ナイルは笑いをこらえなければならなかった。「そうだね」肩をすくめながら答えた。「雨が強くて火がおこせなかった。だから早めに切りあげたんだ」

ブロナーはナイルの服にミルクチョコレートのようにべっとりと茶色くこびりついて乾いた泥を見た。「ずっとここにいたわけね」メモ帳を開いて眉をあげ、頭の足りない相手にするように暗唱した。「学校の敷地への不法侵入、教職員と詐称――」

「ぼくは教師だなんてひと言も――」

「――子どもに対する下半身の露出――」

「もういい、うんざりだ！」

「――墓荒らし、遅くともゆうべからの私有地の不法占拠、そして今度は——」ブロナーはナイルの汚れた両手を見やった。「——公有地の汚損。まだ問題が足りないとでもいうみたいね。ここに来る途中でドナルド・クレミンとすれ違ったわ。自分の娘の体をまさぐった男を捜してる」テレビドラマの刑事の笑顔。「言っとくけど、ドナルドが朝の七時半に野球のバットを持って田舎をうろつき回ってるのは、自然と触れ合うためだけじゃないわよ」

「あなたがしていることはわかってるよ」ブロナーが制服のジャケットのファスナーをいじるのを眺めながら、ナイルは言った。

「あんたを逮捕しようとしてるって？　へえ——それが言いたいの？」彼女は肩ごしに後ろをふり返った。

「たっぷり警告したはずよ」

「違う」ナイルはイーファのコテージの外観がどれほど周到に装われていたかを思いだしながら答えた。あの真新しい羽根。追っ手が異常なまでにあの家を恐れていた理由が、あのときはさっぱりわからなかった。

「そうじゃなくて、あなたが呪われたウォルシュ姉妹の伝説をいまも生かしつづけていることだよ、そうだろう？　ヴードゥー教も絡めてるのかな？　なあ、メアリー・キャサリンの父親でさえもぼくを捜してあの家に入ることを考えただけで、漏らしそうになっていたんだ。しかもぼくが隠れてることに勘づいていたのに！　あなたは〝短剣《スティレット》シスターズ〟の呪いで侵入者はみんな死ぬとでも話しているのか？」

ブロナーのまばたきが速くなり、いまではナイルの目を見ていなかった。「黙りなさい。あんたにはわかってないのよ、そもそもあたしたちがどうして——」

ナイルの頭の中で、すべての小さなレバーとタンブラーが音を立てて収まるべき場所へ収まりはじめた。

「彼女はあなたのところに来たんだね？　イーファだよ。きっとジムが死んだ直後に。あなたはイーファが去って姿を消したままでいるのに協力したんじゃないか？　そしてあの古い家を羽根と動物の死骸で飾って、誰にも彼女を捜させないようにしたのか？」
「そこまでよ、あんたを逮捕す――」
「すると一カ月ほど前、イーファは再びあなたの家のドアを叩いた。ダブリンのあの家から逃げだしてきたから。間一髪のところだったんだろうね。それ以来あなたはずっと彼女に力を貸していたんだ、過去にあったことに罪悪感を覚えているから。ただ傍観するだけで、この町のみんなに愛されているジムがイーファをレイプするのをみすみす許し、それに対して何もしなかったことに。手遅れになる前に、サラ・マクダネルやほかの被害者たちの殺人について、ジムとその手下を捜査しなかったのと同じで。そのことを覚えてる？　イーファはどこにいるんだ？　今度はあなたの家の地下室か？　観光客にさえも見つからないずっとはずれにある誰かのコテージとか？」ナイルは降参の仕草で両手を掲げて、ヘタクソなジョン・ウェイン風のアクセントで続けた。「保安官殿、手錠をかければいいさ。そして絞首刑パーティーに連れていけよ。ぼくは《サザンスター》と《ケリーマン》に知っていることを洗いざらい話す。最高の一面になると思わないか、〝消えた謎の妹、発見される〟ってね。それとも、〝警官による殺人隠蔽〟のほうがいいかな？　どっちにしても、話題性はバッグンだ」

ブロナーは呆然と立ち尽くしていた。風に吹かれてはためくズボンに足首をパタパタ打たれながら、ブロナーは脇を通り過ぎて町へ向かう道を歩きはじめたナイルを止めなかった。

「待って！」

林の向こう、道のカーブしているところに男たちの集団がちらりと見えた直後、ブロナーの声がした。距離がありすぎて誰の姿もはっきりとは見えなかった。が、ひとりは何やら重そうな物を持っていた。ドナルド・クレミンのようだ。太陽が死の天使のごとくぼんやりした白い光冠で男たちを覆っていた。逃げ場はどこにも残されていなかった。ふり返ると、ブロナーが戻ってこいと手招いていた。彼女はもうパトカーに乗り込んでいた。

「じゃあ、絞首刑パーティーはなしってこと?」ナイルは尋ねた。

「いいから乗りなさい」その声を聞きつけてもう野原をこっちに向かってきている男たちを見ながら、ブロナーは言った。

林とアスファルトが出会うところの曲がりくねったカーブを通り過ぎるとき、ドナルド・クレミンがすぐそばにいて、その手がバットをどれほど固く握りしめているかが見えた。

「なんで気が変わったんだ?」ブロナーがグローヴボックスを夢中で引っ掻き回し、ようやく食べかけのチョコレートを見つける様子を眺めながらナイルは訊いた。「ただぼくを彼らに引き渡して、あとで戻ってきて、報告書を提出すれば良かったじゃないか。あなたに繋がる痕跡はないんだから」

「あんたには親友がいたことはある?」ブロナーは傷んでしまっていたチョコレートを窓から吐き捨てながら言った。「向こうが何かする前に同じことを考えられるほど知り尽くした人が?」彼女はまた窓を巻きあげると、泥の中を這い回っていたこの長髪の男に心のうちを見せないよう、気持ちを引き締めた。「あんたが言おうとしている言葉を最後まで言ってくれる人が? あんたのために自分の親に嘘をついてくれる人が? そういう友だちを持ったことはある?」

ナイルは故郷のダニー・イーガンを思った。あのバスを。そして紙に描くことで甦った蠟人形の子どもの脚を。けれど、ただうなずいただけで、ブロナーに先を続けさせようとした。車はキャッスルタウンベアの縁にある古い小川の横を走り抜け、沿岸警備隊の監視所もそのまま通り過ぎた。車の中に聞こえている音は、ブロナーの自責の念のみで、それはふたつの肺に形を変えて、告白のためにじゅうぶんな酸素を取り込もうとしていた。

「七歳の頃のことよ」ブロナーは話を続けた。「わたしがこの世で欲しかったのは、一足の黒い靴だけだった。ぴかぴかで横のところにボタンがひとつついているやつ。すごく素敵だったの。あんなに綺麗な物は見たことがなかった。だからメインストリートにある店にまっすぐ入っていって、店員が一服するのを待った。そう、そして一足盗んだの。肩掛け鞄に入れて、できるだけゆっくり歩いて家に帰った」ブロナーは言葉が出口を見つけるのを手伝おうとするかのように、片手で口元を押さえた。「靴は大きすぎた。サイズを合わせるために新聞紙を詰めなきゃならなかった。それでもその靴はとにかくすばらしかった。わたしはロージーの家に行き、靴をかわりばんこに履いて廊下の鏡に姿を映した。すると呼び鈴が鳴った。店員が警官を連れて来ていた」ブロナーはいまでは鼻をすすっていて、それはそのときの思い出のためだけじゃなかった。ロージーは死んでしまい、死ぬ必要はなかったからだ。「ロイシンはわたしに、泣きながらバカみたいな言い訳をする間も与えなかった。まっすぐ相手の目を見据えて、自分が靴を盗んだんだと認めた。ロイシンはお父さんにお尻を叩かれて、その週は歩くこともままならないほどだった。そしてわたしには決してなんの見返りも求めなかった。一度たりとも」

アスファルトの道路は、両脇に濡れた松の木が立ちならぶ曲がりくねったカーブに入った。ナイルは二日前に半死半生の巡礼者さながらに歩いた道だと気がついた。

「だけどイーファのためには何かしてやれたのか?」

「こんな風に考えて」ブロナーは悲しみを振り払おうとしながら言った。「生き残ったのはあの子だけだった。あんたならどうした?」

「彼女はどこにいるんだ？」

ブロナーは返事に唇をすぼめて、車を路肩に寄せた。そして助手席のドアのロックをはずすと、後部座席の何かに手を伸ばし、ナイルの膝にほうった。

それはナイルがB&Bに置いてきた古い衣類と画用紙の入ったビニール袋だった。

「ミセス・クリミンスが、あんたみたいな連中には二度と自分の家に足を踏み入れてほしくないって」ブロナーはナイルに車から降りるよう促した。「あんたがセイクリッド・ハート校でしたことのせいで、大勢の人が同じ気持ちになってる」

「ぼくは何もしてないよ。あなたも知ってるはずだ」

ブロナーはクルミぐらいに苦い笑みをナイルに向けた。お互いを守るであろう取り決めをするとき、その声には満足そうなところは少しもなかった。「知ってのとおり、わたしはイーファがどこにいるのか見当もつかないし、彼女に何があったのかも知らない。わたしはただの鈍い警官だから。そうでしょう？」

「わかった」

「あんたはいいやつよ、ナイル」ブロナーは吐くつもりのなかったため息混じりに言った。「間違った場所を覗きにきちゃっただけで」

ナイルはドアをあけて車から降りた。木々が風に吹かれて音を立てていた。自分に何かを伝えようとしているのか、それとも仲間内だけでお喋りしているのかは、知る術もなかった。「もしもまた彼女に会ったら」ナイルは言った。「探しているものを見つけられるよう祈ってると伝えてほしい」

けれどブロナーは既に車をUターンさせていて、町へと戻っていった。大きすぎる代償を要する答えもあるのだ。

ナイルは影がだんだん伸びていくのを眺めながら、何時間も歩きつづけた。行き先を詮索するように、背後で霧が巻きあがっていた。と、また想像の世界から解き放たれたとおぼしき物音が聞こえてきた。カーブで加速と減速を交互に繰り返しているエンジン音。オートバイだ。

なるほど、こいつは完璧だ。ナイルはおかしくてたまらなかった。ジムのおなじみのヴィンセントコメットがぼくに取り憑いて、くそバリムンまではるばるついてくるってわけだな？　音は崖に跳ね返り、小さくなり、また大きくなった。ふり返ると、ヘッドライトがひとつ見えた。呪われたライダーだ、とナイルは思った。夜ごと丘の上の墓から甦り、自分を信じようとしない相手を苛むのだ。ナイルはポケットに手を入れ、ナイフの刃を手の中に忍ばせた。

バイクが近づくと、ボディの色は赤ではなく黒だとわかった。

ライダーはスピードを落とし、ナイルの前でバイクを停めた。そして手をあげるとパチッと小気味よい音を立ててヘルメットのバイザーをあげた。その顔には見覚えがあった。

「捜してる相手は見つかった？」既に一度はナイルを死ぬほど怖がらせたことのある、あのときと同じ若い女が尋ねた。ナイルが笑みを浮かべるどころじゃないことを面白がって、彼女は笑みを浮かべていた。

「全員は見つからなかったよ」ナイルはやっと答え、できるだけ目立たないようにナイフの刃をポケットにしまった。

「後ろに乗って」彼女は言った。「東に向かうとこなの。あんた、ツイてるよ」

「いや、やめとくよ。生きて明日を迎えたいからね。でも、ありがとう」

ライダーはうなずき、バイザーをまたおろした。けれど、プラスチックのバイザーは内側から輝いているように見え、ナイルは彼女がいまもほほえんだままだと確信した。「ここに戻ってきちゃだめだよ」彼女は抑揚のない声でそう言って、アクセルグリップをひねると、きっかり五秒で次の丘までバイクを飛ばしていた。ふり返って道路の向こうに目をやると、そこには霧が漂っていて、さっきの女のアドバイスには従うなと挑発していた。

「安心しろよ、イーファ」とナイルは言って歩きつづけ、キャッスルタウンベアをあとにした。

9

電車はガラガラで、車内放送がかかるたびにナイルはびくっとした。うたた寝をしていて、夢の中に狼が忍び込み、獲物をあさり回っていた。いま、ナイルは飛び起きて、窓に頭をしたたか打ちつけた。

「次の停車駅はサールス。この列車はダブリン・ヒューストン行きです。終点まで飲食物の車内販売はございませんのでご注意ください。アイルランド鉄道《イルンロード・エールン》にご乗車いただきありがとうございます」

　これが完全な失敗者の顔か。窓の外を眺めながらナイルは思った。コークシティに着いたとき、その夜の最終列車で家に帰る乗車券を買うのに二ユーロ足りず、タクシー乗り場の近くの通りで物乞いをするはめになった。とうとうタクシー運転手たちはうんざりしきって、その内のひとりが、二度と戻ってこないと約束するなら金をやると言った。約束の言葉を口にしながら、ナイルは屈辱に喉が焼けるのを感じた。運転手は笑いながら二ユーロをほうって寄こした。いまでもまだ胸が痛かった。

窓の外では景色が勢いよく通り過ぎ、夜の木々をぼやけさせて、一枚の黒いカーテンに変えていた。外で動くものは何もなかった。暗くなりすぎて見えない地平線のすぐ向こうにジムのおとぎ話の世界が存在しているのだとナイルは想像しはじめた。あり得ないことじゃない。携帯電話の電波塔、ハイウェイ、ガソリンスタンドがあるといっても、巧妙になりをひそめてさえいれば、過去の何かが進化の行程を生き延びていてもおかしくはない。そうだろう？　例えば狼のねぐらとか。あるいはアシュリン王女にふさわしい金の広間とか。さもなければ魔法使いの秘密の作業場があって、そこからは昔の世界の呪文と魔法がいまのこの世界に溢れつづけているとか。

魔法使い？

足首は腫れあがり、手足にも痛みを感じているにも関わらず、ナイルはハッと完全に目を覚ました。頭の中のちょうど目の裏側でひとつのイメージがちらつき、脳の眠りたがらない部分と繋がろうとしていた。確かロイシンは日記の終わり近くにそんなようなことを書いていなかったか？　彼女はこれと同じような列車に座り（ナイルはロイシンと姉妹がいま自分の座っている同じ席に身を寄せ合っているふりさえしてみた）、イーファがジムの死体から財布を取ったことを告白し、姉妹は秘密の地図を見つけていた。

別の考えがドナルド・クレミンの野球バットよりも強いであろう力でナイルを打った。もしもジムの地図が完全なでっちあげじゃなかったとしたら？　そして魔法使いの頭と指先から放出されているあの〝電荷〟

が、魔法ではなく見えない相手と通信する方法を意味しているのだとしたら？

　まさかそんな。ナイルは日記をしまってある背中に手を伸ばし、引き抜いた。手を震わせながら、あの記述のあったページまでめくっていった。「男の姿」が「無線機らしきものを操作している」とロイシンはぎざぎざした文字で記していた。それにナイルの記憶が正しければ、他にもまだあった。魔法使いは本当は王子で、両脚が倒れた馬の下敷きになって潰されていた。王子は残忍な兄のユアンが自分を殺しに来るのを待っていた。

　そのときロイシンには王子の名前を思いだせなかったけれど、ナイルには思いだせた。ジムはユアンの狼の呪いについてのおとぎ話の中で、みんなに何度もくり返し話していたから。

　脚のない王子の名前はネッドだった。

　日記を閉じようとしたとき、それまで気づいていなかった日記帳の後ろについたポケットから、一枚のしわくちゃの紙が出てきて床にはらりと落ちた。

「ワゴン販売です、いかがですか？」紙を拾おうと身をかがめていると、上から声がした。

　顔をあげると、ホットコーヒーとサンドイッチを積んだ重すぎるワゴンのバランスを取っている、眠そうな若い女と目が合った。売り子の制服には古いマスタードのしみらしきものがついていた。

「あれ、飲食物の車内販売はないんじゃなかったっけ？」ナイルは新しい宝物を両手で挟んで隠しながら言った。

「案内テープがずっと替わってなくて」売り子は片目をつぶってみせた。「お茶はいかが？」

「いや、結構だよ、ありがとう」ナイルはここ数日で向けられたただひとつの純粋な笑顔のぬくもりを吸収しながら答えた。売り子は片手を振って歩きだした。その姿が見えなくなるのを待って、ナイルは黄ばんだ紙を開いた。

それは無検閲のジムの頭脳がインクとなり、紙に注ぎ込まれたものだった。

この小道には死んだ女がいて、あそこにはひとりの旅人も通ることができない巨大な氷壁がある。けれどナイルはある特定のものを探して、東へずっと指でたどっていった。ロイシンが言っていたとおり、インクがにじんでしまっていたが、それが何を描いたものなのかはまだ判別できた。

それはお城で、ネッドがその内側に座り、誰でもいいから拾ってもらうため電波を送っていた。それにロイシンが気づかなかったのか書く時間がなかったのか、もうひとつ細かな描写があった。ひと組の二重線が紙の森の中へと走っていた。雑な描写ではあったものの、ジムが描こうとしていたものは明らかだった。線路だ。

二重線は山の近くで途切れていた。ジムはそのあたり一面に花を描いており、岩そのものが繊細な美しい花を花崗岩から生やしたかのようだった。王子である魔法使いの隠れ処からかけられている魔法だ。ともすれば不吉に見える風景を飾り立てたいという、少女っぽいとさえ言える衝動によるものか。ナイルは目を閉じて、すべてを頭の中に取り込み、両方の日記で読んだ内容をすっかり思いだそうとした。ジムはどこから来たのかフィオナに何か話していなかったか？　それとも、自分の住んでいる場所について話していたのは別の誰かだっただろうか？　ナイルは鞄を引っ掻き回してフィオナの日記を探したけれど、悪賢いメアリー・キャサリンと日記を交換したことを思いだした。ちょっと待てよ、あれはロイシンの謎の無線友だちじゃなかっただろうか。森の奥深くにある城について話していたのは。ナイルには思いだせなかった。列車がガクッとなってスピードを落とした。間もなくサールスに着く。

頭上の路線図を見あげて、サールスへと向かい、テンプルモアとバリーブロフィーを通過する本物の線路をたどった。それからプラスチックの地図と手の中のしわくちゃの地図を見比べて、ジムのヘタクソな線路が鉄道会社の便利な地図では次の駅が記されている場所でちょうど途絶えているのに気づいた。

　本物にしろ想像の産物にしろ、魔法使いはポートリーシェの近くに住んでいた。

　春には紫色のブルーベルの花で埋めつくされるスリーヴ・ブルーム山脈がすぐそばにあった。ナイルは子どもの頃にその丘陵で遊んだことがあった。暗くなったあと、ナイルとダニーは道に迷ってしまったのだが、踏み分け道が見えるぐらいじゅうぶん長いあいだ花びらが月明かりを反射してくれたおかげで、家までの帰り道を見つけることができた。

　同じだけの興奮と不安で震えながら、ナイルは背中をもたれて少しだけ目を閉じた。二時間足らず前に心ないタクシー運転手たちのせいで失われていた追跡のスリルが、再び生き生きと脈打っていた。

　ナイルはまだまったく想像のできない魔法使いに向かって話しかけた。きみが本当に存在するなら、きっと見つけてみせる。きみが何を企んでいようと、こっちだって呪いならとっくにじゅうぶん背負ってるんだ、やれるもんならやってみろ。


　月は沈みかけていたものの、少なくともあと一時間は冷たく輝くだろうとナイルは思いながら、森の奥深くへと通じる踏み分け道を進んだ。ポートリーシェ駅からは、スリーヴ・ブルーム山脈の最南東の端がすぐわかった。山脈は太陽が昇るのを待ちながら眠っている獣のように地面から隆起していた。ナイルは少年時代の反応を甦らせ、輝くブルーベルの海を頼りに、かつてしたように西へと歩いていこうとした。ところがポートリーシェから続いていた最後の街灯が背後に消えると、最初の間違いに気づいた。

五月は終わりに近づいていた。ブーツの足元にちらりと見えた残存している数少ないブルーベルも、しおれて枯れていた。そこらじゅうで茎が茶色くなって乾燥していた。ナイルの行く手には、子どもだけが悪夢の中で正しく思い描く方法を知っている、特徴のない暗闇が待ち受けていた。

「花を殺したんだな、魔法使い？」それほど遠くないところに存在を感じ取ったと確信しながら、見えない道に向かって問いかけた。「なんとしても見つけてやるからな」

何度か小走りになって丘をのぼった。そのとき、目の錯覚を起こしたかと思った。最初は、自分の心が望んでいるものを見ているのだと思った。そのあと、目にしているものは確かに本物だと認めた。ひざまずき、小さくか弱いものに触れた。それは五枚の花びらをすべて開いて、自分たちの静かな世界にナイルを歓迎していた。

咲いたばかりの小さなウッドアネモネが気をつけの姿勢で立ち、月の冷たい光を吸い込んでいた。

ナイルが人差し指でそっと触れると、ごく薄い花びらの感触があり、トンボの羽みたいに小さく波打った。顔をあげると、森の最も暗い場所にまでも導いてもらえるとわかった。小さな花はひとりぼっちじゃなかった。見渡す限り、無数の白いウッドアネモネが月の光が反射して、ナイルとダニーが恐怖にくじける前に家に帰り着こうとした何年も前のあのときよりも、目の前の道を明るく照らしだしていた。

「星のカーペットだよ、ロイシン」ナイルは心の中で何かが落ち着くのを感じ、百万年も前に配達不能郵便のかごの中にあの奇妙な包みを見つけて以来、初めての安らぎを覚えながら、口にした。これまで足を踏み入れたことのない山の一角へと歩を進めながら、魔法使いの目に見えない光線が既に木々の頂部を走り回り、侵入者を探しているのを感じていた。

魔法使いはピアノを弾かないということが、ナイルにはちゃんとわかっていた。

なのに、ピアノの音がしていた――熟練した手がコール・ポーターの『エニシング・ゴーズ』らしき曲を奏でていた。弾いているのが誰にしろ、尋常ではないほどの速さで弾いていた。それに、ほんの一瞬ではあるが、ハミングも聞こえた気がした。

ナイルが聞いたことのあるすべての伝説の生き物の中で、歌で旅人を致命的な罠へとおびき寄せるものと言えば、普通は人魚だった。黒魔術の強力な担い手は、代わりに森の獣たちを魅了して明らかな敵を攻撃させるか、ぼく自身みたいなよそ者に魔法をかけて麻痺させるのだろう、とナイルは想像した。けれど、目の前の濃い茂みから漏れ聞こえてくる音楽は、一九二〇年代の煙った酒場の中で流れているようなタイプのものだ。まっすぐぴんと伸びた野生のアルムが密生し、果実のような頭状花がはじけて汁を溢れさせているところをそっとすり抜けようとしながら、バラエティーショーのミュージシャンが平和な森に棲むウサギや鹿を楽しませている様子を思い浮かべた。ミセス・クリミンスにもらったジーンズを引き裂いたいばらのもつれを解き、悪態を吐いた。

それとわからないうちに聞こえてきたのと同じように、ピアノの鍵盤の音はやんでいた。

ちくしょう！　ナイルはあまりの愚かさに自分を蹴りつけたかった。地図も持たずにうろつきまわるなんて、どうしようもないバカだ。本当に魔法使いが存在するなら、自分たちの敷地に入り込んだ重い足取りのアマチュア探偵の物音を聞きつけられる、何千年にもわたる経験があるはずだ。ナイルは夜明けのほのかな光を吸収しはじめている樺の木の雑木林を抜けた。五十メートル足らず離れたところに張りだした急斜面のすぐ向こう、自然の谷の中の暗くなっている箇所をのぞいては、森全体が目を覚ましつつあった。ナイルは次に進むべき道を探してあたりを見回し、さっきまで意識していなかったあることに気がついた。

ネズミが咳払いする程度の音さえ聞こえていなかった。一羽のカケスも羽ばたかず、一頭のアナグマも巣穴の防備を調べていなかった。まるでナイルが明らかに探しているものを見つけるのを、あらゆる動物が見届けようとしているみたいだった。あるいは、向こうがぼくを見つけるのを、と密かに思いながら先を急いだ。さっきまであれほど大量に咲きほこっていたウッドアネモネは、次第にまばらになっていき、やがてなくなった。恐怖は頭で感じるものじゃなくて、生物学的に組み込まれているものなのだろう。あの花たちは谷の下に何が待ち受けているのかを感じ取り、パッと姿を消したかのようだった、とナイルはのちにふり返った。ここまで導いてきたけれど、わたしたちにもこれ以上はあなたのために光を照らす勇気はない、と言われているみたいだった。

少しずつ崖の縁へと進んでいくと、やがて汚れたブーツの爪先の下に地面がなくなった。見おろすと、双子の青い煙が低く垂れ込めた雲にどちらが先に届くか競い合っていた。煙突の一本はおろか、屋根さえも見えなかったが、行き当たりばったりにキャンプをしている人たちのたき火にしては激しすぎた。どこかに家があるのだ――間違いない。ナイルは目をつぶって炎が何でできているか嗅ぎ取った。楓と、トネリコも混じっているかもしれない。泥炭は確実だ、それも大量に。誰かがくつろいでいた。あそこに住んでいる誰かが。

下に降りていこうとしたとき、すぐ後ろから聞こえる物音に気づいた。ナイルの父親には買い与える余裕がなかったために、ダニーに貸してもらっていたラジコンカーを思わせる、機械的な音だった。

「おはよう」そっと忍び寄ったことに満足しているような声が言った。

「誰……？　うわっ、くそ！」

ミセス・クリミンスにもらった古いブーツが崩れた土にすべり、一瞬ナイルは深淵へと落ちかけた。ただただ反射的に、片手で一本の枝を摑んでいた。気まずい怒りに頰を燃やしながら、無事に体を引っ張りあげると、ふり返ってその男を見た。

ナイルの真後ろに座っている男は、古くさい赤いビロードのスモーキングジャケットを着て、緑色のコンバットブーツと黒い略帽を身に着けていた。口髭は薄く、綺麗に整えられていた。その上には薄茶色の目が敵意を示すわけでも歓迎するわけでもなく輝いていた。両脚は緑色のウールの毛布で覆われていた。膝の上には、化石になったペットの蛇のごとく二連式のショットガンが置かれ、じきに騒々しい音を立てて目を覚ますとでもいうように、男はそれを撫でていた。

なんでこっちに詰め寄って食ってかかるでもなく、あんな風にじっと座っているんだ？　ナイルの脳は問いかけたけれど、目には明白な答えが映った。

何者であるにしろ、その若い男は車椅子に乗っていた。

足首が冷たく感じられた。どうすれば二発連射される鋼の弾をかわせるほどすばやく逃げられるというのか、想像もつかなかった。その領地に踏み込んだ瞬間に、魔法使いはナイルを見つけていたのだ。

「あんたと話したくて来たんだ」ナイルの声は高くしわがれていた。

脚のない王子はただうなずき、空中に手を振ってみせた。ふたりの背後にある道のそれぞれ百メートル向こうで、木々の葉のあいだからふたつの影が狩りを始める狼のごとく立ちあがった。男たちは「こっちは問題ない」という合図に対して同じような仕草で銃を振って応じると、また木々の中にすっかり溶け込んだ。

そこに彼らがいたとは決してわからないほどだった。

「そうなのか?」魔法使いは驚いた様子もなく言った。「だったら、魔法の合い言葉を知っているか確かめてみよう」男は車椅子で小道を進み、招かれざる客についてくるよう促して、どこにも光の逃げ道のなさそうな暗い暗渠へと入っていった。

「きみはラグタイム（シンコペーションのリズムを利かせ、ジャズの先駆となった演奏スタイルとその楽曲）は好きか?」男は訊いた。荒れた手が全地形型の車輪の上で踊り、まるで車輪にも音楽を奏でるよう要求しているようだった。「好きじゃないとしたら、お互いにとってひどく長い一日になりそうだからね」

車椅子の男を犬が出迎えるのを見たとき、ナイルはホッと気を緩めた。二頭ともスプリンガースパニエルで、飼い主にさえも自信をなくさせるほど落ち着き払ったあの独特の賢そうな顔つきをしていた。糊の利いた白いエプロンを身に着けた女性が、壁に苔を生い茂らせた十九世紀初頭のジョージ王朝様式の豪邸の典型的な玄関のそばで待っていた。お次はお茶とレモンクリームサンドと来るかと考えていると、肩に手を置かれて、下生えのところにいた男のひとりの忍耐強い顔を見あげた。木々に負けないほどストイックな顔だった。

脚のない王子はオフロード対応の乗り物を性急にくるりと回転させた。ナイルは何か言おうとして、使用人が賢明にも犬を連れて引き返していった玄関にもう一度目をやった。それは実際には門と呼ぶべきもので、炭鉱労働者の肺の中みたいに黒く塗られていた。じゃあ、夜明けには狼の要塞の前で絞首刑が実施されるわけだな、とナイルは思い、殺し屋の急所に肘鉄を食らわせるため、後ろにさがって左にかわす準備をした。

「田舎の新鮮な空気を吸いにきたのかな?」慣れた手つきで膝の上のショットガンを折り、新しい弾を探してあらゆるポケットをゴソゴソやりながら、体の不自由な貴族が尋ねた。

「あの、頼むからちょっと待って、あんたは誤解を――」

「まさか魔法にかけられたみたいに、音楽に引き寄せられてここに来たなんて言わないでくれよ」必要な弾薬がまだ見つからずに顔をしかめながら、痩せた男はしつこく言った。「そんなことを言ったら、ただじゃ済まさないからな。わかったら白状しろ。単に道に迷ったのか？　あるいは、耳を傾ける価値のある目的があるのか？」

「あんたに危害を加えにきたんじゃないんだ」ナイルはもうひとりの男にきつく摑まれているせいで、両肩がずきずきするのを感じながら言った。

「正直言って、そんな真似ができそうには思えないがね」領主はやつれた顔を振って、勝ち誇ったように十二番径の実包をひとつ親指と人差し指で挟みながら言った。「きみは丘を越え、谷を越え、はるばるぼくの小さなあばら家にやって来た。ここ九年で、きみの他に招かれざる客は、ポートリーシェの列車駅を探していて間違った道を曲がってしまい、このあたりをうろついていたフランス人観光客だけだ。おまけに、詫びようというマナーもないのか？」

「勝手に立ち入るつもりはなかった」ナイルは二連式の銃口を見つめながら言い張った。「でもあんたと話がしたいんだ。大事なことなんだよ」

ネッドはもう獲物をいじめて楽しんでいるふりはしていなかった。この見世物のすべてに飽き飽きして、首を振った。「誰にとって大事なことなんだ？　二年前のバードウォッチングをしていたフランス人の名前は、確か……」彼は左側に立つ用心棒を横目で見た。

「なあセオ、あの男の名はマルセルだったかな？」

「はっきりとは覚えていませんね、ミスター・オドリスコル。そうだったと思いますが」

「おまえが襟首を摑んで引きずっていったとき、あの男が繰り返していた言葉はなんだっけ、ママンに助けを求めているような、あれは？」

「間違いなく〝哀れみ《ピティ》〟のような言葉でした」

魔法使いはナイルに少年っぽい笑みを向け、焦点を合わせようとしているカメラのレンズみたいに目を見開いていた。「ああ、それだよ。ピティ。情けをかけてくれってことだな。ところで、ぼくらは情けをかけてやったっけ？」

返事として、用心棒はそのときのことを思いだしてニヤリとしただけだった。

「きみは何かフランス語を話せるのか？」ネッドは尋ね、首をきつく締められているせいでくぐもった声しかだせない若き侵入者に小首を傾げてみせた。

「いいや」ナイルは息をしようともがきながらしわがれ声で答えた。

「残念だ《ピティ》」と魔法使いは言い、ふたりの部下に向かってうなずいた。

「もうこの男を連れていきましょうか、ミスター・オドリスコル？」ナイルの鎖骨を押し潰そうとしているでくのぼうが尋ねた。

ナイルの顔がさっと青ざめた。「このトロールに邪魔くさい手をどけろって言ってくれよ、さもないと――」

「どうせ何もできないんだろうよ、このクズが」セオは反対の手でナイルの手首を締めつけた。

ネッドが心からの笑みに顔を輝かせるのを見て、ナイルはジムの双子の兄弟が、生まれもった危険な魅力を除いては、あらゆる点でジムに似ているのがわかった。こっちはどんな官能的魅力も持ち合わせておらず、口説いた相手は父親のポルノ雑誌の女たちがせいぜいかもしれない。けれど、どちらも望む物を手に入れるためなら、夏物のジャケットを脱がすみたいに相手の内臓を引きずりだすことぐらい辞さなかった。

「こうするのはどうだろう、セオ。いますぐ強情な旅人の汚れた口をすすいでやることで、朝を始めるっていうのは」ネッドは綺麗に揃った美しい歯をナイルに向かって剥きだして、目の奥の温度をさげた。大勢の女たちが最後の息を引き取る前に、ジムがそうするところを見てきたのと同じように。「ここに来た独創的な言い訳さえ思いつこうとしないとはね。できるのは罵ることだけか。言わせてもらうが、そいつはぼくの森では禁じられているんだよ」ネッドは車椅子を回転させて、ナイルがさっき耳にしていたブーンという音を立てるエンジンを作動させた。そしてもうひとりの用心棒のいるほうへ曖昧に手を振った。「そいつの脚を折れ、オットー。今度は通りかかった車が気づくように、ちゃんと道路脇に放置しておくんだぞ。前回は悲惨なことになったからな」

「了解しました、ミスター・O」

「あんたの兄弟の命を奪った物が何か、知ってるんだ」ナイルはほとんど叫んでいた。「それはこのポケットの中に入ってる」

　車椅子が停まった。セオがナイルを押さえる手にまた力を込める時間を与えてから、ネッドはゆっくりとふり返った。「じゃあ言うだけ言ってみろ。そしたらいい子でお薬を服《の》むんだぞ」

「まずはこいつに手を離すよう言ってくれ」

　ネッドが用心棒に横柄なしかめ面を見せると、大男は脇にどいた。

　ナイルはファシストに握りつぶされかけたのとは反対の手（絵を描くほうの手が無事で助かった、と何を置いても思わずにはいられなかった）をバッグの中に突っ込んで、ロイシンが凶器を包む屍衣として使ったピクニックナプキンを引っ張りだした。それを差しだすと、ネッドは小さなモーターをオーバードライブさせて車椅子を近づけた。

「ジムはこれで刺された」ナイルは言った。「ぼくにしか話せない彼についての他のことも知りたければ、ぼくを自由にしてくれ」

ネッドは汚れたナプキンを既に奪い取り、本物の聖遺物みたいに開いていた。錆びかけた刃に指が触れると、それがレイプ殺人犯の息の根を止めたイケアの野菜用ナイフではなく、キリストの脇腹を刺し貫いた運命の槍を持っているかのように、目を輝かせた。「驚いたな」ネッドはボソリと呟き、生まれついての皮肉屋の笑顔を見せた。「ただのでっちあげじゃないという証拠はどこにもない。きみのその白い手でリネンに加工したのかもしれないだろう？　かなり良くできた偽物だとは認めるがね。一瞬、本当に信じそうになったよ」ネッドはナイフの刃を地面に投げ捨てた。「じゃあ、バイバーイ。いいぞ、やれ」

セオとオットーはナイルの脚を一本ずつ摑み、小道を引きずって森に戻ろうとした。

「あんたは門番《ゲートキーパー》だろ」ナイルは濡れた地面に手の爪を立てて突っ張ろうとするも、虚しく引きずられながら、マシンガンの速さで叫んだ。「愛しい兄弟が五つの県をまたいでレイプと殺人を繰り返しているあいだ、あんたは何年もアマチュア無線で交信していた。あのナイフを彼に突き立てたふたりの若い女性、ロイシンとフィオナ・ウォルシュに警告さえしていた。あのふたりと話したって知ってたか？　あんたの兄弟を殺した相手と？　フィオナたちがもう死んでいることもきっと知らないんだろう？　ぼくはふたりの日記を読んだんだ！」ふたりの用心棒は引きずるのをやめ、ナイルには見えない手の合図に反応しているらしかった。

「そもそもあんたを見つけたのは、ジムが地図を描いていたからだよ。ぼくがひどい思い違いをしていなければ、あんたにも手を繋いだふたりの少年のタトゥーが入っているはずだ。ジムとは双子だから、違うか？　答えろよ、このくそったれの不良品！　ジムの守り人なんだろ、田舎者のこん畜生！」

セオとオットーはナイルを立ちあがらせ、できる限り土と葉っぱを払い落とした。そしてほとんど抱えるようにして屋敷まで連れていくと、使用人が再び黒い門を開いていて、ナイルの詰まった鼻にさえも淹れたてのコーヒーの香りが届いた。

ネッドは顔をあげて、好奇心と敬意の入り混じった表情を浮かべながら、ナイルをまじまじ見つめた。ナイフは拾いあげてあり、今度はごまかしきれない畏敬の念をもって掲げられていた。

「いや、恐れ入ったな」ネッドは車椅子のギアをセカンドに切り替えながら言った。「本当に魔法の合い言葉を知っていたとはね」

コーヒーは濃く、ナイルの頭をクラクラさせた。白衣を着た別の使用人が背後に立ち、ナイルのはだけたシャツの下の傷ついた皮膚にガーゼを巻いていた。

屋敷の主人はピアノの前に座っていた。引っ掻き傷だらけのベーゼンドルファーのコンサートモデルで、ディナーテーブルほどの大きさのある帆形の屋根はあげてあった。またコール・ポーターの曲が奏でられ、フォルティッシモとフリオーソが交互に繰り返され、ついには全部同じに聞こえるようになった。ナイルには、スツールからだらりとぶらさがるネッドの脚が、その腕にすべての力と怒りを譲り渡しているように思えた。魔法使いは演奏を終えてしばし躊躇したあと、顔をあげてうなずいてみせると、使用人はそそくさと出ていき、フランス戸を閉めた。

「実のところ、話し相手がいるのはなかなか気分がいいものなんだ」ネッドは言い、殻の柔らかいカニみたいに体を横にすべらせて車椅子に移ると、ナイルが返事をする間もなくふたつ先の部屋まで進んでいった。

ナイルは後ろからついていき、シルバーの額に入れられた幼い頃のネッドとジムのものであろう家族写真に目を留めた。健康的で、生気に溢れ、親が裕福なのを知っている子どもに特有の気怠い尊大さがあった。へこみのあるクリケットのバットとハーリングのスティックが暖炉の上に飾られていた。次の間には油絵の肖像画があり、光を避けているようだった。ルネサンス様式の施釉した花瓶もあった。ふたつのゴルフのトロフィーに半ば隠れているような埃をかぶった一枚の写真を見て、ナイルは足を止めた。

遠い昔に設置されたぶらんこに座り、双子の兄弟に挟まれた若いブロンドの女が写っていた。三人とも夏の汗にまみれた笑顔を見せていた。見過ごされない程度の独占欲を示して、女の腰に手を回しているのが、ネッドなのかジムなのかはわからなかった。彼女の肌が真っ白なため、古い白黒写真のお粗末なコントラストによって、目の部分は黒い穴になっていた。それほどまでに肌が白くセクシーな女性といえば、ナイルにはひとりしか心当たりがなく、しかも実在の人物でさえなかった。

アシュリン王女だ。狼は初めに彼女を愛し、そして殺した。

「こっちだ」ネッドに呼びかけられ、ナイルはついていった。いちばん小さなこの部屋は、屋敷のただひとりの住人が明らかに最も長い時間を過ごしている部屋でもあった。剝製のフクロウは永遠にまばたきの途中のまま、ガラス鐘をかぶせられていた。おまけに数羽のワタリガラスや鷹の剝製まであったかもしれないが、ナイルにははっきりとはわからなかった。写真の中で腹這いになったり、粘土としてポーズをとったりしている狼たちがすべてを圧倒していたから。本物の狼の頭まであり、下顎を完全に頭蓋骨からはずすことなく、限界まで口をこじあけられて、戸口の真上に据え付けられていた。狼はいまも苦痛を感じていて、ユアン王子がかつて試みたように、身を守るため遠吠えしようとしているみたいに見えた。けれどその前に捕まってしまったのだ。室内に唯一響いているのは、ナイルにはどこから聞こえているのかわからない電子音だった。速度の遅いメトロノームのように、だいたい十秒おきぐらいにビーッとひとつ音がした。

「ジムはこんなものをいつから飾っているんだ？」ナイルはネッドからいちばん離れた椅子を選んで座った。この乱暴なピアノ弾きが次のソロコンサートの前に自分を始末しようとしたら、抵抗する力があるだろうかとナイルは考えた。

「ぼくだよ」ネッドは言い、車椅子にもたれて後ろが灰色の狼の頭を初めて見るみたいにじっと見つめていた。それから煙草に火を点け、その手を振り動かした。「ぼくがジムに動物についてすべてを教えたんだ。馬、ハヤブサ、ウサギ、鹿。乗り方や、仕留め方も。そう、狼のこともね。あそこにいる古い友人を見つけるために、はるばるキルギスタンまで足を運んだよ。あいつのことはフレディと呼んでるんだ」ネッドは剝製の頭に向かって手を振った。「こちらの紳士にご挨拶しろよ、フレディ！」

ナイルは吐きそうになった。今度はもっと近くで電子音がまた響いた。

「父が生きていた頃、両親がこの屋敷を使うことはなかった」ネッドは仕留めたばかりとおぼしき雄鹿の横に立つ年配の男性を描いた金縁の油絵をまっすぐに直しながら説明した。「でも父が亡くなったあと、母はダブリンの空気を息苦しく感じるようになり、ぼくたちは揃ってこっちに移ってきたんだ」脚のない王子の声は哀愁を帯びて聞こえるほどで、しばし身構えるのを忘れていた。「母はぼくたちのために、ここを本物のわが家にしようと努力した——乗馬のレッスンに夕食の席での夜のお祈り。正直言って、当然のごとくぼくたちは恐ろしいほど退屈するようになった。それにこの世で遺産の類ほど節度を失わせる金はない」

「とても美しいお屋敷だね」ナイルはまた不安になっ

てきて、あたりさわりのない言葉を口にした。絵の中の雄鹿は血を流している鼻を画家に向けて横たわり、ねじれた枝角を暗い空へとアンテナみたいに伸ばしていた。

「何か見せたい物があると言ったね」死んだ獲物に子どものような名をつける類の人間らしい性急さで、ネッドは尋ねた。

「これ」ナイルは渡す前にしわくちゃになって塵と化してしまうかもしれないというように、あわててジムの地図を差しだした。「ジムは頭の中で展開する物語を国じゅうで語り聞かせながら、視覚的な記録を取っていたんだね。ほら、あれが見える？　たぶん、あんただ。光線をあんたの――」

「指先からだしているね」せっかちな魔法使いは言い、いきなり客と腿と腿を突き合わせて座り、自分たちのものではない珍しい切手を眺めているふたりの少年みたいに、ヘタクソな絵を詳細に調べた。ネッドはそっと地図をたたむと、車椅子の革張りの取っ手についたボタンを押した。靴の踵がコッコッ打ち鳴らされる音がして、ナイルが見たことのない男の使用人が控え目に顔を覗かせた。

「お呼びですか、ミスター・O？」

「サム、これを台紙に貼って美しい額に入れてくれないか？　主張しすぎないやつを、あくまでも主役は絵だからね。頼んだよ」

「かしこまりました、ただちに取りかかります」使用人は神聖な品を受け取ると、またたくまに引っ込んだ。

ビーッ！

ネッドのしぼんだ脚の向こうを見やると、緑色のフェルト布で覆われた大きな物体があった。ナイルはそれをドレッサーかアップライトピアノかもしれないと思っていた。しかし、いまでは音の出どころがわかっていた。下から覗いて確かめるまでもなかった。

「頭のいいやつだな」生き残った双子はナイルの視線

の方向をたどりながら言った。「電気椅子《オールド・スパーキー》を見たいか？　残念ながら最近はあまり動かしてないが。最後に使ったのは……」ネッドは語られなかった言葉が床に落ちて乾いて消えるがままにした。

「でもあんたは無線機を使って、人々に警告しようとした」ナイルは少し勇敢になった気がしていた。女王なんかクソ食らえと言わんばかりの口ぶりの、この虚勢を張った大バカ者は誰なんだ？「ジムがまだ人殺しをしていた頃に。そんなことをする代わりに、手遅れになる前になぜ警察に通報しなかった？　なぜ彼を止めようとしなかった？　それとも、しばらくしたらそれにも飽きたのか？」

「きみはなんのためにここに来たんだ？」ネッドは肘掛けの操縦桿を握りながら吐き捨てた。「わかりきったことを披露して満足するためか？」

「ぼくはなし遂げると約束した仕事を終わらせるためにきたんだ」ナイルはその響きが気に入った。そのことをはっきり声にだして言うのは初めてで、フィオナ、ロイシン、イーファもこの場にいて聞いてくれたら良かったのにと思った。「この場にいられない友だちのために、最後のピースを当てはめにきたのさ」

ネッドはぼんやりした遠い目になった。彼は過去の中にいて、兄弟と、その表情からは明かされない誰かと一緒にいた。「どうせそいつらは聞かなかっただろう？　その女たちみんな。結局、危険な相手を愛したかっただけなんだよ。ぼくはジムを愛してる。過去形を使わないのは、あのゲス野郎はいまもぼくの兄弟だからだ。ジムがここを去ったとき——十三年か、十五年前だったかもしれないな——あいつがいずれ何をするかはわかっていた。だけど警察に密告できるわけがなかった、そうだろう？　そんなのはまっとうな行為じゃない」

「すると」ナイルはこの先の日々を過ごすのに残されたのは物しかない人間の論理に合わせるふりをして言

った。「あんたは変化に気づきはじめたんだね？　何かが起きていた。それは新聞を賑わせた。狼は初めて獲物を襲った。そして耳の中の血が奏でる音楽に慣れてしまった」

ネッドはハンディキャップものともせず、跳びあがってナイルを絞め殺しそうな顔をしていた。それから身をすくめて、記憶に対してうなずいていた。「ジムはぼくに贈り物を送ることから始めた。記念品だ。それらは絶え間なく送りつけられた。見たいか？」返事も待たず、脚のない王子は飾り棚まで車椅子を動かし、空気の抜けた小さなラグビーボールぐらいの大きさの革袋を引っ張りだした。それを開くと、あらゆる形や大きさのきらきらした女物のピアスであっという間に床が埋めつくされた。ネッドはひとつつまみあげてニヤリとした。

「最初のやつだ。最初の最初のピアスは、安っぽい真鍮のメッキ品だった」ネッドは言った。「バーのウェイトレスか失業手当を受けている女だろうな。四つめが届いたときは、ピアスに乾いた血が少しこびりついたままだった。そのときぼくはオールド・スパーキーを動かして、言ってみれば被害を最小限に抑えようとしたのさ。あの無線機は元々はジムの物だったんだ。愉快な皮肉だろ？　もちろん、父も母もぼくたちふたりをすばらしい紳士だと信じて墓に入ったよ」

ナイルはしばらくのあいだ何も言わず、ビーッ！という音にただ耳を傾けながら、こんなイカれた男の屋敷にみすみす囚われるなんて、愚かにもほどがあると思っていた。

「で、きみも語り部なんだな」ネッドは物思いにふけりながら言った。「ぼくのジミーみたいに。きみの場合は魔法使いとドラゴンと美しい乙女の話か？」

「ぼくはシャナヒーじゃない」ナイルは認めた。「三人の友だちの物語を描こうとしてるんだ。漫画として。残念ながらまだ大して進んでないけど」

魔法使いは魔力のある手を叩いて笑った。「漫画だって？　子どものための？　まったく、そいつは最高だ！　だったら、ジムの物語を描けばいいじゃないか。そのほうがずっとドラマチックだ」

ナイルはネッドの瞳孔を囲む琥珀のような金色の目の奥を覗き、どこかにジムの移り気な性質があるのを見て取ったが、ためらわなかった。「だってジムがしたことは、何度も自分の話を聞かせただけじゃないか。そして彼が殺した女性たちは、地元新聞の三十四面に訃報を掲載されて、棺を閉じて埋葬されただけだ」

ネッドはもう一度肘掛けの赤いボタンを押した。彼は心からの哀惜と受け取れそうな表情を浮かべて訪問者を見ていた。「ジムが話した物語も知ってるよ」ネッドは言った。「脚の不自由な弟を殺して狼になった王子の話だね？　ラジオで聞いた。ただし、きみは逆さまに聞いているんだが。みんなも」外の廊下に足音がした。セオかもしれない。オットーかもしれない。両方かもしれない。「ぼくがこの家からジムを追いだしたんだよ、わかるか？」ネッドは動かない脚を固めたこぶしで叩いた。「ぼくは生まれつきこのパンを抱えていて、ジムのせいで馬の下敷きになったわけじゃない。あれはただの怒りの投影だ。ぼくはジムに女の口説き方や、ベッドでどうすればいいかとか、そういったことを教えた。あいつはちょっとやり過ぎ――」

ドアをノックする音がした。

「少し待て」ネッドは怒鳴り、ナイルに視線を戻した。ネッドの目は見開かれ、その目はいま、脚が不自由であろうとなかろうとそれは関係なく、ジムの現身《うつしみ》となる魔法をかけていた。彼がどんな話をしようと、それが終わる頃には、ナイルは一語残さず信じていただろう。「ぼくはジムが姉のアシュリンとベッドにいるのを見つけた。夏の終わりだったと思う。言っておくが、ふたりはトランプをしていたわけじゃない。父は姉をスイスの学校に追いやった。その後、姉はまともな生き方をしなかった。卒業前に脱走して、フランス人のパンクミュージシャンと同棲して、注射針の使い方を教わった。姉はこのすぐ裏に埋葬されているよ。墓石を見たいか？　本当に美しいんだ。ぼくがジムのために尽力して建てさせたのと同じくね。あのみすぼらしい小さな町はなんていったかな？　キャッスルダウン……キャッスルなんとか」

「遠慮しておくよ」ナイルは言った。「それに、そろそろおいとましないと」

「絶対に？」ネッドはわざと信じていないふりをして言った。「だけど、きみはこれまで立ち寄った人間の中で誰よりもジムのことを知っているのに。まだまだ語り合うことがあるだろう。なぜきみを帰さなきゃならない？　ひとつでも納得のいく理由を教えてくれよ」

ナイルはナイフの刃を摑もうとして、もう持っていないことを思いだした。狼の顔がニヤッと笑いかけてきて、剝製にされていても最後にもう一度獲物を殺せそうだという自信に溢れていた。「あんたは自分が弟よりもひどい人間なんじゃないかと思いながら、眠れない夜を明かしているから」ナイルは立ちあがってドアをあけながら、そう言った。オットーの魚のような目をまっすぐ見つめた。「そしてもしもぼくがここから無事に出ていけば、あんたはまた自分のことをよく考えられるようになるから。少なくともひと晩は」

短波無線機の切れかけているバッテリーが、ナイルに賛同するかのように、またかすかな音を立てた。ネッドはオットーにうなずき、ほほえんだ。気が楽になったようだった。「オットー、すまないがこの新しい友だちを望む場所まで送り届けてくれないか？」ネッドはナイルのほうを向き、相手にして不足のない敵にするように首を傾げてみせた。左の前腕に手を繫いでいる双子の少年のタトゥーがほんの一瞬見えたけれど、彼はまたシャツの袖のボタンを留めた。「きみはうちの警備チームに入ったら役に立ってくれただろうな」ネッドは言った。「どんな訓練を受けてきた？」

「郵便局員だったんだ」ナイルは肩をすくめて答えた。「クビになったけど」

「完璧だ。公務員の皮をかぶったアーティストか。ハッタリをかまして入ってきて、罪の意識に訴えて出ていく。立派なペテン師になれただろうに。きっとジムも同意してくれたはずだ」ネッドは永遠に出られない可動式の監獄、車椅子の上で身を乗りだして、忘れがたい笑みをみせた。「ぼくたちは悪人じゃないんだから、そんなへつらうような笑顔はぼくに見えないところへやってくれ。そして二度とぼくに会いにこようなんて思わないことだ」

　ナイルをバリムンの靴箱のようなアパートメントへと連れ帰る、静かなロールスロイスのリアウインドウの外を眺めると、魔法使いの黒い門が後ろで閉じていくのが見えた。あの内側にどんな家族の秘密がまだ隠されていようと、それは永遠に明かされることはないのだろう。

　ウッドアネモネは道路から花びらをそむけて、車が行ってしまったと確信するまで、その顔をあげようとはしなかった。

追記　騎士への褒美

10

隣に住む生物学専攻の学生からオスカーを引き取りながら、猫について世間で言われていることは本当だな、とナイルは思った。一瞬だろうと十年だろうと留守にすれば、猫は個人的に侮辱されたかのようににらんでくるのだ。

部屋は出ていったときとまったく変わった様子もなく、至るところにうっすら灰色の埃が積もっているだけで、オスカーはナイルの鼻をむずむずさせられるとわかっていて、埃を嬉々として舞いあげた。一階の郵便受けには郵便物が山積みになっていて、そのほとんどが辛抱強い銀行と、フィットネスクラブと、まだ一セントの稼ぎにも結びついていない技術を教わった授業料として多額の借金が残っている美術学校からの滞納通知だった。きわめつけは玄関のドアに貼られた「立ち退き勧告——三十日以内」の鮮やかなオレンジ色のステッカーだった。ステッカーを剝がそうとしているとき、廊下を挟んだ向かいに住むジェニファーが通りかかり、見て見ぬふりをした。

ナイルはお茶を淹れ、オスカーが心ゆくまで中身をほじりだせるように、いくつか余分にティーバッグを置いてやった。このいたずら者に会えなくて寂しかったのだ。自分の人生のつつましい遺物を見回してみると、美しい乙女たちのために——冒険の旅に出発する前にそのふたりは既に亡くなっていたが——中世の騎士みたいに闘ったことを仄めかすものは何もなかった。留守番電話のメッセージがいっぱいになっていることを示すランプが点滅しており、電話料金を支払う金は残っていなかったため、携帯電話はとっくの昔に使えなくなっていた。

　すべて現実に起きたことなのだと証明する唯一の証拠は、どうにか守り抜いた汗がしみ込んで曲がった日記帳だけだった。苦労に報いる宝は手に入らなかった。城の中庭への勝利の凱旋も、感謝に満ちた姫からのキスもなかった。厳しい暮らしと世に埋もれた人生に戻るだけだ。

　なあロイシン、きみは本物の騎士に日記を送るべきだったのにな。ナイルはそんなことを思いながら、キャッスルタウンベアに初めて足を踏み入れたときのことから順を追ってふり返り、ぱらぱらとページをめくっていった。きみたち三人の記憶を生かしておくには、もっと優秀な闘士がふさわしかったのに。ブロナーは〝危険な変質者〟を追い払ったことでご馳走してもらっているかもしれないと思い、ドナルド・クレミンは電話帳で人の名前を探すのは得意だろうかと考えた。

ナイルは良性疾患のように愛着が湧いてきたこのコンクリートタワーの中ですべてはすぐに過去になるのだろうと自分を慰めた。魔法使いは侵入者を追いかけるのをやめず、弟は子どもの頃に頭の良い生徒だったに過ぎないと、永遠に事実を否定しつづけるのだろう。

　オドリスコル。森の中で首のない用心棒はネッドのことをそう呼んでいなかったか？　ナイルは覚えのある何かが引っかかって、ジムが架空の双子の王子について言っていたことを思いだそうとした。とにかく、オドリスコルというのは、ウア・エトゥリシコルを現代語にしただけじゃなかったか？　魔法。まやかし。ナイルはボロボロになりはじめている日記帳を閉じ、二度と開くことはないだろうと思った。

　これからぐっすり眠るつもりだった。そして明日になれば、マラハイドに行ってミスター・ライチョードハリーにまた郵便局で働かせてもらいたいと頼むのだ。いや、請うのだ。ナイルはバッグから黒いＨＢの鉛筆を取りだすと、少しのあいだ両手で持っていた。何も起こらなかった。脳みそから鉛筆の芯の先端へとイメージを運ぶのに、ぴくりとも感じるものはなかった。人狼が田舎町とそこに住むすべての女たちを引き裂くという物語は、ナイルの中では古い新聞みたいにもう済んでしまったことだった。鉛筆をふたつに折って、ゴミ箱に投げ捨てた。

疲れていて、目が痛かった。再び黒い日記帳を見つめた。いまとなっては、ロイシンの日記をナイルが取っておくわけにはいかなかった。この日記は首にかけられた石臼のように心の重荷となって、ナイルを引きずりおろしていた。警察に渡すべきか？　最後にもう一度だけ検討してみて、ここ一週間というものウェストコークじゅうを警察から逃げ回って過ごしていたことに気づいた。警察はブロナーに問い合わせたら、ナイルの訪問をそれは喜ぶだろう。だめだ、日記は絶対に発見されない場所に捨ててしまうしかない。だけどまずは肺にいくらかダブリンの空気を入れて、あの自転車を取りに行かなければ。ぼくの運からすると、たぶん自転車は盗まれているだろう、とナイルはつくづく考えて、これで最後だと日記をポケットにしまった。とっさに鉛筆も二本摑んでいた。何があるかはわからないものだから。玄関のドアをあけ、茶トラ猫をちらと見やると、キッチンカウンターに飛び移り、どんなに簡単に消しゴムを粉々にできるかやってみせようとしていた。

「なんでも遠慮なく破壊するといいさ、このいたずら坊主め」そう言い残し、ドアを閉めた。見送るオスカーは、「あんたの許可がいるのかい、流浪の兄ちゃん？」とでも言いたげに、まばたきしただけだった。

確かに、暦の上では夏だった。しかし自転車を押して河岸を歩くあいだ、リフィー川から吹いてくる風はシベリアから吹きつけているように感じられた。

当たり前のようにまた鍵をかけ忘れていた自転車は、無事に残っていた。三人の消えた姫に忠実でいたことへのささやかなご褒美だ。ナイルは冷たい風に運ばれるままに、駅から町の中心へと向かっていた。ラガービールよりもエスプレッソのにおいのほうが強く漂っていて、ニューヨーロッパを受け入れるこのピカピカの新しい町でしばらく過ごすと、ここがアイルランドだということを忘れてしまう。カプチーノの泡を作っている音に追いやられるように、カフェを通り過ぎて歩道をさらに先へと進んだ。洒落た名前も表に並べたやなぎ細工の椅子もない、薄汚れたパブをようやく見つけた。申し分ない。現金に引き換えたばかりの解雇手当のひと握りの紙幣を数えながら、ナイルは思った。

「あんたは神さまだよ、ライチョードハリーさん」と呟き、パブの中に入った。

「いらっしゃい」バーテンダーが声をかけ、北部の若者ふたりが墜落したヘリコプターの下敷きになって亡くなった事件について、いかめしい顔つきの女が話を続けているテレビの音量を調節した。「ビールかい？」

「じゃあ、ギネスを」くつろいだ気分を取り戻し、ナイルは注文した。ビールの代金を払い、入り口からいちばん遠いテーブルを選んだ。ビールの泡は濃く、ソフトクリームが作れそうなほどだった。学生たちがゆうべの成果を自慢し合うお喋りの声と、「現時点では正体不明の犯行グループ」によってヘリコプターが撃墜されたというイギリス陸軍の発表を放送するテレビの音が混ざり合っていた。どこかに置かれたジュークボックスから『ブラザーズ・イン・アームス』が流れていて、人は誰もが死ぬ運命にあるという歌詞にあわせてハミングしながら、ナイルはどこか遠くに埋めてしまいたくてたまらない石板のようにロイシンの日記を両手で持って裏返した。

声が聞こえるまで、人がいるのに気づかなかった。

「ひとりで飲むなんて気の毒に」と声は言った。

顔をあげると、そこにいるのがイーファだとすぐにわかった。恐れずまっすぐナイルを見つめるそのさまは、疑いの余地を残さなかった。

「きみは……どうなって……?」ナイルはバカみたいにグラスの中身をこぼしながらも、ぐっと自分を抑えた。

「少しだけわたしに話をさせてほしいの」イーファは腰をおろしながら言った。「構わない?」綺麗に刈り込まれたブロンドの髪はかなり短く、ほとんど見えないぐらいだった。真新しいピンク色のコンバットブーツに黒いオーバーコートを着て、膝に何かを隠し持っていた。

ナイルはうなずくのが精一杯で、そのときやっと口を閉じることを思いだした。

「あんたには警察に行ってわたしたちのことをすべて話す機会はいくらでもあった」イーファはナイルのビールを飲み干しながら言った。「なのにそうはしなかった。自分の命が危険にさらされているときでさえも。そのことでお礼を言いにきたの。キャッスルタウンベアにやって来たときから、ずっとあんたを見張ってた。それで、訊きたいことがあるんだけど」

「もちろん」ナイルは心臓の鼓動が指先まで伝わるのを感じながら答えた。「なんでもどうぞ」

イーファはナイルが座っているところからは見えない窓の外の何かを見ていた。「なんでわたしと姉さんたちのことがあんたにとってそれほど重要だったの?」イーファはそわそわと爪をいじりながら尋ねた。「わたしたちのためにすべてを危険にさらしてまで」

「何があったのか誰にもわからないまま葬られてしまったから」ナイルは言った。「それにフィオナの日記を見つけたのが警察じゃなく、ぼくだったから。きみが二冊とも投函したんだよね。わかってるはずだよ。ぼくは――」ナイルはふさわしい言葉を探した。「―

――託されたんだ。だったら、ほかにどんな選択肢があった？」

「選択肢なら山ほどあった」イーファは言い返したが、思わずほほえんでいた。「ドナルド・クレミンと田舎者の仲間たちに追いかけ回されてくれなんて、誰もあんたに頼んでない。五分おきにブロナーのお小言を食らってくれともね」

「ブロナーは見事な仕事をしたと思わないか？」ナイルは言った。「きみの足跡を消しつづけて。人々をきみに近づけないようにしてさ」

「じゅうぶんとは言えない。あんたには見つかったんだから」

「いや、見つけてないよ。足跡だけだ」

「それにしても危ないところだった」イーファはため息をついてバーカウンターに目をやった。「身を隠そうとしているうちに、何人か新しい友だちができたの。北のほうにある店で知り合った女の子は、バイクに乗ってってね。四人目の姉妹みたいになった。ブロナーにできないときは、彼女がいつも協力してくれた」イーファは首を振った。「あの子は正真正銘の荒くれ者なの。ティローンのどこかでは、浮気してた彼氏を殴って半殺しの目に遭わせたんだから。ロージーを思いだすよ」イーファは黙り込み、ナイルの手の中の日記を見た。「それが……？」

「きみのものだよ」ナイルは大理石のテーブルの上をすべらせて、ロイシンの日記を押しやった。「ぼくにはもう必要ない」イーファの指先が触れた瞬間、黒いキャンバス地はうめき声をあげたようだった。彼女はまた窓の外に視線を投げて、何かを見てほほえんでいた。「死んでしまったと知って、ふたりはモイラ叔母さんの家に置いてくるしかなかった」イーファは日記帳を握った手に力を込めた。「わかってくれる？」

「それについては、ぼくが何を言っても嘘になる」ナイルは言った。「答える前に、ぼくにもひとつ質問があるんだ」

「じゃあ、わたしたちは同じことについて話してるのね」イーファはナイルの両方の手首を握り、人が許してほしいときに見せる笑みを浮かべていた。

「最初にきみがキャッスルタウンベアを去った理由だけど、ジムのことがあったあと――」ナイルは話しはじめた。

「待って」イーファは鼻にしわを寄せながら言った。「あんたが言おうとしてるのは――」

「そしてそのあと三年近くもそのまま姿を消していたことから考えると」ナイルはこの最後の秘密を封じ込めてはおけず、食いさがった。このために血を流してきたのだ、叩きのめされて、脅されて、クビにされて、ほかのあらゆることにも耐えてきた。黒い門が最後にもう一度開き、狼や魔法使いの手が及ばないうちに、その前に広がる草原へと三人の姫を生きたまま無事に解放した。「説明のつく理由はひとつしかない。同じ理由のために、二階に急いで姉さんたちがふたりとも死んでいるのを見つけると、あわてて逃げたんだろう？　きみは何かを守っているとふたりは書いていた。きみはそこらじゅうの好奇の目から守っていたんだ。そして批判されることから」


初め、イーファは何も言わなかった。それからナイルに立ちあがって窓のところに来るよう促した。

「どこに……？」ナイルは訊こうとしたけれど、ともかく言われたとおりにした。


表では仕事帰りの人々が家まで長い道のりを行くところで、ふたりのタクシー運転手が煙草の火をもみ消してから仕事に取りかかっていた。予想はついていたものの、ナイルは何を見ればいいのかと尋ねようとした。すると、見えた――道の反対側に、ぐらつくタイヤを穿いた茶色いヴォクスホール・ロイヤルが駐まっていた。

その後部座席から、ひとりの子どもがイーファに手を振り返していた。

目を凝らすと、幼い少女だとわかった。顔のほとんどは豊かに垂れた黒い巻き毛に隠れている。せいぜい三歳というところだろう。革ジャンを着た大人が少女を抱き寄せ、呆然と立ち尽くしているナイルに向かってニヤッと笑いかけた。ヘルメットのバイザーがなくても、誰だかわかった。黒いバイクに乗ったスピード狂の女の子。正真正銘の荒くれ者。

「娘は父親が狼だと一生知ることはない」イーファは言った。「わたしがここから出ていったら、あんたとは二度と会わない。パッと姿を消すの。おとぎ話の中と同じように。さあ、これでわかってくれた？」

「ああ」ナイルはひとつ息を吸ってほほえんだ。「ああ、わかったよ」

イーファは日記帳をポケットにしまうと、背中を向けて出ていこうとした。ふたりの警官が正面のドアから顔を覗かせ、ナイルには聞き取れない何かをバーテンダーに尋ねている。ピクシーカットのブロンドはナイルをふり返った。ほら、いまがチャンスよ、とその目は伝えていた。ヒーローになればいい。新聞に名前を載せて。ナイルが餌に食いつかないとわかると、イーファは引き返してきた。

「あんたはどこから来たの？」彼女は尋ね、今度はさっきより大きな笑みを浮かべた。

「森の奥深くにあるお城から」とナイルは答えた。

「そこでは狼はとうの昔に死に絶えた」

「素敵なところみたいね」イーファは言い、何かためらっているようだった。「どうすればそこに行けるかは誰にも言わないで」その背後で、警官たちはのろのろと表に戻っていった。イーファはポケットから何かを取りだすと、それをナイルに渡した。それはナイフをくるんであったのと同じ種類のレースで飾られたナプキンに包まれていた。ナイルがあけようとするのを見て、イーファは止めた。

「わたしがいなくなるまで待って」そう言って、手の中のかさばる品物に顎をしゃくった。「何度も川に捨ててしまいそうになった。だけど捨ててしまえば、わたしとふたりの姉さんは永遠に忘れ去られてしまうといつも思い直した。だからこれを託せるのはあんただけなの。きっとわかってもらえると信じてる。そしてじゅうぶん理解したら、わたしたちの物語を語り聞かせて。漫画家なんでしょ。美しい作品を描いてよ」

「ぼくらは〝グラフィック・アーティスト〟って呼んでるんだ」ナイルは喉が詰まるのを感じながら言った。「幸運を祈ってる、ナイル・クリアリー」イーファはナイルの頬にキスをして、ドアから出ていった。残された唯一の家族に手を振ろうと左腕をあげたとき、ナイルはその手首の周りにいまも手錠のブレスレットがついていることに気づいた。あの鎖を断ち切るにはずいぶん長い時間がかかったことだろう。ほどなく、ヴォクスホールは駐まっていた場所からガタガタと発進し、河岸を走り去った。

ナイルの指はイーファが置いていった包みの中身が何かわかっていた。白いナプキンを最後まで開くと、ナイルが自らの忠誠心と信念の褒美に夢見た、ただひとつの物が現れた。

それは飾り気のない黒いノートだった。

頭の中の何枚かの絵に伴う秘密の音楽が聞こえてきた。そしてあるひとつのイメージがはっきりと姿を現しはじめた。その旋律は、人々の話し声と近くに置かれたポーカーゲーム機の騒々しい音と混じり合い、少しずつ大きくなっていった。

ナイルはノートをめくり、最初のページを開いた。

イーファはこう書いていた——

イーファ・ジェニーン・ウォルシュの日記を捧ぐ。輝く鎧をまとった本物の英雄ナイルに、たくさんの愛を込めて。あなたを決して忘れない。

ナイルは日記帳を閉じて、鞄の中にしまいながら思った。そうだ、ミスター・ライチョードハリーに感謝はしてるけど、ひざまずくのはやめよう。また指にうずきを覚え、ＨＢの鉛筆を握って、三人の女性たちが人間を装った狼を打ち負かしたという出来事の詳細まで漏らさず描くのが待ちきれなかった。美術学校はナイルにどれだけ借金があるか思いださせる通知を送りつづけることになるだろう。手元に残っている金はすべて滞納分の家賃に充てて、もうしばらく猶予をもらえることを願おう。まだ冒険の旅は終わっていないのだから。いちばん大切なこと――それを語り聞かせること――がまだ残っているのだから。

すべてをストーリーボードにするにはかなりの時間がかかるだろう。だけど最初にやるべきことは、人目を引く表紙を描くことだ。ナイルは初め、コマ割りした中にジムが殺したすべての女性たちを描こうかと思ったが、やめることにした。悪趣味すぎる。それに、それではウォルシュ姉妹を正当に描けない。浜辺で三姉妹がジムをナイフで刺し殺し、頭上を舞うカモメが殺人を鳴いて告げているところを描いたパノラマ画という案も却下した。

あるイメージが他よりくっきりと浮かんできた。最初の日記を見つけたあの夜、郵便局で描こうとしてうまくいかなかったのと同じ絵だ。

それはか弱い人間から凶暴な捕食者へと完全に成熟をとげた一頭の狼だった。森の中へと必死に逃げていく女を捕らえる寸前、飛びかかろうとしている狼の表情を写し取るのだ。まさにそれこそが物語のすべてを表しているのではないか？

彼は彼女を愛するのか、殺すのか？

ナイルにはまだわからなかった。だけど家に帰るまで待ってはいられなかった。テーブルの上の空のグラスの横にはペーパーナプキンがあった。狼はナイルの指を駆け回り、指は待ちきれずテーブルをコツコツ叩いた。

鉛筆を見つけて、スケッチしはじめた。

ひとりの女性が紙の上に現れた。少しロイシンに似ていて、ナイルの想像の中でアシュリン王女がユアン王子と初めて会ったときに着ていた服を着ていた。

背後に生い茂った藪の中にも、彼女は隠れることはできなかった。前景で狼は既に形を取りはじめていたから。ナイルは初めて狼を完璧に写し取ることができた。その毛皮は豊かで粗い手触りだった。その目は半透明のガラス玉のように見えた。一瞬のうちに、愛か死が勝利を収めることになるはずだ。

絵の中の狼は、永遠に結論を迷いつづけていた。

後記と謝辞

ナイルと同じく、私がこの物語を想像しはじめるのに必要なのは、たったひとつの閃きだった。それは二〇〇〇年の夏にアイルランドの新聞記事を読んでいるときに訪れた。八十三歳の女性と三人の中年の姪がキルデア州の家の中で全員死体で発見された。地元紙によると、検屍の結果、四人は自ら飢えて自殺したと断定された。

私はその短い記事を忘れようとしたが、できないとわかった。もう一度記事を引っ張りだして、読み返した。すると、こう思うようになった——もしも自殺じゃなかったとしたら？　自殺ではなく、家の中で膠着状態が生じていて、終わりが訪れる前に二冊の日記を持ちだす時間しかなかったとしたら？　姉妹それぞれの視点から語られる日記の恐ろしい発見は、実は四人の女性を家の中に押し込める原因となった、死をもたらす魅力的な人物についての、より広がりのある小説の入り口になり得るだろうか？　それはいまこの作品を読み終えたばかりのあなたに判断してもらおう。楽しんでもらえたことを願っている。

ここ数年かけて、私は本書のリサーチのために、ダブリンとマラハイド全域、オファリー州とレイシュ州、さらには風の吹きつけるウェストコークの丘を歩き回り、行く先々でアイルランドの人々の温かいもてなしを受けた。地名の一部を改めたのは、さもなければフィクションといってもすぐにそれとわかってしまう個人や団体への敬意を払うためである。モデルが特定されるのは私の本意ではない。おまけに、そんなことをしてしまったら、キャッスルタウンベアやアイリーズにビールを一杯飲みにいけなくなるではないか？　実在するジョノたちは決して私を許してくれないかもしれない。それでもまだ思慮に欠けていたということであれば、悪意はなかったと信じてほしい。実在の人物とのいかなる類似も、すべて偶然である。

アイルランドへのノルマンの侵攻は紛れもない史実だが、ステファノ王と双子の息子の悲劇と不吉な〈狼の要塞〉に関しては、すべて私の創作だ。

語り部《シャナヒー》はいまもアイルランド全土で見つけられるかもしれないが、容易には出会えないだろう。真の語り聞かせとは、卓越した技術を要するさすらいの職業だからだ。そして私の知る限り、彼らのひとりとして誰かに少しの危害も加えたことはない。語り部に出会えることがあれば運がいい、ぜひ腰を据えて話を聞いてみてほしい。チップもはずむこと。それだけの価値があるはずだ。

以下の方々に感謝を――メール・モリアーティ、キアラン・フィナーティ、アイリーン・モリアーティ、ミリアム・マクダネル、ルイーズ・コーディ、スー・ブース＝フォーブス、キャスリン・ブロリーの協力と助言に。文中のいかなる誤りも責任は私だけにあり、彼らにはなんの非もない。そもそもベアラ半島を訪れるきっかけを作ってくれたニール・ジョーダンにも感謝を捧げたい。
最後に、寛大にもナイルにその才能と鉛筆の矢筒を貸すことに同意してくれたハワード・チェイキンにはなんとお礼を言って良いかわからないほどだ。さもなければ、あの哀れな青年は決してやり遂げられなかっただろう。友よ、ありがとう。

クリスチャン・モルク
コーク州アイリーズ
イニシュ

二〇〇七年九月

訳者あとがき

アイルランドの田舎町マラハイドで郵便配達員のデズモンドが配達先に死体を発見することから、物語は始まる。死亡していたのは三年ほど前にこの町に越してきたモイラ・ヘガティ。ところが、死体は一体だけではなく、全部で三体あった。モイラに続いて若いふたりの女の死体が発見されると、それだけでも田舎町を震撼させるには充分だったが、さらに恐ろしい事実が明らかになる。モイラは姪であるフィオナとロイシンのウォルシュ姉妹を監禁して死に至らしめ、反撃を受けて自らも命を落としたのだ。つまりモイラの家の中で血の繋がった家族同士の殺し合いがくり広げられたということになる。しかし、なんのために？

監禁・殺人の動機は不明なまま三人は埋葬され、真実も謎のまま終わるかに思われた。だが、別の若き郵便配達員ナイル・クリアリーが配達不能郵便の中にフィオナの遺した日記を偶然にも発見する。そこには、哀れな被害者と思われていた女性による「わたしたちは人殺しです」という告白が綴られていた。ナイルは日記を読み進め、キャッスルタウンベアという港町に赤いバイクに乗ったひとりの男が現れたのがすべての始まりだったことを知る。男の名はジム・クイック、町から町へ渡り歩き、人々に物語を聞かせるアイルランドの伝統的な語り部《シャナヒー》だ。ハンサムなジムと彼の語り聞かせる物語に魅せられ、女たちは皆ジムの虜になった。近隣の町には不穏な空気が流れはじめ、やがて凄惨な殺人事件が起きる。フィオナはジムに対する疑念を募らせながらも、惹かれる気持ちを抑えられず、それがのちに大きな悲劇を招くことになったのだ。ナイルは日記を貪るように読み、次第に見えてくる真実に驚愕し、そこに記されていない謎をも解き明かすべくキャッスルタウンベアへと乗り込むのだが……。

「不気味で読者の心を捉えて離さず、時に奇怪とも言える物語が紡ぎだされている。これは大人のための身も凍るベッドタイムストーリーだ」――《ピープル》

「著者は殺人と日記とジムの物語という個々のプロットを巧みにより合わせて、息をつく間も与えない魅惑的な作品を作りあげた」――《パブリッシャーズ・ウィークリー》

といった具合に、本作はさまざまな書評でも高い評価を受けており、『ゴーン・ガール』のギリアン・フリンや、『盗まれっ子』のキース・ドノヒューなどの作家たちも「ダークで誘惑的なおとぎ話である」、「見事な傑作。最高のページターナーだ」と称賛している。

狂気と幻想が入り乱れる一筋縄ではいかない異色作であり、ジャンルとしてもどう分類したものか悩ましい。登場人物それぞれの動機に重きが置かれてはいるが、単純にホワイダニットと呼ぶにもどこか違う。著者曰く「これはスリラーの態を取ったラブストーリーであり、ゴシック・サスペンスで包んだ推理小説であり、なによりも人間の秘めたる欲望を究明する作品」とのこと。描かれている人々はみな欲望に忠実であり、愛することと殺めることが同義ではないかとまで思わされ、ジムの語る「狼の王子」の物語がそれを象徴している。

「キャラクターが個性的」というのは手垢の付いた表現かもしれないが、この作品に登場する人々は紛れもなく個性と不思議な魅力に溢れている。謎を解き明かそうとする主人公のナイルは、美術学校を中退したあと、生活のために仕方なく郵便局に勤めているが、コミック作家になるという夢を諦められずに絵を描き続けている。いわゆるオタクでちょっと子どもっぽいものの、芯は通っていて正義感が強く、頼もしさこそ感じられないが憎めない存在だ。そして真の主人公であるウォルシュ姉妹は、たくましさと弱さを包み隠さずナイルと読者にさらけだす。姉妹の絆、叔母への愛憎、それぞれの生き方について、日記の主は冷静に、時に懐かしむように、そして何より潔い覚悟を持って綴っている。叔母のモイラは脆く不安定な人物であり、ジムにとってはまさに恰好の獲物だ。ジムは危険で謎めいた雰囲気を漂わせ、老若男女を惹きつけるカリスマ性があり、と同時に不気味な存在でもある。アメリカの刑事ドラマの影響を受けまくっている熱血女性警官のブロナーや、ジムの助手であり感情を表に出さない日系人のトモ、ナイルをうるさく叱りながらも気遣う上司のライチョードハリーなど、一風変わった人々が物語に奥行きを与えている。また、田舎町の自然や伝統に関する描写も作品を支える脇役として重要な役割を担っており、美しくもうら寂しい風景が郷愁を感じさせる。

著者であるクリスチャン・モルクはデンマークのコペンハーゲン出身。二十代で渡米し、コロンビア大学ジャーナリズム大学院で修士号を取得した。映画業界誌《バラエティ》にてヨーロッパ映画やインディペンデント映画の記事を担当し、その後〈ワーナー・ブラザーズ・ピクチャーズ〉にヘッドハンティングされ、『マイケル・コリンズ』、『イレイザー』、『ディアボロス／悪魔の扉』、『アウトブレイク』など様々な映画製作に携わった。さらには《ニューヨーク・タイムズ》に映画関連の記事を寄稿し、その後アイルランドを舞台にした本作にて作家としてデビューという華々しいワールドワイドな経歴の持ち主だ。著者は小説をまずは英語で執筆し、そのあと自らデンマーク語に翻訳するというスタイルを取っており、本作はデンマークで出版されたあとアメリカで刊行され、少なくとも十四カ国で版権が取得されている。

本書はキャッスルタウンベアに長期滞在して執筆したそうで、アイルランド独特の雰囲気や小さな町でよそ者が味わう疎外感などが生々しく描かれているのにも納得がいく。また、黒澤明監督の『羅生門』の大ファンで、ひとつの殺人について武士、その妻、盗賊それぞれの視点から事の顚末が語られるという構成に影響を受け、本作も多層的で複数の視点に基づいて次第に真実が明らかになる構成をとったのだという。映像的な描写も巧みであり、映画業界における経験が見事に活かされていると言えよう。現在のところ著者の二作目の情報はないが、ミステリに限らず幅広い作品を書けそうなので、読者の意表を突く新作が発表されることを楽しみに待ちたい。

最後に、翻訳にあたって数々の得難いご助言をくださった早川書房編集部の永野渓子さんと、細かいところまで丁寧に確認してくださった校閲の林清次さん、お世話になった皆様に、この場をお借りして心よりお礼申し上げます。

二〇一三年九月

HAYAKAWA POCKET MYSTERY BOOKS No. 1876

堀《ほり》 川《かわ》 志《し》 野《の》 舞《ぶ》

横浜市立大学国際文化学部卒
英米文学翻訳家
訳書
『ぼくは夜に旅をする』キャサリン・マーシュ
『わたしが降らせた雪』グレース・マクリーン
(以上早川書房刊) 他多数

この本の型は,縦18.4センチ,横10.6センチのポケット・ブック判です.

〔狼《おおかみ》の王子《おうじ》〕

2013年10月10日印刷　　2013年10月15日発行

著　者	クリスチャン・モルク
訳　者	堀　川　志　野　舞
発行者	早　川　浩
印刷所	星野精版印刷株式会社
表紙印刷	大平舎美術印刷
製本所	株式会社川島製本所

発行所 株式会社 **早川書房**
東京都千代田区神田多町2-2
電話 03-3252-3111(大代表)
振替 00160-3-47799
http://www.hayakawa-online.co.jp

(乱丁・落丁本は小社制作部宛お送り下さい
送料小社負担にてお取りかえいたします)

ISBN978-4-15-001876-4 C0297
Printed and bound in Japan

ハヤカワ・ミステリ〈話題作〉

1848 特捜部Q ―檻の中の女― ユッシ・エーズラ・オールスン 吉田奈保子訳
未解決の重大事件を専門に扱うコペンハーゲン警察の新部署「特捜部Q」の活躍を描く、デンマーク発の警察小説シリーズ、第一弾。

1849 記者魂 ブルース・ダシルヴァ 青木千鶴訳
正義なき町で起こった謎の連続放火事件。ベテラン記者は執念の取材を続けるが……。アメリカ探偵作家クラブ賞最優秀新人賞受賞作

1850 謝罪代行社 ゾラン・ドヴェンカー 小津 薫訳
ひたすら車を走らせる「わたし」とは？ 女を殺した「おまえ」の正体は？ 謎めいた「彼」とは？ ドイツ推理作家協会賞受賞作。

1851 ねじれた文字、ねじれた路 トム・フランクリン 伏見威蕃訳
自動車整備士ラリーは、ある事件を契機に少年時代の親友サイラスと再会するが……。英国推理作家協会賞ゴールド・ダガー賞受賞作

1852 ローラ・フェイとの最後の会話 トマス・H・クック 村松 潔訳
歴史家ルークは、講演に訪れた街で、昔の知人ローラ・フェイと二十年ぶりに再会する。一晩の会話は、予想外の方向に。名手の傑作

ハヤカワ・ミステリ〈話題作〉

1853 **特捜部Q ―キジ殺し―** ユッシ・エーズラ・オールスン 吉田 薫・福原美穂子訳

カール・マーク警部補と奇人アサドの珍コンビは、二十年前に無残に殺害された十代の兄妹の事件に挑む！　大人気シリーズの第二弾

1854 **解錠師** スティーヴ・ハミルトン 越前敏弥訳

少年は17歳でプロ犯罪者になった。アメリカ探偵作家クラブ賞最優秀長篇賞と英国推理作家協会賞スティール・ダガー賞を制した傑作

1855 **アイアン・ハウス** ジョン・ハート 東野さやか訳

凄腕の殺し屋マイケルは、ガールフレンドの妊娠を機に、組織を抜けようと誓うが……。ミステリ界の新帝王が放つ、緊迫のスリラー

1856 **冬の灯台が語るとき** ヨハン・テオリン 三角和代訳

島に移り住んだ一家を待ちうける悲劇とは。英国推理作家協会賞、「ガラスの鍵」賞、スウェーデン推理作家アカデミー賞受賞の傑作

1857 **ミステリアス・ショーケース** 早川書房編集部・編

『二流小説家』のデイヴィッド・ゴードン他ベニオフ、フランクリン、ハミルトンなど、人気作家が勢ぞろい！　オールスター短篇集

ハヤカワ・ミステリ〈話題作〉

1858
アイ・コレクター
セバスチャン・フィツェック
小津　薫訳
子供を誘拐し、制限時間内に父親が探し出せなければ、その子供を殺す――連続殺人鬼を新聞記者が追う。『治療島』の著者の衝撃作

1859
死せる獣 ―殺人捜査課シモンスン―
ロデ＆セーアン・ハマ
松永りえ訳
学校の体育館で首を吊られた五人の男性の遺体が見つかり、殺人捜査課課長は休暇から呼び戻される。デンマークの大型警察小説登場

1860
特捜部Q ―Pからのメッセージ―
ユッシ・エーズラ・オールスン
吉田　薫・福原美穂子訳
海辺に流れ着いた瓶から見つかった手紙には「助けて」と悲痛な叫びが。「ガラスの鍵」賞を受賞した最高傑作。人気シリーズ第三弾

1861
The 500
マシュー・クワーク
田村義進訳
首都最高のロビイスト事務所に採用された青年を待っていたのは華麗なる生活だった。だが彼は次第に巨大な陰謀に巻き込まれてゆく

1862
フリント船長がまだいい人だったころ
ニック・ダイベック
田中　文訳
漁業会社売却の噂に揺れる半島の町。十四歳の少年は、父が犯罪に関わったのではと疑いはじめる。苦い青春を描く新鋭のデビュー作

ハヤカワ・ミステリ〈話題作〉

1863 ルパン、最後の恋
モーリス・ルブラン
平岡　敦訳
父を亡くした娘を襲う怪事件。陰ながら見守るルパンは見えない敵に苦戦する。未発表のまま封印されたシリーズ最終作、ついに解禁

1864 首斬り人の娘
オリヴァー・ペチュ
猪股和夫訳
一六五九年ドイツ。産婆が子供殺しの魔女として捕らえられた。処刑吏クィズルらは、ひそかに事件の真相を探る。歴史ミステリ大作

1865 高慢と偏見、そして殺人
P・D・ジェイムズ
羽田詩津子訳
エリザベスとダーシーが平和に暮らすペンバリー館で殺人が！　ロマンス小説の古典『高慢と偏見』の続篇に、ミステリの巨匠が挑む！

1866 喪失
モー・ヘイダー
北野寿美枝訳
〈アメリカ探偵作家クラブ賞最優秀長篇賞受賞〉駐車場から車ごと誘拐された少女。狡猾な犯人を追うキャフェリー警部の苦悩と焦燥

1867 六人目の少女
ドナート・カッリージ
清水由貴子訳
森で発見された六本の片腕。それは誘拐された少女たちのものだった。フランス国鉄ミステリ大賞に輝くイタリア発サイコサスペンス

ハヤカワ・ミステリ〈話題作〉

1868 キャサリン・カーの終わりなき旅 トマス・H・クック 駒月雅子訳

息子を殺された過去に苦しむ新聞記者は、あるきっかけから、二十年前に起きた女性詩人の失踪事件に興味を抱く。贖罪と再生の物語

1869 夜に生きる デニス・ルヘイン 加賀山卓朗訳

〈アメリカ探偵作家クラブ賞最優秀長篇賞受賞〉禁酒法時代末期のボストンで、裏社会をのし上がっていこうとする若者を描く傑作!

1870 赤く微笑む春 ヨハン・テオリン 三角和代訳

長年疎遠だった父を襲った奇妙な放火事件。父の暗い過去をたどりはじめた男性が行きつく先とは? 〈エーランド島四部作〉第三弾

1871 特捜部Q ―カルテ番号64― ユッシ・エーズラ・オールスン 吉田薫訳

悪徳医師にすべてを奪われた女は、やがて復讐の鬼と化す! 「金の月桂樹」賞を受賞したデンマークの人気警察小説シリーズ第四弾

1872 ミステリガール デイヴィッド・ゴードン 青木千鶴訳

妻に捨てられた小説家志望のサムは探偵助手になるが、謎の美女の素行調査は予想外の方向へ…… 『二流小説家』著者渾身の第二作!